KATE FORSYTH

Der magische Schlüssel 3

Buch

Meghan, die weise Hexe, ahnt, dass sich in der alten Stadt Lucescere am See der zwei Monde das Schicksal ihrer Gemeinschaft entscheiden wird. Gemeinsam mit Iseult und dem geflügelten Jungen Bacaiche zieht sie die Rebellentruppen und Freunde zusammen, um sich zum Kampf zu rüsten. Doch da gerät Meghan in einen Hinterhalt der Ban-rìgh. Und während sich in Eileanan der Zwist um die Hexen und die Nachfolge König Jaspars immer weiter zuspitzt, kommt noch eine neue Bedrohung dazu: Die Glorreichen Soldaten, fanatische Hexenhasser, überfallen das Land.

Autorin

Kate Forsyth wurde 1966 im australischen Sydney geboren, wo sie mit ihrem Ehemann und ihren beiden Kindern lebt. Sie ist als Journalistin für mehrere Magazine tätig und eine der erfolgreichsten Autorinnen in Australien. Ihr Fantasy-Reich Eileanan ist von der schottischen Heimat ihrer Vorfahren inspiriert.

Bereits erschienen:

DER MAGISCHE SCHLÜSSEL: 1. Der Hexenturm (24162), 2. Die Hexen von Eileanan (24174), 3. Der See der zwei Monde (24163), 4. Der Aufstand der Hexen (24175), 5. Der Palast der Drachen (24164), 6. Die verwunschenen Türme (24176)

Demnächst erscheint:

DER MAGISCHE SCHLÜSSEL: 7.Das verbotene Land (24254)

Weitere Bände sind in Vorbereitung.

Kate Forsyth

Der See der zwei Monde

Der magische Schlüssel 3

Ins Deutsche übertragen
von Karin König

BLANVALET

Die Originalausgabe erschien unter dem Titel
»The Pool of the Two Moons. Book Two of The Witches of Eileanan«
(Parts 1–3)
bei Arrow/Random House Australia, Sydney.

Blanvalet Taschenbücher erscheinen im Goldmann Verlag,
einem Unternehmen der Verlagsgruppe Random House GmbH.

Deutsche Erstveröffentlichung 8/2002
Copyright © der Originalausgabe 1998 by Kate Forsyth
Copyright © der deutschsprachigen Ausgabe 2002
by Wilhelm Goldmann Verlag, München,
in der Verlagsgruppe Random House GmbH
Umschlaggestaltung: Design Team München
Umschlagillustration: Agt. Schlück/Eggleton
Satz: deutsch-türkischer fotosatz, Berlin
Druck: Elsnerdruck, Berlin
Titelnummer: 24163
Redaktion: Manuela Schomann
V. B. · Herstellung: Peter Papenbrok
Printed in Germany
ISBN 3-442-24163-4
www.blanvalet-verlag.de

3 5 7 9 10 8 6 4 2

Für meine liebe Mutter,
Gillian Mackenzie Evans

Südeileanan

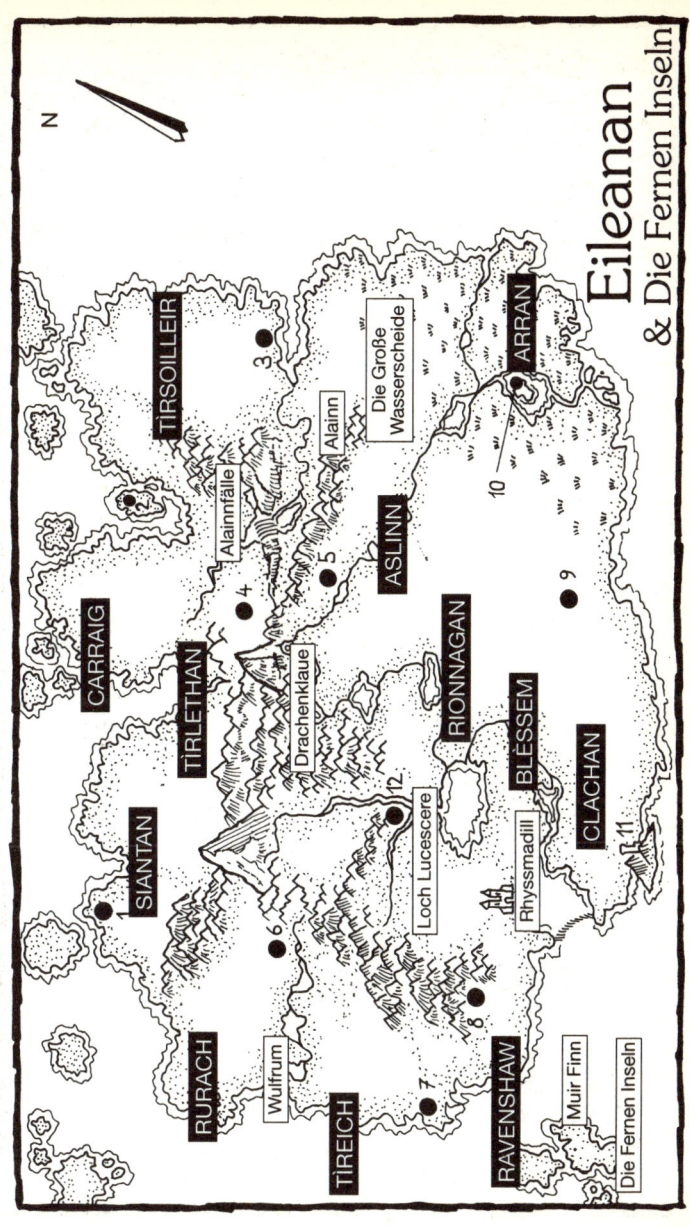

Eileanan
& Die Fernen Inseln

Bitte Rückseite beachten

Zur Karte auf Seite 7:

Der Krüppel

Es war die dunkelste Stunde der Nacht, wenn der Puls am langsamsten schlägt und die Energieströme an ihrem Tiefpunkt stehen, als die drei Reisenden die Wälder verließen. Sie gingen vorsichtig voran, betrachteten prüfend die umschattete Landschaft. Obwohl es eine klare Nacht war und die verschneiten Spitzen der Sithicheberge im Licht der beiden Monde schwach schimmerten, war das Tal unter ihnen von Nebel erfüllt, so dass der Pfad der Reisenden in geheimnisvollem Weiß versank.

»Könnt Ihr weiter vorne jemanden spüren, alte Mutter?«, fragte Iseult.

»Es ist niemand auf dem Weg, Iseult, obwohl im Gasthaus anscheinend Betrieb herrscht. Wir sollten rasch weiterziehen, dann können wir schon bald Rast machen und uns ausruhen.«

»Das sagst du schon die ganze Woche!«, fauchte Bacaiche, der sich schwer auf seinen groben Knüppel stützte. »Ich bin es leid, jede Nacht herumzustolpern und mich den ganzen Tag wie ein verängstigtes Kaninchen zu verstecken! Wann werden wir etwas Nützliches tun?«

Die alte Frau wandte sich um und sah zu ihm hoch. »Nun, Bacaiche, du wirst froh sein, dass wir weitergezogen sind, wenn dir ein Teller heißer Eintopf vorgesetzt wird. Du klagst schon lange genug über Hunger.«

»Kein Wunder, wenn man bedenkt, dass wir während der letzten Tage nur fade Möhrensuppe gegessen haben!«

9

»Es ist besser, sich unterwegs mit Nahrung zu versorgen, als für Proviant anzuhalten, wenn einem die Roten Garden auf der Spur sind«, erwiderte Meghan grimmig, während sie weiter voranschritt.

»Ich werde vorausgehen.« Iseult hielt sie mit einer Hand zurück und bewegte sich geräuschlos voran. »Bacaiche, bleib in der Nähe.«

Bald war der sternenklare Himmel vollständig verdunkelt und der Nebel umhüllte sie kalt. Der Pfad verlief abwärts und Zweige ragten in der Düsterkeit auf wie Skeletthände. Der Krüppel konnte ein vorahnungsvolles Schaudern nicht unterdrücken und Iseult sah ihn verächtlich an.

Ihre Füße versanken im Schlamm; das stille Wasser des Sees unterhalb des treibenden Nebels war kaum sichtbar. Zu ihrer Linken ragte das Gasthaus aus dem Nebel, von flackernden Fackeln beleuchtet. Aus dem Inneren des niedrigen Gebäudes hörten sie lautes Gelächter.

Iseult sagte zu Meghan: »Seid Ihr sicher, dass wir dort hineingehen sollten, alte Mutter?«

»Hier draußen ist es feucht und schmutzig, die Fähre wird erst in einigen Stunden eintreffen und wir haben seit Tagen keine richtige Mahlzeit mehr gegessen«, erwiderte Meghan verärgert.

»Du kannst draußen bleiben, wenn du willst, aber ich gehe hinein.« Und während sie die Tür aufstieß, warnte sie: »Halte deinen Umhang fest geschlossen, Bacaiche.«

»Ich bin kein Tor«, knurrte er und hinkte hinter ihr her.

Die drei Gefährten traten ans Feuer, indem sie über schlafende Körper und Bündel Habe stiegen. Das Feuer war die einzige Lichtquelle, bis auf eine Lampe auf einem Tisch, an dem vier noch wache Männer Ale tranken und um Kupfermünzen würfelten. Sie schauten auf und riefen: »Wie geht's?«

Meghan antwortete würdevoll, während sie ihren Umhang fest um sich geschlungen hielt. Der Wirt führte sie zu einem Tisch.

»Seid Ihr hungrig?«, fragte er. »Wir haben Hammeleintopf, wenn Ihr mögt, oder Gemüsesuppe?«

»Die Suppe wäre sehr willkommen«, erwiderte Meghan. Er nickte und brachte ihnen dicke Suppe in Holzschalen mit Scheiben dunklen Brotes. »Euer Haus ist heute Nacht voll belegt«, sagte sie.

Er nickte und kratzte sich den Bart. »Ja, an das *Uile-Bheist* wurde eine Hexe verfüttert und daher glauben sie, dass die Überfahrt mit der Fähre am Morgen sicher ist, da die Seeschlange satt ist.«

»Tatsächlich!«, rief Meghan aus. »Da haben wir ja Glück.«

Der Wirt lachte. »Ach, aber ich werd dennoch einige Ziegen am Ufer anpflocken. Man muss die Bestie ja nicht in Versuchung führen.« Damit wandte er sich wieder seinem Würfelspiel zu, während die drei Reisenden ihre Suppe aßen und sich am Feuer wärmten.

»Wir sollten besser ein wenig schlafen«, sagte Meghan. »In den Ecken wird sauberes Stroh sein.«

»Alles ist besser als die verdammten Steine, auf denen ich schon seit Wochen schlafe«, grollte Bacaiche. Er schlang den schwarzen Umhang fester um sich und erhob sich. Das flackernde Lampenlicht tanzte über seinen Buckel und ließ ihn unheimlicher denn je wirken. Die Spieler sahen ihn misstrauisch an und er erwiderte die Blicke, so dass sie sich heimlich mit der uralten Geste gegen Böses bekreuzigten.

Bald war alles ruhig. Nur noch das Knistern des Feuers und das gelegentliche Schnarchen oder Seufzen der Schlafenden waren zu hören. Iseult legte den Bogen über ihre Knie und streckte den Rücken. So müde sie nach den letzten anstrengenden Wochen auch war, hatte sie dennoch nicht die Absicht zu schlafen. Sie würde Wache halten, bis sie sicher auf die andere Seite des Sees gelangt waren. Es war ihre Pflicht und Ehre, die Feuermacherin Meghan zu beschützen, und Iseult wusste trotz der Ruhe im Gasthaus, dass überall Gefahren lauerten.

Fast drei Wochen lang waren sie und ihre Gefährten auf der Flucht gewesen, von den Soldaten der Banrìgh durch das Hochland gejagt. Iseult hatte die Zähne zusammenbeißen müssen, um sich nicht umzuwenden und zu kämpfen. Dieses Versteckspiel schien ihr feige, obwohl Meghan ihr verboten hatte anzugreifen und gesagt hatte: »Wir müssen fliehen und dürfen keine Spuren hinterlassen, weil wir noch nicht stark genug sind, um einen Krieg zu beginnen.«

Nun waren sie auf dem Weg zum Verschleierten Wald, dem großen dunklen Forst, der den größten Teil des Westufers des Sees bedeckte. Dort hoffte Meghan in der Sicherheit der Gärten der Celestine, die tief im Herzen des verzauberten Waldes verborgen lagen, Iseults Zwillingsschwester Isabeau zu treffen. Am Tulachna Celeste, sagte Meghan, würden sie alle sicher sein. Allmählich drang Licht durch die Fensterläden, während der Wirt die Treppe herunterpolterte, sich eine narbige Lederschürze über den Kilt band und sich den Krauskopf rieb. Iseult gab vor zu schlafen, da sie keine Aufmerksamkeit auf sich ziehen wollte, während er Porridge zum Kochen aufsetzte und der Dämmerung die Fensterläden öffnete. Rundum begannen sich die Schlafenden zu regen; sie streckten sich und gähnten. Das Feuer flackerte unter dem schwarzen Topf auf und knisterte laut. Meghan setzte sich auf und wirkte im unbarmherzigen Licht der Dämmerung unglaublich alt und gebrechlich, während der Donbeag seine samtige Nase aus ihrer Tasche streckte. Iseult half ihr hoch und Meghan streckte den Rücken, ließ ihn knacken und zog dann ihr Bündel zu sich heran. »Du hättest schlafen sollen«, sagte die Hexe tadelnd. »Ich hatte dir gesagt, dass hier keine Gefahr besteht.«

Iseult fragte sich, wie sie das wissen konnte, schüttelte aber nur den Kopf. »Ich werde schlafen, wenn ich Euch in Sicherheit weiß, alte Mutter«, erwiderte sie.

»Nun, dann bereite dich auf viele schlaflose Nächte vor, meine Liebe!«

Eine Glocke verkündete die Ankunft der Fähre und sie traten alle auf die Mole hinaus und beobachteten, wie sie das mattsilberne Wasser überquerte: ein Boot mit breitem Boden, das an einem algenüberwucherten Tau vorangezogen wurde. Die Kleinbauern scharten sich an einem Ende des Kais zusammen und betrachteten fragend Bacaiches Buckel. Er runzelte die Stirn und sah sie aus seinen eigentümlich gelben Augen feindselig an; sein schwarzes Haar war zerzaust und wild, das Kinn von dunklen Bartstoppeln bedeckt.

Der See war wie immer nebelbekränzt, aber an diesem kalten, schönen Morgen war es nur ein leichter Dunst, der sich vor einer launischen Brise leicht teilte. Sobald die Fähre am Kai angelegt hatte, gingen die Passagiere von Bord und die Wartenden stiegen ein, während hastig Säcke mit Getreide und Heuballen auf- und abgeladen wurden. Niemand wartete darauf, dass die Seeschlange ihren langen Hals erheben würde. Durch den Nebel erklang das unruhige Meckern der Ziegen, die am Ufer angepflockt waren, und die wenigen Tiere an Bord der Fähre waren fest geknebelt.

Die Reise über den See erfolgte mit derselben nervösen Hast, während der drahtige kleine Fährmann mit seinen Blicken ängstlich den Nebel absuchte. Sie hatten mehr als die Hälfte des Weges zurückgelegt, die Mauern Duncelestes ragten durch den Nebel schon sichtbar auf, als eine dicke Matrone plötzlich entsetzt aufschrie. »Das *Uile-Bheist*!«, rief sie. Alle Passagiere wandten entsetzt den Kopf in die von ihr angedeutete Richtung.

Der wogende Körper der Schlange drang durch den Nebel, stieg in großen nassen Schlingen über dem See auf. Ihr langer Hals und der kleine Kopf erhoben sich hoch über den Bug der Fähre und es schien, als würde die Schlange das Boot umkreisen und zerschmettern wollen. Alle schrien und traten die panische Flucht vom Steuerborddeck an. Die Seeschlange stieß einen lauten wehklagenden Schrei aus und rieb ihre seetangfarbene Seite am Boot. Die Fähre neigte sich und Iseult klammerte sich fest an ihre Bank, um nicht zu Boden geschleudert zu werden. Nur Meghan schrie nicht und fiel auch nicht hin. Sie stand noch immer aufrecht im Bug und schaute in den Nebel hinaus.

Die Schlange ließ ihren Schwanz über den Bug zucken und vollführte neben dem Boot ein kompliziertes Rollmanöver, so dass die Fähre wild schaukelte und fast kenterte. Iseult konnte sehen, wie glatt ihre geschuppte grünschwarze Haut war und wie massiv ihre Schlingen. Sie warf einen wilden Blick zu Meghan und sah, dass sich die alte Hexe vorbeugte und dabei ihre knorrige Hand ausstreckte. Eine große Schlinge ragte kurzzeitig aus dem Wasser und berührte Meghans Hand und dann zuckte der große, mit Schwimmhäuten versehene Schwanz einmal und die Seeschlange tauchte wieder ab.

Sie hörten den seltsamen wilden Schrei noch zwei Mal, aber jedes Mal weiter entfernt. Niemand sonst hatte den Moment des Kontakts zwischen Meghan und der Seeschlange bemerkt, obwohl der Fährmann den Kopf schüttelte und sagte: »Ich habe noch nie erlebt, dass das *Uile-Bheist* so nahe kam und das Boot nicht versenkt hat!«

Das Ufer kam näher. Iseult konnte große Bergschultern aus grau schattierten Wäldern aufsteigen sehen. Mit einem jähen Gefühl des Unbehagens schaute sie zur Stadt. Der Nebel teilte sich einen Moment und sie sah Soldaten am Kai warten, deren rote Umhänge im Wind flatterten. »Meghan!«, rief sie leise.

Die alte Frau blickte zu ihr zurück, nickte und hob ihr Plaid an, so dass es die kennzeichnende weiße Haarsträhne an ihrer Schläfe verdeckte. Auch Bacaiche spannte sich an und schlang seinen Umhang fester um sich. Iseult löste vorsichtig die Waffen an ihrem Gürtel und lockerte die Finger, wohl wissend, dass sie nach der nächtlichen Wache ausgekühlt und steif waren. Meghan sah sie warnend an, konnte aber nichts sagen, weil die Fähre in dem Moment am Kai anlegte und die Soldaten bereits vortraten.

Es waren dreizehn Männer, die ihre Umhänge gegen den Nebel eng um sich gezogen hatten. Während die Passagiere das Boot eilig verließen, trat der Hauptmann mit seinem gefiederten Helm unter dem Arm vor. Er war ein großer, gut gebauter Mann mit breitem Nasenrücken und arroganter Haltung. Er befragte die Kleinbauern und überprüfte ihre Antworten anhand eines Bündels Papiere, das er in der Hand hielt.

Iseult bemerkte, dass Meghan ihre aufrechte Haltung aufgegeben hatte und wie die alte Frau, die sie war, das Deck entlangschlurfte, den Rücken stark gebeugt. Der Fährmann half ihr vom Boot und sie klammerte sich jammernd an seinen Arm. »Ist schon gut, Madam«, sagte er freundlich. »Das *Uile-Bheist* ist jetzt fort.«

Der Hauptmann betrachtete die Menge missvergnüglich. Alle Kleinbauern und ihre Frauen wirkten nervös und ängstlich, waren aber unbestreitbar die reine Ehrbarkeit. Dann richtete er den Blick auf Bacaiche und ein Funke glomm in seinen Augen auf.

»Was haben wir denn hier?«, fragte der Hauptmann heiter. »Einen Krüppel! Nun, uns wurde befohlen, in der Nähe von Dunceleste ein Auge auf Krüppel und dergleichen zu halten. Der Anführer der Rebellen wird der Krüppel genannt, nicht wahr?«

Bacaiche schwieg, sah den Mann nur aus den Winkeln seiner gelben Augen an und blickte dann zu Boden. Der Hauptmann schritt um ihn herum und spottete. »Missgeburt! Ungeheuer! Bist bestimmt aus einem Zirkus getürmt!« Während er sprach, gab er Bacaiche einen rauen Schubs, so dass dieser rückwärts taumelte und sein Umhang heruntergerissen wurde, dessen Saum noch immer fest in der Faust des Hauptmanns ruhte.

Die darunter verborgenen, großen schwarzen Schwingen zeigten sich, als Bacaiche um sein Gleichgewicht rang. Er sah großartig aus, seine bloßen Schultern waren gerade und breit, während er die ungeheure Spannweite seiner Flügel spreizte. Seufzen und Keuchen erklang von der Menge.

»Heilige Wahrheit!«, keuchte der Hauptmann. »Wir haben ein *Uile-Bheist* gefangen!«

Die Soldaten sprangen auf Bacaiche zu und rissen ihn zu Boden. Er schrie laut und versuchte sie abzuschütteln. Als er unter einem Gewirr von Fäusten und Stiefeln verschwand, geriet Iseult in Bewegung, warf dem nächststehenden Soldaten ihren Dolch in die Kehle und fuhr auf einem Fuß herum, um einen weiteren fest in den Bauch zu treten. Als er sich vornüberbeugte, rammte sie einem dritten den Ellbogen in die Kehle und stieß dann noch mit dem Knie zu, so dass er wie ein Stein umfiel.

Dann führte sie einen makellosen Rückwärtssalto aus, trat einen weiteren Soldaten fest in den Rücken und kickte ihn ausgestreckt zu Boden. In einem Wirbel schneller, gekonnt ausgeführter Bewegungen setzte sie mehrere weitere Männer außer Gefecht, die aus entgegengesetzten Richtungen auf sie einstürmten.

Der Hauptmann schrie und einige der Soldaten, die Bacaiche niedergehalten hatten, ließen ihn los, um Iseult anzugreifen. Sie zog ihren Dolch aus der Kehle des ersten Soldaten und stieß ihn einem weiteren in den Rücken, der vergebens auf die Beine zu kommen versuchte, bevor sie Rad schlagend aus der Reichweite der Soldaten gelangte. Sie fuhren herum, um sie zu stellen, aber sie hatte bereits ihren achtzackigen *Reil* aus dem Gürtel gezogen und schleuderte ihn mit einer raschen Bewegung ihres Handgelenks auf sie zu.

Sie duckten sich darunter hinweg und er flog über ihre Köpfe und schlitzte sauber die Halsschlagader eines neben dem Hauptmann stehenden Soldaten auf. Eine Blutfontäne spritzte auf den Kai. Der Hauptmann zog fluchend sein Schwert. Iseult lächelte und rief den *Reil* in ihre Hand zurück. Der Hauptmann vollführte einen raschen Streich auf Iseult zu, die aber den Bauch einzog, so dass das Schwert kaum einen Zoll an ihrer Magengrube vorbeipfiff. Er stieß immer wieder zu und sie lächelte, während sie jedes Mal mühelos außer Reichweite gelangte. Das Gesicht des Hauptmanns wurde tiefrot und er vollführte einen weiteren Stoß, um sie zu durchbohren. Iseult trat im allerletzten Moment zurück und senkte die Handkante dann hart auf seinen Nacken, so dass er zu Boden sank und sein Helm klappernd über den Kai rollte.

Sofort wurde sie von zwei weiteren Soldaten angegriffen, aber sie warf einem den *Reil* in die Kniekehle und schlug den anderen an die Schläfe. Der erste fiel, durch eine durchtrennte Kniesehne gelähmt, hin und schrie vor Schmerz, aber der andere schüttelte nur benommen den Kopf und griff sie erneut an.

Iseult wich seiner kurzen Lanze aus und konnte einen schnellen Stoß mit ihrem *Reil* anbringen, während sie gleichzeitig mit einem Fuß nach hinten austrat und einen weiteren Soldaten erneut zu Boden schickte. Ein Dritter bekam ihren Fuß zu fassen, aber sie schlug ihn hart unters Kinn und stach dann mit dem *Reil* auf ihn ein, den sie wie einen Dolch in der Hand hielt.

Ein weiterer Soldat erhob sich taumelnd wieder und holte mit seinem Langschwert aus, aber Iseult sprang hoch in die Luft, zog die Knie bis zum Kinn, wirbelte mitten in der Luft herum und trat ihn ins Gesicht. Dann landete sie kauernd hinter ihm, schlug ihm heftig in die Nieren und zog, als er stürzte, ihren kleinen Streitkolben aus dem Gürtel und schmetterte ihn einem weiteren Soldaten auf die Nase, während er sich mühsam zu ihr umwandte. Als er sein Gesicht mit den Händen schützte, ergriff sie seine Lanze und durchbohrte ihn damit sauber, während sie sich gleichzeitig umwandte, so dass das auf ihren Rücken gerichtete Schwert stattdessen seinen Arm abtrennte. Sie stieß den toten Soldaten gegen ihren Angreifer und brachte ihn damit aus dem Gleichgewicht, aber ein weiterer bekam ihre Beine zu fassen und riss sie zu Boden.

Meghan stürzte vorwärts, aber Iseult kämpfte so verzweifelt, dass nicht an sie heranzukommen war. Iseult überwältigte den Soldaten mit einer Reihe von Tritten und Schlägen und rollte sich fort, als eine weitere Lanze die Stelle traf, an der sie noch Sekunden zuvor gewesen war. Dann stand Iseult wieder aufrecht. Sie wich weiteren Angriffen mühelos aus und löste dann den Kopf ihres Streitkolbens, damit sie ihn an seinem Lederband schwingen konnte. Die Soldaten zögerten und sie verspottete sie. »Habt ihr Angst? Vor einem Mädchen?«

Der benommene Hauptmann erhob sich taumelnd und schwang sein Langschwert auf sie zu. Sie trat ihn mit beiden Füßen in den Magen und schleuderte dann den Streitkolben hart gegen seine Schläfe. Anschließend wirbelte sie ihn erneut um ihren Kopf und zerschmetterte den Schädel von Bacaiches Gefangenenwärter. Ohne abzuwarten, bis er stürzte, beförderte sie einen der verwundeten Soldaten wieder zu Boden, als er nach seinem herabgefallenen Schwert zu greifen versuchte, und tänzelte dann erneut außer Reichweite, während sie seine Klinge in ihrer blutigen Faust hielt.

Inzwischen standen nur noch drei Soldaten aufrecht und sie wankten unter den Verletzungen, die sie ihnen zugefügt hatte. Iseult war jedoch außer Atem und das von den Verwundeten herabtropfende Blut machte den Boden unter ihren Füßen gefährlich glatt. Einige Minuten lang führten sie Scheinangriffe, aber nur ein Soldat kam nahe genug, um den Stoff ihres Hemdes zu zerreißen. Sie schlug ihn mit schnellen, starken Stößen zurück und durchstach seine Kehle.

Sich auf das Schwert lehnend, trat sie seitwärts aus und traf einen Soldaten in den Magen, aber als er fiel, riss er sie mit sich. Sie kämpfte mit Tritten und Schlägen darum, sich von seinem Gewicht zu befreien, aber es war zu spät, denn der einzige noch aufrechte Soldat stand über ihr und senkte sein Schwert mit triumphierendem Schrei.

Bevor die Klinge sie jedoch durchbohren konnte, erstarrte er und gurgelte und der Streich ging fehl, während er mit einer Lanze durch den Bauch vornüberstürzte. Iseult schaute erstaunt hoch und sah eine starrgesichtige Meghan ihren Griff um die Lanze lösen. »Ihr habt ihn getötet!«, keuchte Iseult und wischte sich das Blut aus den Augen.

»Ja«, erwiderte Meghan grimmig. »Komm, wir müssen fort von hier.« Sie half Iseult auf die Beine und rief ihren Neffen, der am Zaun kauerte, sich den Magen hielt und vor Schmerz und Zorn beinahe weinte. Er erhob sich taumelnd und seine riesigen schwarzen Schwingen schleiften hinter ihm her. Der verwundete Hauptmann versuchte, sich zu erheben und nach seinem Langschwert zu greifen, aber Iseult sprang vorwärts und tötete ihn mit einem einzigen Streich ihres Schwertes. Die Kleinbauern gingen ihr eilig aus dem Weg, als erwarteten sie, dass sie auch sie mit der bluttropfenden Klinge verfolgen würde, aber Iseult war erschöpft, lehnte sich auf das Schwert und atmete schwer.

»Komm, Iseult«, sagte Meghan erneut. »Wir müssen fliehen.«

Das Mädchen schob sich die vom Blut matten Locken aus den Augen und ließ ihr Schwert fallen. Langsam und bedächtig drehte sie den nächstliegenden toten Soldaten aufs Gesicht, seine Arme ausgebreitet. Während sie seine Glieder richtete, tauchte sie ihre Finger in das Blut seiner Wunden. Langsam und mit großem Zeremoniell berührte sie dann mit den Fingerspitzen ihre Stirn, Augenlider, Ohren und ihren Mund und schmeckte sein Blut bewusst.

»Umarmt nun unsere Mutter Tod, wie sie auch Euch umarmt, und wisset, dass die Götter des Weiß Euer Blut als Opfer akzeptiert haben«, intonierte sie, erhob sich dann unbeholfen, trat zum nächsten Leichnam, zog ihren *Reil* aus dessen Kehle und befestigte ihn wieder an ihrem Gürtel.

Meghan, die schweigend und still dagestanden hatte, während das Gemetzel und das Chaos um sie herum regierten, richtete sich sehr gerade auf, hob eine Hand und begann die Riten der Toten zu intonieren.

»Meghan!« Bacaiche war bleich, seine gelben Augen flammten auf. Blaue Flecke verfärbten allmählich sein Gesicht und seine Kehle. »Wir haben keine Zeit.«

Meghan wandte sich zu ihm um. »Iseult hat Recht«, antwortete sie. »Wir müssen den Toten angemessene Ehre erweisen.«

Also vollführten sie und Iseult im diesigen Morgenlicht die verschiedenen Riten ihrer Länder und Religionen, wobei Iseult das Blut der Toten schmeckte und sie umwandte, damit sie die Erde umarmten, während Meghan die uralten Riten intonierte. Als sie endeten, war Iseults Gesicht voller Blutstreifen und ihre Lippen und Zähne waren schwarz.

Die Passagiere der Fähre lagen noch immer in demütiger Haltung auf dem Boden, einige von Angst und Entsetzen ergriffen, andere von unterschwelliger Verwunderung. Iseult nahm das Schwert des Hauptmanns auf, dessen Heft erheblich verzogen und dessen Klinge schwarz vom Blut war. »Ich nehme dies als meine Kriegsbeute!«, verkündete sie mit tönender Stimme. »Nehmt zur Kenntnis: Ich belasse den Übrigen ihre Waffen, denn sie haben tapfer, wenn auch unklug gekämpft.«

Die alte Hexe wandte sich zur Menge um. »Ihr habt heute den geflügelten Prionnsa gesehen«, sagte sie. »So wisset denn, dass die Geschichten und Gerüchte wahr sind. Er lebt und in Eileanans dunkelsten Stunden wird er kommen und Euch alle erretten.«

Einer der Kleinbauern sagte: »Wozu brauchen wir einen geflügelten Mann, wenn unser Rìgh uns beschützt?«

Ein Ausdruck tiefster Sorge überzog Meghans Gesicht. »Der Rìgh wird vielleicht nicht immer hier sein, um Euch zu beschützen«, antwortete sie. »Der Rote Wanderer hat unseren Himmel gekreuzt und bringt Vorzeichen von Krieg und Vernichtung mit sich. Ich fürchte, auch die Gerüchte, dass sich die Fairgean erheben, sind wahr und es heißt, der Rìgh sei nicht mehr der Mann, der er einst war ...«

»Verrat«, zischte die Frau eines Farmers.

Meghan wandte sich zu ihr um. »Ich sage die Wahrheit, meine Liebe«, versicherte sie und zog ihr Plaid zurück, um die weiße Strähne zu zeigen, die ihren Zopf bis zum Ende durchzog. »Ich bin Meghan NicCuinn, Zauberin der Tiere, und ich lüge nicht! Ein scharlachroter Faden wurde auf den Webstuhl unserer Leben gespannt und uns stehen Gefahren bevor, wie wir sie seit vielen Jahren nicht mehr erlebt haben.«

Es bestand kein Zweifel, dass den Bewohnern der Highlands

bewusst war, wer Meghan war, denn ein kollektives Seufzen und Murmeln erklang, halb ängstlich und halb froh. Viele von ihnen schauten von ihr zu Bacaiche, und als sie die weiße Strähne in seinen schwarzen Locken und seine Adlernase bemerkten, die Meghans Nase so sehr ähnelte, erklang weiteres und aufgeregteres Murmeln.

»Zweifellos liegen üble Zeiten vor uns!«, rief die Zauberin. »Wisset jedoch, dass die Hexen von Eileanan nicht verschwunden sind – sie wachen über euch und beschützen euch noch immer. Fürchtet nichts! Wir sind nicht eure Feinde.«

Mit diesen Worten wandte Meghan sich um und ging in den wirbelnden Nebel voraus. Iseult hinkte dicht hinter ihr her. Bacaiche hüllte sich in den Umhang aus Nyxhaar und wurde wieder ein Krüppel, der ihnen folgte. Der Nebel verschluckte ihre Gestalten – sie waren fort.

Das Spinnrad
dreht sich

Die Frühjahrs-
Tagundnachtgleiche

Der Gesang der Celestine

Der Verschleierte Wald war ein düsterer und bedrohlicher Ort. Zwischen Hainen mit großen Kiefern standen riesige Mooseichen, die mit großartigen Vorhängen in spinnwebartigem Grau behangen waren, was den Wald unirdisch wirken ließ. Nebel schwebte überall und verbarg das Gewirr der Wurzeln, so dass Iseult ihren Weg sorgfältig wählen musste. Sie hielt die Armbrust mit eingelegtem Pfeil bereit, denn Meghan hatte erzählt, dass viele fremdartige Wesen den Zauberwald bewohnten, und Iseult wusste, dass sie nicht so weit hätte vordringen sollen.

Als sie bemerkte, wie lang die Schatten geworden waren, wandte sie sich um und kehrte zum Garten der Celestine zurück. Dort war der rote Schein der untergehenden Sonne noch zu sehen und der Nebel unter den anmutigen Bäumen war nur ein blauer Schleier. Sie ging zu der Lichtung weiter, auf der sie ihr Lager errichtet hatten, und fand Meghan ungeduldig auf und ab schreitend und mit stark gerunzelter Stirn vor.

»Wird auch Zeit, dass du zurückkommst!«, sagte die Waldhexe. »Wasch dich rasch! Endlich kommt die Frühjahrs-Tagundnachtgleiche und wir müssen uns bereitmachen. Heute Nacht besuchen die Celestine Tulachna Celeste und vielleicht hören wir endlich Neuigkeiten über Isabeau.«

Iseult gehorchte sofort, denn sie war nicht so dumm, den Ton in Meghans Stimme zu ignorieren. Die Zauberin war schon seit ihrer Ankunft im Garten der Celestine ernsthaft besorgt, denn das erhoffte Zeichen von Isabeau hatte sich nicht gefunden. Der Garten war bis auf die Waldwesen bar allen Lebens gewesen und Meghan hatte keine Spur ihres vermissten Schützlings entdecken können, obwohl sie jeden Tag durch ihre Kugel kristallgesehen hatte.

Nach dem Kampf auf dem Kai waren die drei Gefährten so schnell wie möglich in die schattige Düsterkeit des Verschleierten Waldes geeilt, während sie die Alarmglocken hinter sich klingen hörten. Die alte Zauberin war weiß vor Zorn gewesen. »Man stelle sich vor, dass ich die Roten Garden glauben machen wollte, wir wären noch auf der anderen Seite des Sees! Jetzt wird die Liga gegen Hexen jeden Sucher in Rionnagan auf den Verschleierten Wald konzentrieren! Nach all diesen Jahren, in denen wir Bacaiches wahre Identität geheim halten konnten, lässt ein kleines Mädchen, das es besser hätte wissen sollen, die Elfenkatze aus dem Sack!«

»Das ist nicht fair!«, hatte Iseult verärgert protestiert.

»Nicht ich hab die Aufmerksamkeit der Soldaten auf mich gezogen! Nicht ich hab seinen schmutzigen Umhang fortgerissen!«

»Nein, das stimmt.« Meghans Stimme klang nur unwesentlich sanfter. »Du und Bacaiche seid beide vollkommene Narren! Warum hast du es nicht mir überlassen, Iseult?«

Iseult hatte sie erstaunt angesehen. Was hätte Meghan tun können? Bacaiche wäre zu Brei geschlagen worden, wenn Iseult nicht gehandelt hätte, und sie alle wären wahrscheinlich ins Gefängnis geworfen worden. Dort wären sie von den Inquisitoren der Liga gegen Hexen gefoltert und zum Tode verurteilt worden, genau wie ihr Zwilling Isabeau. Isabeau hatte ihrem Schicksal nur knapp entkommen können und war von der Liga gegen Hexen zunächst grausam verletzt worden. Wenn Iseult die Soldaten nicht bekämpft und getötet hätte, wäre ihr Schicksal ebenso bitter gewesen. Und doch hatte Bacaiche kein Wort des Dankes geäußert, sondern war nur vorangehinkt, seine Miene düsterer denn je, während Meghan sie wie ein Kind gescholten hatte, das sich töricht verhalten und nicht gerade ihrer aller Leben gerettet hatte.

»Nun, was geschehen ist, ist geschehen«, hatte die Waldhexe gesagt. »Ich werde einfach zusehen müssen, was ich daraus machen kann. Zumindest werden sich die Gerüchte über den Geflügelten Prionnsa nach dieser Geschichte rasch verbreiten.«

Iseult hatte Meghans Reinigungs- und Läuterungsrituale, die die Zauberin für nötig hielt, bevor sie in den Zauberwald eindrangen, mürrisch über sich ergehen lassen. Sie hatten fast eine Woche dafür gebraucht, sich ihren Weg durch die öden, hoch aufragenden Bäume zu bahnen, aber schließlich waren sie auf die weichen Wiesen und sonnenbeschienenen Wege des Gartens der Celestine hinausgewankt. Genau in der Mitte des Gartens befand sich ein hoher Hügel, vollkommen rund und symmetrisch, dessen grüne Kuppe ein Kranz hoher Steine krönte.

»Tulachna Celeste«, hatte Meghan mit zufriedener und staunender Stimme gesagt. Iseult war ein wenig überrascht. Meghans Worten zufolge hatte sie die Ruinen einer gewaltigen Stadt erwartet, nicht diesen Hügel mit seinem Kranz roh behauener Steine.

Sie hatten den Hügel schweigend bestiegen und waren bald über die Höhe der grünen Bäume hinausgelangt, fast so hoch wie die Hügel und Berge hinter ihnen. Die Steine, von denen jeder doppelt so groß wie Iseult war, wurden von weiteren Steinen gekrönt und bildeten so überwölbte Torwege. Auf allen Menhiren waren Symbole von Sonnen und Sternen und Monden und fließenden Gewässern eingeritzt. Verglichen mit den kunstvollen Steinzeichnungen des Turms, wo Iseult aufgewachsen war, schienen sie kindlich und grob.

Im Inneren befand sich lediglich eine Wiesenfläche, in deren Mitte weitere hohe Steine einen Teich grünen Wassers umstanden. Von Binsen gesäumt verlief das Wasser entlang einem Streifen mit saftigem Gras und Klee nach Westen, wo einst aus den

Tiefen ein Fluss heraufgesprudelt und den Hang hinab in den Wald geflossen war. Die Freude auf Meghans Gesicht war allmählich geschwunden, als sie auch auf dem Hügel und im Garten keine Spur von Leben finden konnte, und sie hatte sie schroff aufgefordert, ein Lager zu errichten und zu warten. »Vielleicht wird Isabeau bald hier sein«, hatte sie gesagt. »Sie hat ihren Weg durch den Wald vielleicht nicht leicht gefunden.«

Während sie an diesem ersten Abend zusammen Feuerholz und Nahrung suchten, hatte Iseult bemerkt, dass sich Bacaiche ohne den schweren Umhang gewandter bewegte und sogar seinen Knüppel abgelegt hatte. Sie nahm an, dass er nun seine Schwingen zum Ausbalancieren benutzen konnte, während sie ihn nur behinderten, wenn sie unter dem Umhang festgehalten wurden. Sie fragte sich allmählich, warum Bacaiche sich am Kai nicht hatte verteidigen können. Er war ein großer, starker Mann mit kräftigen Schultern und Armen sowie tödlichen Klauenfüßen. Warum hatte er sie nicht benutzt?

Als sie ihn in jener Nacht danach fragte, hatte er den Blick mit angespanntem Kiefer abgewandt. »Ich dachte, die Menschen vom Rückgrat der Welt stellten keine Fragen.«

»Du kannst mir im Gegenzug natürlich auch eine Frage stellen«, antwortete Iseult.

Er fauchte: »Ich wurde in eine Amsel verwandelt, als ich zwölf war, falls du dich erinnerst. Ich hatte kaum begonnen, das Kämpfen zu lernen, und obwohl ich in Vogelgestalt ums Überleben kämpfen musste, ist mir das jetzt dennoch nicht von Nutzen.«

»Warum denn nicht?«

»Ich war vier Jahre lang eine Amsel, du Närrin. Ich hab mich unter Laub versteckt, wenn der Schatten eines Falken auf mich fiel, und flog davon, wenn Elfenkatzen auf der Jagd waren. Was nützt mir das jetzt?«

»Aber hast du nicht Gerüchte über die Ankunft eines geflügelten Kriegers verbreitet? Erwartest du nicht einen Krieg? Wie kannst du um den Thron kämpfen, wenn du nicht mal dich selbst gegen eine Horde schlecht ausgebildeter Soldaten verteidigen kannst? Du musstest von einem Mädchen und einer alten Frau gerettet werden ...«

»Hast du keine Augen im Kopf, Iseult vom Schnee? Das Leben als klauenfüßiger Krüppel bereitet einen nicht auf das Kriegerdasein vor.« Bacaiche erhob sich mühsam, während die Flammen unheimliche Schatten auf sein Gesicht warfen.

»Warum nicht? Du könntest mit diesen Schultern einen Bogen abschießen und du bist stark. Deine Klauen wirken großartig. Ich würd nicht von Mann zu Mann mit dir kämpfen wollen, wenn du sie wie ein Falke benutzt. Und du könntest von oben angreifen, was dir einen Vorteil verschafft.«

»Wie kann ich von oben angreifen, wenn ich nicht fliegen kann?«

Bacaiche schlug spöttisch mit den Schwingen, so dass Iseult die roten Locken aus dem Gesicht geweht wurden. »Du denkst, diese Schwingen wären mir noch auf andere Art nützlich, als mich nur zum Gefangenen meines eigenen Körpers zu machen? Ich, der Prionnsa Lachlan Owein MacCuinn, Sohn von Parteta dem Tapferen und direkter Abkömmling des Aedan Weißlocke, werde *Uile-Bheist* und Ungeheuer genannt. Ich werd von den Soldaten meines eigenen Bruders wie ein Wildkaninchen gehetzt und gezwungen, als Flüchtling zu leben! Glaubst du, ich würd mich nicht gerne wehren können? Denkst du, ich würd nicht gerne mit einem Schwert tanzen, wie du es tust?«

»Ich kann es dich lehren«, begann Iseult.

Bacaiche hatte sich mit einem Knurren jäh umgewandt und den Umhang wieder um sich geschlungen. »Einen Krüppel lehren, Iseult? Ich dachte, du verachtest die Schwachen und Missgebildeten. Ich dachte, du glaubtest, hilflose Krüppel sollten deinen schrecklichen Göttern des Weiß überlassen werden?« Ohne eine Antwort abzuwarten, war er in die Dunkelheit davongeschlurft, während Iseult vor Zorn und Scham errötete. Es stimmte, dass schwache oder missgebildete Babys von den Gemeinschaften ausgesetzt wurden und jene, die durch den Krieg oder durch einen Unfall verkrüppelt wurden, erfuhren auch nur Mitleid und Verachtung. Es tat ihr Leid, dass Bacaiche das wusste.

Am nächsten Morgen war er in den Wald davongehinkt, sobald sie ihr Frühstück beendet hatten. Iseult hatte sich und das Geschirr stirnrunzelnd in dem Bach gewaschen, der braun und sonnengesprenkelt zwischen den Bäumen verlief. Die steingekrönte Kuppe des hohen grünen Hügels wurde von den Ästen eines wuchtigen moosbewachsenen Baumes umrahmt. Bei diesem Anblick durchströmte sie heitere Ruhe. *Was macht es schon, wenn der schlecht gelaunte verkrüppelte Narr böse auf mich ist und nicht mit mir sprechen will? Er bedeutet mir ohnehin nichts ...*

Meghan saß mit gekreuzten Beinen auf dem Boden und zog eine Myriade seltsamer Gegenstände aus der kleinen schwarzen Tasche, die sie auf dem Schoß hielt. Ihr Donbeag, Gitâ, lief hin und her und trug, was er tragen konnte, auf verschiedene Stapel im Gras.

»Eine magische Tasche«, erklärte Meghan. »Sie wurde von einer der ältesten und klügsten Nyx für einen MacBrann gewoben. Es ist eine bodenlose Tasche – sehr nützlich, wenn man umzieht oder unerwarteten Angriffen entflieht. Leider muss man die Sachen in der gleichen Reihenfolge herausnehmen, wie man sie hineingelegt hat, wodurch es lästig sein kann, wenn man etwas sucht.«

Während die Waldhexe sprach, half Iseult dem Donbeag alles auf Stapel zu verteilen und wunderte sich über einige der außergewöhnlichen Gegenstände, die Meghan mitzunehmen beschlossen hatte. Einem Schmiedehammer und Meißel folgten ein zerbrochener Pfeil, der weiß befiedert war, und dann ein Hochzeitsschleier aus Spitze, der so alt war, dass Iseult befürchtete, er könnte ihr in den Händen zerfallen. Auch wunderschön gewobene Plaids in Blau- und Grüntönen befanden sich in der Tasche, durch die wie eine Feuerlinie die Farbe Rot verlief, während eine dunkelbraune Kugel unsicher auf einem hohen Stapel Bücher thronte.

Iseult hob die Kugel am verzierten Ständer auf und drehte sie. »Wo sind wir?«

Meghan ließ die Kugel sanft aus den Händen des Mädchens aufs Gras schweben, ohne das Auspacken zu unterbrechen.

»Das ist kein Globus unserer Welt«, sagte sie tadelnd. »Es ist einer von nur zwei Globen der Anderwelt und er ist unersetzlich. Ich bewahr ihn in der Tasche auf, damit die Zeit ihn nicht berührt. Bitte behandele meine Schätze mit großer Sorgfalt, Iseult. Viele davon hab ich vor Feuer und Verrat gerettet und ich würde es nicht gerne sehen, wenn du sie nun beschädigtest.«

Sie deutete auf eines der schweren, vom Alter gedunkelten Bücher mit einem üppig geprägten Einband. »Das ist einer der großartigsten Schätze des Hexensabbats und ich wäre beinahe dabei gestorben, als ich es vor der Banrìgh rettete. Es ist das *Buch der Schatten* und es enthält viel Wissen und Geschichte sowie viele großartige und mächtige Zauber. Nun, wo wir sicher nach Tulachna Celeste gelangt sind, werde ich wieder beginnen, dich und Lachlan zu unterrichten.«

»Weitere Magie?«, fragte Iseult eifrig.

Meghan nickte, sagte aber: »Du und Lachlan, ihr müsst auch noch vieles andere lernen. Unter anderem Alchimie und Geographie und Geschichte. Ihr seid beide wirklich ungebildet!« Iseult setzte sich bei den Worten der alten Hexe auf die Fersen zurück und spannte ihr Gesicht auf eine Art an, die Meghan allmählich vertraut wurde. »Kein Eigensinn jetzt, Iseult«, warnte Meghan. »Du hast zugestimmt, dich mit mir zusammenzutun, und ich bin jetzt wirklich froh, dass die Weberinnen deinen Faden sich mit meinem kreuzen ließen. Dieses Gewebe hat ein Muster, dessen bin ich mir sicher. Du musst vorbereitet werden.«

Iseult ließ ihre Hände ruhen, die sie unruhig im Schoß bewegt hatte.

»Außerdem – warum solltest du die Gelegenheit nicht ergreifen zu lernen, was du lernen kannst? Wissen ist Macht, das muss dir doch bewusst sein. Wenn du eines Tages Feuermacherin werden willst, wie du es möchtest, solltest du das Bestmögliche für dein Volk tun können. Gewiss wünscht deine Großmutter nicht, dass du deine Zeit hier vergeudest.«

Iseult schwieg noch immer; die Wimpern zeichneten rote Halbmonde auf ihrem cremefarbenen sommersprossigen Gesicht.

»Und wenn ich mich recht erinnere, kam dein Vater ursprünglich zum Turm der Zwei Monde, weil er alles gelernt hatte, was die Weisen deines Landes ihn lehren konnten. Er wollte unsere Weisheit und unser Können erlernen und studierte hart, während er bei uns war.«

Bei diesen Worten schaute Iseult auf und sagte: »Ihr habt Recht. Die Feuermacherin zu sein bedeutet, den Göttern des Weiß verpflichtet zu sein. Es nicht aus vollem Herzen anzunehmen, bedeutet, den Göttern nicht alle Ehre zuteil werden zu lassen.«

Sie hielt inne und sagte dann mit gepresster Stimme: »Also möchte ich mich bei Euch entschuldigen, alte Mutter, und mich der beiden schlimmsten Schwächen schuldig bekennen – der Angst und des Stolzes.« Meghan wirkte ein wenig überrascht und wollte etwas sagen, aber Iseult fuhr grimmig fort. »Ich hatte befürchtet, dass Ihr mir Eure Weisheit vermitteln wolltet, um mich von den Gemeinschaften abwerben und mich auf Euren Weg bringen zu können. Und ich war stolz und zornig, weil Euer Neffe mein Angebot, ihn zu unterweisen, verhöhnt hat, obwohl er genau hätte wissen sollen, dass es einem seltenen Kompliment meinerseits gleichkam, dass ich es überhaupt angeboten habe!«

Meghans faltige Lippen zuckten, aber sie antwortete ernst: »Also wirklich, Iseult, du brauchst dich nicht zu entschuldigen – ich möchte nur, dass du das Beste aus deinen Kräften machst. Du kannst zum Rückgrat der Welt zurückkehren, wann immer du willst, obwohl ich dich nicht gerne verlieren würde.«

»Dann werd ich noch eine Weile bleiben und abwarten, welches Muster die Weberin aus unseren Leben webt«, erwiderte Iseult ebenso ernst.

Meghan war über diese Worte erfreut, denn sie zeigten ihr, dass das Mädchen zumindest ein oder zwei Mal zugehört hatte, aber sie erwähnte es nicht und sagte stattdessen grimmig: »Belästige den Jungen nicht, Iseult, er ist nicht von deiner Art. Tatsächlich wurde er mit einem schrecklichen Zauber belegt und steht dem Verhexer wirklich verbittert gegenüber. Er kann sein Leben nun nicht leicht annehmen.«

Iseult öffnete den Mund zum Widerspruch, errötete dann und schwieg, als sie sich der düsteren Stimmung erinnerte, die ihre Frage am Vorabend bewirkt hatte. *Mit diesen Südbewohnern zusammen zu sein hat mich ungehobelt und hochmütig gemacht,* dachte sie. *Unerwünschte Fragen zu stellen!*

Als Bacaiche schließlich wieder auf die Lichtung stapfte, waren seine Locken vor Schweiß strähnig und seine bloße Brust und die Schultern von Brombeersträuchern zerkratzt. Meghan winkte ihn neben sich, ihr zerfurchtes Gesicht wirkte untypisch weich. »Schau, Lachlan, mein Junge, ich hab den Kilt und das Plaid meines Vaters für dich. Und auch sein *Sgian Dubh* und seine Felltasche. Sie waren lange Zeit verborgen. Du brauchst Kleidung, du kannst nicht immerzu in einer alten Hose von Isabeau im Land umherwandern. Sie ist dir ohnehin viel zu klein!«

Bacaiche ergriff die Plaids eifrig, wobei seine topasfarbenen Augen strahlten und seine düstere Stimmung vergessen war.

»Schau, die Felltasche trägt das Wappen der MacCuinn – da ist auch eine Spange, die das Plaid hält.« Er drehte die Spange zwischen den Fingern und betrachtete sie, und Iseult sah das Wappenbild – ein springender Rothirsch mit einer Krone im Geweih. »Ich sah den springenden Rothirsch nicht mehr seit meinen Kindertagen.« Seine Stimme klang belegt. »Und das geliebte alte Tartanmuster – mein Vater hat niemals etwas anderes getragen.«

»Meiner auch nicht.« Meghan liebkoste das Plaid, das nun um ihre Schultern lag. Umhüllt von den üppigen, mit einer großen Smaragdspange zusammengesteckten Falten war es nicht schwer zu glauben, dass sie von königlicher Abstammung war.

»Wer genau war dein Vater, Meghan?«, fragte Bacaiche, während er über den dunkelgrünen Samt der Jacke strich. »Ich glaub nicht, dass ich jemals wirklich erfahren habe, wie wir verwandt sind. Ich erinnere mich nur, dass du immer da warst, als ich ein Kind war.«

»Ja, ich war in der Tat immer da. Ich war da, als dein Vater ein Baby war, und bei deinem Großvater und Urgroßvater auch. Tatsächlich hab ich so viele deiner Vorfahren auf meinen Knien geschaukelt, dass ich sie fast alle vergessen habe. Großtante wäre die genaueste Bezeichnung, wenn wir ungefähr zehn ›Ur-‹ auslassen.«

Meghans Stimme klang so ironisch, dass sich weder Bacaiche noch Iseult sicher waren, ob sie ihr glauben sollten. Sie lächelte und drehte den Edelstein an ihrer Brust. »Mein Vater war die Weißlocke selbst«, erklärte sie stolz. »Ich war seine älteste Tochter, und Mairead die Schöne, die nach ihm den Leitstern führte, war meine jüngere Schwester.«

»Aber Aedan Weißlocke ist vor vierhundert Jahren gestorben!«

»Nein, erst vor dreihundertneunundfünfzig. Er wurde sehr alt, mein *Dai-Dein*, obwohl er den Thron aufgab, als er siebzig wurde, weil er glaubte, es sei an der Zeit, dass seine Töchter ihre Chance bekämen. Mairead errang den Leitstern und ich errang im gleichen Jahr – siebenhundertvierunddreißig – den Schlüssel des Hexensabbats. Dieses Jahr werde ich nie vergessen.«

»Aber das bedeutet, dass du mindestens …« Bacaiche versuchte, die Jahre im Geiste zu errechnen, aber es gelang ihm nicht.

»Erinnere mich daran, dass ich dir einige Lektionen in Mathematik erteile«, sagte Meghan trocken. »Ich bin vierhundertsiebenundzwanzig Jahre alt, obwohl es kaum höflich von dir war zu fragen. Du liebe Güte, ich fühle mich alt, wenn ich es ausspreche. Ich hatte fast vergessen, wie lang das schon ist. Die bodenlose Tasche auszuräumen, hat mich nostalgisch gemacht ... Geh und zieh den Kilt und die Felltasche meines Vaters an, Lachlan, und trage sie mit Stolz, denn er war wirklich ein großartiger Mann, vielleicht der prächtigste MacCuinn von allen.«

»Du nennst mich Lachlan.« Seine Stimme klang gedämpft. »Warum jetzt? Du hast mich seit der Verhexung nicht mehr Lachlan nennen lassen.«

Meghan lächelte und tätschelte seine glatte braune Hand mit ihren verkrümmten und von blauen Adern durchzogenen Händen.

»Wir sind hier sicher. Wir brauchen keine Lauscher zu fürchten. Niemand kann uns innerhalb des Schutzes von Tulachna Celeste mit dem Kristallsehen entdecken und niemand kann sich uns nähern, der kein Zauberwesenfreund ist. Außerdem haben wir deine Deckung am Kai preisgegeben. Meinst du nicht, dass inzwischen halb Rionnagan weiß, dass einer der vermissten Prionnsachan gefunden wurde? Ich war noch nicht bereit dazu, Maya wissen zu lassen, dass wir leben und eine Bedrohung ihrer Macht darstellen, aber das Massaker am Kai hat mich zu handeln gezwungen.«

Iseult biss die Zähne zusammen und schwieg.

»Also ist es vielleicht an der Zeit, dass du aufhörst, ein Krüppel zu sein, und wieder ein Prionnsa wirst. Ich werd dich von jetzt an Lachlan nennen und Iseult ebenso und wenn wir unsere Truppen versammeln, werden sie dich den MacCuinn nennen, wie es sich gehört.«

Als Lachlan aus dem Gebüsch zurückkam, tat er es mit hoch erhobenem Kopf und ausgebreiteten Flügeln, während der Kilt bei jedem gestelzten Schritt über seinen Klauen schwang. »Diese Kleidung ist nicht wirklich modern, oder?«, fragte er kläglich, obwohl er wusste, dass er gut aussah. Er hatte sich das Plaid um die bloßen Schultern geschlungen und mit der Spange mit dem

Rothirschwappen befestigt, dessen smaragdgrünes Auge düster schimmerte.

»Bring mir das Hemd, damit ich es für dich ändern kann. Wenn ich dich ausmesse und es dir anpasse, kann ich dir wohl ebenso Öffnungen für die Schwingen wie für die Arme einarbeiten.«

»Ja«, erwiderte Lachlan eifrig, löste das Plaid und kauerte sich mühelos vor Meghan hin. Der Feuerschein flackerte über seine olivfarbene Haut und zeichnete die Umrisse seiner Brust nach. Iseult konnte nicht umhin, ihn anzusehen, weil Lachlan ohne den verhüllenden Umhang ein wunderschöner Mann mit sehr muskulöser und glatter Haut war. Seine Schwingen wirkten sogar in gefaltetem Zustand großartig, mit blauen Glanzpunkten wie die Schwingen einer Amsel, während ihm die zerzausten Locken auf eine Art in die Stirn hingen, die Iseult als recht beunruhigend empfand. Sie rief sich in Erinnerung, wie mürrisch und schlecht gelaunt, wie ungehobelt und undankbar er war. Als Lachlan wieder in Leinen gehüllt und durch die blitzende Nadel und den Nähfaden mit Meghan verbunden war, sagte diese sanft: »Ich weiß, dass du verärgert bist, weil Iseult dich auf deine Schwingen und Klauen angesprochen hat, aber es ist wirklich an der Zeit, dass du deine Erscheinung akzeptierst, Lachlan, und das Beste daraus zu machen versuchst.«

Er versuchte, sich ihr vor Überraschung zu entziehen, aber Meghan hielt ihn fest und sagte ruhig: »Heb den Arm, Junge.« Nachdem sie die Naht geheftet hatte, fuhr sie fort: »Ich weiß, dass es nicht leicht für dich gewesen ist und dass du noch immer um deine Brüder trauerst. Ich vermisse sie selbst und hoffe, dass wir sie vielleicht noch im Körper einer Amsel gefangen finden werden, obwohl dreizehn Jahre vergangen sind – ich bezweifle, dass sie selbst unter der Verhexung so lange leben konnten. Ich wundere mich, dass du diese vier Jahre überlebt hast.« Sie verfiel längere Zeit in Schweigen.

Als sie weitersprach, klang ihre Stimme leise und streng.

»Iseult hat dir angeboten, dir das Kämpfen beizubringen, aber du bist zu stolz, ihr Angebot anzunehmen. So sehr ich Gewalt verabscheue, hat sie jedoch Recht damit, dass ein Krieg kommt. Wenn die Vorzeichen stimmen, wird es ein schlimmer und blutiger Krieg sein. Du sagst, du willst dich für deine Verhexung an Maya rächen und verhindern, dass ihre bösen Pläne wahr werden, und doch willst du nicht die Schlagkraft und die Fähigkeiten lernen, die du brauchen wirst. Welche Art Rìgh wirst du sein, wenn du Gelegenheiten nicht einmal ergreifen kannst, wenn sie dir geboten werden?«

Iseult konnte selbst im schwachen Licht des Feuers erkennen, wie stark Lachlan errötete.

»Kannst du mir nicht vom Hals bleiben, Meghan! Du nörgelst immerzu nur an mir rum.«

»Willst du dich an Maya der Verhexerin rächen?«

»Ja, Eà verdamme die Hexe mit dem schwarzen Herzen!«

»Willst du die Menschen beschützen, wie alle deine Vorfahren es stets getan haben, seit unser Ahnherr Cuinn sie in dieses Land brachte?«

»Ich denke schon«, antwortete er stirnrunzelnd.

»Willst du den Leitstern retten?«

»Ja«, sagte Lachlan kurz darauf, seine Stimme unerwartet sanft.

»Er grüßt, Meghan. Ich hör ihn unentwegt. Ich kann es nicht ertragen, dass er vor Sehnsucht nach Liebe und Berührung langsam stirbt.«

»Dann leg deinen Stolz ab und nimm an, was Iseult und ich dir anbieten. Du hast die Fähigkeit, Lachlan, dir fehlen nur Disziplin und Konzentration. Akzeptiere, dass du deine sorglose Kindheit und deinen starken makellosen Körper niemals zurückerlangen wirst, und mach das Beste aus dem, was du hast.«

Er sagte mit erstickter Stimme: »Du verstehst nicht.«

»O doch, mein Junge«, erwidere Meghan und es lag mehr Zuneigung und Wärme in ihrer Stimme, als Iseult jemals zuvor bei ihr erlebt hatte. »Mein Blut kocht vor Zorn darüber, dass Maya dich so verletzen konnte. Aber ich kann dich nicht zurückverwandeln, obwohl ich alles mir Mögliche versucht habe. Du musst dein Schicksal annehmen, Junge. Ich hab lange und gründlich darüber nachgedacht und ich frage mich, warum sonst Iseult in dieser Zeit zu uns gebracht wurde, wenn nicht, um uns beizubringen, was sie über Kampf und Kriegführung weiß? Ich muss darauf vertrauen, dass die Weberin das Weberschiffchen richtig lenkt, und du auch, Lachlan der Geflügelte.«

Lachlan schwieg. Als Meghan die Änderung des Hemdes beendet hatte, zog er es achselzuckend an und ließ sie es am Rücken um seine Schwingen schließen, schwieg aber weiterhin. Er hockte sich stirnrunzelnd wieder ans Feuer und stocherte mit einem Zweig mürrisch in den Kohlen. Iseult riskierte es, ihn anzusehen, und war verwirrt, als er ihr einen wilden Blick unter gerunzelten Augenbrauen zuwarf. Ihre Blicke verschränkten sich einen Moment und dann schaute Iseult verlegen fort.

»Du schuldest mir eine Frage, Iseult vom Schnee«, spottete Lachlan sanft.

Sie erwiderte seinen Blick. »In der Tat.«

Er zog überrascht eine Augenbraue hoch und wandte sich dann wieder den Kohlen zu. »Dann werde ich mir eine gute Frage ausdenken.«

»Man sollte niemals eine Frage verschwenden«, stimmte sie ihm zu.

Er musste unfreiwillig lächeln, obwohl er sich so rasch abwandte, dass Iseult es nicht genau sehen konnte. Sie lächelte in sich hinein und wandte ihre Aufmerksamkeit dann wieder dem Zauberbuch zu.

Danach übte Iseult jeden Morgen auf einer Lichtung im Wald mit ihren Waffen, arbeitete an ihren Bewegungen und ihrer Haltung und hielt die Glieder geschmeidig und kräftig. Normalerweise übte sie nackt, nur mit Stiefeln und Waffengurt, aber Meghan hatte ihr vorgeschlagen, Hemd und Hose anzubehalten, um ihre helle Haut vor der Sonne zu schützen. Iseult erklärte sich einverstanden und war später froh darüber, als sie erkannte, dass Lachlan sie aus dem Schutz einer großen Mooseiche beobachtete. Die Erinnerung an das eine Mal, als er sie beim Baden beobachtet hatte, verursachte ihr noch immer ein seltsam mulmiges Gefühl tief im Magen und sie war trotz der Hitze froh, dass sie ihr Leinenhemd trug.

Zunächst war Iseult versucht, einige ihrer schwierigen Luftmanöver vorzuführen. Sie war eine der akrobatischsten der Narbigen Krieger gewesen und war sogar aus dem Stand in der Lage, überraschend Saltos zu schlagen. Sie dachte jedoch daran, dass Lachlan noch Schüler war, und tat, was sie auch getan hätte, wenn sie einen ihrer jungen Schüler im Haven unterrichtet hätte. Sie zeigte, wie ein relativ einfacher Bewegungsablauf in einen mächtigen Abwehrzug übergehen konnte. Sie wiederholte die langsame flüssige Bewegung von Hand und Hüfte immer wieder und baute sie jedes Mal weiter aus, bis sie sich schließlich mit einer raschen Körperbewegung vom Boden hochstieß und mit dem Fuß nach oben austrat. Sie war sich ohne hinzusehen Lachlans grüblerischen Interesses bewusst und begann die Bewegungen allmählich zu variieren, so dass er erkennen konnte, auf wie viele Arten ein erlernter Reflex eingesetzt werden konnte.

Am dritten Tag wurde Lachlan ruhelos und wollte die Bewegungen selbst ausprobieren. Erst da zeigte Iseult ihm, was Übung und Disziplin bewirken konnten, indem sie mehrmals Rad schlug und mit einem hohen Salto endete, der sie direkt in den Laubbaldachin beförderte. Da kam er hervor, wenn auch stirnrunzelnd, die Arme über der Brust gekreuzt. Seit er die Kleidung seines Vorfahren angelegt hatte, wirkte er sowohl rìghähnlicher als auch weniger geheimnisvoll. Iseult war sich eines Gefühls der Vorahnung bewusst.

»Warum bedeckst du stets dein Haar?«, hatte er sie überraschend gefragt und an dem langen Ende ihrer Leinenkappe gezogen.

»Ist das die Frage, die du mir stellen wolltest?«

»Nein. Obwohl ich es gerne wissen würde … Also willst du mir das Kämpfen beibringen?«

»Ja, wenn du möchtest.«

»Meghan meint wohl, es wäre nützlich. Versuch nur, mir keine Predigt zu halten und nicht dein typisches überhebliches Grinsen aufzusetzen.«

»Freundlich wie immer, Euer Hoheit.«

Während Meghan also die Lichtung auf und ab geschritten war und durch ihre Kugel kristallgesehen hatte, begann Iseult Lachlan das Kämpfen zu lehren. Zunächst war es schwierig gewesen, weil er nicht herausfinden konnte, ob er besser wie ein Mensch schreiten oder wie ein Vogel hüpfen sollte. Aber nun war er zumindest in der Lage, sich zu verteidigen, wenn er angegriffen wurde, und seine Bewegungen wirkten nicht mehr so unbeholfen, wenn er über die Lichtung hinkte.

Meghan war das Warten auf die Frühjahrs-Tagundnachtgleiche schwer gefallen und sie war an diesem Abend verbittert und missgelaunt. Während sie den Kräutertrunk tranken, den sie ihnen gab, schalt die Waldhexe sie verärgert und prüfte sie auf die Riten der Tagundnachtgleiche. Sowohl Iseult als auch Lachlan hatten sie am Vortag gelernt, aber durch seinen Groll auf Meghans Stimmung konnte oder wollte sich Lachlan nicht mehr daran erinnern.

»Es ist an der Zeit, dass du die Rituale des Hexensabbats ernst nimmst, Lachlan! Du musst alle Gesänge für alle Feste beherrschen – sie sind nicht nur Vorführung und Mysterium …«

»Warum muss ich sie alle beherrschen? Ich werde Rìgh sein!«

»Du stammst von der Linie des Cuinn Löwenherz selbst ab und in dir ruht große Macht. Du kannst den Leitstern nicht führen, solange die Macht noch schläft. Du musst so viel wie möglich über deine Fertigkeiten und Talente lernen, bevor du auch nur daran denken kannst, den Leitstern zu erringen. Du willst

Rìgh aller Bewohner Eileanans sein? Dann wirst du alle deine Kraft und dein Wissen und deine Weisheit einsetzen müssen und wirst dennoch immer noch mehr brauchen ...«

»Ja, ja, ich weiß, das hast du mir alles schon früher gesagt«, murrte Lachlan.

Meghan erhob sich mühsam und begann, ihre Hexenutensilien einzusammeln. »Warum willst du dann nicht beachten, was ich dir sage?« Sie drückte Lachlan eine Ladung Feuerholz in die Arme und Iseult Kränze aus immergrünem Laub. Mit dem sich an ihren Zopf klammernden Gitâ ging sie durch den Wald nach Tulachna Celeste.

»Wenn es für mich so wichtig ist, die Fertigkeiten der Zauberei zu erlernen, warum hast du mich dann all die Jahre bei Enit gelassen?«, brauste Lachlan plötzlich auf und ließ seine Schwingen rascheln. »Sie ist keine Turmhexe, nur eine weise Frau des Waldes, die für ihre Mahlzeiten singt.«

»Enit wurde vielleicht in keinem Turm ausgebildet, aber sie hat eigene mächtige Magie«, fauchte Meghan, während sie sich auf ihren Stab stützte, um Atem zu schöpfen. Dann fuhr sie mit besorgter Stimme fort: »Du weißt, warum ich dich bei Enit lassen musste. Du warst noch immer mehr als zur Hälfte ein Vogel. Enit kann jeden Vogel bezaubern, selbst einen so wilden Vogel, wie du einer warst, in Wahrheit eher Falke als Amsel. Sie konnte mit dir in deiner Sprache sprechen ...«

»Du meinst den Gesang der Amsel«, sagte Lachlan stirnrunzelnd. Er hob den Kopf und sang so lieblich, dass sich Iseults Kehle zuschnürte und sie schlucken und den Blick abwenden musste.

»Es war gefährlich für dich, bei mir zu sein.« Meghan sprach leise und schnell. »Ich wurde überall gejagt, ein Preisgeld war auf meinen Kopf ausgesetzt und jeder Sucher im Land konzentrierte sich auf mich. Ich hoffte, dass die Banrìgh nicht herausfände, dass du ihre Verhexung überlebt hattest, und so musste ich dich verstecken. Niemand hatte einen Grund, die Jongleure zu verdächtigen, und Enit konnte dich verbergen und dir Sicherheit gewähren.«

»Dennoch ist der Wohnwagen eines Jongleurs nicht der Ort, an dem man die Fertigkeiten der Zauberei erlernen kann«, erwiderte Lachlan. »Du kannst wohl kaum mich dafür verantwortlich machen, dass ich nich' so viel weiß, wie du es gerne hättest, wo du mich von Zigeunern hast aufziehen lassen.«

»Ja, vielleicht hast du Recht«, antwortete Meghan ungewöhnlich sanft, »aber das ist keine Entschuldigung dafür, auch jetzt nicht zu lernen, wo du wieder bei mir bist. Außerdem weißt du, dass du bei Enit bleiben wolltest, als du erfuhrst, dass sie mit den Rebellen zusammenarbeitet. Du warst voller finsterem Zorn gegen die Banrìgh und wolltest sie vernichten.«

»Ja, weil du es nicht tun wolltest!«

»Sei kein Narr«, fauchte Meghan, als sie die steingekrönte Kuppe erreichten. »Du weißt, dass ich die ganze Zeit mit Enit zusammengearbeitet habe. Ich konnte mit dem Preisgeld auf meinen Kopf und einem Gesicht, das jeder Kleinbauer und Schafhirte kannte, nicht im Land umherwandern. Aber du konntest es einfach nicht ertragen, im Verborgenen zu wirken, du musstest hinaus, umherstolzieren und einen Ruf erlangen! Und du weißt, dass Enit versucht hat, dir einige der Yedda-Fähigkeiten beizubringen, aber du warst stets zu ungeduldig, zu mürrisch.«

»Ich konnt mich kaum daran erinnern, wie man spricht, Meghan, falls du dich erinnerst. Es dauerte Ewigkeiten, bis ich die Eine Macht überhaupt wieder heraufbeschwören konnte.«

»Und doch warst du als Kind stets sehr stark, so dass ich immer noch nicht verstehen kann, warum du die Macht jetzt so sehr fürchtest ...«

Lachlan öffnete den Mund zu einer Erwiderung, aber Meghan forderte mit einer Hand gebieterisch Schweigen, während sie die notwendigen Kniefälle ausführte, bevor sie den großen Steinzugang durchschritt. Als sie zum inneren Steinkreis vorstießen, stand die Sonne über dem weit entfernten Gipfel des Hauers bereits schräg und färbte den Gletscher rosen- und lavendelfarben. Sonnenuntergang – die Zeit, mit den Riten zu beginnen.

Die Frühjahrs-Tagundnachtgleiche bezeichnete das Ende des Winters und der öden Zeit und den Anfang der Sommermonate. Es war die Zeit, in der sich die magischen Gezeiten wendeten, eine Verlagerung in den Erdharmonien stattfand. Zum ersten Mal seit Anbruch des kühleren Wetters verweilte das Tageslicht ebenso lange wie die Nacht. Obwohl die Tagundnachtgleiche im Kalender der Hexen nicht so wichtig war wie Beltane oder die Mittsommernacht, war sie dennoch ein Schlüsselereignis und wurde gewöhnlich mit dem Abbrennen von Duftkerzen, dem Fertigen von Kränzen und dem Läuten von Glocken begangen.

Obwohl die drei Gefährten allein im Wald waren, beabsichtigte Meghan die Tagundnachtgleiche so vollkommen zu feiern, als wäre der Hexensabbat noch immer eine Macht im Land. Früher hätte jede Familie ihr Haus mit immergrünen Zweigen geschmückt und die Riten intoniert und die Glocken hätten von den Kirchen jeden Dorfes laut geklungen. Jetzt, wo der Hexensabbat geächtet und Hexerei verboten war, würden es nur wenige wagen, die Frühjahrs-Tagundnachtgleiche zu feiern, und sie würden es heimlich tun. Und noch weniger Menschen würden die Stunden des Fastens und Betens ertragen, auf denen Meghan als Erstes beharrte, und wenn sie die Beschwörungsformeln sprachen, würde es mit leiser Stimme und ängstlichen Blicken geschehen.

Mit geschlossenen Augen, einen Kranz aus dunkelgrünem Laub um den Kopf, erduldete Iseult die einsame, stundenlange Tortur, während sie an die hohen schneebedeckten Felsspitzen und weißen Täler dachte, die stets ihr Zuhause gewesen waren. Iseult vermisste das Rückgrat der Welt. Die Wärme dieser grünen Hügel machte sie träge und weich und verführte sie zu romantischen Vorstellungen. Dennoch war sie stolz, in die Fußstapfen ihres heldenhaften Vaters zu treten, der Erste ihres Volkes, der die Verfluchten Gipfel überquert hatte und in das

Land der Zauberer gereist war. Dort war er gestorben oder zumindest hatte sie das geglaubt. Die Drachen hatten gesagt, er sei nicht tot, sondern nur vermisst, und so träumte Iseult davon, ihn zu finden und im Triumph zu ihrer Großmutter zurückzubringen.

Die Flammen loderten bereits weniger hoch, als plötzlich alle Sinne Iseults in Alarmbereitschaft gerieten. Eine fremdartige Gegenwart befand sich innerhalb des Steinkreises. Iseult riss ihre müden Augen auf und sah drei große Gestalten sich langsam dem Feuer nähern. Sie legte lautlos einen Pfeil in ihre kleine Armbrust ein, spannte ihn mit dem Haken an ihrem Gürtel und hob die Waffe an die Schulter.

Ohne Vorwarnung ergriff eine verkrümmte alte Hand ihre Hände und zwang sie, die Armbrust wieder zu senken. Hätte Iseult Meghans Berührung nicht erkannt, hätte sie sie augenblicklich getötet, aber sie überwand ihren instinktiven Drang, sich zu verteidigen, und ließ Armbrust und Pfeil zu Boden gleiten. *Ich sagte, dass wir hier sicher sind, Iseult. Wann wirst du lernen, mir zu vertrauen?* Die Hexe sprach mit ihrer Geiststimme. *Wenn du den Pfeil abgeschossen und einen unserer Gastgeber getötet hättest, hättest du großes Unheil angerichtet, denn die Celestine sind die sanftesten Wesen überhaupt und wir sind hier nur durch ihre Güte geschützt. Lerne zu denken, bevor du töten willst, mein Kind, denn sonst bist du ebenso schlecht wie jene, die wir niederwerfen wollen.* Iseult nickte, obwohl sie das lautlose Herannahen der geheimnisvollen Gestalten weiterhin misstrauisch beobachtete. Die Feuermacherin Meghan war vielleicht bereit, allen Lebewesen die Hand in Freundschaft entgegenzustrecken, aber Iseult gewiss nicht.

Die Celestine waren groß und schlank mit weißem Haar, das ihren Rücken hinabfloss. Sie trugen lockere Gewänder aus fahler Seide, die leicht zu schimmern schien, so dass ein kaum wahrnehmbarer Nimbus ihre Gestalten umgab. Ihre Gesichter wirkten in der Dunkelheit verschwommen, obwohl Iseult gelegentlich ihre Augen glänzen sah. Die Finger einer Hand an der Stirn verneigten sie sich vor Meghan. Die Luft war von einem klangvollen Summen erfüllt.

Meghan erhob sich, verneigte sich ebenfalls und antwortete ihnen mit demselben tiefen, leisen Summen. Es klang wie umherschwärmende Bienen, schnurrende Elfenkatzen, raschelndes Laub, strömender Regen.

»Es ist fast Mitternacht«, sagte Meghan sanft zu ihren Schützlingen. »Wir werden bald mit dem Tanzen und Singen beginnen und dann auf die Dämmerung warten, wenn die Celestine die Sonne durch ihren Gesang zum Leben erwecken. Ihr könnt euch daran beteiligen, wenn ihr die Melodie trefft, aber wenn ihr den Ton nicht halten könnt, dann fangt gar nicht erst an. Ein verdorbener Gesang wäre ein wirklich schlechtes Omen, und der Gesang der Celestine braucht Ausdauer und Atemkontrolle.«

Ein weiteres der Zauberwesen kam aus der Dunkelheit, das kleiner als die anderen und gebeugt war. Als er näher ans Feuer trat, um Meghan zu begrüßen, sah Iseult, dass sein Gesicht von Falten zerfurcht und seine Stirn so stark gerunzelt war, dass seine Augen in Schatten verborgen lagen. Er und Meghan summten einander einige Zeit zu, wobei der Ton Iseult durch die Veränderlichkeit und Ausdruckskraft überraschte. Obwohl sie nicht verstand, was gesagt wurde, hörte sie doch Freude und Willkommen und Fragen. Der Celestine legte einen vielgliedrigen Finger zwischen Meghans Augen und sie neigte den Kopf und ließ sich sehr lange Zeit von ihm berühren. Dann nahm er ihre Hand in seine und ließ sie ihn auf gleiche Weise berühren.

So leise, dass Iseult sie nicht gehört hatte, war eine weitere Celestine durch den äußeren Steinkreis getreten und stand jetzt leise summend neben ihnen. Sie und Meghan umarmten einander und Iseult erkannte in Meghans Erwiderung die ansteigende Modulation einer ängstlichen Frage.

Iseult war schon fast eingeschlafen, als Meghan schließlich zum Feuer zurückkehrte. Lachlan wurde unter den Blicken der

Celestine nervös, die nahe des Wassers beieinander standen. Er schaute erleichtert auf, als Meghan ihnen befahl, ihre Fackeln anzuzünden, und tippte Iseult mit einer Klaue an.

Die fünf weißen Gestalten standen auf der Kuppe des Hügels um den dunklen Teich und warteten höflich schweigend, während Meghan Iseult und Lachlan durch die Hexenriten führte. Iseult gewöhnte sich allmählich an Meghans Art, aber sie fühlte sich beim Singen der Reime und beim Tanzen um das Feuer, während diese ernsten Gestalten zusahen, noch immer unbeholfen und eher töricht. Sie zogen ihren Blick immer wieder an, erweckten sowohl Verwunderung als auch Misstrauen. Mit ihren langen weißen Mähnen und der starken Gesichtsstruktur erinnerten die Celestine sie an das Volk vom Rückgrat der Welt und man wandte einem unbekannten Khan'cohban niemals den Rücken zu, wenn man es verhindern konnte.

In der grauen Stille vor der Dämmerung regten sich die Celestine schließlich, traten vor und hielten sich rund um den Teich an den Händen. Die brennenden Fackeln, die Iseult, Lachlan und Meghan in Händen gehalten hatten, waren vollkommen niedergebrannt und glommen nur noch. Auch das Feuer war zu glühender Kohle verbrannt und Iseult war sich bewusst, wie trocken ihre Augen und wie schmerzlich leer ihr Körper nach einer Nacht ohne Nahrung und Schlaf waren.

Einer nach dem anderen begannen die Celestine zu summen, einige so leise, dass der Klang eher in Venen und Arterien und Organen zu spüren als zu hören war. Andere wiederum summten so hoch und klar wie das helle Klingen eines Wasserfalls. Meghan schloss sich den Celestine um den Teich an, wobei deren schlanke große Gestalten über ihr aufragten. Ihr Murmeln verwob sich mit dem der Celestine, wodurch Rhythmen entstanden, die das Blut in Wallung brachten.

Die Nacht zog sich allmählich entlang dem Horizont zurück, als sich überraschend eine der klarsten Stimmen in ergreifender Schönheit durch den Gesang wob. Iseult, die benommen am Feuer hockte, schaute auf und sah, dass Lachlan still vorgetreten war, Meghans Hand ergriffen und sich dem Kreis der Sänger angeschlossen hatte. Seine Schwingen waren ausgebreitet, das Mondlicht sprenkelte die Federn silbern und hob seine wunderschöne Kinn- und Halslinie hervor. Iseult konnte ihn nur ansehen und lauschen, von hilfloser Sehnsucht erfüllt.

Während sich die Steine allmählich deutlicher vom heller werdenden Himmel abhoben, begannen Vögel aller Arten zu singen und zu jubilieren. Wassergurgeln erklang, als klare flüssige Blasen zum Leben erwachten und das Wasser des Teichs über den Felsrand und den Hang hinabsprudeln ließen. Lachlan sang noch immer, seine Stimme war die wunderschönste Musik, die Iseult jemals gehört hatte. Die Sonne ging auf und schmückte die Landschaft mit Farben und der Gesang der Celestine verklang zu Stille.

»Ach, gut gemacht, mein Junge!«, rief Meghan. »Komm und sieh dir das an, Iseult! Der Sommerborn fließt.«

Inmitten des Teiches sprudelte nun eine klare Quelle. Entlang dem Wasserlauf den westlichen Hang hinab war eine farbenprächtige Reihe Blumen aufgeblüht – die winzigen karmesinroten Sterne der Seerosen, goldene Butterblumen, blaue Vergissmeinnicht, die weißen Knospen wilder Erdbeeren und die schweren blassroten Köpfe des Klees.

Die Celestine summten aufgeregt und Meghan wandte sich um und umarmte ihren Neffen. »Es ist wahr, du hast Magie in der Stimme«, sagte sie bewegt und Tränen rannen ihr runzliges Gesicht hinab. »Der Sommerborn fließt stärker als seit Jahren! Die Celestine sagen, es sei der beste Dämmerungsgesang seit dem Erlass gegen Zauberwesen gewesen, weil es nur noch so wenige Celestine gibt und viele zu angsterfüllt sind, um den Gesang zu wagen. Oh, Lachlan, ich bin so froh und überrascht! Enit sagte, du hättest dich geweigert, deine Stimme zu benutzen, obwohl sie wusste, dass sie Zaubermacht hat. Du hast wirklich Talent – sieh dir die Quelle an, wie stark sie sprudelt!«

Die jüngste der Celestine, eine schlanke Frau in Blassgelb, trat vor, nahm Lachlans Hände und sah ihm aufmerksam in die Augen. Ein Ausdruck der Überraschung überzog Lachlans Gesicht und dann tiefste Verlegenheit. »Schon gut«, sagte er rau. »Es schien mir richtig – ich konnte hören, wie sich die Melodie aufbaute ...«

Nach einem langen forschenden Blick trat die Celestine anschließend zu Meghan und die beiden umarmten einander und gingen tief in ein Gespräch versunken davon. Eine nach der anderen verneigten sich die Celestine vor Lachlan und legten die Finger zunächst in die Mitte seiner und dann ihrer Stirn. Er wusste nicht, wie er reagieren sollte, aber sie lächelten nur vergnügt und folgten dann dem Verlauf des Sommerborns den Hügel hinab. Die Luft war vom lieblichen Duft der Blumen erfüllt und Heidelerchen flogen über sie hinweg und sangen furios. Der ganze Wald schien lebendig vor Freude, die hellen Blätter bebten und Nissen badeten verspielt im überfließenden Strom.

Einer der ältesten der Celestine blieb und ließ seine Finger durch die seidige Quelle gleiten, eine Butterblume im Bart. Sein Gesicht schien im Morgenlicht unendlich gefurcht, als hätte er viel Schmerz und Sorge gesehen. Sein spärliches Haar und der Bart waren weiß wie das der *Gal'teas* und seine Augen schimmerten hell. Er spürte Iseults Blick, schaute auf und berührte mit den Fingern seine runzlige Stirn. Obwohl er lächelte, wich der Anschein der Schwermut nicht aus seinem Gesicht.

Schließlich kehrten Meghan und die Celestine von ihrer bedächtigen Unterhaltung zurück. Meghan strahlte und ihre schwarzen Augen waren vor Freude weich. »Kommt, lasst uns von dem Fleisch unserer Mutter essen und das Wasser ihres Körpers trinken und lasst uns Freude empfinden, denn die Jahreszeiten haben gewechselt und die grünen Monate liegen vor uns«, intonierte sie und dann erbebte ihre Stimme vor tiefster Freude. »Und lasst uns auch Freude empfinden, weil Isabeau lebt und auf dem Weg nach Rhyssmadill ist! Wolkenschatten hat sie gesehen und obwohl Isabeau schwer verletzt war, hat sie sie beim Gezeitenwechsel geheilt. Sie gab Isabeau den Sattel des Ahearn, damit sie rasch zum blauen Palast gelangen konnte. Sie sagt, der Teil des Schlüssels, den Isabeau bei sich trug, sei noch immer in Sicherheit. Damit fällt mir ein schwerer Stein vom Herzen!«

Meghan wandte sich an Wolkenschatten und bildete in der Kehle den tiefen, summenden Laut, der die Sprache der Celestine zu sein schien. Die Celestine erwiderte das Summen, kam und setzte sich neben Iseult, brach eifrig das Brot und biss in ein Stück Obst.

Ich grüße dich, Iseult NicFaghan …

Iseult schaute auf und sah sich um, aber Meghan und Lachlan schienen nichts gehört zu haben. Dann erkannte sie, dass die Celestine sie anlächelte und sanfte Summlaute in der Kehle bildete. Ihre Augen waren klar und durchscheinend wie Wasser. *Wir von den Celestine haben nicht die gleichen Stimmbänder wie ihr Menschen. Wir können eure Sprache nicht sprechen und nur wenige Menschen können lernen, unsere Laute nachzuahmen. Meghan ist die Einzige, die ich je kennen gelernt habe, der es gelungen ist, und sie hat Jahrhunderte dazu gebraucht. Einige von uns können jedoch in euren Gedanken sprechen, wenn ihr dafür empfänglich seid. Du trägst das Bluterbe der Khan'cohbans in deinen Adern. Sie sind gewissermaßen Cousins der Celestine, was es für mich leichter macht, auf diese Art mit dir zu sprechen.*

»Wie habt Ihr mich genannt?«, fragte Iseult.

Iseult NicFaghan. Ich hätte dich ebenso gut Khan'derin da-Khan'lantha nennen können, denn du trägst beide Namen. Du bist der Abkömmling der unglückseligen Verbindung Faodhagans des Roten mit Khan'lanthas von der Gemeinschaft der Feuerdrachen vor vielen hundert Jahren. Obwohl sich deine Vorfahren nur selten mit Khan'cohbans verbanden, hast du dennoch einige ihrer Eigenschaften geerbt – deine klare Sehkraft, deinen Kampfgeist –, aber ich nenne dich bei deinem menschlichen Namen, weil dein Schicksal dort gründet.

Aber ich bin die Erbin der Feuermacherin! Iseult antwortete unbewusst ohne Worte.

Und auch die Erbin der Türme der Hexen. Es ist an der Zeit, dass die Abkömmlinge der Faodhagan ihren Platz in der menschlichen Gesellschaft einnehmen. Deine Familie hat eintausend Jahre lang abseits von ihren Verwandten gelebt. Es ist an der Zeit, dass sie wieder vereint werden ... ich habe deine Zwillingsschwester getroffen. Ihr seid euch sehr ähnlich, mehr als ich erwartet hatte. Sie hat eine schwere Reise vor sich, aber ich denke, auch der Preis für dein Schicksal wird hoch sein. Du hast schwierige Entscheidungen zu treffen und von deiner Wahl hängt mehr ab, als dir bewusst sein kann. Hab jedoch keine Angst. Obwohl Kummer vor dir liegt, erwartet dich auch große Freude.

Ich verstehe nicht, wovon Ihr sprecht.

Es fällt mir stets schwer, mich mit Menschen wie dir zu verständigen. Ich habe eure Gedanken- und Gefühlsmuster studiert und doch klafft noch immer eine Lücke zwischen dem, was ich weiß, und dem, was ich sagen kann. Es überrascht mich stets, wie verworren eure Gedanken und wie vage eure Gefühle sind.

Ich glaube nicht, dass ich verworren bin ...

Die Geiststimme der Celestine klang eindeutig belustigt. *Nein, natürlich nicht. Das glauben Menschen niemals. Ich bin nur wenigen Rassen begegnet, die hochmütiger sind, obwohl so viele auch sehr einfältig sind. Dennoch haben die Besten von euch große Geister und große Herzen und ich bemühe mich, diese wenigen nicht nach den vielen zu beurteilen.*

Danke ...

Die Celestine bildete ein hohes Summen, das Meghan veranlasste aufzuschauen und zu lächeln.

Menschen überraschten mich stets. Ich vergesse, wie leichthin ihr lebt. Es stimmt, dass euer Leben kurz ist. Ich fürchte, die Celestine nehmen alles zu ernst. Meghan sagt, uns fehle ... der Sinn für Humor, wenn das der richtige Ausdruck ist. Ein seltsa-

mer Begriff, denn wie kann Humor ein Sinn sein? Es gibt nur sechs Sinne ...

Meine Großmutter ermahnt mich stets, weil ich das Leben nicht ernst genug nehme.

Ja, die Khan'cohbans nehmen das Leben schwer. Sie sind sich stets der Tatsache bewusst, dass das Gewicht des Todes sie niederdrückt.

Zum ersten Mal während ihrer seltsamen Unterhaltung hatte die Celestine einen Laut ausgestoßen. Sie hatte »Khan'cohban« so ausgesprochen, wie das Volk es ausgesprochen hätte: ein raues gutturales »Khan«, gefolgt von zwei absinkenden Noten – *die Götter! Kinder der.* Der Klang rief ebenso eine Gänsehaut hervor wie der einsame Schrei eines Raben in der Abenddämmerung.

Iseult erwiderte in derselben Sprache: »Das Leben auf dem Rückgrat der Welt ist hart.«

Das ist es in der Tat. Wir vom Walde haben Glück. Oder zumindest hatten wir Glück. Nun umwölkte Melancholie die sanfte Stimme in Iseults Geist. *Wir, die ihr Menschen die Celestine nennt, waren einst ebenso viele, wie es Sterne am Himmel gibt. Wir lebten in den Wäldern und Tälern und kümmerten uns um das Land. Wir hatten unsere Feinde. Wer hat die nicht? Wir wurden oft von denen gepeinigt, die ihr Satyricorn nennt, wie auch von Fluchhexen und Raubraben. Manchmal kamen die Khan'cohbans in Horden von den verschneiten Gipfeln herab ...*

Iseult erkannte erschreckt, dass sich die komplizierte Knospe aus Falten auf der Stirn der Celestine geöffnet hatte und sie mit einem dritten dunklen Auge betrachtet wurde. Es schimmerte so hell vor fließenden Spiegelungen, dass es sie wie ein Schwert traf. Ihre beiden darunter liegenden Augen waren klar und ausdruckslos.

Iseult erwiderte den Blick unfreiwillig und die Celestine betrachtete sie ernst, während sie die langfingrigen Hände im Schoß gefaltet hielt. *Der Anblick meines dritten Auges ängstigt dich? Es verursacht Menschen aus einem unbestimmten Grund stets Unbehagen, vielleicht weil sie ihres schon vor so langer Zeit verloren haben. Aber wenn ich es geschlossen halte, wie soll ich dich dann klar sehen oder die Möglichkeit finden, mit dir zu sprechen?*

Iseult betrachtete das Auge inmitten der Stirn der Celestine.

Seht Ihr mich durch Euer drittes Auge anders?

In der Tat. Ich kann es nur schwer beschreiben. Ich sehe deine emotionalen Energien, deine verborgenen Gedanken …

Haben wir nicht auch ein drittes Auge? Meghan erwähnte so etwas …

Ja, aber eure Stirn ist glatt, euer drittes Auge kann nicht physisch sehen. Es ist ebenso wie der sechste Sinn, den ihr benutzt. Euer drittes Auge ist verschleiert und ihr müsst lernen, es zu befreien. Das dritte Auge deiner Schwester wurde natürlich von Meghan versiegelt, aber sie hat einen scharfen Schlag an den Kopf erlitten, wodurch Meghans Zeichen abgeschüttelt wurde. Sie wird feststellen, dass sich die Schleier nun rasch heben.

Was seht Ihr mit Eurem dritten Auge also über mich?

Du sehnst dich nach dem geflügelten Jungen, aber du rügst dich dafür, dir zu erlauben, an ihn zu denken. Er ist mürrisch und überheblich, sagst du dir oft. Aber ich sage dir, dass du Ruhe bewahren sollst, denn ich spüre, dass dein und sein Schicksal zusammengehören. Der geflügelte Junge hat Zauberkraft in seiner Stimme. Heute Morgen floss der Sommerborn stärker als seit Jahren. Der Sommerborn nährt den Wald und den Garten und alles wird jetzt zum Leben erwachen und erneuert werden … Sei nicht böse auf mich, weil ich über das spreche, was ich sehe. Deine Gefühle sind so um diesen Jungen verstrickt, dass ich kaum etwas anderes lesen kann.

Lachlan MacCuinn ärgert mich und macht mich wütend, wenn Ihr das damit meint, dass meine Gefühle verstrickt sind. Ich denke selten auf andere Art an ihn. Iseult blickte auf die Frucht in ihrer Hand hinab und mied den dreiäugigen Blick der Celestine.

Ich glaube, ich erkenne dich deutlicher als du dich selbst. Es hat keinen Sinn, die Wahrheit einer Celestine gegenüber zu leugnen. Ihr könnt uns bei Gefühlen nicht belügen ... Aber nun muss ich zu meinem Großvater gehen. Er hat mich während der letzten Monate sehr vermisst. Denk über meine Worte nach und bewahre Ruhe. Man kann seine Gedanken und Gefühle nicht immer kontrollieren und es ist nichts Falsches dran, wenn man entdeckt, dass der eigene Weg in eine andere Richtung verläuft, als man geglaubt hat.

Ich bin die Erbin der Feuermacherin, dachte Iseult trotzig.

Wolkenschatten erhob sich, klopfte ihr fahles Seidengewand ab und lächelte auf Iseult herab. *Lebwohl, Iseult NicFaghan ...*

Iseult schaute auf, sah, dass Lachlan sie mit seinen topasfarbenen Augen betrachtete, und erwiderte seinen Blick stirnrunzelnd. Er blickte augenblicklich auch düster drein.

Mich nach diesem mürrischen Jungen sehnen? Das glaub ich nicht!

Trübes Licht und strahlende Nacht

Dillon der Kühne kroch auf dem Bauch auf den Kamm zu, bedeutete seinen Kommandeuren unten zu bleiben und hob dann den Kopf, um über die Kante zu spähen. Der Pfad, der den rasch dahinströmenden Muileach entlang verlief, war bar allen Lebens, so weit er blicken konnte. Er wartete einige Minuten, lauschte und beobachtete, schürzte dann die Lippen und pfiff drei aufsteigende Noten wie ein Blaukopf-Mauersegler. Sofort winkte sein stellvertretender Kommandeur, Jay der Fiedler, die Gruppe in Lumpen gehüllter Kinder heran, die hinter einem Felsblock kauerten. Sie liefen herbei, wobei sie einen schwachen alten Mann in Bettlerkleidung führten, dessen langer verfilzter Bart in seinen aus einem Seil bestehenden Gürtel gesteckt war. Er suchte sich mit einem großen Stab seinen Weg über den unebenen Untergrund; seine Augen waren weiß und verschleiert.

»Der Weg voraus ist frei, Meister. Ich denke, wir können ihn sicher auskundschaften«, sagte Dillon, während er den schwarz gefleckten Kopf seines zottigen Welpen streichelte.

»Das wäre gut«, erwiderte Jorge der Seher und wendete seinen blinden Kopf. »Heute ist die Frühjahrs-Tagundnachtgleiche, und ich denke wirklich, wir sollten die Riten abhalten und eine Sichtung wagen, obwohl es mir Sorgen bereitet, mich hier in der Wildnis so weit zu öffnen. Wenn Soldaten in der Nähe sind und uns sehen, werden sie wissen, dass wir der alten Art folgen, und dann werden wir wirklich Probleme bekommen.«

»Fürchtet nichts, Meister, wir werden Euch beschützen und Euch Sicherheit gewähren.«

»Ich danke euch. Ich weiß, dass ihr das tun werdet«, erwiderte der alte Seher ohne jegliche Ironie in der Stimme. Nach den letzten Wochen der Reise mit Dillon dem Kühnen und seiner Bande von Bettlerkindern wusste Jorge, dass sie sich sehr wirkungsvoll um ihn kümmern würden.

Er war den Kindern zum ersten Mal in den Slums von Lucescere begegnet, wo sie ihm und seinem jungen Akoluthen Tòmas geholfen hatten, den Fängen der Liga gegen Hexen zu entkommen. Der kleine Junge hatte die wundersame Fähigkeit, allein durch Berührung zu heilen, und hatte die Aufmerksamkeit der Sucher auf sich gezogen, indem er jene geheilt hatte, die in den Kerkern der Liga gegen Hexen eingesperrt waren. Die Nachricht über das Wunder hatte sich rasch verbreitet und Aufstände gegen die verachtete Liga gegen Hexen waren ausgebrochen. Von dem kräftigen Dillon mit den zerzausten Haaren angeleitet, der damals unter seinem Spitznamen Scruffy bekannt war, hatten die Bettlerkinder die Stadtsoldaten im Kreis geführt, während Jorge und Tòmas in die Berge flohen. Jorge, der Dillon für seine Hilfe dankbar war, hatte vorgeschlagen, dass er sich ihrer Reise anschließen sollte, hatte aber nicht erwartet, dass der Bettlerjunge dies im Namen der ganzen Bande annehmen würde.

Jorge hatte jedoch festgestellt, dass er die in Lumpen gekleideten schmutzigen Kinder nicht in die Slums von Lucescere zurückschicken konnte. Er war selbst in diesen Gassen aufgewachsen. Er wusste, wie hart das Leben dort war. Gleichgültig wie mühsam oder gefährlich die Reise durch das Land vielleicht wäre, wären die Kinder bei ihm dennoch sicherer, als wenn sie wild auf den Straßen Lucesceres lebten. Nach einer Woche in Begleitung der Liga der Heilenden Hand, wie sie sich nun nannten, musste Jorge zugeben, dass eher er unter dem Schutz der Kinder stand als umgekehrt. Dillon der Kühne war natürlich der Anführer der Liga, und er setzte seine Truppen mit der Findigkeit und dem

Sachverstand eines schlachterfahrenen Generals ein. Obwohl er selbst sein ganzes Leben in den Slums der Stadt verbracht hatte, waren mehrere Mitglieder seiner Bande auf dem Land aufgewachsen und er hatte sie eindringlich befragt, um alles zu erfahren, was sie über das Jagen und Spurenlesen wussten.

Nun wurden falsche Spuren gelegt, ihre Spuren beseitigt, Wurzeln und Beeren gesammelt, Lagerplätze gefunden, Fallen für Kaninchen und Vögel ausgelegt und Patrouillen ausgeschickt, um das vor und hinter ihnen liegende Land zu durchkämmen. Nur das älteste Mädchen, Johanna, eine ängstlich wirkende Heimatlose mit langen graubraunen Zöpfen, hatte darum gebeten, nicht kundschaften zu müssen, und war es stattdessen zufrieden, Nahrung zu suchen und ihnen undefinierbare Mahlzeiten zu kochen.

Innerhalb weniger Tage hatten sie die Stadt Lucescere, die zu scharfen Felsen aufragenden, grünen Gebirgsausläufer und die von Wäldern und klingenden Wasserfällen erfüllten Schluchten weit hinter sich gelassen. Zackige Berge stiegen an beiden Seiten auf, während sich der Fluss durch eine enge Felsschlucht schlängelte, welche die kleine Gruppe Reisende zwang, auf einem schmalen Pfad zu bleiben. Das Hauptproblem war, dass die Roten Garden ebenfalls dem Fluss folgen mussten, wenn sie sich ihren Weg nicht über die dicht bewaldeten Hügelkämme erzwingen wollten, die zu beiden Seiten aufragten. Demzufolge war die Reise der Liga ein Versteckspiel, unterstützt von der weiten Sicht von Jorges Rabe, der über ihnen flog, und den vorhersehenden Hexensinnen des alten Mannes.

Die größte Gefahr stellten die Sucher der Liga gegen Hexen dar, die gelegentlich von Patrouillen begleitet wurden. Jorge konnte sich mit geübter Leichtigkeit abschirmen, aber die anderen Mitglieder der Gruppe waren in einer schwierigeren Lage. Tòmas wurde von einem Paar verzauberter Handschuhe aus Nyxhaaren geschützt, aber die anderen konnten ihre Gedanken auf keine Weise verbergen und einige von ihnen hatten eindeutig das Potenzial, mit Magie umzugehen. Ein Sucher war dazu ausgebildet, jedermann aufzuspüren, der auch nur eine Spur magischer Fähigkeit aufwies, und es bestand die reale Gefahr, dass eines der Kinder versehentlich eine magische Handlung vollziehen könnte, die einen Sucher auf sie aufmerksam machen würde.

Jorge hatte Jay dem Fiedler bereits untersagen müssen, seine alte abgenutzte Fiedel zu spielen. Der dünne Junge mit der olivfarbenen Haut hatte eines Abends für sie gespielt und Jorge hatte erkennen können, dass die Magie so mühelos in seine Musik eingewoben war, wie ein Sehender die Sterne am Himmel erblicken konnte. Er hatte dem Jungen rasch Einhalt geboten, da er befürchtete, ein Sucher könnte das, was menschliche Ohren aus wenigen hundert Metern Entfernung nicht hören konnten, leicht spüren.

Das jüngere der beiden Mädchen, ein wendiges lebhaftes Kind namens Finn, war wegen Jay recht bedrückt gewesen und hatte Jorge am nächsten Morgen gefragt: »Hat Euch nich' gefallen, was Jay gestern Abend gespielt hat? Warum habt Ihr ihm gesagt, er soll aufhören? Ich denk immer, dass er auf der Fiedel ein Hexenmeister ist! Hat es Euch wirklich nich' gefallen?«

»Ach, nein, es war hübsch, Finn, ich hab ihn nur aufgehalten, weil er mit der Fiedel wirklich ein Hexenmeister ist. Seine Musik ist voller Magie und das ist gefährlich, wo so viele Hexenschnüffler in der Nähe sind.«

Jorge konnte den intensiven Blick des Mädchens auf sich spüren. Finn fragte keuchend: »Glaubt ihr das? Ist es wirklich Magie? Ich hab das schon immer behauptet!« Sie hüpfte davon, zweifelsohne, um Jay zu suchen und ihm zu erzählen, was der Seher gesagt hatte.

Jay kam später zu ihm und sagte mit einer vor unterdrückten Empfindungen rauen Stimme und in scheuen Worten: »Finn sagte, Ihr glaubt, meine Musik habe Magie in sich …«

Jorge tätschelte die Hand des Jungen. »Das glaub ich in der Tat,

Jay, obwohl ich nicht weiß, wie mächtig sie ist. Wenn der Hexensabbat noch existierte, würde ich dir empfehlen, nach Carraig zu gehen, aber der Turm der Meersinger ist nur noch ein Haufen zerbrochener Steine.«

»Also gibt es keine Hoffnung ...«

»Das hab ich nicht gesagt«, erwiderte Jorge. »Es gibt immer noch einige Hexen, mein Junge, und wenn alles gut geht, werden wir nicht länger durch das Land gejagt werden, sondern die Türme wieder aufbauen. Dann wird unser aller Zukunft anders verlaufen.«

Jay der Fiedler war nicht der Einzige, in dem der alte Seher ein gutes Potenzial zu erkennen glaubte. Finn strahlte ebenfalls magische Macht aus und Jorge merkte, dass er sich über sie wunderte. Er fragte sie nach ihrer Herkunft, aber sie war ein Findelkind mit nur wenigen Erinnerungen an ihre Vergangenheit. In Lucescere war sie bei einem Dieb und Kopfgeldjäger namens Kersey in die Lehre gegangen, ein brutaler Mann, der sie oft geschlagen und sie für sich stehlen geschickt hatte. Der einzige Besitz, den sie hatte und der vielleicht einen Hinweis auf ihre Vergangenheit geben konnte, war ein angelaufenes und verbeultes Medaillon, das sie an einem Band um den Hals trug. Sie gab es Jorge, damit er es fühlen konnte, und er spürte augenblicklich das Kribbeln der Zauberei. Er führte die Finger darüber und spürte die erhabene Gestalt eines Tieres, ein Hund vielleicht oder ein Pferd. Obwohl er sie genau befragte, konnte sie sich nicht erinnern, wie sie zu dem Zauber gekommen war oder was er bedeutete. Sie wusste nur, dass sie es nicht aus der Hand geben durfte.

»Warum hat dein Lehrherr es dir nicht genommen? Er muss gewusst haben, dass es magisch ist.«

»Er war 'n ziemlich dummer Mann«, antwortete Finn. »Er war kein richtiger Hexenschnüffler, nich' wie die Großsucherin Glynelda.« Sie erschauderte leicht.

»Du bist der Großsucherin Glynelda begegnet?«, fragte Jorge

neugierig, wohl wissend, dass das Oberhaupt der Liga gegen Hexen ebenso die Macht in dem kleinen Mädchen gespürt haben
musste wie er.

Sie nickte und als sie erkannte, dass der alte Mann sie nicht sehen konnte, sagte sie gedämpft: »Hmmm, hmmm.«

»Sie kannte dich?«

»Hmmm, hmmm.«

»Du hast sie oft gesehen?«

»Nicht oft. Vielleicht alle zwei Monate. Jedes Mal, wenn sie in
Lucescere war, rief sie nach Kersey und er nahm mich mit zum
Palast und sie prüfte mich.«

»Prüfte dich wie?«

»Sie stellte mir Fragen und prüfte mich – bat mich, Dinge für
sie zu finden.«

»Dinge für sie zu *finden*?«

Jay unterbrach lachend. »Unsere Finn, die Großschnüfflerin!
Sie kann alles finden, was verloren geht, Meister. Der alte Kersey hat ein Vermögen mit ihr verdient! Die Menschen sind zu
ihm gekommen und haben ihn gebeten, alles Mögliche zu finden – vermisste Hunde oder Schmuck, davongelaufene Liebhaber! Er gab vor, sich in Trance zu versenken, und hat ihnen dann
einen unglaublichen Betrag berechnet, um das Gesuchte zu finden, während die ganze Zeit in Wahrheit Finn das Suchen übernahm. Er hat allerdings alles für Whisky ausgegeben, und er war
ziemlich unangenehm, wenn er besoffen war.«

Jorge führte seine Finger erneut über das Medaillon und wunderte sich über die erhabene Gestalt. Ein Hund oder ein Wolf? Er
fragte sich, ob es sicher sei, in Kontakt mit Meghan zu treten,
entschied aber dann, dass es zu gefährlich war, wenn Sucher in
der Nähe waren. *Wenn wir nach Hause kommen, werde ich es
versuchen,* dachte er. *Meghan wird über einen Schützling Glyneldas Bescheid wissen wollen … Besonders über einen, der das
Talent des Suchens besitzt.*

»Er war 'n schrecklicher Mann«, sagte Jay. »Er schlug Finn ge-

59

wöhnlich, wenn sie nicht tat, was er ihr befahl. Wir waren alle froh, als er starb.«

Finn hatte danach nicht darauf gewartet, dass die Großsucherin Glynelda sie an jemand anderen binden würde. Sie hatte einfach ihre Sachen gepackt und war geflohen, um sich ihren Freunden auf der Straße anzuschließen. Anscheinend hatte sie niemand vermisst. Ihre einzige Angst hatte darin bestanden, von der Großsucherin aufgespürt zu werden. »Aber warum hätte sie das tun sollen?«, fragte Jorge, was Dillon und Jay zu schallendem Gelächter veranlasste.

»Das sagen wir auch immer«, gluckste Dillon.

Finn sagte ärgerlich: »Heiliger Drachenarsch! Sagt, was ihr wollt, ich weiß es! Die Großsucherin hatte Pläne mit mir, das hat sie *gesagt*! Sie hat mir Angst gemacht und ich hab niemals gewagt, nicht zu tun, was sie mir befahl. Ich weiß, dass sie mich dazu ausgebildet hat, Schreckliches zu tun, denn warum sonst hätte sie mich alle diese Dinge lernen lassen?«

»Welche Dinge?«, fragte der blinde alte Mann sanft.

»Dinge wie Schlösser zu knacken oder jemandem unbemerkt zu folgen. Sie ließ mich sogar lesen lernen! Warum wollt sie, dass ich lesen kann, wenn nich', um etwas Schlimmes für sie zu tun?«

Jorge musste fast lachen, obwohl es ein bitteres Lachen gewesen wäre. Stattdessen gelang es ihm, etwas Beschwichtigendes zu sagen, während Finn rebellisch fortfuhr: »Ich konnt nicht verstehen, warum ich mich nich' einfach mit Dillon und Jay herumtreiben konnte – niemanden kümmerte es, was sie taten, warum sollte es dann jemanden kümmern, was ich tat?«

Da der alte Seher sich Sorgen über die Verletzlichkeit der Kinder machte, hatte er begonnen, sie zu lehren, wie sie ihre Gedanken abschirmen konnten, und hatte zurzeit der Frühjahrs-Tagundnachtgleiche bereits einige Erfolge zu verzeichnen. Sie waren bei der Vorstellung, den Wechsel der Gezeiten zu feiern, alle hellauf begeistert. Nachdem sie in einer der stark bewaldeten Schluchten eine gut versteckte Lichtung gefunden hatten, erlaubte Jorge den Kindern, am Nachmittag zu rasten, was dazu genutzt wurde, eine Art Festmahl zu kochen und aus Blättern dicke Kränze zu flechten. Jorge war über ihre Begeisterung überrascht gewesen und hatte sich gefragt, wie viele Gelegenheiten sie in Lucescere wohl gehabt hatten, Spaß zu haben.

Der Frühjahrs-Tagundnachtgleiche ging gewöhnlich eine Prüfung voraus, die von Sonnenuntergang bis Mitternacht dauerte, aber Jorge dachte, das wäre von seinen jungen Gefährten zu viel verlangt. Deshalb versuchte er, die Kinder zum Schlafen zu überreden, indem er versprach, sie beim Gezeitenwechsel zu wecken. Sie konnten jedoch nicht schlafen, sondern lagen stattdessen beim Feuer und flüsterten und kicherten miteinander, während Jorge sich so bequem hinsetzte, wie es ihm sein alter Körper erlaubte, an Eà dachte und sich der wolkenverhagenen Nacht öffnete. Er erkannte den Moment, in dem die Gezeiten wechselten, er konnte es in sich spüren und so weckte er die schläfrigen Kinder.

Dann saßen sie um das Feuer, Kränze um den Kopf und brennende Fackeln in der Hand, während er mit seinem Hexendolch den magischen Kreis um sie zog. An der Stelle, wo sich der Kreis schloss, stieß er seinen Stab in die Erde und begann die Riten zu intonieren. Die Kinder sangen gehorsam mit ihm:

Trübe Nacht und schimmerndes Licht,
Verschließe unserer Sicht deine Geheimnisse nicht,
Finde in uns die Tiefen und das Licht,
Finde in uns die Ergebenheit und die Pflicht,
Finde in uns Kohlenschwarz und schneeweißes Licht,
Schimmernde Nacht und trübes Licht.

Schweigen senkte sich wieder über sie. Jorge warf eine Hand voll wohlriechende Blätter und Wurzeln auf das Feuer, so dass die Flammen grün und gelb aufzischten. Er bedeutete den Kindern, mit ihrem Tanz zu beginnen, mit den langsamen Schritten und dem Stampfen, während er leise intonierte: »Du, sich ständig verwandelndes Leben, und du, Tod, verwandelt uns in eurem Angesicht, eröffnet uns eure Geheimnisse, öffnet die Tür. In euch werden wir von Sklaverei befreit sein. In euch werden wir von Schmerz befreit sein. In euch werden wir von Dunkelheit ohne Licht befreit sein und in euch werden wir von Licht ohne Dunkelheit befreit sein. Denn Schatten und Licht sind euer, wie auch Leben und Tod euer sind. Und da alle Gezeiten euer sind, werden wir tanzen und feiern und Freude haben, denn die Gezeiten der Dunkelheit haben gewechselt und die grünen Zeiten liegen vor uns, die Zeit der Liebe und der Ernte, die Zeit der Umwandlung der Natur, die Zeit, Mann und Frau zu sein, die Zeit, Kind und altes Weib zu sein, die Zeit der Gnade und Erlösung, die Zeit von Verlust und Opfer, denn ihr seid unsere Mutter und unser Vater und unser Kind, ihr seid die Felsen und die Bäume und die Sterne und die tiefe, tiefe Strömung des Meeres, ihr seid die Spinnerin und Weberin und Fadenschneiderin, ihr seid Geburt und Leben und Tod, ihr seid Schatten und Helligkeit, ihr seid Nacht und Tag, Morgendämmerung und Abenddämmerung, ihr seid das sich ständig verwandelnde Leben und der Tod …«

Der Rauch wirbelte um sie herum und Jorge merkte, wie sich seine Wahrnehmung ausstreckte, sich erweiterte, schmal und lang wie eine vom Wind gestreckte Wolke. Er hatte es nicht mehr gewagt, sich den Gewalten zu öffnen, seit sie Lucescere verlassen hatten, und er spürte einen gefährlich starken Strom von Eindrücken durch sich fließen.

Funken flogen vom aufflackernden Feuer in die Dunkelheit und er folgte ihnen, flog durch die Nacht. Er sah den Fluss als ein Gewirr von Energien, sah die hellen Flammen von Nachtwesen durchs Unterholz schreiten, die kleinen Funken der Gejagten, die im Farnkraut kauerten. Er sah nur wenige Hügelkämme entfernt ein weiteres Lagerfeuer, hörte die gelangweilten Gedanken von Soldaten und spürte die feindselige Gegenwart eines Suchers. Panik ergriff sein Herz – er hatte nicht erkannt, dass jemand so nahe war!

Er versuchte umzukehren, wieder in seinen Körper zurückzukehren, aber die Mächte vereinnahmten ihn. Visionen durchströmten ihn – rote Wolken, die von Süden heranrasten, rollender Donner. Das Schimmern von Schwertern und Kettenpanzern durch den Nebel. Eine Gezeitenwoge, die vor Schuppen und Flossen brodelte und aufstieg, um die Ebenen Clachans zu überschwemmen. Eine weiße Hirschkuh, die durch einen dichten Wald lief und einem ihr hinterherjagenden Wolf zu entkommen versuchte, dessen Augen vor Blutgier rot waren. *Meghan ist in Gefahr,* dachte er und wurde dann erneut davongeschleudert. Er sah Finn in Dunkelheit gehüllt, einen geflügelten Mann, der einen Feuerbogen führte und Flammen abschoss, ein Mädchen, das eine Hand zu einem Spiegel ausstreckte, nur damit ihr Spiegelbild zum Leben erwachte und ihr Handgelenk ergriff. Als er wieder auf seinen zerbrechlichen Körper zustürzte, neben das ersterbende Feuer sank, sah er erneut die Vision, die ihn bisher am stärksten beunruhigt hatte – das Verschlingen der Monde, das Verzehren des Lichts.

Jorge schwebte wieder ins Bewusstsein, spürte die aufkommende Dämmerung in seinen Adern und hörte das Stampfen der Kinderfüße, während sie noch immer um das Feuer stolperten. Er wusste nicht, wie viele Stunden er fortgewesen war. Er war müde, so müde, dass er seine Hände nicht mehr aus dem Schoß heben und seine Stimme nicht zum Sprechen zwingen konnte. Schließlich krächzte er: »Die Dämmerung kommt, der Morgen ist da und die Dunkelheit flieht.« Er spürte, wie die Kinder zusammenbrachen, nachdem seine Worte sie vom Tanzen befreit hatten, und er spürte bei ihnen allen die gleiche Müdigkeit, die Betäubung des Rauches, die Leere der Nacht.

»Lasst uns vom Fleisch unserer Mutter essen und das Wasser ihres Körpers trinken und lasst uns Freude empfinden, denn die Jahreszeiten haben gewechselt und die grünen Monate liegen vor uns«, sagte Jorge und die Kinder lachten und aßen das bescheidene Festmahl, das sie am Vorabend so begeistert zubereitet hatten. Der alte Mann erkannte, dass das Brot und das Wasser und das Obst für sie zum ersten Mal mehr als nur Nahrung war. Er erkannte, dass auch in ihnen ein Gezeitenwechsel stattgefunden hatte.

Nachdem sie gegessen hatten, öffnete Jorge den magischen Kreis vorsichtig, löschte das Feuer und sagte dann mit zitternder Stimme: »Meine Kinder, wir müssen Schutz suchen. Ich muss schlafen. Soldaten sind in der Nähe ... Wir müssen uns verstecken. Ihr müsst auf mich aufpassen, denn mein Geist ist heute Nacht weit gereist und ich bin müde. Sehr müde.«

Er spürte ihre Angst, konnte aber nichts tun, um ihnen zu helfen. Er stützte seinen schmerzenden Kopf auf eine Hand und versuchte, die Wogen in seinem Herzen zu glätten, das so laut schlug, dass er glaubte, sie müssten es alle hören. Durch das Pochen hörte er Dillon Befehle geben und den Klang der Kinderfüße, während sie ihm eilig gehorchten.

Finns hohe Stimme sagte: »Es gibt nur wenige Hügelkämme vor uns eine Höhle, das weiß ich sicher ... Können wir ihn stützen?«

Dann spürte er Berührungen unter seinen Achseln und er wurde von allen Seiten von kleinen, liebevollen Händen gestützt. Er ließ sich von ihnen führen, wankte dahin, noch immer den Dolch mit der Hand umklammernd, während der über ihnen fliegende Rabe besorgt krächzte.

Lilanthe lag auf dem Gras und blickte in den von der Dämmerung gestreiften Himmel hinauf. Bald würde das Lager der Jongleure erwachen und sie würde sich verbergen müssen. Nun, wie dem auch sei, es stand ihr frei, die ersten Regungen des Morgens zu genießen. Die Wälder und Lichtungen Aslinns waren die Heimat vieler Vögel und Tiere, die ganz unbefangen um sie herumsprangen und tollten. Sie wussten, dass die Baumtauscherin ebenso ein Waldwesen war wie sie.

»Lilanthe!« Der Klang der Stimme erschreckte die Tiere, die

eilig ins Unterholz huschten. Dide der Jongleur betrat die Lichtung mit einer dampfenden Holzschale. »Es ist heiß«, lockte er.

Sie spannte sich an und rollte die Zehen ein. Ihre Füße waren breit, braun und knorrig und sie versuchte sie zu verbergen, wann immer Dide in ihre Nähe kam. Er stellte die Schale ab und wich einige Schritte zurück. Sie wagte es erst, die Schale aufzunehmen, als er volle sechs Fuß entfernt war, und dann aß sie hektisch, löffelte das Essen in den Mund ohne innezuhalten. »Du wirst dir die Zunge verbrennen«, sagte er.

Sie antwortete nicht, sondern kauerte sich nur noch enger zusammen. Er legte sich auf den Rücken und begann, seine sechs goldenen Kugeln zu balancieren. Sie beobachtete fasziniert, wie sich die Kugeln in ständig schwieriger werdenden Mustern drehten. »Wir werden uns bald von den anderen Wohnwagen trennen«, sagte er gesprächig. »Dann kannst du mit uns kommen, wenn du willst.« Sie kratzte die Schale sauber und stellte sie seufzend ab. Die goldenen Kugeln begannen einander in hoch aufragendem Kreis zu jagen. »Würde dir das gefallen? Dich unserem Wohnwagen anzuschließen, meine ich?«

Sie schwieg lange Zeit und er konzentrierte sich aufs Jonglieren. Dann sagte sie bedächtig: »Ich mag deinen Vater nicht.«

»Ich manchmal auch nicht sehr«, erwiderte Dide fröhlich. »Aber du brauchst dich nicht zu sorgen, es ist alles nur Prahlerei. Wenn er dich mag – und ich kann keinen Grund erkennen, warum er dich nicht mögen sollte –, wird er dich wie eine Banrìgh behandeln.« Lilanthe schwieg und drehte nur den Saum ihres schmuddeligen Kittels in ihren dünnen Fingern. »Enit wird nicht zulassen, dass dir etwas geschieht. Sie hält Pa gut im Zaum, sei unbesorgt.«

Er stand auf und rieb über seinen spärlichen juckenden Bart. »Lilanthe, ich muss gehen. Wirst du darüber nachdenken, dich uns enger anzuschließen? Diese Wälder sind nicht wirklich sicher, weißt du.« Lilanthe lächelte bei dem Gedanken, dass sie im Wald nicht sicher sein könnte, nickte aber.

Als sich die Dunkelheit an jenem Tag herabsenkte, kochten die Jongleure eine Seite gepökeltes Schweinefleisch auf, stachen das Whiskyfass an und verbrachten den Abend mit Singen. Lilanthe kauerte unter einem der Wohnwagen, sah zu und lauschte freudig. Die Musik drang ihr ins Blut und erweckte in ihr den Wunsch, auch zu singen und zu tanzen, besonders als Dide die Gitarre spielte. Er saß auf einem umgestürzten Baumstamm und spielte wie der Teufel, so dass seine Musik unwiderstehlich war. Einer nach dem anderen begannen die Jongleure zu tanzen und wirbelten durch die vom Feuerschein erhellte Dunkelheit, bis Lilanthe kaum noch still liegen konnte. Selbst die jüngsten Kinder hüpften auf der Stelle auf und ab und klatschten in die pummeligen Hände.

Nur Dides Großmutter beteiligte sich nicht, sondern kauerte nur auf ihrem üblichen Fleck beim Feuer, wobei ihre Perlen aus Bernstein im Feuerschein schimmerten. Später sang sie, und ihre Stimme klang so seltsam und lieblich, dass Schauder Lilanthes Rückgrat hinabliefen und sich ein Kloß in ihrer Kehle bildete. Es überraschte sie nicht, als sie Tränen auf den Wangen der alten Frau schimmern sah, denn der Gesang hatte vor Empfindungen vibriert.

Nach Enit Silberkehles Gesang wurde die fröhliche Gruppe still und die Kinder schliefen beim Feuer ein. Die Erwachsenen blieben wach, tranken Whisky und sangen Balladen. Um Mitternacht begannen sie erneut zu tanzen, aber dieses Mal waren ihre Bewegungen bedächtig und würdevoll und wirkten fast rituell. Lilanthe schlängelte sich näher heran und konnte sie leise singen hören und der Chor schlug in ihr eine Saite an.

»… verschließe unserer Sicht deine Geheimnisse nicht, finde in uns die Tiefen und das Licht, finde in uns die Ergebenheit und die Pflicht, finde in uns Kohlenschwarz und schneeweißes Licht, schimmernde Nacht und trübes Licht«, murmelte Lilanthe und merkte plötzlich, dass sie an ihre Kindheit dachte, an die Jahre vor dem Erlass gegen Zauberwesen. Tränen brannten in ihren

Augen und sie wandte sich langsam um und glitt wieder in die Dunkelheit.

Am nächsten Morgen fühlte sie sich durch das geschäftige Packen wieder zum Lagerplatz gezogen. Sie glitt lautlos einen Baum hinauf, um die letzten Verabschiedungen der Jongleure und die letzten Bitten, dass der Wohnwagen der Feuerschlucker mit den Übrigen zusammenbleiben sollte, mitzuerleben.

»Du weißt, dass die Gesänge einfach nich' richtig klingen, wenn du und Dide und Enit nicht daran beteiligt seid«, sagte eine der Frauen, die auf den Stufen ihres Wohnwagens saß und eine Gitarre in den Armen hielt. »Und die Akrobatiktruppe wird deine kleine Nina schmerzlich vermissen.«

Dides Vater zuckte die Achseln. »Nun ja, aber ich möcht die alte Art kennen lernen. Du weißt, dass es mich seit den Unruhen in Dùn Eidean nervös macht, in Blèssem umherzuziehen.«

»Das wird dich lehren, beim Würfeln nich' zu betrügen!«, sagte die Frau, während sie einige Noten anzupfte.

Der Jongleur lachte. »Ho ho, Eileen! Du weißt, dass ich nich' betrogen hab – der Würfel fiel einfach zu meinen Gunsten!« Er war groß und sehr dunkel, das karmesinrote Hemd war von der gleichen Farbe wie die Lippen, und die Lederweste spannte ein wenig über dem Bauch.

»Ach, sicher, Morrell, präparierte Würfel helfen der Glücksfee gewiss weiter! Es is' natürlich deine Entscheidung, aber was wirst du in den Tiefen der Wildnis tun? Zur Unterhaltung der Vögel Feuer schlucken?«

»Ich könnt einfach ein bisschen Urlaub machen«, antwortete Morrell. »Eà weiß, dass ich lange genug auf den Straßen gearbeitet hab. Außerdem hab ich Blèssem auf meiner letzten Durchreise abgegrast, so dass ich bezweifle, dass ihr viel finden werdet, um eure Mägen zu füllen.« Sie schnaubte spöttisch. »Nein«, fuhr er fort, »ich möchte frische Weiden finden. Es muss irgendwo in diesen Wäldern noch ein paar Holzfäller oder Köhler geben und wenn nicht, nun, dann hab ich noch immer ein halbes Fass Whisky und eine Seite gepökeltes Schweinefleisch – was brauch ich mehr?«

»Wieso denke ich, dass du irgendeine Teufelei im Sinn hast?«, fragte einer der anderen Männer, der an seinen Wohnwagen gelehnt stand. »Dennoch, dein Verlust, unser Gewinn. Ich werd die Einnahmen nicht mit dir teilen müssen, wenn du so betrunken bist, dass du nich' mal mehr deine Fackeln anzünden kannst.«

»Und wie wird deine Darbietung ohne mein Feuerschlucken und Dides Gitarre sein?«

»Erheblich verlässlicher!«, gluckste Eileen über ihren eigenen Witz und sprang dann auf, bevor Morrell der Feuerschlucker auch nur an eine Erwiderung denken konnte. »Nein, nein, Morell, lass einmal mir das letzte Wort! Es scheint mir richtig, uns zu trennen. Vielleicht sehen wir deinen Wohnwagen bei den Sommerfesttagen in Dùn Gorm?«

»Vielleicht, vielleicht auch nicht. Wir werden sehen, wie gut die Holzfäller bezahlen und wie lange mein Whiskyfass reicht!« Er winkte den anderen Wohnwagenlenkern zum Abschied zu, während sie auf der breiteren glatteren Straße davonrollten, und rief seinem Sohn und seiner Tochter dann zu, sie sollten das Lager abbauen. »Endlich sind wir sie los! Die Straße gehört uns, also lasst uns aufbrechen!«

Er trat mit dem narbigen Lederstiefel Erde über die Kohlen und stampfte sie fest. Nina lief aus dem Wald herbei, den Mund von Beeren verschmiert, das rötliche Haar voller Blätter und Zweige. »Du siehst wie eine Baumwandlerin aus!«, rief ihr Vater lachend, hob sie hoch und schwang sie herum. »Uff! Du wirst langsam zu groß dafür!«

»Ich bin überhaupt nich' gewachsen!« Nina lachte. »Du wirst einfach zu dick!«

»Ich? Dick? Ich bin in den besten Jahren!«

»Wenn du das glaubst, hast du in letzter Zeit nicht mehr in den Spiegel geschaut«, sagte seine Mutter mit ihrer wohlklingenden Stimme. Das schneeweiße Haar streng aus dem Gesicht gekämmt, hinkte Enit schmerzerfüllt wieder zu ihrem Wohnwagen. Lilanthe hatte Dides Großmutter noch nicht kennen gelernt, denn die alte Jongleurin konnte nur mühsam gehen, da sie durch verkrümmte Knochen verkrüppelt war. Ihre Finger wirkten wie knorrige Zweige. Sie bewegte sich selten mehr als nur ein paar Schritte von ihrem Wohnwagen fort und bewachte sein Inneres eifersüchtig.

»Dide!« Morrell wölbte die Hände vor den Mund und rief laut den Namen seines Sohnes. »Wo, zum Teufel, steckst du?«

»Hier, Pa! Ich habe nur nach Lilanthe gesehen, um ihr zu sagen, dass die anderen Jongleure endlich fort sind … Aber sie schirmt sich ab. Ich kann sie nicht finden.«

Lilanthe kauerte sich auf dem Ast tiefer hin. Sie war schon zu lange allein, um ihre Freiheit leichthin aufzugeben. Sie riefen nach ihr und spannten dann die Stuten vor den Wohnwagen. »Mach dir keine Sorgen, Sohn«, sagte Morrell. »Ich bezweifle, dass sie uns nach all dieser Zeit nicht mehr folgen wird.«

»Es könnt ihr etwas passiert sein. Ich wünschte, sie würde sich nicht auch vor mir abschirmen.«

Lilanthe lächelte in sich hinein. Es fiel ihr leicht, an Bäume und Himmel und Wind und Sonnenlicht zu denken. Die Gedanken tanzten spielerisch an der Oberfläche ihres Bewusstseins und verbargen erfolgreich die darunter liegenden Gedanken. Für Menschen, die so wenig Kontrolle über ihre Gedanken und so wenig Verbindung mit der Welt um sie herum hatten, war es weitaus schwieriger. Sogar Dide, der überraschend gut darin war, konnte sich nicht so wirkungsvoll abschirmen wie Lilanthe. Sie wartete, bis die Pferde fast außer Sicht getrottet waren, verließ dann den Baum und begann, ihnen zu folgen. Morrells Worte hatten kurzzeitig schmerzhaft erniedrigend auf sie gewirkt, obwohl sie grundsätzlich der Wahrheit entsprachen. Lilanthe hatte nicht die Absicht, den Kontakt zu den Jongleuren zu verlieren.

Einige Stunden später bemerkte Lilanthe andere Geister, die ihr Bewusstsein am Rande streiften. Sie streckte ihren Geist vorsichtig aus und begegnete Hunger und Blutgier – die Antriebskräfte des Jägers. Es waren Geister, denen sie nie zuvor begegnet war, obwohl die Gedanken vertraut waren und den Gedanken eines Rattenfängers ähnelten, an den sie sich aus ihrer Kindheit erinnerte, ein Mann, der zur Belustigung der Dorfbewohner ein Rudel Ratten auf Hunde ansetzte. Lilanthe erschauderte leicht und beschleunigte ihren Schritt, wobei sie entschied, dass sie wirklich ein wenig näher bei den Wohnwagen bleiben sollte. Sie fragte sich, ob Dide die Geister auch spüren konnte, und bekam Antwort, als er nach ihr zu rufen begann, wobei er besorgt die Lichtungen im Auge behielt, die sich auf beiden Seiten der schmalen Straße erstreckten. Sie eilte vorwärts, ließ ihre Abschirmung los.

Beeile dich!, dachte er. *Es ist Gefahr im Verzug!*

Lilanthe rannte so schnell sie konnte, aber die Wohnwagen gerieten außer Sicht. Sie spürte, wie die Verfolger näher kamen und fuhr herum, um sich ihnen entgegenzustellen, während sie ihre bloßen Füße in die Erde grub. Sie fühlte das Erschaudern des Gestalttauschens über sich hinwegrieseln und spürte eher, als dass sie es sah, wie die Verfolger aus dem Wald brachen und auf sie zu galoppierten.

Es waren sieben langhaarige Frauen mit gespaltenen Hufen und Hörnern in den unterschiedlichsten Formen. Sie trugen kurze Kilts aus schlecht gegerbtem Leder und Halsketten aus tierischen und menschlichen Zähnen, die auf ihren drei Paar Brüsten hüpften. Ihr Rückgrat wies einen Kamm rauer, drahtiger Haare auf, die in einem langen büscheligen Schwanz endeten. Vor boshafter Schadenfreude brüllend schwenkten sie grobe Holz- und Steinkeulen, die mit Stricken zusammengebunden waren.

Lilanthe streckte und drehte den Rumpf, während sich ihre Arme verlängerten und in schlanke weiße Zweige teilten, die zum Boden wiesen. Ihr Haar spross und wuchs zu langen Ranken mit kleinen grünen Blüten, die sich um die Stiele gruppierten. Sie griffen Lilanthe mit gesenkten Köpfen an und sie war dankbar für ihre kräftigen Wurzeln, als ein harter Körper nach dem anderen in ihren schlanken Stamm krachte und Blätter und Zweige losschüttelte. Sie sprangen ruhelos um sie herum und stießen mit den Hörnern gegen sie, aber da kein Blutgeruch sie anspornte, galoppierten sie bald hinter den Wohnwagen her. Lilanthe machte den Vorgang des Gestalttauschens rückgängig, sobald sie glaubte, dies wagen zu können, denn sie sorgte sich um die Sicherheit ihrer Freunde. Obwohl sie wusste, dass sie nichts zu ihrem Schutz unternehmen konnte, lief sie dennoch so schnell sie konnte hinter den Angreifern her. Schließlich passierte sie eine Biegung und sah die Wohnwagen mit der Rückfront vor einem Baum stehen, während die gehörnten Frauen um sie herumtobten. Nina stand mit einer Bratpfanne in der Hand in einem der Eingänge und es gelang ihr nur knapp, die Angreiferinnen abzuwehren. Morrell schlug mit dem Langschwert wild um sich und versuchte, die Stuten zu schützen, die sich aufbäumten und vor Entsetzen wieherten. Dide kauerte neben Enits Wohnwagen, in jeder Hand einen langen Dolch. Als die gehörnten Frauen den Wohnwagen rammten, traf er eine Frau an der Schulter, so dass Blut aufspritzte und seitlich herablief. Das Blut spornte sie nur noch mehr an und der Wohnwagen schwankte gefährlich.

Plötzlich sprang eine Frau mit sieben Hörnern die Stufen hinauf und rammte Nina, wobei sie die Tatsache ignorierte, dass Bratpfannenschläge auf ihre nackten Schultern prasselten. Nina schrie und fiel hin. Gerade als Lilanthe dachte, sie müsste wohl zertreten werden, begann Enit zu singen.

Der Gesang hüllte Lilanthes Geist in ruhige Harmonien. Sie spürte, wie ihre Sinne betäubt wurden und sich ihr wilder Herzschlag beruhigte. Ohne sich dessen bewusst zu sein, trat sie einen Schritt näher heran, dann noch einen, mit sich wiegendem Körper, die Augen halb geschlossen. Eine Art Schnurren baute sich in ihrer Kehle auf. Summend und sich wiegend dachte sie an Frühlingsmorgen und tiefes Wasser und sternenklare Nächte. Sie tanzte immer näher an die Wohnwagen heran. Ein Teil ihres Geistes registrierte ohne jegliche Neugier die tanzenden, sich wiegenden Gestalten der gehörnten Frauen. Dide und Morrell tanzten ebenfalls und die kleine Nina hüpfte auf der Stufe umher, ein seliges Lächeln auf dem Gesicht. Die Musik wurde sanfter und Lilanthe spürte, wie sich ihre Augen schlossen und ihr Atem ruhiger wurde. Eine nach der anderen seufzten die tanzenden Gestalten, erschlafften und rollten sich an Ort und Stelle zum Schlafen zusammen.

Als Lilanthe erwachte, war es Nacht und sie war in eine Decke gehüllt, die nach Pferden roch. Sie öffnete die Augen und fragte sich, warum sie sich so friedlich fühlte, so wundervoll ausgeruht. Hinter ihr war eine Steinmauer, über die Feuerschein flackerte. Sie lag still und lauschte auf die Stimmen, die neben ihr sprachen.

»Hübschen Gesang lehren?«, fragt eine raue Stimme.

»Er kann nicht gelehrt werden, Brun«, erwiderte Enit. Ihre Stimme klang traurig. »Ich hatte geschworen, ihn niemals wieder zu benutzen. Die Yedda sind tot und vergangen, die Gesangmeister verloren. Welchen Sinn hat es, in der Vergangenheit zu leben? Außerdem ist es gefährlich.« Und dann sagte Enit, ohne die Klangfarbe ihrer Stimme zu verändern: »Unsere Baumwandlerin ist wach. Wie fühlst du dich, Lilanthe?«

»Ich bin keine Baumwandlerin«, sagte Lilanthe. »Meine Mutter gehört zum Volk der Baumwandler, aber auch sie wollen mich nicht akzeptieren. Ich bezeichne mich als Baumtauscherin.«

»Ich hab noch niemals zuvor von einer Baumtauscherin gehört.«

»Ich auch nicht«, sagte Lilanthe. »Ich glaube, ich bin die Einzige.«

»Hm, ich könnte mir vorstellen, dass Abkömmlinge von Menschen und Baumwandlern selten sind. Ich habe es nicht einmal für möglich gehalten.«

»Nun, offensichtlich ist es doch möglich«, antwortete Lilanthe, setzte sich auf und streckte sich. »Was ist geschehen? Wer sind diese schrecklichen Frauen? Wo sind wir?«

»Ich habe sie in den Schlaf gesungen«, sagte Enit. »Leider habe ich auch euch alle in den Schlaf gesungen, aber die Magie ist allumfassend.«

»Mich hast du nicht in den Schlaf gesungen«, sagte die pelzige Stimme. Lilanthe richtete sich auf einen Ellbogen auf, damit sie sehen konnte, wer gesprochen hatte. Es war ein Cluricaun, ein kleines, haariges Wesen mit spitzem Gesicht und langen, büscheligen Ohren. Als er sich bewegte, prallten die vielen kleinen glänzenden Gegenstände, die um seinen Hals hingen, zusammen und klimperten, und Lilanthe erinnerte sich, dass man Cluricauns niemals etwas Glänzendes anvertrauen durfte.

»Nein, das stimmt, Brun«, sagte Enit. »Aber warum wurdest du nicht eingelullt? Alle Wesen in meiner Hörweite hätten schlafen sollen.«

»Magische Gesänge wirken auf mich nicht magisch«, erklärte Brun und sprang auf, um in dem Topf zu rühren, der über dem in der massiven Steinfeuerstelle lodernden Feuer hing. Über dem Sims befand sich ein Steinschild, das mit Sternen und schwachen Schriftrunen verziert war, und darunter ein Wappenbild mit zwei Masken, einer lachenden und einer weinenden.

»Cluricauns sind immun gegen Magie«, sagte Lilanthe. »Obwohl sie keine eigene Magie besitzen, haben sie die Fähigkeit, Magie zu erspüren und ihr zu widerstehen.«

Enit sah sie interessiert an. »Tatsächlich?«

»So hat meine Mam es mich stets gelehrt.«

»Wirklich? Ich dachte, du wärst von deinem Vater aufgezogen worden.«

»Das stimmt. Meine Mam war jedoch in der Nähe. Ich bin oft in ihren Zweigen geklettert und sie sprach mit mir. Sie erzählte mir viele Dinge, über alle Waldwesen und wie alles war, bevor die Menschen kamen.« Lilanthes Stimme klang verbittert. »Ich wollte oft zu ihr laufen, aber sie war nicht immer da. Baumwandler haben keine starken Familienbande, so dass sie nicht verstand, warum ich in ihrer Nähe sein wollte.«

»Während du deine Mutter natürlich so haben wolltest, wie menschliche Kinder sie haben.«

»Ja.«

»Und Baumwandler streifen beliebig umher, nicht wahr? Sie haben keine Dörfer oder Ansiedlungen? Keinen Ort, wo du hättest hingehen können?«

»Nein. Ich habe nach ihnen gesucht, aber wenn sie Baumgestalt annehmen, sind sie schwer zu finden. Außerdem würden sie mich nicht bei sich haben wollen. Meine Mutter hat mich immer für ein sehr merkwürdig aussehendes Wesen gehalten.«

»Du bist ein hübsches Mädchen.« Brun lächelte ihr zu, wobei scharfe, spitze Zähne sichtbar wurden.

Es überraschte Lilanthe, dass sie errötete. Enit lächelte und sagte: »Ja, sie ist ein sehr hübsches Mädchen, wenn auch nicht ganz wie eure durchschnittlichen Inselbewohner. Ich finde es interessant, dass du so früh erwacht bist. Sieh dir die Übrigen an, sie schlafen tief und ich könnte ein Fünfshillingstück darauf verwetten, dass die Satyricorns auch immer noch fest schlafen.«

»Satyricorns? Das sind sie? Ich habe noch niemals zuvor eines gesehen.«

»Brun hat mir erzählt, dass die Wälder in dieser Gegend von ihnen wimmeln. Ich glaube, sie kommen ursprünglich aus Tireich.«

Enit schöpfte für Lilanthe heiße Suppe in eine Schale und brach ihr etwas Brot ab, wobei ihr die verkrümmten Finger die Aufgabe erschwerten. »Brun sagt, die Satyricorns wurden hier von Soldaten freigelassen. Deshalb frage ich mich, ob Maya die Unbekannte nicht Vorteil aus deren natürlicher Bosheit zieht, um diese Wälder freizuhalten. Hier Wachen zu postieren wäre schwierig – es gibt nur wenige Wege und sehr wenige Ansiedlungen. Wieviel leichter ist es, Satyricorns frei umherstreifen zu lassen, die jedermann töten, der töricht genug ist, die Wälder unerlaubt zu betreten.«

»Aber sind sie nicht *Uile-Bheistean*? Dann würde die Banrìgh sie doch gewiss töten lassen?«

»Maya hat recht deutlich gezeigt, dass sie bereit ist, jene Zauberwesen zu benutzen, deren Fähigkeiten ihr nützlich sind.«

Lilanthe merkte, dass sie vor Zorn bebte und dass ihre Entschlossenheit, die Banrìgh zu bekämpfen, immer stärker wurde. Warum sollte sie zur Strecke gebracht werden, wenn die Banrìgh andere *Uile-Bheistean* am Leben ließ?

Enit nickte. »Das macht mich in der Tat auch wütend, meine Liebe. Obwohl du wahrscheinlich feststellen wirst, dass die meisten die Augen vor der Magie verschließen, wenn sie ihren Zwecken dient, gleichgültig wie andächtig sie der Wahrheit der Banrìgh folgen.«

Lilanthe schluckte langsam einen Mund voll Suppe hinunter und fragte dann schüchtern: »Wie konntet Ihr uns alle in den Schlaf singen? Das war doch gewiss Magie?«

»Natürlich war das Magie. Es war der Zaubergesang.«

»Dann seid Ihr eine Hexe?«

»Keine Turmhexe, nein. Meine Mutter war eine weise Frau, mein Vater ein reisender Spielmann. Ich bin tief im Wald aufgewachsen und sang gewöhnlich die Vögel auf meine Hand und die Kaninchen in den Kochtopf. Ich lernte die Zaubergesänge von einer Yedda, die ihr Bestes versuchte, um mich in den Hexensabbat zu bringen. Sie sagte, ich hätte Magie in der Stimme und könnte auch eine Yedda sein, wenn ich meine Freiheit aufgäbe. Aber ich wollte nicht bleiben, weshalb ich in meinen kleinen Wagen stieg und davonfuhr, obwohl Lizabet die Meersingerin böse über die Absage war. Ich habe so gelebt, wie ich es wollte, bin umhergezogen und habe gesungen, wie es mir gefiel, und alle meine Kinder und Enkel folgen mir nun auf diesem Weg.«

»Also habt Ihr den Schlafgesang seit damals nicht mehr gesungen?«

»Nein, noch sonst einen Zaubergesang, obwohl ich finde, dass Singen im Grunde nichts anderes ist als Magie. Ein Zauber wie derjenige, den ich heute benutzt habe, ist viel zu gefährlich, um ihn leichtfertig anzuwenden, und außerdem hab ich nicht mehr den Mut dazu.«

Lilanthe wischte mit dem letzten Rest Brot ihre Schale sauber und sah sich erst dann wirklich um. Sie kauerten auf Fellen und alten Decken, die auf großen Steinplatten aufgestapelt und in der Mitte stark verschlissen waren. Die Sparren der gewölbten Decke waren vom Alter schwarz und die Wände darunter mit Wasserspeiern geschmückt. Obwohl Lilanthe seit vielen Jahren nicht mehr innerhalb von vier Wänden gewesen war – und geglaubt hatte, es würde sie ersticken, wenn es wieder geschähe –, fühlte sie sich wohl und von Frieden erfüllt. Durch einen offenen Spalt in der Mauer schwebte die Nacht dunkel und warm herein und sie spürte, wie der Wald draußen herandrängte. Die alte Frau in ihren Umhängetüchern war freundlich und sang so süß wie ein Vogel, und Lilanthe war so lange allein gewesen. Sie kuschelte sich seufzend wieder in ihre Decken und warf einen Blick über die ruhenden Gestalten der anderen. Dide hatte sich auf den Decken nahe ihren Füßen zusammengerollt, den Mund halb geöffnet, die olivfarbenen Wangen gerötet. Er wirkte sanft und verletzlich, was Lilanthe ein seltsames Ziehen im Brustkorb verursachte. Sie spürte Enits Blick auf sich ruhen und errötete.

»Wie lange werden sie schlafen?«, flüsterte sie.

»Vermutlich die ganze Nacht lang. Ich hoffe, die Satyricorns werden ebenso lange schlafen. Ich hab dir die Neuigkeiten noch nicht erzählt. Deine Freundin Isabeau – Meghans junger Lehrling – sie lebt! Sie hat es irgendwie geschafft, den Hexenschnüfflern zu entkommen, und hat sich fieberkrank hierher durchgeschlagen. Brun hat sie bei Vollmond behandelt, da sie dem Tode nahe war, wie er sagt, und dann hat die sich hier verbergende Celestine sie geheilt.«

Die Baumtauscherin stieß vor Erleichterung aufgeregte Laute aus und der Cluricaun Brun sagte glücklich: »Ich wusste, dass *sie* Isabeau helfen könne.«

»Eine Celestine war hier?« Lilanthes Augen glänzten vor Aufregung grün.

»Ja, eine der wenigen Celestine, die noch bereit sind, mit Menschen zusammenzutreffen. Es ist Wolkenschatten, eine Hexenfreundin, die den Rebellen oft auf die eine oder andere Art geholfen hat. Sie und Meghan von den Tieren stehen sich sehr nahe.«

»Also lebt Isabeau! Sie ist wirklich und wahrhaftig noch am Leben?«

»Ja, sie lebt, wenn auch an Körper und Geist gezeichnet. Brun sagt, Wolkenschatten hätte sie so gut wie möglich geheilt, aber Isabeau fehlen noch immer zwei Finger ihrer linken Hand. Sie wurde gefoltert, weißt du, und hat Daumenschrauben angelegt bekommen.«

»Was ist das?« Lilanthes Stimme klang schwach.

»Daumen- und Fingerschrauben. Sie zerquetschen die Finger am Gelenk ...«

Die Baumtauscherin erschauderte. »Arme Isabeau, wie schrecklich! Aber wenigstens lebt sie.«

»So lauteten unsere letzten Nachrichten, aber die Satyricorns streifen umher und sie hatte noch einen langen Weg vor sich ...«

»Auf ihrer Suche.«

»Ja ...«, begann Enit, wurde aber vom Cluricaun unterbrochen, der sich feierlich aufsetzte und vor- und zurückwiegte.

»Was Kraft und Stärke nicht durchdringen,
kann ich durch Berühren bezwingen.«

Als sie ihn verständnislos ansahen, sank sein Schwanz enttäuscht herab. Er vollführte mit einer Pfote eine Geste, als würde er eine Tür aufschließen. Ihre Mienen änderten sich nicht und er intonierte den Reim erneut.

Enit sagte freundlich: »Ich bin noch immer neugierig wegen der Celestine, Brun. Erzähl mir, was hat Wolkenschatten noch gesagt?« Brun ließ die Pfote wieder sinken und hüpfte vor Aufregung ein wenig. »Sie sagte, Isabeaus Kopf sei in einen Schleier gehüllt gewesen und in ihren Adern flösse Zauberwesenblut ...«

»Isabeau ist ein *Uile-Bheist*!«, keuchte Lilanthe. »Sie ist genauso ein Halbblut wie ich?«

»›Ebenso Zauberwesen wie Mensch, wenn deine Einteilung das Volk vom Rückgrat der Welt mit einschließt‹«, zitierte Brun. Und dann sagte er mit seiner normalen Stimme: »Und sie sagte, dass die Antwort in den dunklen Sternen liege und der bevorstehende Winter die Zeit ist.«

»Der bevorstehende Winter? Dunkle Sterne?«, flüsterte Enit, während sie ihre verkrümmten Finger in die Bernsteinperlen flocht, die in sonnenscheinähnlichem Glanz schimmerten. »Sie klingt genauso rätselhaft wie alle Celestine.«

Schweigen senkte sich über die kleine Gruppe, während Enits Blick verträumt und unruhig wurde. Dann regte sie sich, ließ ihre Perlen klappern. »Ich habe Brun gebeten, mit uns zu kommen. Es ist hier für ihn nicht mehr sicher, nun, wo die Satyricorns so aufgebracht sind. Selbst wenn er sie vom Turm fern halten kann, werden sie der Banrìgh doch Nachricht über Aktivitäten in dieser Gegend gesandt haben und Soldaten werden kommen, oder Hexenschnüffler.« Ihre Stimme klang verächtlich und sie wussten, dass sie ebenso die Sucher der Liga gegen Hexen wie die Kopfgeldjäger meinte, die das Land heimsuchten. »Es ist zu viel Magie angewandt worden, als dass der Turm keine Aufmerksamkeit auf sich gezogen haben könnte.«

»Wohin gehen wir dann? Was tun wir?«, fragte Lilanthe.

»Wir kamen zum Turm der Träume, weil wir Nachrichten von jemandem erhalten haben, der hier den Teich des Kristallsehens benutzt hat, und wir hatten gehofft, dass einer der Traumwandler zurückgekehrt wäre. Es scheint jedoch klar, dass es die Celestine war, und nun ist sie fort. Also werden wir nach Blèssem ziehen«, erwiderte die alte Frau.

Der Cluricaun hörte sofort auf mit seinen aufgeregten Kapriolen und seine Miene wurde drollig ängstlich. »Blèssem böse«, sagte Brun. »Blèssem schlechter Ort für Cluricauns.«

»Ich werde für deine Sicherheit sorgen«, versprach Enit.

Lilanthe schüttelte auch den Kopf. »Ich kann nich' nach Blèssem gehen. Sie werden mich verbrennen, wenn sie mich finden. Ich bin ein *Uile-Bheist*. Ich kann nich' dahin gehen, wo Soldaten sind.«

»Ich sein auch ein *Uile-Bheist*«, sagte Brun verwirrt.

»Sie werden uns verbrennen, wenn sie uns finden. Wir können nich' nach Blèssem gehen!«

»Ganz ruhig, meine Kinder«, sagte Enit. »Ich werd für eure Sicherheit sorgen. Schau nicht so ängstlich drein, Kind. Ich schmuggele jetzt schon seit fast zwanzig Jahren überall im Land Hexen und Rebellen! Morrells Wohnwagen hat einen doppelten Boden, in dem ihr euch verstecken könnt, falls wir in Gefahr geraten, oder ihr könnt euch aufs Dach legen, vom Schnitzwerk verborgen. Ihr seid bei mir bestimmt weitaus sicherer als hier im Wald mit den jagenden Satyricorns und den Roten Garden, die auf dem Weg hierher sind. Außerdem sagtet ihr, ihr wolltet uns helfen. Es gibt einen Grund, warum ich nach Blèssem zurückkehren will.«

»Was für einen Grund? Warum ist es so wichtig? Können wir nich' einfach hier im Wald bleiben?«

»Ich fürchte nicht, meine Liebe. Selbst wenn ich den Rest meines Lebens damit verbringen wollte, vor Satyricorns davonzulaufen, würd ich es nicht tun. Nein, ich hab beunruhigende Nachrichten von Meghan erhalten. Sie sagt, ein Mesmerd sei bei den Roten Garden gewesen, die ihr geheimes Tal an Lichtmess angriffen. Und auch dass Kinder mit Talent aus ihrem Zuhause entführt werden, und sie glaubt, dass die Mesmerdean vielleicht etwas damit zu tun haben. Ich möchte herausfinden, ob es wirklich die Mesmerdean sind und nicht nur ein Gerücht. Wenn dem so ist, fürcht ich, dass Margrit von Arran dahinter stecken muss. Es ist wirklich schlimm, sie als Feindin zu haben, und ich muss sicher gehen, dass sie nichts ausheckt, was unsere Pläne zerschlagen könnte.«

»Was sind Mes … Mes …«

»Die Mesmerdean sind Zauberwesen der Moore. Sie sind gefährlich, und wenn die NicFóghnan sie irgendwie davon überzeugt hat, ihr bei ihren Plänen zu helfen, dann sind wir vielleicht wahrhaft in Schwierigkeiten. Ich habe keine Ahnung, warum sich die Mesmerdean einverstanden erklären sollten, Rotjacken zu begleiten oder Kinder aus ihren Betten zu entführen. Es scheint seltsam. Warum sollte Margrit NicFóghnan das von ihnen wollen? Welchem ihrer Pläne nützt es? Das sind die Fragen, auf die ich Antworten finden will, und darum ziehen wir nach Blèssem, wo die meisten Sichtungen von Mesmerdean vorgekommen sind. Vielleicht müssen wir in die Sümpfe selbst ziehen, um die Antworten zu finden. Wir werden sehen.«

»Aber sie werden mich töten, wenn sie mich finden …«

»Kind, wenn du gegen die Verhexerin kämpfen willst, musst du dich den Gefahren und möglicherweise sogar dem Tod stellen. Ich kann diese Wahl nicht für dich treffen. Ich werd mein Möglichstes tun, für deine und Bruns Sicherheit zu sorgen, aber wir leben in schrecklichen Zeiten. Welche Wahl haben wir? Werdet ihr mir und den Spinnerinnen vertrauen oder werdet ihr euer Glück im Wald suchen?«

Die Baumtauscherin schwieg, die Hände im Schoß verschränkt.

»Ich werde mit Euch kommen«, sagte sie schließlich. »Obwohl mir bei dem Gedanken vor Angst schlecht ist.«

»Ein tapferes Mädchen bist du«, sagte Enit. »Denk nur immer daran, dass unser aller Leben verwirkt ist, wenn man dich entdeckt. Ich möchte auch nicht als Brennstoff für die verruchten Feuer der Liga gegen Hexen enden. Wir haben überall im Land viele Freunde verstreut, die uns helfen werden, und Jongleure kommen und gehen stets, wie sie wollen. Also fürchte dich nicht, ich werde für deine Sicherheit sorgen.«

Die Baumtauscherin nickte, obwohl ihr Gesicht noch immer bleich und angespannt war.

Enit tätschelte ihr beruhigend die Hand und sagte: »Wir werden beim ersten Tageslicht aufbrechen und unsere Ohren spitzen, damit ich die Satyricorns wieder in den Schlaf singen kann. Das sollte uns einige Stunden Vorsprung verschaffen. Brun, warum packst du nicht schon zusammen, was du brauchen wirst, damit du startbereit bist?«

Das haarige kleine Wesen nickte ernst und begann seine Habe zusammenzutragen. Während er Nahrung und Kleidung in einen Sack stopfte, sang er leise vor sich hin.

»Über die Hügel und am Bach entlang
zieht sich die Straße durch Wälder und Farn
führt meine Füße ich weiß nicht wohin
vielleicht macht ein Treffen beim Jahrmarkt Sinn.«

Ein leichtes aufgeregtes Kribbeln überlief Lilanthes Haut und sie dachte bei sich, dass sie ebenso tapfer und abenteuerlustig würde wie Isabeau. Nachdem sie und der Hexenlehrling sich getrennt hatten, hatte sie sich ruhelos und ohne Ziel gefühlt. Isabeau hatte ihr wegen ihres ziellosen Umherwanderns eher ein Gefühl der Scham vermittelt. Nun würde sie in Isabeaus Fußstapfen treten und sie könnten sich vielleicht wiedersehen. Sie hatte noch niemals eine solch enge und natürliche Zuneigung zu jemandem empfunden wie zu Isabeau, dem Findelkind.

»Warum schläfst du nicht noch ein wenig?«, schlug Enit vor, die in ihren vielen Umhängetüchern wie eine dunkle zusammengekauerte Gestalt wirkte. »Wir haben morgen einen langen Tag vor uns.«

Lilanthe legte sich gehorsam wieder auf die Decke. Durch den Spalt in der Mauer konnte sie die Sterne an einem fast purpurfarbenen Himmel aufsteigen sehen. »Dunkle Sterne«, sann sie. »Ich frag mich, was die Celestine gemeint hat?«

»Bei Nacht kommen sie, ohne dass man sie holen muss, und bei Tage sind sie verloren, ohne dass sie gestohlen werden«, sagte Brun und hielt beim Packen inne.

»Was?«, fragte Lilanthe.

Er deutete in den Nachthimmel hinauf. »Bei Nacht kommen sie, ohne dass man sie holen muss, und bei Tage sind sie verloren, ohne dass sie gestohlen werden«, wiederholte er.

»Ach, du meinst die *Sterne*!«, rief Lilanthe und er tanzte einen kleinen Gigue und rief: »Die Sterne, die Sterne!«, so dass Lilanthe sich fragte, wie viel das kleine Wesen wirklich verstand. Sie legte den Kopf auf die Arme und hörte Brun murmeln: »Dunkle Sterne und der bevorstehende Winter.« Aus einem unbestimmten Grund sandten die Worte einen kalten Schauder über ihre Haut und ihr Rückgrat hinab und sie fragte sich, ob sie die richtige Entscheidung getroffen hatte, als sie sich den Jongleuren bei ihrem Kampf gegen die Verhexerin angeschlossen hatte. Als spüre Enit Silberkehle ihr Unbehagen, begann sie sanft zu singen und die tiefe Dunkelheit des Schlafes senkte sich erneut über sie.

Der schwarze Wolf

Schnee fiel aus einem bleiernen Himmel und wirbelte in einem launischen Wind umher, so dass sich der Reiter vergeblich in den Steigbügeln aufrichtete, um besser sehen zu können. Das Heulen eines Wolfes schwebte aus dem Wald zu seiner Rechten heran und er gab seinem ermatteten Pferd gnadenlos die Sporen. Die Wölfe jagten ihn schon seit dem Moment, in dem er den Fluss nach Rurach überquert hatte, und das Heulen kam immer näher. Sie kamen jetzt von links und klangen so nahe, dass die Stute entsetzt wieherte und durch den Schnee voranstampfte.

Der Sucher Renshaw beugte sich vor und schlug das Pferd mit der Peitsche, so dass es in Galopp ausbrach. Er konnte die Wölfe jetzt sehen, die hinter ihm vorüberhuschten. Es waren große, geschmeidige Bestien, die bedrohlich knurrten; ihre Augen blinkten gelb vor Hunger. Zu seiner Linken konnte er nun die vereiste Oberfläche des Kintyresees sehen und wusste, dass jenseits das Schloss Rurach lag. Um in dessen Schutz zu gelangen, brauchte er wirklich Glück, denn die Wölfe schnappten bereits nach den Fesselgelenken des verängstigten Pferdes. Er zog seinen Dolch und versenkte ihn in der Brust eines der Wölfe, der hochsprang und ihn aus dem Sattel zu reißen versuchte. Das Pferd befreite sich aus dem Rudel und galoppierte wild dahin, während der Sucher die Klinge an seiner weißen Kniehose abwischte.

Renshaw hörte weiter vorne erneutes Heulen und sein Herz hämmerte. Er spähte durch die verschneite Dunkelheit und sah eine Wölfin auf der Brücke über den Wulfrum sitzen. Sie hatte die Schnauze in den sich verdunkelnden Himmel erhoben und ihr schwarzes Fell war in den Schatten unter den Bäumen fast nicht zu sehen. Er erkannte die Bestie. Sie hatte ihn früher am Tag beinahe getötet und er hatte sie mit Stiefeln und Dolch und der Schnelligkeit seines Pferdes nur knapp abschütteln können. Die Stute ermüdete jedoch allmählich und die Dunkelheit sank früh über die schneebedeckten Felder. Das übrige Rudel war ihm dicht auf den Fersen und er konnte weitere dunkle Gestalten durch den Wald schleichen sehen.

Mit einem herausfordernden Schrei riss er den Kopf der Stute herum und zwang sie von der Straße das Ufer hinunter. Der Schnee reichte ihr bis zum Widerrist und seine Stiefel und Beine versanken. Dann war die Stute aufs Eis gelangt und ihre Hufe warfen Eissplitter auf, während sie über die zugefrorene Oberfläche des Sees galoppierte. Renshaw hörte den Lärm der Wölfe hinter sich und erkannte mit einem Blick über die Schulter, dass sie hinter ihm herjagten. Dann brach ein weiteres Rudel aus dem Schutz des Waldes hervor, kam auf ihn zu und drohte ihn vom Ufer abzuschneiden. Er trieb die schwer atmende Stute mit der Peitsche an.

Er war nur noch wenige Meter vom gegenüberliegenden Ufer entfernt; die beiden Wolfsrudel kamen immer näher, als es laut krachte und das Eis brach. Die aufwiehernde Stute wurde abwärts in die eisige Schwärze geschleudert. Der Sucher schluckte einen Moment Wasser, dann kam er wieder an die Oberfläche und ergriff einen Steigbügel. Die Stute versuchte verzweifelt, sich aufs Eis zu ziehen, aber er stieß sie zurück und benutzte sie, um selbst hinaufzugelangen. Dann lief er los, denn das Schloss ragte bereits hoch über ihm auf und die Wölfe hatten den Riss im Eis erreicht. Er war überzeugt davon, dass sie sich an der Stute gütlich tun würden, die noch immer verzweifelt darum kämpfte, sich aus dem eisigen Wasser zu befreien. Zu seinem Entsetzen sprangen die Wölfe jedoch über ihren Kopf hinweg und rannten hinter ihm her, wobei die schwarze Wölfin triumphierend heulte.

Renshaw lief wie noch niemals zuvor im Leben, wurde aber vom Gewicht seiner durchweichten Kleidung behindert, die nun an ihm zu Eis erstarrte. Er sah die Zugbrücke vor sich. Sie war dankenswerterweise herabgelassen und er rannte den Weg hinauf und versuchte zu rufen. Dann spürte er einen heißen Atem an seinem Hals und ein großes Gewicht riss ihn zu Boden, während Schmerz ihn durchströmte.

Anghus MacRuraich, Prionnsa von Rurach und Siantan, brütete gerade über einem Schluck Whisky, während der Feuerschein seine Stiefel wärmte, als unten Lärm und Geschäftigkeit ausbrachen. Er hob seinen kastanienbraunen Kopf, regte sich aber nicht weiter. Bald kam der Verwalter des Schlosses und verbeugte sich respektvoll.

»Unten wartet ein Sucher, mein Laird«, sagte er.

Anghus erstarrte augenblicklich. »Hier im Schloss?«

»Ja, mein Laird. Er wurde von Wölfen angegriffen und hat es kaum lebend hierher geschafft.«

Ein Jammer, dachte Anghus verbittert. Er erhob sich, zog sein schwarz gewebtes Plaid enger um sich und folgte dem Verwalter die lange zugige Treppe zur unteren Halle hinab. Dort warteten sein Diener Donald sowie einige Wachen von der Zugbrücke. Während sie alle gleichzeitig spekulierten und erklärten, führten sie ihn durch den Innenhof, die bitterlich kalten Höfe und Gärten und den schneeverwehten äußeren Hof zum Torhaus. Auf einem der Betten der Wachen lag ein Sucher. Aus einer Wunde an der Schläfe floss Blut. Die Rückseite der karmesinroten Tunika war zerrissen und Anghus konnte erkennen, dass er übel gebissen worden war. Er konnte Heulen hören, trat an ein schmales Fenster und schaute hinaus. Inzwischen war es vollkommen dunkel geworden, aber er konnte dennoch ein großes Rudel Wölfe den Schnee auf der Zugbrücke aufwühlen sehen. Sie schnüffelten und grollten beim Geruch des verletzten Suchers.

Eine große Wölfin mit schwarzem, aufgerichteten Fell saß ruhig mitten auf der Zugbrücke und schaute mit gelben Augen zum Torhaus hinauf. Er konnte sie im dunstigen Licht der Fackeln genau betrachten. Es schien, als sehe sie ihn direkt an.

Er kannte die Wölfin. Sie war die Matriarchin des Rudels, das auf den Ländereien rund um Schloss Rurach jagte. Er sah sie häufig, wenn er in den Wäldern ausritt. Sie trat dann aus dem Unterholz und setzte sich an eine Stelle, von der aus sie ihn mit zwingenden gelben Augen beobachten konnte. Der Clan der Mac Ruraich hegte schon lange eine Zuneigung zu Wölfen. Ihr Wappen war ein wilder schwarzer Wolf, und viele Mitglieder von Anghus' Familie hatten Wölfe als Vertraute.

Daher erlaubte Anghus niemandem, ihnen Schaden zuzufügen, obwohl das Rudel rund um Schloss Rurach während der letzten Jahre zunehmend kühner geworden war. Anscheinend wurde sein Schutz anerkannt, denn obwohl die Wölfe manchmal die Eskorten von Soldaten oder Händlerkarawanen angegriffen und belästigt hatten, wurde niemals jemand verletzt, der das Wappen des Clans der MacRuraich trug.

»Was sollen wir mit dem Sucher tun, mein Laird?«, fragte der Diener Donald. »Sollen wir ihn wieder den Wölfen vorwerfen? Wir haben ihn erst als Sucher erkannt, als wir die Wölfe vertrieben und ihn hereingebracht hatten.«

Anghus war ernsthaft versucht. Er mochte die Liga gegen Hexen nicht allzu sehr, wie auch keiner seiner Leute. Es wäre nur allzu leicht zu behaupten, der Sucher sei bei dem Versuch gestorben, sie zu erreichen. Er runzelte die Stirn und nahm die versiegelte Schriftrolle auf, die der Sucher bei sich trug und fest umklammerte. Sie war mit der Schrift der Banrìgh gekennzeichnet und er fürchtete sich davor, lesen zu müssen, was sich unter den Siegeln verbarg.

Leider war sich Anghus ziemlich sicher, dass die Banrìgh irgendwie jene mit dem *Talent* des Kristallsehens ausfindig machen konnte, die sie im Auge behalten wollte. Sie hatte bereits mehrere Male von Dingen gewusst, von denen sie nichts hätte wissen dürfen. Wie von den Rebellen, die vor fünf Jahren im Turm der Sucher Quartier genommen hatten. Anghus hatte den Rebellen die ausgebrannte Ruine gerne überlassen, solange sie nicht in seinen Wäldern jagten. Er konnte nicht einsehen, welchen Schaden sie so weit von jeglichen anderen Menschen entfernt anrichten sollten.

Die Banrìgh hatte anders darüber gedacht. Sie hatte Soldaten auf Anghus' Land geschickt und seine kleine Tochter als Geisel genommen, als sie am Bach spielte, während die Frauen die Wäsche wuschen. Die Männer waren alle auf der Jagd gewesen und hatten erst von der Freveltat gehört, als sie sechs Tage später zurückkamen.

»Sie ist eine Geisel«, hatte der kommandierende Sucher kalt gesagt, »auf Grund der Tatsache, dass es dem Prionnsa Anghus MacRuraich misslungen ist, die Rebellen und Hexen auszurotten, wie es der Rìgh in seinem Erlass befohlen hat. Wenn Ihr die Garden der Banrìgh nicht zu ihrem Versteck führt, wird Euer kleines Mädchen getötet.«

Anghus liebte seine Tochter und sie war erst sechs Jahre alt. So sehr Anghus die Roten Garden auch ablehnte, die seit dem Tag der Abrechnung grausam und überheblich geworden waren, hatte er doch zustimmen müssen, sie zum Turm zu führen. Er hatte flüchtig daran gedacht, die Rebellen zu warnen, hatte aber eine zu große Gefahr für seine Tochter befürchtet, um es wirklich zu versuchen.

So waren die Rebellen ausgelöscht worden und Anghus hatte die Aufgabe übertragen bekommen, alle Rebellen zu suchen, die entkommen waren. Er hatte dies widerwillig, aber wirksam getan, wobei er sich gefragt hatte, wer die Banrìgh darüber informiert hatte, dass er alles finden konnte, wenn er die Beute erst kannte. Denn es bestand kein Zweifel daran, dass sie es wusste. Die Botschaft war klug formuliert gewesen, um ihm klarzumachen, dass er sie nicht zu täuschen versuchen sollte, indem er behauptete, sie seien ihm entkommen. Nur eine Hexe hatte er entkommen lassen, den Lehrling seiner Schwester Tabitha, und das auch nur, weil er Seychella Windpfeiferin schon seit Jahren kannte. Sie hatte ihn und seine Schwester als junge Frau vor dem Ertrinken gerettet. Die drei waren in einem Boot auf dem See unterhalb von Schloss Rurach gewesen, als plötzlich ein Sturm aufkam. Seychella hatte die turbulenten Winde kontrolliert und das Boot in Sicherheit gebracht, indem sie eine Schneise in den Weg des Sturms geschlagen hatte. In Erinnerung an diesen Tag hatte er Seychella entkommen lassen und seine Gedanken abgeschirmt, als sie ihn befragten, wie er es in seiner Zeit im Turm gelernt hatte.

Nun sagte Anghus mit kaltem und schwerem Herzen: »Nein, kümmert euch um ihn und wenn es ihm gut genug geht, dann bringt ihn ins drittbeste Schlafgemach im Schloss. Ich werde ihn aufsuchen, wenn er wieder bei Bewusstsein ist.«

»Seid Ihr sicher, mein Laird?«, fragte Donald leise. »Es wäre kein Problem, ihn loszuwerden. Wir könnten es heute früh tun, wenn noch alle schlafen …«

Anghus schüttelte den Kopf. »Es ist zu gefährlich, mein alter Freund. Lasst ihn leben. Ich werde akzeptieren, was kommt.«

Als er die Treppe zu seinem Quartier hinaufstieg, wartete seine Frau Gwyneth dort auf ihn. Sie war in ein warmes, fellgesäumtes Samtgewand gehüllt und ihr helles Haar ergoss sich den Rücken hinab bis fast zu den Knien.

»Ich hörte, dass ein Sucher am Tor sei«, sagte sie mit angespannter Stimme. Einst wunderschön, war ihr Gesicht nun von Kummer und Sorge gezeichnet und der Glanz ihrer grünen Augen ermattet. Er nickte.

»Haben sie unser Kind zurückgebracht?«, fragte sie, während sie die Hände so fest verschränkte, dass die Knöchel weiß hervorstachen. Er schüttelte den Kopf, konnte sie nicht ansehen. Sie sank enttäuscht in sich zusammen und wandte sich ab.

»Ich denke, der Sucher ist mit weiteren Befehlen für mich gekommen«, sagte er mit rauer Stimme. Seine Frau schwieg und verließ nur rasch den Raum, das Gesicht abgewandt und vor Tränen schimmernd.

Anghus stürzte einen großen Schluck Whisky hinab und goss sich einen weiteren ein. Sein Gesicht mit dem roten Bart war düster. Er erwog einen Moment lang, der Banrìgh zu trotzen. Schloss Rurach war niemals erobert worden, nicht einmal während der langen Jahre des Bürgerkriegs, die Aedans Pakt und der Krönung des ersten Rìgh vorausgingen.

Die trotzige Stimmung hielt jedoch nur einen Moment an. So sicher er auch war, dass Schloss Rurach den meisten Mächten standhalten konnte, hatte er doch einen gesunden Respekt vor der Banrìgh. Hatte sie nicht alle Türme und die darin befindlichen Hexen vernichtet? Sie musste trotz ihrer Beteuerungen irgendeine schreckliche Macht befehligen können. Wie sonst hätte sie an jenem furchtbaren Tag vor so langer Zeit so vollkommen triumphieren können?

Anghus mochte die Hexen oder *Uile-Bheistean* nicht besonders, aber er hasste sie auch nicht. Seine eigene Schwester war eine Hexe gewesen und noch dazu eine mächtige Hexe. Sie war seit Meghan NicCuinn die jüngste Bewahrerin des Schlüssels gewesen. Als die Nachricht von Tabithas Verbannung kam, hatte er zutiefst getrauert und auf den Rìgh geschimpft, der sich so plötzlich gegen den Hexensabbat gewandt hatte. Aber was konnte er tun? Er wünschte sich nur, mit seinen Leuten in Ruhe gelassen zu werden, in den Bergen *Geal'teas* zu jagen, in den rasch strömenden Flüssen zu fischen und die bitterkalten Winter an einem großen Feuer zu vertrödeln, seine Frau neben sich, seine Kinder zu seinen Füßen spielend.

Er stieß ein verzweifeltes Lachen aus. Das war ein hübscher Scherz! Seine einzige Tochter war entführt worden und seine wunderschöne Frau, eine Nicbian, verging allmählich vor Kummer. Rurach war ein wildes, einsames Land, kein Ort, an dem eine Mutter über einen solch schrecklichen Verlust hinwegkommen konnte. Es gab keine Gesellschaften, keine Festlichkeiten, nicht einmal eine gelegentliche Gruppe von Jongleuren, die sie von ihrem Kummer abgelenkt hätten. Obwohl bereits fünf Jahre vergangen waren, hatten sie keine weiteren Kinder bekommen, denn seine wunderschöne Frau lud ihn nicht mehr in ihr Bett ein.

Der Sucher hatte sich am nächsten Tag bereits so weit erholt, dass er zum Schloss hinaufbefördert werden konnte. Er schickte einen von Anghus' eigenen Männern zu ihm, damit er ihn holen sollte, woraufhin sich das Gesicht des MacRuraich vor Zorn rötete. Dennoch folgte er der Aufforderung, nachdem er zunächst seinen Kilt und sein Plaid angelegt hatte, aber nur um den Sucher daran zu erinnern, wer er war.

Der Sucher saß behaglich in einem der mit Schnitzereien verzierten Sessel in der Großen Halle von Schloss Rurach, einen Weinpokal in der Hand und die Füße zum lodernden Kaminfeuer ausgestreckt. Eine Schulter war dick verbunden und der Arm ruhte in einer Schlinge. Er unternahm keinen Versuch aufzustehen oder sich zu verbeugen, wie er es hätte tun sollen, sondern winkte Anghus stattdessen unbekümmert zu einem weiteren Sessel. Der Prionnsa biss die Zähne zusammen und setzte sich.

»Ich war wirklich froh, als ich aufwachte und mich im Schloss wiederfand«, sagte der Sucher, ohne Anghus mit seinem Titel anzusprechen. »Ich hatte bereits gehört, dass die Wölfe in Rurach lästig werden, aber ich kann kaum glauben, dass ich unmittelbar an Eurer Türschwelle beinahe getötet wurde. Warum habt Ihr die Wölfe nicht gejagt und erlegt? Kümmert Euch darum.«

Anghus konnte vor Zorn kein Wort hervorbringen und das rettete ihn, denn es kam dem Sucher gar nicht in den Sinn, dass seine Befehle vielleicht nicht befolgt würden. Er fuhr ohne Unterlass fort: »Ich habe den Palast unserer gesegneten Banrìgh vor

90

fast drei Wochen verlassen und drei Pferde zu Tode geritten, um hierher zu gelangen.«

Anghus' widerwillige Bewunderung war geweckt. *Der Mann muss das Blut der Pferde-Lairds in sich haben, wenn er so schnell so weit gereist ist.* Dann gefror sein Blut jäh. *Welche dringende Angelegenheit konnte die Banrìgh verfolgen, die ihren Boten zu solcher Eile antrieb?*

»Wie Ihr wisst, ist unsere gütige Banrìgh bestrebt, die kürzlichen Aufstände der Rebellen energisch niederzuschlagen, um den Völkern Eileanans zu versichern, dass der Friede im Land erhalten bleibt. Die ehemalige Großsucherin hat bei dieser Aufgabe kläglich versagt. Während der vergangenen Monate wurde zunehmend über Aktivitäten der *Uile-Bheistean* berichtet, während auch die verfluchte Oberzauberin erneut aus ihrem Versteck gekrochen ist, im Land umhergewandert, wie es ihr beliebt, die Kleinbauern zur Revolte aufstachelt und den Unwillen der Drachen erregt …«

»Ich hatte gehört, dass die Garden der Banrìgh eine trächtige Drachin angegriffen und getötet hätten und das der Grund für die Erhebung der Drachen sei«, erwiderte Anghus freundlich. Er war froh zu hören, dass Meghan NicCuinn noch lebte, und er lächelte innerlich bei dem Gedanken, dass die alte Hexe noch immer Schwierigkeiten verursachte, wo auch immer sie hinging. Die düstere Miene des Suchers vertiefte sich und er fuhr fort, als hätte Anghus nichts gesagt. »… der unzeitige Tod der Großsucherin Glynelda war offensichtlich das Ergebnis übler Zauberei, so wie sie von ihrem Pferd geschleudert wurde, das von einem der Lehrlinge der Oberzauberin verhext wurde. Der Hengst war stets ein fügsames Tier, aber nachdem es von der jungen Hexe gestohlen und verhext worden war, konnte die Großsucherin Glynelda es nicht mehr unter Kontrolle halten. In der Folge hat die Banrìgh den Sucher Humbert in diese Position erhoben und er hat mich mit der Aufgabe betraut, diese Ausbrüche von Schlechtigkeit in Rionnagan und Clachan niederzuschlagen.«

Der Sucher Renshaw hielt eingebildet und offensichtlich erfreut über seine neue Aufgabe inne. Ihm entging der düstere Ausdruck auf dem Gesicht des Prionnsa bei der Erwähnung des Namens des neuen Großsuchers, den er aus alten Zeiten kannte. Als Renshaw Anghus wieder ansah, zeigte dessen Gesicht lediglich geduldiges Interesse. »Er hat mir versichert, dass Euer Land Rurach mit Eurer großmütigen Hilfe bereinigt wurde, und hat mich angewiesen, Euch zu ersuchen, eine gleichermaßene Bereinigung in Rionnagan durchzuführen«, fuhr der Sucher fort.

Anghus nickte, obwohl ihm elend zumute war. Es stimmte, dass Rurach bemerkenswert bar aller Rebellen und Hexen war, aber das kam nur dadurch, dass die Liga gegen Hexen während der vergangenen fünf Jahre ein ununterbrochenes skrupelloses und blutiges Gemetzel durchgeführt hatte. Der Angriff auf die Rebellen im Turm der Sucher war rasch und tödlich erfolgt und wer immer vielleicht über die Berge nach Siantan oder Rionnagan entkommen war, würde nicht einfach zurückkehren. Er war gezwungen gewesen, die Sucher dorthin zu führen, wo sich die beschuldigten Hexen – hauptsächlich gebrechliche alte Frauen und Männer – verborgen hielten, und hatte zusehen müssen, wie sie auf Scheiterhaufen verbrannt wurden. Was noch schlimmer war: Die Roten Garden hatten für die Hilfe, die seine eigenen Leute den Rebellen geleistet hatten, grausame Vergeltungsmaßnahmen gegen sie ausgeführt und ihn gewarnt, dass weitere folgen würden, wenn es irgendeinen Hinweis auf Hilfe für jeglichen Feind der Krone gäbe, sei es eine Hexe, ein Rebell oder ein Zauberwesen. Der Sucher fuhr damit fort, die Missgeschicke aufzuzählen, die dem Rìgh in Rionnagan widerfahren waren. Von einigen, wie dem Massaker der gegen die Drachen an der Drachenklaue gesandten Soldaten und deren darauf folgenden Revolte in den Sithichebergen, hatte Anghus schon früher gehört. Er wusste natürlich vom Krüppel und wie er den Suchern immer wieder entkommen war. Er wusste auch von der zunehmenden Unzufriedenheit der Kleinbauern aufgrund der ständigen Verheerungen durch die Roten Garden, denn auch seine eigenen Leute murrten unter deren Joch.

Er hatte allerdings noch nichts über die Gerüchte von einem geflügelten Mann gehört, der kommen sollte, um das Volk Eileanans vor Unheil zu bewahren, und in dessen Hand der verlorene Leitstern lodern sollte. Und er hatte auch noch nichts über das Wunder in Lucescere und den Aufstand der Menschen gegen Baron Renton und seine Soldaten gehört, fand diese Neuigkeiten aber überaus interessant. Vielleicht war die Zeit der Magie wirklich nahe. Er war überrascht, welche Wehmut dieser Gedanke in ihm auslöste, und merkte, dass er wieder an seine Schwester und an den ortsansässigen Zauberer dachte, der ihn als Kind so vieles gelehrt hatte. Beide waren tot, wie auch so viele andere mit dem *Talent*, und ein Schatten des Zorns fiel über ihn. Er behielt jedoch eine ausdruckslose Miene bei und lauschte den Worten des Suchers sorgfältig.

»… und daher hat der Rìgh einen Erlass herausgegeben, dass der Krüppel, wie sie ihn nennen, der vorrangigste Feind der Krone sei und der Gerechtigkeit zugeführt werden müsse. Er hat mich angewiesen, Euch erneut aufzufordern, der Krone Eure Dienste zur Verfügung zu stellen, um diesen berüchtigten Verbrecher ein für alle Mal zur Strecke zu bringen. Neuere Informationen lassen darauf schließen, dass er in Begleitung der Oberzauberin Meghan ist, der Cousine des Rìgh persönlich. Sie wurden zuletzt in der Nähe von Dunceleste gesehen, verschwanden aber dann in dem üblen Verschleierten Wald und wurden seitdem nicht mehr gesehen. Der Rìgh ist erpicht darauf, dass beide gefangen genommen werden, und so hat er mich angewiesen, Euch einige Gegenstände, die einst der Oberzauberin gehört haben, zu bringen, damit Ihr sie berühren und erspüren könnt.«

Anghus brauchte nichts in der Hand zu halten. Er kannte Meghan NicCuinn aus der Zeit vor dem Tag der Abrechnung gut. Meghan hatte an seinem Tisch gespeist und unter seinem Dach genächtigt. Anghus brauchte nur an sie zu denken und sich auf sie zu konzentrieren, um ihren Aufenthaltsort zu erspüren. Dem Sucher sagte er das jedoch nicht. Er nahm die vom Alter vergilbte Seide des Taufgewandes der MacCuinn auf und lauschte den vielen Geschichten, die es erzählte. Dann schüttelte er mit unbewegtem Gesicht den Kopf und erklärte dem Sucher, das Gewand sei zu alt und von zu vielen getragen worden, um ihm als Fokus dienen zu können. »Ich kann den Rìgh selbst spüren«, hatte er gesagt. Er wollte nicht, dass der Sucher erkannte, wie deutlich seine hellseherischen Fähigkeiten waren. »Der Rìgh trug dieses Gewand lange Zeit nach Meghan und seine Brüder ebenfalls. Ich kann Meghan nur schattenhaft spüren.«

Der Sucher nahm weitere Gegenstände hervor – einen Dolch, den Meghan einst getragen hatte, und eine Karte mit ihrer Handschrift. Nach vorgeblicher Konzentration musste Anghus zugeben, dass sie ausreichten, damit er sich auf die Oberzauberin konzentrieren konnte, und Renshaw nickte zufrieden. Bevor er dem Sucher alles zurückgab, führte Anghus seine Hand noch einmal über das uralte Taufgewand mit dem langen bestickten Hemd.

Es entsprach der Wahrheit, dass er die Lebensenergien des Rìgh stärker spürte als Meghans. Durch Konzentration seines Willens konnte er erkennen, dass sich Jaspar tief im Süden befand, wahrscheinlich in Rhyssmadill, und die Oberzauberin Meghan im Bergland Rionnagans. Allerdings verwirrte ihn, dass er noch ein drittes Bewusstsein an dem Taufgewand spürte. Dieses war deutlicher und stärker zu spüren als die beiden anderen und schien sich im Norden aufzuhalten, in der Nähe von Meghan. Ohne dem Sucher gegenüber etwas davon zu erwähnen, rätselte er lange Zeit darüber. Wer konnte es sein? Meghan und Jaspar waren die Einzigen, die von einem einst großen und kraftvollen Clan übrig geblieben waren. Die drei Brüder des Rìgh waren als Kinder verschwunden und die einzige weitere NicCuinn, ihre Cousine Mathilde, war am Tag der Abrechnung im Feuer gestorben. Es war eine frische Spur. Wer auch immer es war, hatte das Gewand nach Meghan und Jaspar getragen. Während sich Anghus mit seinem Whisky beschäftigte, fragte er sich, ob es möglich war, dass einer der Vermissten Prionnsachan von Eileanan noch lebte.

Der Blick des Suchers ruhte auf seinem Gesicht, aber Anghus hielt seine Gedanken gut verborgen. Er fragte sich mit einem beharrlichen Gefühl des Unbehagens erneut, wie es kam, dass seine hellseherischen Fähigkeiten wie auch jene der Sucher für die Banrìgh annehmbar waren, wenn jegliche Anzeichen von magischen Fähigkeiten bei anderen in die Folterkammer und zu einem qualvollen Tod führten. Warum durfte er leben, während die Oberzauberin Meghan wie eine gewöhnliche Verbrecherin gejagt wurde, eine alte gebrechliche Frau, die einst die mächtigste Hexe im Land gewesen war?

Der Sucher lehnte sich in seinem Sessel zurück und sagte seidenweich: »Die Banrìgh hat mich weiterhin angewiesen, Euch zu sagen, dass Ihr Eure Tochter besuchen und Euch selbst davon überzeugen dürft, wie glücklich sie in Rhyssmadill ist, wenn die Oberzauberin und der Krüppel sicher in ihren Händen sind. Die Banrìgh glaubt die Gefühle von Eltern jetzt, wo sie selbst Mutter wird, einigermaßen verstehen zu können und möchte nicht, dass Ihr Euch um das Glück Eurer Tochter sorgt.«

Die Worte trafen Anghus wie ein Dolch – ebenso auf Grund der jäh aufkeimenden Hoffnung wie auf Grund des Fröstelns, das sie ihm verursachten. Er wusste, dass sie eine Warnung waren, und fragte sich zum millionsten Mal, warum er alles außer seinem eigenen Fleisch und Blut spüren und auffinden konnte. Seine Tochter blieb vor ihm verborgen. Irgendeine Art Zauber verwirrte seinen Orientierungssinn so sehr, dass er, obwohl er wusste, dass sie noch lebte, keine Ahnung hatte, wo sie war oder wie sie sich fühlte. Er verbeugte und entschuldigte sich, denn er wollte nicht, dass der Sucher erkannte, wie betroffen ihn das Versprechen gemacht hatte.

In dieser Nacht schritt Anghus in fiebriger Unentschlossenheit in seinem Zimmer auf und ab. Er hätte den Sucher den Wölfen vorwerfen sollen, als er die Gelegenheit dazu hatte. Dann wäre er nicht mit dieser unerträglichen Wahl konfrontiert worden. Er kannte Meghan NicCuinn und wünschte ihr nur Gutes. Wie konnte er sie jagen und der Liga gegen Hexen ausliefern, woraufhin sie gefoltert und auf dem Scheiterhaufen verbrannt würde wie so viele andere Hexen? Und doch – welche Wahl hatte er? Die Banrìgh hatte seine Tochter und er konnte sie nur finden, wenn er den Anweisungen Folge leistete. Wenn er sein Kind jemals wiedersehen wollte, musste er sich den Wünschen der Banrìgh fügen, und je eher er das tat, desto eher könnte er sein verschwundenes Kind wieder in die Arme schließen.

Als die Entscheidung gefallen war, spürte er ein Gewicht von seinen Schultern gleiten. Er richtete seine Gedanken auf die bevorstehende Aufgabe und spürte sich wie immer vom Jagdfieber gepackt. Wenn Anghus erst zu suchen begann, gab er niemals wieder auf. Manchmal war eine Jagd kurz und rasch beendet und manchmal war sie lang und furchtbar mühsam. Aber er fand stets sein Ziel. Vielleicht würde die Banrìgh ihn und seine Familie in Ruhe lassen, wenn die Oberzauberin Meghan tot wäre …

Die Fäden
werden gesponnen

Beginn des Frühlings

Schulen für eben
flügge gewordene Hexen

Finn legte ihren Arm um den Rücken des alten Mannes und war entsetzt über die Gebrechlichkeit der Knochen unter seinen Lumpen. Sie kämpften sich durch hüfthohes Farnkraut, und der Stechginster zerkratzte sie mit seinen Dornen. Baumgruppen boten kurzzeitig Schutz, aber der dahinter liegende Kamm war so steil, dass sie sich nur wenige hundert Meter vom Weg zurückziehen konnten. Jorge zitterte, obwohl die Sonne über die Berge gestiegen war und ihnen warm auf den Rücken schien.

»Es ist schrecklich, ihn so krank zu sehen«, sagte Jay.

»Kannst du ihn nicht heilen?«, fragte Johanna.

Sie schauten alle zu Tòmas, der besorgt an seinem Handschuh kaute. »Ich wollte seine Augen heilen«, antwortete er. »Aber ich darf ihn nicht berühren.«

Die Kinder schienen enttäuscht und dann sagte Dillon rau: »Wir könnten es ohnehin nicht tun, weil Soldaten in der Nähe sind, und ihr wisst, dass wir uns abschirmen müssen.«

Farnwedel schwankten, als Parlan mit bleichem Gesicht von seiner Erkundungstour zurückkehrte. »Die Soldaten sind unmittelbar hinter dem Kamm«, flüsterte er.

»Hast du gesehen, ob es hier eine Höhle gibt?«

»Ich sah einen ganz engen Spalt, der zu einer Höhle führen könnte …«

»Es gibt hier verdammt sicher eine Höhle«, sagte Finn eigensinnig.

»Haben die Soldaten einen dieser Hexenschnüffler bei sich?«

Parlan nickte. Dillon kaute an seiner Lippe und sagte dann: »Wir sollten uns vermutlich besser bedeckt halten. Zieht alle die Köpfe ein. Wenn sie fort sind, werden wir uns in der Höhle verstecken.«

Sie hörten die Soldaten stromabwärts marschieren. Alle Kinder kauerten sich in den Farn und es schien zu funktionieren, denn obwohl der Blick des Suchers über den Hang schweifte, an dem sie sich verbargen, hielt die Gruppe nicht an und es wurde auch kein Alarm gegeben. Sie warteten lange Minuten, bevor sie die schwankenden Schritte des Sehers den Hügel hinablenkten und ihn am Flussufer entlang zur Höhle führten.

Darin war es dunkel. Einen Moment herrschte Verwirrung.

Schließlich zündeten sie ein Feuer an, das koboldhafte Schatten auf die Wände warf. Die Höhle war schmal, hatte eine hohe Decke und roch nahe dem Eingang scharf nach Katzenurin. Der Welpe jaulte und lief mit eingezogenem Schwanz schnüffelnd durch die Höhle.

Plötzlich schrie Artair auf und stolperte. »Ich bin auf was getreten«, qiekte er. »Sieh nur, Scruffy, es is' eine kleine Katze ...«

Er richtete sich auf und zeigte das auf seiner Handfläche liegende tote Kätzchen. Frisches Blut klebte an seinem Fell.

»Das arme kleine Ding«, sagte Johanna. »Seht nur, hier ist noch eines!«

Im flackernden Licht des Feuers fanden sie sieben tote Katzen, von denen fünf noch klein waren. Alle waren schwarz wie die Nacht und hatten büschelige Ohren. Finn nahm eines auf. Es lag in ihrer Handfläche geborgen, die winzigen Ohren an den Kopf gelegt. Eine gewaltige Woge des Schmerzes stieg in ihrer Kehle auf, sie beugte den Kopf über das tote Tier und Tränen tropften auf sein blutbeflecktes Fell. »Armes kleines Kätzchen«, sagte sie.

Plötzlich spürte sie etwas in ihrer Hand und hätte das Kätzchen vor Überraschung beinahe fallen lassen. »Es lebt!«, rief

Finn leise und spürte dem schwachen Kratzen in ihrer Handfläche nach, als das Kätzchen schwach austrat. Sie musste ihm den Daumen auf den Hals legen, damit es sie nicht biss, obwohl aus einer langen Wunde an seiner Seite Blut sickerte. »Tòmas«, flüsterte sie, »was können wir tun? Du musst ihm helfen.«

Ohne zu zögern zog er seinen Handschuh aus und berührte die Stirn des Kätzchens. Es hörte auf zu fauchen, drehte sich und schloss langsam die glänzenden blaugrünen Augen. »Was ist los?«, rief Finn. »Was hast du getan?«

»Es schläft.« Tòmas zog seinen Handschuh wieder an.

Das kleine Mädchen beugte sich bezaubert über das Kätzchen und sah, dass sich die Wunde geschlossen hatte. Sie schaute auf und ihre haselnussbraunen Augen strahlten. »Danke, Tòmas!«

»Was glaubst du, was du da tust!«, fauchte Dillon. »Tòmas, das hast du doch nicht wirklich getan! Der Hexenschnüffler is' nich' weit entfernt. Eà verdamm es!«

»Finn hat mich darum gebeten.« Tòmas schob die Schuld schnell weiter und Finn wappnete sich für die Rüge Dillons des Kühnen, die sie sanftmütig akzeptierte. In schlafendem Zustand war das Kätzchen so weich wie ein Ballen *Geal'teas*-Wolle und Finn drückte es an sich. Als sie das kleine im Brustkorb flatternde Herz spürte, schwoll ihre Brust erneut in einem schmerzähnlichen Gefühl an. »Womit können wir es füttern?«

Dillon runzelte die Stirn. »Du hast doch nich' vor, dieses Tier zu adoptieren, oder? Soldaten haben keine Kätzchen, Leutnant Finn!«

»Aber Scruffy, es wird sterben, wenn wir uns nich' darum kümmern«, protestierte Finn. »Wir können es nich' erst heilen und es dann verhungern lassen.«

»Tòmas hätte es niemals heilen sollen«, sagte Dillon mürrisch. »Nach allem, was ich darüber gesagt hab, dass wir uns bedeckt halten sollten! Wenn die Soldaten uns angreifen, wird es deine Schuld sein, Finn! Und hör auf, mich bei diesem Babynamen zu nennen. Ich bin Dillon der Kühne!«

»Ich glaub, die Soldaten sind vollkommene Scheusale!«, sagte Johanna. »Sie haben sie einfach aus Spaß getötet. Sie müssen gewusst haben, dass wir uns nich' in dieser Höhle verstecken könnten, wenn die Elfenkatzen hier wären.«

»Woher hätten sie das wissen sollen?« Dillons breites, sommersprossiges Gesicht wandte sich interessiert Johanna zu.

»Nun, Elfenkatzen kämpfen eher bis zum Tod, als sich zu ergeben«, sagte Johanna. »Ich dachte, jeder wüsste das. Sie sin' sehr terr … terr …«

»Territorial«, sagte Finn wie abwesend.

»Ja. Sie sind wirklich wild. Man kann sie nicht zähmen, weshalb es keinen Zweck hat, es zu versuchen, Finn. Du wirst es niemals dazu bringen, zu dir zu kommen. Es is' noch klein, aber es kann schon kämpfen!«

»Es ist noch ein Baby«, sagte Finn abwehrend und drückte den kleinen felligen Körper noch fester an sich.

»Das macht keinen Unterschied«, sagte Johanna. »Man kann sie nicht zähmen.«

Finn presste eigensinnig die Lippen zusammen und drückte die Elfenkatze unabsichtlich zu fest. Plötzlich waren ihre Arme voller sich windender, sich krümmender, kratzender Katze.

Scharfe Fänge sanken in ihre Hand und das Kätzchen sprang von ihren Armen und verschwand in der Dunkelheit. »Sieh nur, was du getan hast!«, rief sie und begann die Höhle abzusuchen, aber es war nichts mehr von der kleinen Elfenkatze zu sehen. Den Tränen nahe ließ Finn sich zu Bett schicken, nachdem ihre Rufe die Übrigen geweckt hatten, aber sie konnte noch lange nicht einschlafen.

Am Morgen befahl Dillon, Dorngestrüpp um den Höhleneingang aufzuschichten, und es wurde ständig patrouilliert. Finn war untröstlich, obwohl das Kätzchen mehrere Male aus der Dunkelheit hervorschoss, um seine Fänge in irgendjemandes Knöchel zu schlagen. Sein Fell war so schwarz, dass es praktisch vor einem sitzen und dennoch unsichtbar bleiben konnte.

Finn goss Wasser in Jorges Bettlerschale, aber das Kätzchen wollte nicht nahe genug herankommen, um es zu probieren.

Johanna, die bemüht war zu helfen, versprach, Finn beim Fischfang zu unterstützen. Obwohl sie keine Haken oder Angelruten hatten, war Johanna überraschend geschickt darin, die Fische nur mit bloßen Händen zu fangen. Forellen anzulocken war eine Fähigkeit, die ihr Cousin ihr damals in der Zeit beigebracht hatte, als sie auf dem Land gelebt hatte, und sie hatte während der vergangenen Wochen auf diese Art mehrere Fische gefangen.

»Keine Angst, kleine Katze. Ich werd mich um dich kümmern«, flüsterte Finn. »Du musst Durst haben. Schleck ein bisschen von dem Wasser auf und ich werd mit Fisch zurückkommen, sobald ich kann.« Zu ihrer Überraschung erhielt sie ein schwaches gedämpftes Miau als Antwort, obwohl sie die kleine schwarze Katze nicht entdecken konnte.

Die beiden Mädchen schürzten ihre Röcke und wagten sich in den eisigen Strom des Muileach; steifbeinig wateten sie ins ruhigere Wasser nahe dem Ufer. Johanna zeigte Finn, wie sie ihre Finger langsam unter den Körper der Forelle bringen musste, indem sie sie wie die Blätter von Wasserpflanzen wogen ließ. Johanna fing fast sofort eine große Forelle, aber Finn war zu laut und ungeduldig und vertrieb die Übrigen. Sie schlichen auf einen neuen Versuch stromabwärts und dieses Mal fing Johanna zwei Forellen. »Es dauert etwas, bis man den Trick an der Sache begriffen hat«, sagte sie tröstend, als sie durchnässt und tropfend ihren Weg zurück zur Höhle antraten.

Nachdem sie alle hungrig ihre Fischmahlzeit verschlungen hatten, schlich Finn zur Rückseite der Höhle. »Kätzchen«, rief sie. »Komm, Kleines, schleck ein bisschen Wasser auf und friss etwas Fisch. Du musst doch hungrig und durstig sein.«

Ein klägliches Miauen antwortete ihr und sie sah die Elfenkatze auf einem hohen Sims kauern, wobei ihre türkisfarbenen Augen im Feuerschein leuchteten. Ihre büscheligen Ohren waren an den Kopf gelegt und ihre scharfen kleinen Fänge schimmerten.

»Mhm, Fisch«, flüsterte Finn. Die Elfenkatze schlug mit dem Schwanz. Mit ganz langsamen Bewegungen tunkte Finn die Finger ein und streckte sie der Katze dann hin, damit sie daran schnuppern konnte. Die schwarze Katze fauchte augenblicklich und zerkratzte Finns Hand. Finn konnte einen Aufschrei nicht unterdrücken und riss die Hand zurück, um das austretende Blut aufzusaugen. Dillon und Artair höhnten hinter ihr, aber sie ignorierte sie.

»Ich bin doch deine Freundin«, sagte sie vorwurfsvoll zu der Katze und versuchte, ihr Wärme und Sicherheit zu vermitteln. »Ich bin deine Freundin. Ich hab dir Fisch gebracht.« Sie streckte langsam erneut die Hand aus und die Katze kratzte sie erneut.

Dann saß Finn eine Zeit lang schweigend da, bezähmte ihre Ungeduld und ließ die Katze sich an ihre Anwesenheit gewöhnen. Schließlich setzte sich die natürliche Neugier der Elfenkatze durch und sie kroch mit noch immer angelegten Ohren ein Stück vorwärts, wobei sie Finn aufmerksam beobachtete. Finn tunkte die Finger erneut in den Fisch und hielt sie der Katze wieder zum Schnuppern hin und dieses Mal schlug das Kätzchen nicht zu, obwohl es wieder fauchte. Finn konnte ihre kleine schwarze Nase beim Geruch des Fisches zittern sehen und so hob sie die Schale an und stellte sie dicht neben eine Pfote des Kätzchens. Dieses Mal steckte es den Kopf hungrig in die Schale. Als sie geleert war, setzte sich das Kätzchen auf und putzte sich, während sich Finn erschöpft am Fleck zusammenrollte und einschlief.

Nachdem Artair sie am nächsten Morgen unmittelbar vor der Dämmerung geweckt und ihnen nervös berichtet hatte, dass gerade eine große Kompanie Soldaten vorbeigeprescht war, waren die Kinder zu verängstigt, um sich aus der Höhle zu wagen.

Jorge sagte gütig: »Wir werden einen weiteren ruhigen Tag verbringen, meine Kinder, nur um sicher zu gehen, dass wir uns vollkommen von den Frühjahrsriten erholt haben.« Er seufzte und Jesyah der Rabe sprang auf sein Knie, damit ihm der blinde

Bettler den Hals kraulen konnte. »Ich möchte wirklich nach Hause gelangen, aber ein Tag Ruhe wird niemandem von uns schaden.«

Finn verbrachte den langen Tag mit dem Versuch, das wilde Kätzchen zu zähmen, das seine Schwäche abgelegt hatte und voller Boshaftigkeit und Feuer war. Finns Hände waren von unzähligen Kratzern und Bissen verunstaltet und selbst ihr Gesicht und Hals waren gezeichnet. Die meisten der übrigen Kinder hielten sich nur zu gerne fern und verspotteten Finn wegen ihrer Torheit, eine Elfenkatze zähmen zu wollen.

»Man kann sie nicht zähmen«, sagte Johanna zum zigsten Mal.

»Elfenkatzen würden eher sterben als sich mit einem Menschen einzulassen. Gib es auf, Finn.«

Stattdessen saß Finn still wie ein Schatten da, sah die Elfenkatze an und versuchte, Liebe und Geborgenheit zu verströmen. Hin und wieder bot sie der kleinen Katze etwas zu essen oder zu trinken an, aber die meiste Zeit blieb sie still und benutzte jegliche Fähigkeit der Schweigenden Kommunikation, die Jorge sie gelehrt hatte. Die Katze wölbte gelegentlich den Rücken und fauchte, akzeptierte Finns Anwesenheit aber nachweislich besser als am Vortag.

Am nächsten Abend, nach einem weiteren Tag Schweigender Kommunikation, nahm die Elfenkatze schließlich Nahrung aus Finns Händen entgegen, ohne sie zu kratzen. In dieser Nacht schlief Finn in ihrem selbst gewählten Exil an der Rückseite der Höhle und bemerkte, als sie irgendwann erwachte, dass das Kätzchen zusammengerollt an ihrem Hals lag und so laut schnurrte, dass sie dachte, es müsste auch die Übrigen aufwecken.

Der Garten der Celestine blühte in der ganzen Zartheit des Frühlings. Vögel flogen mit bunt schimmernden Flügeln umher, kleine Donbeags klammerten sich an die Rücken ihrer Mütter und auf den Lichtungen beendeten Wolken von Schmetterlingen tanzend ihr kurzes verzücktes Leben. Wo sich der Sommerborn durch den grünen Wald wand, folgte ihm ein Blumenband.

Als die Tage länger und wärmer wurden, geriet Lachlan in Unruhe, aber Meghan sagte nur: »Wir werden ohnehin bald weiterziehen müssen, also genieße die Ruhe, solange du es noch kannst.«

»Wohin gehen wir?« Iseult blickte vom *Buch der Schatten* auf.

»Nun, wir werden als Nächstes unsere Streitkräfte versammeln. Unsere Rebellenlager sind in ganz Eileanan verstreut. Einige sind klein, andere groß wie ein Dorf. Wir wollen beginnen, sie unter unsere Führung und auf Vordermann zu bringen. Lachlan hat bereits seine eigenen Streitkräfte, die Blauen Garden …«

Lachlans Augen leuchteten auf. »Sie waren die Leibwache meines Vaters, aber die Banrìgh entließ sie, weil sie angeblich nicht länger benötigt wurden. Ich traf einen ihrer früheren Hauptmänner, Duncan Eisenfaust, der mit mir zu den Rebellen überwechselte und jetzt schon seit vier Jahren Ausschau nach ihresgleichen hält und sie ausbildet. Er ist einer der wenigen, die wissen, wer ich wirklich bin.«

»Wir müssen einen Ort finden, wo wir einen geeigneten Stützpunkt errichten können, der leicht zu verteidigen und schwer zu finden sein muss, vorzugsweise in der Nähe der Stelle, wo die Weißlockenberge und die Sithicheberge aufeinander treffen«, sann Meghan. »Auf diese Art können wir sowohl von Westen als auch von Norden herabgelangen. Ich frage mich … Ich weiß, dass Jorge am Fuße des Hauers ein Versteck hat … Ich frage mich, ob es geeignet wäre. Ich wünschte, er würde auf meinen Ruf antworten, aber er muss es für zu gefährlich halten kristallzusehen. Ich hoffe, er ist in Sicherheit.«

Während der folgenden Tage übte Iseult mit Lachlan heftiger denn je zuvor und versuchte erfolglos, ihn dazu zu bringen, seine Schwingen zu benutzen. Selbst als sie ihm die Beine wegriss, hielt er die Schwingen stur an den Körper gepresst. Iseult biss sich nachdenklich auf die Lippen und begann, Lachlan eine weitere Übungsfolge zu lehren, die ihm die Reichweite und Ausgewogenheit seines Körpers bewusst machen sollte.

Sie beschloss auch, die große Kraft seiner Arme und Schultern einzusetzen und lehrte ihn, ihre Armbrust zu gebrauchen. Sie war nicht überrascht, als sie feststellte, dass er eine natürliche Affinität zu dieser Waffe hegte. Eines Tages kehrte sie mit einem langen Eschenzweig aus dem legendären Garten der Celestine zurück, den sie zu einem Langbogen zurechtschnitzte, den sie dann mit einer Sehne aus einem von Wolkenschattens langen drahtigen Haaren versah. Zu ihrer Überraschung lernte Lachlan nicht nur, den Bogen zu spannen, sondern auch die Pfeile, die sie ihn zu fertigen lehrte, recht zielsicher abzuschießen.

Eines Nachmittags schlug sie vor, in die nahe gelegenen Hügel zu gehen, um die Greifvögel zu beobachten, die in den Felsen nisteten. Iseult wollte Lachlan zeigen, wie sie ihre Schwingen und Klauen benutzten, und hoffte, dass er dann auch seine zu benutzen beginnen würde.

Sie wickelten Käse und Brot in eine Serviette und wanderten dann über die grünen Pfade des Verschleierten Waldes. Ströme weißer Schmetterlinge tanzten in den Lichtstrahlen, die durch die Baumstämme fielen, und ein Rothirsch sprang über ihren Weg. In weiter Ferne trillerte ein Baumsegler zum Kontrapunkt von Drosseln und Bachstelzen sein liebliches Lied. Lachlan begann ebenfalls zu singen, sein Jubilieren klang durch die sich über ihnen wölbenden Zweige und die Vögel huschten vor ihnen durch die Luft und antworteten seinem Gesang. Als seine Amselweise schließlich verklang, begann Iseult ihn in Strategie und Taktik zu unterweisen, wobei sie so nüchtern wie möglich vorging, da seine vor Freude über den Gesang erstrahlte Miene ihren Seelenfrieden störte – und Iseult wollte keine Beunruhigung. Sie beobachteten gemeinsam, wie ein Haubenfalke ein Kaninchen erlegte, indem er das erstarrte Tier mit seinen mächtigen Klauen vom Boden hochriss, während Iseult den Vorgang erläuterte. »Wenn du weder Dolch noch Schwert zur Hand hast, kannst du deinen Feind immer noch mit den Klauen erlegen«, wies sie ihn an und war überrascht, wie blass Lachlan wurde.

Sie picknickten im Wald und legten sich danach schweigend unter die Bäume. Als Iseult aus einem Traum vom Schnee zurückkehrte, sah sie Lachlans topasfarbene Augen auf ihr Gesicht gerichtet. Er lag auf der Seite, seinen schwarzen Lockenkopf auf eine Hand gestützt, Gesicht und Schultern von einer glänzenden schwarzen Schwinge eingerahmt. Sie erwiderte seinen Blick unbewegt und sah seine hagere Wange erröten. Iseults Magen zog sich zusammen und ihr Blut wallte auf. Sie zwang sich, den Blick unbekümmert abzuwenden.

»Ich möchte dir jetzt gerne meine Frage stellen.« Lachlans Stimme klang tief und rau.

Sie erwiderte seinen angespannten Blick. »Wenn du willst«, antwortete sie kühl.

»Warum hast du Tìrlethan verlassen … Ich meine, hat man es dir freigestellt … Hattest du niemanden, der dich dort gehalten hätte?« Er brach unbeholfen ab.

Sie setzte sich mit einer fließenden Bewegung auf und legte die Handflächen auf die Oberschenkel. »Bevor ich Meghan traf, hab ich niemals daran gedacht, das Rückgrat der Welt zu verlassen. Ich wusste natürlich, dass ich die Gemeinschaft eines Tages verlassen und die Berge auf der Suche nach einem Gefährten überschreiten müsste. Das ist die Pflicht einer Feuermacherin …«

Lachlan sah sie an. Sie fuhr mit pochendem Herzen und belegter Stimme fort: »Er muss stark und weise und freundlich sein, mit blauen Augen wie die aller Feuermacherinnen und Haar mit einem Rotschimmer. Erst dann kann das Volk sicher sein, dass ihm eine wahre Feuermacherin geboren wird.«

Lachlan wandte das Gesicht erneut ab und stützte die Stirn auf die Arme, so dass sie sein Gesicht nicht mehr sehen konnte.

»Daher wusste ich, dass ich die Berge eines Tages überqueren müsste. Ich dachte jedoch, es hätte noch viele Jahre Zeit, da ich gerade erst sechzehn Jahre alt geworden war. Aber dann kam Meghan und sagte, ich sollte mit ihr ziehen. Meine Großmutter hatte geträumt, dass ich fortgehen würde, und sagte, ich sollte mein Schattenbild und meine Bestimmung finden, so dass es richtig schien, dass ich mitging.«

Sie hielt inne und entspannte sich. Dann richtete sie den Blick wieder auf Lachlans Gesicht und sah, dass er die Stirn runzelte und mit seinen braunen Fingern Grashalme zerpflückte. Er erhob sich und hinkte davon, wobei er sich auf seinen Knüppel stützte. »Eine vollständige, komplette Antwort«, sagte er nur.

Iseult kühlte ihre erhitzten Wangen im klaren Wasser des Borns, der aus den gewaltigen Granitfelsen der Berge herabstürzte. Es war kalt und sie hielt ihre Handgelenke in die perlende Eiseskälte, von einer unerträglichen Sehnsucht nach dem Rückgrat der Welt erschüttert. Sie blickte in das plätschernde, kristalline Innere hinab, noch immer von diesem flüssigen Element fasziniert, das ihrer gefrorenen Welt so fremd war.

Plötzlich senkte sie die Hand und ergriff, was wie ein kleiner Schneeball aussah. Als sie die Hand wieder hervorzog, lag ein seltsamer Stein darin, fahl schimmernd wie Mondschein auf Schnee. Sie zeigte ihn Lachlan. Er warf ihr einen widerwilligen und neidvollen Blick zu und hinkte dann rasch weiter, wobei er mit seinem Knüppel auf das Unterholz einschlug.

Sie folgte ihm, den Stein in ihrer Hand drehend. Er war an einigen Stellen von Basalt überkrustet, ansonsten aber milchig glatt. Nach einer Weile steckte sie ihn in die Tasche, schlich hinter Lachlan her und lauerte ihm auf, während er übellaunig dahinstapfte. Sie verstand ihn nicht und was Iseult nicht verstand, wollte sie stets besiegen.

Als Iseult später Meghan den Stein zeigte, warf die Hexe einen durchdringenden Blick darauf, murmelte »Ah, ein Mondstein« und steckte ihn in die Tasche. Sie und Lachlan waren den ganzen Abend still und am Morgen intensivierte Meghan Iseults Unterricht im Kristallsehen und in der Geistsprache. Zu Lachlans Entrüstung wurde er nicht ebenso zügig unterrichtet und Meghan wollte ihn auch bei ihrem Unterricht im Kristallsehen nur zusehen lassen. Er beschwerte sich bitterlich, schritt am Feuer ruhelos auf und ab und sorgte sich um seine Rebellengefährten.

Schließlich sagte Meghan schroff: »Beruhig dich, Lachlan. Du benimmst dich wie ein Huhn auf einem heißen Backblech! Ich hatte Kontakt mit Enit, die dem Untergrund Befehle gegeben hat, die Dinge in Gang zu setzen. Du weißt, dass sie alle Fäden in der Hand hält – sie kann sie auch ohne dich handhaben, dessen kannst du sicher sein!«

Sie verbrachten die meiste Zeit mit Lernen, denn Meghan war entschlossen, Lachlan alles beizubringen, was er benötigte, um den Leitstern – und den Thron – zu erringen. Außer Geographie, Politik und Geschichte lernten sie noch Astronomie, Alchemie, Mathematik und die alten und neuen Sprachen, wobei sie jede freie Minute damit verbrachten, in Meghans vielen Zauberbüchern und Schriftrollen zu lesen.

Das Interessanteste von alledem war *Das Buch der Schatten*. Es war so groß und schwer, dass Iseult es nur mit Mühe anheben konnte, und seine Seiten waren mit farbigen Karten und Zeichnungen, Zaubersprüchen, Beschwörungsformeln, Geschichten über Zauberwesen und Berichten von Schlachten und Krönungen, Geburten und Begräbnissen gefüllt.

Die Mächte des uralten Buches waren schwer zu durchdringen. Die Seiten schienen sich zu bewegen, so dass sich das Buch, gleichgültig wie sorgfältig Iseult eine interessante Seite markierte, auf einer vollkommen anderen Seite öffnete, wenn sie es das nächste Mal aufnahm. So sehr sie es auch versuchte, konnte Iseult doch niemals zu einer Seite ihrer Wahl zurückkehren. Es schien, als entscheide *Das Buch der Schatten* für sie, was sie lesen sollte. Oft wollte sie es ungeduldig zuschlagen, besonders wenn es darauf bestand, sie an peinliche Themen wie Liebeszauber oder Salben zur Beseitigung von Sommersprossen heranzuführen. Lachlan warf es jedes Mal fluchend hin, wenn er darin las, was Meghan dazu veranlasste, die Augenbrauen hochzuziehen und zu sagen: »Du liebe Güte, Isabeau hat schon herausgefunden, wie man das Buch benutzt, als sie noch ein Kleinkind war.«

Das bestärkte Iseults Entschlossenheit, den Schleier seines Mysteriums zu durchdringen. Meghan hatte gesagt, man müsse das Buch mit klarem und leerem Geist öffnen und nur an das denken, was man wissen wolle. Aber gleichgültig wie sehr Iseult ihren Geist auch leerte – sie schien das Buch nicht kontrollieren zu können und schlug deshalb den schweren geprägten Buchdeckel wieder zu. »Warum will es mir nicht antworten?«, rief sie.

»Du stellst die falschen Fragen«, sagte Meghan.

»Wollt Ihr mir nicht einfach die Antwort sagen?«, umschmeichelte Iseult sie.

»Nein«, erwiderte die Zauberin.

Iseult spürte, wie sich ihre Halsmuskeln vor Zorn anspannten.

»Das ist nicht fair. Ihr beantwortet meine Fragen nie, obwohl Ihr mir immerzu welche stellt. Eine Frage zu stellen bedeutet, dass Ihr ebenfalls eine Frage schuldet!«

»Dann schuldet Meghan Tausende von Fragen«, sagte Lachlan lakonisch.

Meghan runzelte die Stirn. »Ich bin nicht hier, um deine Fragen zu beantworten, Iseult. Du hast *Das Buch der Schatten* – du musst lernen, es zu benutzen. *Das Buch der Schatten* ist ein magisches Buch und wird dich manchmal zu Orten bringen, die du niemals erwartet hättest. Lernen ist eine Reise, Iseult, und du musst sie stets allein unternehmen.«

In dieser Nacht, während sie beobachteten, wie der Mond über den fernen Wäldern Aslinns aufging, bat Meghan: »Sag mir, Iseult, hat dein Volk alte Erzählungen oder Fabeln über dunkle Sterne oder Konstellationen?«

»Dunkle Sterne … ich glaub nicht.«

»Wolkenschatten sagt, ich müsse die dunklen Konstellationen beobachten, die Geheimnisse enthalten sollen.«

»Was bedeutet das?«

»Wenn ich das wüsste, dummes Kind, würde ich dich nicht fragen.«

Iseult schaute zu den Sternen hinauf, die sich von Horizont zu Horizont drängten und Formen und Muster bildeten, denen Meghan Namen gab – der Feuerschlucker, das Kind mit der Urne, der Zentaur und sein Bart, der Feueradler.

»Ich kenne eine Geschichte über die Monde«, sagte sie. »Seht Ihr die Handabdrücke von Schwester Mond auf Bruder Monds Seite?«

»Handabdrücke?«, fragte Meghan.

Iseult setzte sich mit einer fließenden Bewegung auf und kreuzte die Beine. Sie erzählte in gemessenem Tonfall, wie eine Frau der Gemeinschaften, die sich danach sehnte zu erfahren, wer ihr geheimer Geliebter war, ihre Hände in die Asche des Feuers gedrückt und dann darauf geachtet hatte, wessen Haut die Abdrücke zeigte. Sie entdeckte sie auf der Haut ihres eigenen Bruders. Als sie erkannte, dass er ihr Geliebter war, stürzte sie sich von einem Felsen.

Die Götter nahmen ihr Opfer an und verwandelten sie in den wunderschönen blauen Mond, der unseren Nachthimmel entlangsegelt und uns Licht in die Dunkelheit bringt. Ihr Bruder, der vor Kummer und Reue fast wahnsinnig war, stürzte sich von demselben Felsen und wurde in den roten Mond verwandelt, der seiner Schwester Mond für immer über den Himmel folgt. Es heißt, dass die Götter des Weiß alle fünftausend Monde Mitleid mit Schwester Mond und Bruder Mond haben und sie sich wieder lieben lassen, wenn auch immer nur im Schutz der Dunkelheit.«

»Das ist wirklich eine interessante Geschichte«, erwiderte Meghan bedächtig. »Sie ist der Geschichte nicht unähnlich, die wir unseren Kindern über die verfluchte Liebe zwischen Gladrielle und Magnysson erzählen. Auch sie wurden in Monde verwandelt, aber die Celestine milderten die Grausamkeit des

Fluchs, indem sie ihnen alle vierhundert Jahre erlaubten, sich wiederzusehen.« Plötzlich zeigte Meghans dunkles schmales Gesicht Erregung. Dann sagte sie mit verhaltener Stimme: »Zwei Monde, die sich zum Küssen ausstrecken. Natürlich! Es muss eine Mondefinsternis geben!«

»Eine Finsternis? Woher wollt Ihr das wissen?«

»Ich erinnere mich jetzt. Als ich noch ein Kind war, nahm mein Vater Mairead und mich mit durch das Labyrinth zum Teich der Zwei Monde, um die Finsternis zu beobachten. Mein Vater war von Sternen und Planeten stets fasziniert, und ich erinnere mich, dass er mit Mairead darüber gesprochen hat. Ich war eher an einer Haselmaus interessiert, die ich im Garten gefunden und in meiner Tasche durch das Labyrinth getragen hatte.«

Iseult und Lachlan grinsten, während die Waldhexe fortfuhr. »Er bat uns, die Monde zu beobachten, und unendlich langsam kreuzten sich ihre Bahnen und sie wurden schwarz. Alle Sterne funkelten auf und dann entstand um die verschmolzenen Monde langsam ein großer Lichtkranz. In dem Moment bearbeitete mein Vater im Wasser des Teichs den Leitstern, der von der Magie der Monde und der Sterne hell erleuchtet war. Seht nur!« Sie deutete auf die beiden Monde, die über ihnen dicht beieinander standen. »Seht ihr, wie ein dunkler Kranz um die Monde entsteht? Seht ihr, wie vier Strahlen der Dunkelheit von ihnen ausgehen, als würden schwarze Fanale die Sterne auseinander treiben? Das dunkle Kreuz, nannte mein Vater es. Das meinte Wolkenschatten, als sie sagte, ich sollte auf die dunklen Konstellationen achten. Sie meinte den Raum zwischen den Sternen!«

»Was bedeutet das dann für uns?«, fragte Lachlan. »Ist es ein gutes oder ein schlechtes Omen?«

»Wenn Magnysson Gladrielle letztendlich in seinen Armen hält, wird alles geheilt oder vernichtet, gerettet oder aufgegeben werden …«, murmelte Meghan.

»Was bedeutet das?«

»Ich werd darüber nachdenken«, erwiderte Meghan. »Ich merke, dass mein Kopf voller Ideen ist. Wir werden sehen, was am Schluss – wenn überhaupt – dabei herauskommt. Zumindest kennen wir jetzt die Bedeutung von Jorges Träumen. Eine Mondefinsternis ist eine Zeit großer magischer Bedeutung. Heute Nacht wird dort draußen Macht sein.«

»Wann wird es geschehen?«

»Mein Vater bearbeitete den Leitstern an meinem achtzehnten Geburtstag, an Samhain, in der Nacht, wenn die Schleier zwischen den Welten am dünnsten sind. Diese Nacht wird es sein. Wenn wir den Leitstern in der Nacht der Finsternis retten können und ihn im verzauberten Wasser baden, dann können wir seine Macht wieder herstellen. Das meinte Wolkenschatten, als sie sagte, Samhain sei der Zeitpunkt.«

Die Liga der Heilenden Hand zog noch zwei weitere Wochen lang durch die Weißlockenberge und es gelang ihnen, die Soldaten zu meiden, welche die Hügel durchstreiften. Jesyah der Rabe war von unschätzbarem Wert, denn er flog hoch über den dicht bewaldeten Tälern dahin und warnte sie vor jedem vor ihnen liegenden Lager.

Die Sithiche- und die Weißlockenberge trafen unmittelbar unter dem Hauer – der großen dreieckigen Bergspitze – zusammen, aber die Berge waren so steil, dass nur wenige Wege hindurchführten. Einer der wenigen Pfade, auf denen man von einer Bergkette zur anderen überwechseln konnte, war ein hoher Grat blanker Felsen. Er wurde Ziegenbrücke genannt, weil nur wilde Ziegen die Überquerung mühelos schafften, und wölbte sich weit über die grünen Täler Rionnagans.

Als Dillon erkannte, dass sein Meister sie diese schmale Brücke überqueren lassen wollte, hielt er im Schritt inne. »Erbarmen! Ihr könnt doch nich' daran denken, dort hinüberzugehen?«

Jorge sah sich um. »Ah, kannst du sie jetzt sehen, ja? Gut, gut. Jesyah, fliegst du für mich?« Mit heiserem Krächzen schwang sich der Rabe in die Luft und suchte mit seinen glänzenden Knopfaugen die Gegend ab. »Nun, Dillon, mein Junge, führe mich vorwärts.«

Eines nach dem anderen folgten ihm die Kinder; ihre Ausgelassenheit war geschwunden und sie warfen ängstliche Blicke zu der Steinbrücke hinauf. Zwischen einem Felsauswuchs und der Vorderseite der Felsen war ein schmaler Spalt. Als sie hindurchschlüpften, fanden sie sich auf einer aufwärts führenden schmalen Treppe wieder, die das Wasser auf natürliche Weise aus dem Fels geformt hatte. An manchen Stellen mussten sie klettern und ihre Finger in kleine Risse im Fels graben, während sie sich bemühten, nicht nach unten zu sehen.

Finn fiel das Klettern von allen am leichtesten, da sie oft gezwungen worden war, in Schlösser einzusteigen, indem sie die Außenmauern erkletterte. Sie sprang umher wie eine wahre Wildziege; die Elfenkatze, die sie Kobold nannte, war ihr stets auf den Fersen.

Als sie schließlich oben ankamen, warfen sie sich auf dem geneigten Grat alle auf den Bauch, wobei die Köpfe über eine und die Füße über die andere Seite hinausragten. Der Boden fiel auf beiden Seiten steil ab, zwischen ihnen und dem Talboden war nichts als benommen machende Tiefe. »Ich hab Angst«, wimmerte Johanna, die sich mit beiden Händen an den Grat klammerte.

»Ich hab Aaaangst«, ahmte Finn sie nach.

»Hör auf, ein solcher Angsthase zu sein!«, befahl Dillon.

»Soldaten!«, rief Jorge plötzlich. »Runter, Kinder, haltet die Köpfe unten!«

Alle neun Kinder rückten näher zum Grat, die Gesichter auf den rauen Fels gepresst, die Herzen pochend. Dillon blickte mit einem Auge darüber hinweg und spähte auf die Kompanie Soldaten hinab, die durch das unter ihnen liegende Tal ritten.

Als der Hauptmann merkte, dass das Tal scheinbar jäh endete, befahl er seinen Männern umzukehren, und die Soldaten verließen das Tal, ohne die natürliche Treppe zu bemerken, die zu der über das Tal verlaufenden Steinbrücke führte. Obwohl sie zu weit entfernt waren, um auch nur ein Wort dessen zu verstehen, was die Soldaten sagten, bemerkte Dillon doch ihre gelangweilte Haltung und lächelte in sich hinein. Dies war ein Routinemanöver – die Soldaten wussten nicht, dass sie hier waren.

»Wir sollten lieber noch eine Weile still liegen bleiben«, sagte Dillon. »Sonst sehen sie uns, wenn wir den Grat überqueren.«

»Wie tief steht die Sonne?«, fragte Jorge. »Für mich macht es natürlich keinen Unterschied, weil Tag und Nacht für mich gleich sind. Euch könnte es jedoch Schwierigkeiten bereiten, nach Einbruch der Dunkelheit hinüberzugehen.«

Johanna stieß einen ängstlichen Schrei aus und drückte ihren Bruder enger an sich. Selbst Finn wirkte ein wenig besorgt und sie wandten sich alle um und betrachteten prüfend den westlichen Horizont. Der Schatten der nadelspitzen Grate fiel dunkel über die Täler. »Wir haben vielleicht noch eine oder zwei Stunden Licht«, vermutete Dillon.

»Viel Zeit«, bemerkte Jorge strahlend, während der Rabe müßig auf sie zuflog, wobei seine Schwingen vor dem hellen Himmel schwarz schimmerten. Jorges Vorhersage erwies sich als zu optimistisch. Als die Sonne untergegangen war, hatte er den Grat zwar mühelos überquert, aber die meisten der Kinder fädelten sich noch über seine schmale Länge. Schließlich war die gesamte Liga sicher auf die andere Seite gelangt und so erschöpft, dass sie auf der Stelle zusammensackten. Die über die Berge hereinbrechende Dämmerung weckte sie und sie setzten sich gemeinsam an den Rand der großen Felsausdehnung, von der Weite der vor ihnen ausgebreiteten Welt tief beeindruckt.

»Von hier aus können wir drei Länder sehen«, sagte Johanna.

»Seht ihr? Dieses kleine Silberband dort unten ist der Wulfrum und dieser große dunkle Wald auf der anderen Seite ist Rurach.«

»Rurach«, wiederholte Finn bedächtig. Sie kroch näher an den

116

westlichen Rand, damit sie die dicht bewaldeten Hänge unter ihnen betrachten konnte. Hinter ihnen ragte die kegelförmige, wolkenverhangene Spitze des Hauers vor dem heller werdenden Himmel auf. »Es sieht verlassen aus«, sagte sie leise, »verlassen und einsam.«

»Es heißt, die Wälder Rurachs wären noch immer von vielen seltsamen Wesen bevölkert, die hier in Rionnagan schon weitgehend verschwunden sind.« Johanna erschauderte leicht. »Es heißt, sie seien wirklich gefährlich.«

»Das klingt nach einem Ort, an dem man Abenteuer erleben kann«, sagte Finn leise.

Nach einem kargen Frühstück zogen sie weiter und waren um die Mittagszeit von den Höhen in ein weiteres Tal hinabgelangt. Mit jeder Stunde ihrer Reise wurde Jorge aufgeregter und sein hinkender Schritt länger und schneller. Schließlich kamen sie an einen herabstürzenden Bach und folgten seinem Verlauf einen steilen Hang hinauf, der mit dornigem Stechginster und Goldschlehdorn bestanden war. Über ihnen ragte eine hohe Felswand auf, von der ein Abschnitt stark zerbröckelt war, als hätte dort einmal ein Erdrutsch stattgefunden. Der Bach plätscherte hinter ihnen durch die Felsen und bildete schließlich einen flachen Teich, in dem sie ihre erhitzten Gesichter kühlen und dessen kaltes Wasser sie trinken konnten. Erst dann sahen sie sich um und fragten sich, ob ihr Meister sich nicht irgendwie verirrt hatte, denn sie konnten keinen Taleingang, sondern nur wuchtige herabgestürzte Felsen erkennen.

»Hier entlang.« Jorge betastete die Oberfläche der Felsen, ging um den größten herum und verschwand.

Die Kinder folgten ihm rasch und sahen, dass der Felsen einen engen, gewundenen Pfad durch das Gestein verdeckte. Einst musste der Bach durch den Spalt geflossen sein, aber der Erdrutsch hatte seinen Verlauf blockiert und die Kinder mussten sich noch durch weitere Spalten zwischen den herabgestürzten Felsen quetschen, um hindurchzugelangen.

Schließlich erreichten sie das andere Ende und kamen in einem weiten langen Tal heraus, das auf allen Seiten von hohen roten Felsen umgeben war, wie eine zu Stein gewordene Woge blutdurchtränkten Wassers. Am anderen Ende des Tals befand sich ein kleiner See, der von hohen Wasserfällen gespeist wurde, die von dem über ihnen aufragenden Gletscher die Felsen herabstürzten.

»Jesyah sagte mir, es seien viele Höhlen in den Felswänden, aber diejenige, die ich zu meinem Heim gemacht habe, liegt in jener Richtung.« Jorge wanderte am Rand des Talkessels entlang und führte sie schließlich alle zum anderen Ende des Tales. Der See schimmerte im Felsüberhang dunkelgrün, die Wasserfälle an ihrem Fuß schäumten weiß. Dunkle Öffnungen deuteten hier und da auf kleine Höhlen hin. Jorge führte sie in eine hinein und entzündete am Ende seines Stabes ein Hexenlicht, damit sie sehen konnten, wie gemütlich die Höhle war.

Bücher, Schriftrollen und Flaschen befanden sich in hölzernen Regalen, die etwas wacklig an den überhängenden Wänden befestigt waren. Getrocknete Kräuter hingen an einem schlecht gefertigten Gestell und eine tiefe, mit Fellen und Decken ausgelegte Kuhle nahm den Boden ein. Ein von tiefen Scharten gezeichneter Holzstock über ihnen zeigte den Kindern, wo der Rabe schlief. »Und jetzt alle raus! Hier drinnen ist nicht genug Platz für euch lebhafte Kinder. Ihr werdet euch selbst Höhlen suchen müssen, in denen ihr schlafen könnt, denn dieser kleine Raum ist gerade groß genug für mich und Jesyah!«

Die Kinder liefen aufgeregt davon. Während der nächsten Stunden hallte ihr Geschrei rund um den Talkessel wider. Sie entdeckten Höhlen, die größer waren als irgendeines Kaufmanns Haus und ebenso reich verziert, wenn auch nur mit Säulen und Bögen aus Felsgestein anstatt mit Kissen und Teppichen. Sie liefen durch Dickichte und Baumgruppen und schreckten einen Schwarm Baumsegler aus ihren großen Nestern hoch in den Zweigen auf. Sie stritten sich um die Höhlen, wobei sich Finn

und Johanna schließlich triumphierend die beste sicherten –
klein, aber tief, mit einer Quelle in der Nähe des Eingangs und
einem rauchgeschwärzten Spalt an der Rückseite, der zeigte, dass
hier in der Vergangenheit Feuer angezündet worden waren.

Die Jungen entschieden sich für eine Höhle gegenüber von
Jorge auf der anderen Seite des Tales. Sie war weitaus größer als
die der Mädchen und hatte einen weichen, sandigen Boden und
eine hohe kunstvolle Decke. Hier gab es zwar keinen natürlichen
Kamin, der den Rauch ihres Feuers aus der Höhle geleitet hätte,
aber dafür befanden sich an der Rückseite ein Teich mit eiskaltem
Wasser und Durchgänge, die zu anderen Höhlen führten, so dass
sie alle eigene Schlafräume nutzen konnten, wenn sie wollten.
Sie begannen Farnkraut zu schneiden, um sich Matratzen zu fertigen, und Johanna beschloss, ihnen allen ein Festessen zu kochen, um das Ende ihrer Reise zu feiern. Es gab in dem Tal viele
Pflanzen und Tiere und Dillon war sich sicher, dass er im See einen Fisch fangen konnte.

Die Sonne ging schon fast unter, als sie Connor durchs Tal
schickten, um Jorge zum Festmahl zu holen. Als er zurückkehrte, war der kleine Junge vor Ehrfurcht stumm, denn der alte
Mann, der hinter ihm dahinschritt, war nicht mehr der schmutzige, schäbige Bettler, den sie alle kannten. Er hatte im See gebadet und sein schneeweißes Haar und der Bart ergossen sich über
ein langes, prächtig gearbeitetes, hellblaues Gewand. Goldfäden
schimmerten in einer kunstvollen Borte um Saum, Kragen und
Ärmel und ein dunkelblaues Plaid war mit einer edelsteinbesetz-
ten Spange über der Brust befestigt. Er schien größer und hielt
sich stolz aufrecht, wobei er sich kaum noch auf seinen Stab
stützte.

Die Kinder grüßten ihn ungewöhnlich ehrerbietig und ließen
ihn sich ans Lagerfeuer setzen. Er lächelte ihnen würdevoll zu
und sagte: »Ich habe endlich mit Meghan gesprochen und sie hat
einen Vorschlag gemacht, der mir ausgesprochen gut gefällt. Sie
möchte, dass ich hier eine Theurgia gründe, die erste Schule die-

ser Art seit sechzehn Jahren. Ihr könnt alle hier bei mir bleiben und lernen, was immer ich euch lehren kann.«

»Ich hab noch niemals zuvor von einer Theurgia gehört«, sagte Dillon vorsichtig, da er sich nicht ganz sicher war, ob ihm der Klang des Wortes gefiel.

»Es ist eine Schule, Kinder. Eine Schule für eben flügge gewordene Hexen. Seid nicht so erschrocken! Ich kann eure Bestürzung bis hierher spüren. Würdet ihr lieber in den Armenvierteln von Lucescere von der Hand in den Mund leben oder sicher hier in diesem Tal mit mir und Tòmas?« Die Kinder murmelten gehorsam, dass sie natürlich viel lieber hier wären.

»Alle Türme hatten Schulen und Kinder wurden ihren *Talenten* gemäß von einem Turm zum anderen geschickt. Wenn sie kein eindeutiges *Talent* besaßen oder ihr Mentor das Gefühl hatte, dass eine allgemeinere Ausbildung nötig war, gingen sie in die Theurgia im Turm der Zwei Monde. Dies war die größte der Schulen und die angesehenste, da die Akoluthen dort viele verschiedene Fähigkeiten erlernten.«

Der alte Zauberer aß beim Erzählen hungrig, obwohl der große Appetit der Kinder abgenommen zu haben schien. Als Jorge ihnen all die Dinge beschrieb, die sie lernen würden, hörten sie allmählich ganz auf zu essen und sahen einander bestürzt an. Dann, wie als Nachgedanken, sagte der alte Zauberer: »Ich habe noch andere Neuigkeiten, die euch vielleicht interessieren. Meghan hat mich gebeten, durch Jesyah so viel über die Lage dieses Tales herauszufinden wie möglich. Als ich ihr beschrieb, was er sah, meinte sie, sie könnte uns vielleicht Gesellschaft schicken. Anscheinend sucht sie einen Platz zur Errichtung des Rebellenlagers.«

Die Jungen sprangen augenblicklich auf und jubelten begeistert. »Die Rebellen kommen hierher? Sie werden hier postiert, in diesem Tal?«, rief Dillon. »Und sie werden uns vielleicht das Kämpfen mit Schwertern beibringen? Und vielleicht wird der Krüppel kommen. Is' er nich' der Anführer aller Rebellen im

120

Land? Hurra! Dann wird einiges geschehen!« Die Kinder tanzten einen improvisierten Gigue um das Feuer, alle Gedanken an die Theurgia hatten sich in ihrer Begeisterung verflüchtigt.

In den schmutzigen Falten des Sackleinens war es dunkel und stickig. Schweiß brannte in seinen Augen und er wand sich in seinen Fesseln, obwohl er wusste, dass es kein Entkommen gab. Er prüfte die Stärke der Seile jetzt schon seit Tagen und hatte es lediglich geschafft, seine Handgelenke so wund zu reiben, dass sie bluteten. Wer auch immer ihn gefangen genommen hatte, hatte genau darauf geachtet, dass er nicht entkommen konnte.

Douglas MacSeinn war sich nicht sicher, wie viele Tage es her war, seit er aus den Wäldern um Rhyssmadill entführt worden war. Es erschien ihm wie eine Ewigkeit. Er war durch den Wald geritten, als seine Stute plötzlich gestiegen war und entsetzt gewiehert hatte. Etwas war aus den Bäumen unmittelbar auf ihn zugeschossen. Er hatte den Eindruck von flatterndem Grau und einem seltsam dumpfigen Geruch wie von einem offenen Grab gehabt. Dann hatte ein großer geflügelter Geist über ihm aufgeragt, dessen glänzende Augen seinen Blick festgehalten hatten. Die Welt hatte sich geneigt und verlangsamt: Die Erde war verschwommen vorbeigerauscht und dann war er von Dunkelheit vereinnahmt worden.

Viel später war er wieder aufgewacht, in Fesseln und Sackleinen, mit schmerzendem Kopf und verwirrten Sinnen. Gelegentlich wurde das Sackleinen beiseite gezogen, damit er Wasser trinken oder Löffel voll kaltem, klebrigen Porridge hinunterwürgen konnte. Noch seltener wurden seine Fesseln gelöst, damit er zu einem Busch stolpern und sich erleichtern konnte. Er sah bei diesen Gelegenheiten sehr wenig, denn seine Sicht war verschwommen, aber er hörte einen tiefen summenden Laut. Die Fremdheit des Lautes, zusammen mit dem klauenartigen Griff seines Gefangenenwärters, überzeugte ihn davon, dass er nicht von Menschen entführt worden war. *Von was dann? Von wem?* Douglas

erschauderte bei dem Gedanken vor Angst, dass er der Gefangene irgendeines von Dämonen gezeugten *Uile-Bheist* wäre, und er
zerbrach sich den Kopf, um herauszufinden *warum*. Zwar war er
das einzige lebende Kind und Erbe des Prionnsa von Carraig, Lin-
ley MacSeinn, aber ihr Land war schon vor fünf Jahren den Fairgean anheim gefallen. Einst die reichsten und stolzesten der Prionnsachan, waren die MacSeinns nun aus ihrem Land geflohen
und ihr Leben hing vom Rìgh ab. Douglas in der Hoffnung auf
ein Lösegeld zu entführen, war sinnlos, denn sein Vater, der
MacSeinn, konnte es sich einfach nicht leisten, etwas zu bezahlen.

Das plätschernde Geräusch von Wasser umgab ihn und er roch
durch den muffigen Geruch des Sackleinens hindurch Moor. *Wo
bin ich wohl?*, dachte er und bekämpfte die in seiner Kehle aufsteigende Angst.

Er wurde in die Luft geschwungen und davongetragen, wobei
die Seile in seinen Bauch schnitten, und dann ohne Vorwarnung
auf den sehr harten, sehr kalten Boden geworfen. Er konnte nicht
umhin, vor Schmerz aufzuschreien, und hörte die selbstherrliche
Stimme einer Frau sagen: »Ich habe befohlen, ihn nicht zu verletzen! Bring ihn in den Thronraum!«

Jemand zog ihn über den Boden und er rollte sich um die Fesseln zusammen, wobei ihm die Angst das Blut gefrieren ließ. Er
wurde erneut abgesetzt und dann wurden die Fesseln gnädiger-
weise gelöst. Douglas konnte sich aus dem Sackleinen befreien,
atmete tief die frische Luft ein und rieb sich den Schmutz von
den verkrusteten Augenwimpern. Er erhob sich mühsam und sah
seine Gefangenenwärter mit einer Mischung aus Bestürzung
und Entsetzen an. Sie waren große, geflügelte Wesen mit vielfa-
chen Augen, hervorstehenden Rüsseln und drei Paar mehrfach
unterteilten Klauenarmen.

»Also ein weiterer Schüler für unsere Theurgia«, sagte eine
weibliche Stimme. »Und noch dazu ein talentierter!«

Douglas fuhr herum, stolperte und fiel fast hin. Mit angespanntem Kiefer sah er die Frau herausfordernd an, die vor ihm auf einem großen Thron lehnte. Über einem schwarzen Seidengewand trug sie ein heidekrautfarbenes Plaid, das über der Brust mit einer Silberspange in der Form einer blühenden Distel befestigt war.

»Wer seid Ihr?«, wollte Douglas mit rauer Stimme wissen. »Wie könnt Ihr es wagen, mich gegen meinen Willen hierher bringen zu lassen? Dazu habt Ihr kein Recht!«

Sie lachte, ein lieblicher silbriger Klang, der ihm das Blut in den Adern gefrieren ließ. »Ich bin die Banprionnsa von Arran und kann tun, was immer ich will, mein junger Hahn. Ihr befindet Euch im Turm der Nebel, der auf allen Seiten vom Murkmyre umgeben ist. Es gibt kein Entkommen!«

»Wie könnt Ihr es wagen, mich zu entführen! Mein Vater wird ernsthaft erzürnt sein. Ich bin der Prionnsa Douglas MacSeinn und Ihr habt kein Recht, mich gegen meinen Willen hierher schleppen zu lassen. Bringt mich sofort wieder nach Hause!«

»Nach Carraig, mein lauter junger Laird? Ich habe nicht die Absicht, noch ein weiteres strahlendes *Talent* an die bösen mordenden Fairgean zu verlieren. Nein, nein, hier seid Ihr sicherer als in Carraig.«

»Ich will zurück zu meinem Vater!«, schrie Douglas mit geballten Fäusten.

»Aber, Douglas«, sagte die Banprionnsa lächelnd, »wo sind Eure Manieren? Erkennt Ihr nicht, dass Ihr in der letzten Theurgia im Land eingetroffen seid? Hier werdet Ihr lernen, das ganze *Talent* zu nutzen, das ich in Euch spüre. Tatsächlich seid Ihr einer der Besten und von edelstem Blut und solltet ein seltenes Potenzial für Zauberei und Hexenschlauheit besitzen. Ich beschäftige die besten Lehrer im Land und meine Bibliothek ist unvergleichlich. Ihr werdet ein großer Zauberer werden und die Eine Macht zu gebrauchen lernen …«

»Nein«, schrie Douglas. »Ich kann nicht hier bleiben. Mein Vater braucht mich.«

»Ihr habt für einen so jungen Mann gefährliche Feinde«, sagte Margrit lächelnd, woraufhin Douglas' Herz sank. Er erinnerte sich fröstelnd an seine voreiligen Worte am hohen Tisch des Rìgh. War es das, was die Banprionnsa von Arran meinte? Dass er den Erlass gegen Zauberwesen des Rìgh kritisiert hatte, der zum Tode so vieler Hexen geführt hatte, unter ihnen die Meerhexen von Carraig? Viele der Meerhexen hatten die Fähigkeit besessen, die Fairgean mit ihrem Gesang zu betören, und ihr Tod hatte bedeutet, dass die wirksamste Waffe gegen die Meerleute verloren war. Er wusste, dass seine schlecht überlegten Worte einen kleinen Skandal ausgelöst hatten, denn Flüstern hatte in der großen Halle schneller die Runde gemacht, als eine Hummel fliegen konnte. Sein eigener Vater hatte ihn später ausgescholten und ihn daran erinnert, dass sie vom Rìgh beherbergt und gespeist wurden und es sowohl unhöflich als auch dumm war, ihn zu kritisieren, während man unter seinem Dach weilte. Douglas war errötet, hatte sich entschuldigt und dann nicht mehr weiter darüber nachgedacht, aber jetzt begann er, sich Fragen zu stellen.

»Ihr müsst mich nach Hause bringen. Mein armer Vater wird außer sich sein! Ich möchte nicht in Eure Theurgia eintreten. Ich verlange, nach Rhyssmadill zurückgebracht zu werden!«

Die Banprionnsa von Arran warf den Kopf zurück und lachte, woraufhin ihm ein eiskalter Schauder das Rückgrat hinablief. Ein junger Mann, der unentschlossen an einer Wand lehnte, vollführte hastig beschwichtigende Gesten. Douglas sah ihn zornig an. Er war schäbig gekleidet und hatte Tintenflecke an den Händen, so dass Douglas ihn für eine Art Schreiber hielt. Er legte erneut einen Finger an die Lippen und sah ihn so flehentlich an, dass Douglas die ungehaltenen Worte hinunterschluckte, die er gerade hatte ausstoßen wollen.

»Ihr werdet lernen, mein dummer Junge, keine Forderungen an Margrit von Arran zu stellen«, sagte die Banprionnsa freundlich. »Khan'tirell! Bring den jungen Mann fort und peitsche ihn für seine Unverschämtheit kräftig aus. Dann sperre ihn nur mit einem Kanten Brot und einem Krug Wasser ein, bis ich es für richtig erachte, ihn wieder herauszulassen.«

Douglas versuchte natürlich zu entkommen. Während der nächsten Tage konnte er der unbarmherzigen Überwachung durch die Diener der Banprionnsa zwei Mal entfliehen und wurde dann jeweils schmutzig, ausgekühlt und, obwohl er es niemals zugegeben hätte, verängstigt von einem Mesmerd aus dem Sumpf zurückgeschleppt. Beim ersten Mal zeigte Margrit ihm drei kleine Skelette, die am Sturz des Turms der Theurgia hingen. Sie waren vom Kämmerer der Banprionnsa hingerichtet worden, nachdem sie einen Aufstand angezettelt hatten.

»So gewaltig Euer *Talent* auch ist, so werde ich doch keinerlei Widerstand von Euch dulden«, sagte sie freundlich lächelnd. »Versucht also nicht wieder zu entfliehen.«

Vielleicht hatte das Lächeln ihn getäuscht, denn er versuchte es erneut, sobald er aus dem Einzelarrest freikam. Dieses Mal beließ Margrit ihn einen Tag und eine Nacht in ihrem Verlies, ein finsteres Loch, zwanzig Fuß unter der Erde. Bevor er in diese dumpfige, erschreckende Beengtheit hinabgelassen worden war, hatte Margrit Khan'tirell zugenickt. Der gehörnte Mann hatte daraufhin seinen Dolch gezogen und mühlos die Kehle einer der übrigen Schülerinnen aufgeschlitzt, die kleine Tochter eines standhaften Kleinbauern. Sie war diejenige mit dem wenigsten *Talent* gewesen.

»Widersetzt Euch mir erneut und ein weiteres Kind wird sterben«, sagte Margrit. »Seht Ihr, ich spüre Macht in Euch und werde Euch meinem Griff nicht leicht entgleiten lassen.«

Dieses Mal ließ sich Douglas von dem Lächeln, das ihre Worte begleitete, nicht täuschen. Als er schließlich aus seinem beengten dunklen Gefängnis herausgezogen wurde, war sein Gesicht so starr wie aus weißem Marmor gemeißelt. Beide Hände waren an den Stellen, wo er die Nägel hineingegraben hatte, über und über von schwarzen Blutrinnsalen verunstaltet. Dennoch zog Khan'tirell die Augenbrauen zusammen und sagte zur Banprionnsa: »Er ist noch immer ein Junge, fünfzehn, wenn überhaupt. Er hatte entweder in der Nacht Hilfe oder er ist wirklich ein gefährlicher Junge. Es wurden schon ältere und kräftigere Männer in der Grube gebrochen.«

Margrit ergriff Douglas' dichtes schwarzes Haar und riss seinen Kopf zurück, bis er mit durchgebogenem Rücken auf den Knien lag, den Blick ihr zugewandt. Sie blickte tief in seine meergrünen Augen und sah genügend Qual, um befriedigt zu sein. Sie zog die schmalen Augenbrauen zusammen, verzog den Mund und ließ ihn dann los. »Er ist ein MacSeinn«, stellte sie achselzuckend fest. »Ich habe innere Vorbehalte sehr wohl erwartet. Seine Lehrzeit hat begonnen. Gib ihm etwas zu essen, wasche ihn und lass ihn sich eine Weile ausruhen. Wenn er erwacht, erinnere ihn daran, dass die Mesmerdean die Sümpfe überfliegen, die Zauberwesen der Moore die Farne bewachen, die goldene Göttin im ruhmvollen Tod erblüht und ich meine Augen überall habe. Er soll sich meinem Willen unterwerfen.«

Douglas hatte die Nacht im Verlies nicht ganz allein ertragen. Er hatte sich zitternd und still zusammengekauert, als er das schwache Geräusch des beiseite gezogenen Eisendeckels hörte. Er hatte sich angespannt und hinaufgeschaut. Jemand beugte sich weit über ihm über das düstere Loch.

Hab keine Angst … Worte waren in seinen Geist eingesunken, während an einem langen Seil ein schweres Bündel zu ihm herabgelassen wurde. Er betastete es hastig und fand die wachsartige Oberfläche einer Kerze. Er suchte weiter, fand aber zu seiner Bestürzung keine Zunderbüchse.

Sofort flammte die Kerze mit einem blauen Funken auf, was ihn so erschreckte, dass er sie fallen ließ. Er fluchte und hörte im Geiste jemanden sagen: *Tut mir Leid. Ich vergaß, dass du wahrscheinlich nicht weißt, wie man Feuer heraufbeschwört. Halt die Kerze still, dann zünd ich sie wieder an.*

Die Kerze erwachte erneut flackernd zum Leben und in ihrem

Licht sah Douglas einen Kanten gutes Brot, etwas Fisch, eine frische Glockenfrucht und, was das Beste von allem war, eine Flasche Goldschlehenwein, alles in ein dickes, aber zerschlissenes Plaid gewickelt. »Wer seid Ihr?«, flüsterte er. Die sich weit über ihm über das Einstiegsloch beugende Person konnte ihn unmöglich gehört haben, aber er erhielt dennoch Antwort.

Still jetzt. Wir können später reden. Ich konnt dich dort nicht in solchem Elend lassen. Wenn jemand kommt, tu was du kannst, um das Plaid zu verbergen, denn sie werden wissen, dass es mir gehört …

Dann wurde das Einstiegsloch wieder verschlossen, wodurch Douglas dem unsicheren Flackern der Kerze überlassen blieb. Er saß zitternd da, trank etwas Wein und wickelte dann das Plaid um sich. Später konnte er etwas essen und der gelegentliche Schluck Wein war wie ein Mund voll Sonnenschein. Die Kerze schwand rasch dahin, aber nachdem sie erloschen war, schlief er. Als er steif und verängstigt und schmerzerfüllt erwachte, kam die Erinnerung an die Stimme in der Dunkelheit und gab ihm Hoffnung.

Sein unbekannter Freund war später zurückgekehrt, um das Bündel wieder hochzuziehen. *Wehr dich nicht gegen die Banprionnsa*, hatte die Geiststimme geflüstert. *Sprich höflich und plane im Stillen. Das ist der einzige Weg …*

Douglas hatte viele lange Tage Zeit, über die Identität seines geheimen Freundes nachzudenken. Der Unterricht dauerte von der Morgendämmerung bis zur Abenddämmerung. Die siebenundzwanzig Schüler der Theurgia wurden in einem Turm beisammengehalten – in vier übereinander angeordneten Räumen, die durch gebrechliche Holzleitern miteinander verbunden waren, die hinaufgezogen werden konnten, wenn sie nicht gebraucht wurden. Die Räume waren kalt und feucht und der vom Murkfane aufsteigende Nebel schien ihnen bis in die Knochen zu dringen. Die Banprionnsa pflegte überraschende Besuche und Prüfungen durchzuführen. Ihre Lehrer waren abwechselnd verdrießlich, sarkastisch und zornig und es gab niemals genug zu essen. Douglas war das älteste der Kinder und sein Mut beim Widerstand gegen die Banprionnsa hatte ihn zu einem Helden unter ihnen gemacht, so dass er sie vom Moment seiner Ankunft an leicht beherrschen konnte. Gilliane NicAislin, die zusammen mit ihrer kleinen Schwester Ghislaine entführt worden war, während sie zum Schloss des Prionnsa in Dùn Eidean gereist waren, war ihm altersmäßig am nächsten. Sie waren die Nichten des Mac Thanach von Blèssem und konnten ihre Abstammung bis zu Aislinna der Träumerin zurückverfolgen, eintausend Jahre lang von der Mutter zur Tochter.

Weiterhin waren da ein Junge aus Ravenshaw, dessen Großmutter eine NicBrann gewesen war, dann die Tochter eines Thigearn, die am Strand von Tìreich von Piraten entführt worden war, und schließlich drei Kinder aus Rionnagan, deren Tante, ein Hexenlehrling, bei der Verbrennung gestorben war. Eine weitere Schülerin kam aus Aslinn; ihr hageres Gesicht und die langen vielfach unterteilten Finger ließen eindeutige Anzeichen von Zauberwesenblut erkennen. Wieder ein anderes Kind besaß nur ein Auge inmitten seiner wie aus Stein gemeißelten Gesichtszüge, die voller silbriger Schuppenflechten waren. Er war nach einer Vergewaltigung am Tag der Abrechnung geboren worden; seine Mutter, eine Corrigan, war von den Soldaten tot zurückgelassen worden. Er zeigte von allen Kindern die ehrlichste Dankbarkeit, weil die Mesmerdean ihn davor gerettet hatten, gesteinigt zu werden.

Die meisten kamen aber aus Blèssem, Kinder von unbedeutenderen Lairds und Baronen, reichen Kaufleuten und Händlern. Eines war das Kind eines Kleinbauern, der einer langen Linie von schlauen Männern und Dorfzauberern entstammte. Seine Schwester war es gewesen, die unter dem Dolch des Kämmerers gestorben war, und er war vor Kummer und Entsetzen noch immer wie erstarrt.

Einige wenige kamen aus Tìrsoilleir, wo die Zauberei schon so lange verbannt war, dass es einem Wunder gleichkam, dass Margrit von Arran überhaupt noch jemanden mit dem *Talent* hatte finden können. Es waren wachsame mürrische Kinder, die leicht gekränkt waren und die Übrigen für ihre unzivilisierte Art verachteten. Douglas hatte nur die gelegentliche geistige Unterhaltung mit seinem geheimen Freund, die ihm über Heimweh und Angst hinweghalf, wie auch die unerwartete Freude an den Unterweisungen in Können und Geschick. Er lernte rascher als sogar seine Lehrer vermutet hatten, von der unbekannten Stimme vorangetrieben. Es dauerte nicht lange, bis Douglas erkannte, dass er nicht der Einzige war, der Trost und Hoffnung aus seinem geheimnisvollen Freund schöpfte. Alle paar Nächte drang jemand in den Turm ein, während die Kinder schliefen, und versteckte kleine Geschenke in Form von Nahrung oder Spielzeug. Die Geschenke waren stets so versteckt, dass nur die Kinder sie finden konnten – im Holzstapel, unter dem Bündel Lumpen, das die Mädchen als Puppe benutzten, hinter dem Atlas. Das war das beliebteste Buch im Klassenzimmer, denn es war nicht nur eines der wenigen mit farbigen Seiten für die Kleineren, sondern sogar die ältesten Kinder beugten sich über die Karten ihrer Länder und träumten von Zuhause. Es war Douglas logisch erschienen, dass nur jemand, der die Kinder wohlwollend betrachtete, diese Dinge bemerkt hätte, und er war sich sicher, dass es sich um dieselbe Person handelte, die ihm die Kerze und den Wein gebracht hatte. Eines Nachts wartete Douglas, bis der Turm still und dunkel war, und verbarg sich dann im Klassenzimmer. Nach mehr als einer Stunde wollte er gerade wieder zu Bett gehen, als er ein leises Geräusch hörte. Er kauerte sich zusammen und hörte, wie sich die Tür öffnete. Jemand trat lautlos ein. Unsicher, ob er seine Kerze anzünden sollte oder nicht, hielt Douglas inne und seine Gedanken überschlugen sich. Die leisen Schritte stoppten und dann sagte die Stimme in seinem Geist: *Leise, verursache kein Geräusch, sie wird lauschen …*

Douglas bemühte sich, nicht einmal zu atmen, und verhielt

sich gehorsam ganz still. Er hörte noch ein oder zwei gedämpfte Geräusche und dann war lange Stille. Seine Glieder waren vollkommen eingeschlafen, als schließlich im Kamin eine Flamme aufflackerte.

Da erkannte er, dass sein geheimer Freund der dünne, gebeugte, stotternde junge Mann mit dem leichten Erröten und dem unkontrollierbaren Adamsapfel war, der ihn in den Thronraum geführt hatte. Douglas hatte ihn häufig mit einem Buch unter dem Arm über das Gelände laufen sehen und ihn um seine Freiheit beneidet.

Douglas öffnete den Mund zum Sprechen, aber der hoch aufgeschossene junge Mann hob eine Hand, zog mit ascheverschmierten Fingern rasch eine geometrische Figur um den Kamin und winkte Douglas dann vorwärts. Der Junge gehorchte und stolperte verkrampft vorwärts. Er setzte sich im Schneidersitz auf die angewiesene Stelle und blieb still, während der andere noch weitere Linien in die Asche kritzelte und etwas verstreute, was wie Salz aussah.

Schließlich wandte sich der junge Mann um, lächelte scheu, wischte sich eine schmuddelige Hand am Hemd ab und reichte sie Douglas mit den Worten: »Jetz k-k-können wir reden. Der Kreis ist g-g-geschlossen und Asche, Salz und Erde sind sorgfältig verstreut. Ich bin Iain. Pass auf, dass k-k-kein Teil deines K-K-Körpers außerhalb des Kreises und Sterns gerät, sonst wird der Z-Z-Zauber g-g-gebrochen.«

Sie sprachen bei diesem ersten Treffen die halbe Nacht. Am nächsten Tag lauschte Douglas dem sie unterrichtenden Zauberer mit noch größerer Aufmerksamkeit, obwohl sein Kiefer beim Gähnen knackte. Er hatte beschlossen, dass seine einzige Chance zur Flucht darin bestand, auf Iain zu hören, der ihm sagte, er müsse viel über Magie und ihre Anwendungen erfahren, bevor er Margrit von Arran zu entkommen hoffen konnte.

Sie hatten sich schon sieben Mal oder mehr getroffen, bevor Douglas auf das heidekrautfarbene Gewebe von Iains schäbigem

Kilt oder sein unverkennbares Distelabzeichen achtete. Erst da erkannte er, dass sein verträumter mitternächtlicher Besucher der Prionnsa Iain MacFóghnan von Arran war, der Erbe des Turms der Nebel.

Seine erste Reaktion war Erschrecken und Misstrauen, aber Ian erklärte: Wenn er Douglas zu Unüberlegtheit hätte verleiten wollen, hätte er dann seinen Kilt getragen? Oder ihm Goldschlehenwein gebracht?

»T-t-tatsächlich wollte ich diesem Ort ebenso s-s-sehr entfliehen wie du.« Er versuchte Douglas zu beschreiben, wie es war, allein inmitten des Murkmyre aufzuwachsen, ohne Gefährten, sondern nur mit endlosen Abfolgen von Privatlehrern. Iain glaubte, dass er sich vielleicht umgebracht hätte, wenn er nicht seine Bücher und die geheimnisvolle Schönheit der Moore gehabt hätte. Er hatte mehrere Male versucht davonzulaufen, aber er wurde zu genau beobachtet und bewacht. Dann erzählte er Douglas, dass seine Mutter eine Braut für ihn gefunden hatte, gegen seinen Willen, und ihren Verstand bereits mit ihm infiziert hatte.

»Sie ist eine N-N-NicHilde«, erklärte er. »Meine Mutter hat ein Bündnis mit den Glorreichen Soldaten von Tìrsoilleir unterzeichnet. Als Gegenleistung dafür, dass sie ihnen gestattet, durch Arran zu m-m-marschieren, erhalten wir mehr Land, ihre v-v-verbotene Bibliothek und eine Braut für den schwachsinnigen Sohn der B-B-Banprionnsa.« Seine Stimme klang verbittert.

»Die Glorreichen Soldaten wollen durch Arran marschieren? Warum?« Douglas' Stimme klang angespannt. Sein Land hatte während der letzten tausend Jahre viel unter den kriegerischen Tìrsoilleiranern zu leiden gehabt.

»Ich bin nicht sicher – ich denke, sie w-w-wollen die Mac-Cuinn angreifen, weil der Erlass gegen Zauberwesen das Land eines G-G-Großteils seiner Macht beraubt hat. Meine M-M-Mutter sagt, die Tìrsoilleiraner sind es leid, die Straßen von Bride auf und ab zu marschieren, ohne e-e-etwas angreifen zu können. Sie sagt, b-b-besser die MacCuinn als wir, denn die Glorreichen Soldaten wollen jemanden angreifen, und dann können wir ihre Aufmerksamkeit ebenso gut auf unseren uralten Feind, die M-M-MacCuinn, lenken und sehen, was wir i-i-i-nzwischen erreichen können.«

Douglas war kreideweiß, seine leuchtend meergrünen Augen flammten auf. »Wir müssen entkommen!«, schrie er. »Wir müssen den Rìgh warnen! Wir können nicht zulassen, dass die Tìrsoilleiraner angreifen. Sie werden die Ernte verbrennen und die Menschen ermorden – ich habe gesehen, was sie tun, wenn sie auf dem Marsch sind. Sie haben wohl vor, Dùn Eidean anzugreifen, bevor sie nach Dùn Gorm marschieren. Mein Vater ist in Rhyssmadill, wie auch der ganze Clan! Wir müssen sie warnen!«

Iain hatte nie viel über den Rest Eileanans nachgedacht, da sein Land schon seit tausend Jahren unabhängig war. Er hatte seine Mutter stets mit verächtlicher Feindseligkeit vom Rìgh sprechen hören und kannte die Geschichte ihrer Gegnerschaft ebenso gut wie sein Gesicht. Er hatte die Folgen des Vertrags seiner Mutter nur in Bezug auf sich selbst bedacht, aber Douglas' Worte schürten seine Sorge augenblicklich. Er erkannte sofort, dass dieser Recht hatte. Wenn sie entkommen und den Rìgh vor der bevorstehenden Invasion warnen könnten, würde vielleicht viel Blutvergießen und Kummer vermieden und die Rivalität zwischen den MacCuinn und den MacFóghnan schließlich beendet.

Also wurde zwischen dem MacFóghnan und dem MacCuinn ein Bündnis geschmiedet und die beiden Verschwörer begannen ihre Flucht aus dem Sumpf- und Marschland Arrans zu planen. Sie brauchten nur eine Gelegenheit …

Die Nacht von Beltane

In der Woche nach dem Tag des Narren kehrte Lachlan mit vor Aufregung strahlendem Gesicht aus dem Wald zurück und öffnete die Hand, um Meghan einen Mondstein zu zeigen. »Ich hab ihn im Born gefunden«, sagte er und unterdrückte die Freude in seiner Stimme. Er warf Iseult einen raschen Blick zu und sagte: »Siehst du, sie ist nicht die Einzige, die einen Mondstein finden kann!«

»Hast du danach gesucht?«, fragte Meghan streng und er verzog den Mund.

»Das hatte ich«, gab er zu, »aber heute, ich schwöre, hab ich nicht einmal daran gedacht.«

»Gut«, sagte die alte Hexe und steckte den schimmernden Stein ein.

Gleich am nächsten Tag hörte sie von Jorge. Der blinde Seher und seine Horde Bettlerkinder waren sicher in sein Versteck im Tal gelangt. Auf Meghans Bitte hin schickte Jorge seinen Vertrauten Jesyah über den Talkessel aus und berichtete ihr, was der Rabe sah. Zur Begeisterung Iseults und Lachlans schien sicher, dass er ausreichend groß war und versteckt genug lag, um annähernd tausend Mann zu verbergen. Während sie eifrig über ihre Pläne für ein Rebellenlager sprachen, bemerkten sie das plötzliche Schweigen der alte Zauberin nicht. Aber dann fragte Lachlan jäh: »Meghan, was ist los? Hast du schlechte Nachrichten bekommen?«

»Ja, Lachlan, in gewisser Weise.« Meghans Gesicht war weiß wie Papier, die Augen glänzten wie schwarze Glasscherben.

»Was steht uns bevor?«, fragte Iseult energisch. »Müssen wir uns verteidigen?«

»Vielleicht …« Meghan streichelte das samtig braune Fell des Donbeag, als er sich unter ihrem Kinn zu einer Kugel zusammenrollte. »Ruhig, Gitâ, sei still. Du brauchst keine Angst zu haben.« Sie räusperte sich, als ihre Stimme brach, und sagte dann grimmig: »Es tut mir Leid, wenn ich euch beunruhigt habe. Jorge hatte eine Vision von einem schwarzen Wolf, der mir folgt.«

»Ein Wolf?«, echote Iseult verdutzt. »Ich hab schon viele Wölfe getötet, alte Mutter. Man braucht sich vor ihnen nicht zu fürchten.«

»Ich bezweifle, dass du einen Wolf wie diesen getötet hast.« Meghans Stimme klang düster. »Außerdem würde ich es nicht zulassen. Es geht um einen Wolf, den ich normalerweise gerne sehen würde. Aber nun lernt weiter. Man braucht sich wegen eines Traumes nicht zu beunruhigen. Die Zeit wird erweisen, ob es sich um eine wahre Sichtung handelt.«

Sie schritt auf der Lichtung auf und ab, eine Hand auf Gitâs Fell. »Iseult, wo ist der zerbrochene Pfeil, den ich aus meiner Tasche genommen hatte?«

Als Iseult den weiß gefiederten Pfeil gefunden hatte, setzte sich die Zauberin mit nachdenklicher Miene wieder ans Feuer. »Dieser Pfeil ist fast eintausend Jahre alt«, sagte sie bedächtig. »Er wurde von Owein vom Langbogen gefertigt, meinem und Lachlans Vorfahr. Ich habe euch Kindern beim Kämpfen und Üben zugesehen und es scheint mir deutlich, dass Lachlan das Zeug zu einem sehr guten Bogenschützen hat. Er hat in weniger als einem Monat gelernt, das Ziel häufiger zu treffen als zu verfehlen.«

Iseult sah ihren Schüler voller Stolz an. Er hatte in der Tat sowohl das Talent als auch die Kraft, sie mit Pfeil und Bogen weit zu übertreffen.

»Jorge hatte auch eine Vision von Lachlan, wie er einen Bogen aus Feuer und Magie führt. Er sagt, Lachlan hätte damit so manchen Triumph erzielt. Ich dachte sofort an Oweins Bogen, der zusammen mit vielen anderen Gegenständen magischer Bedeutung im Turm der Zwei Monde aufbewahrt wurde. Als die Soldaten den Turm angriffen, hab ich den Raum abgeschlossen, in dem sich die Relikte befanden, und mit einem komplizierten Zauber geschützt. Auch Oweins Bogen war darinnen. Ich will ihn suchen und dir geben, Lachlan. Owein MacCuinn hat den Bogen eigenhändig angefertigt und ihn sein ganzes Leben lang getragen. Seine Magie sollte tief hineingesickert sein.«

»Aber du weißt nicht einmal, ob der Bogen die Verbrennung überstanden hat«, protestierte Lachlan.

»Kann es etwas schaden, es herauszufinden?«, erwiderte Meghan verärgert.

»Aber wie?« Lachlan trommelte mit den Fingern ungeduldig auf sein Buch.

»Wenn du mich zu Ende reden lässt, werde ich es dir sagen«, konterte Meghan ebenso ungeduldig. »Jorge hat eine bunte Schar von Bettlerkindern um sich versammelt. Eines hat anscheinend das *Talent* des Suchens. Jorge sagt, es sei erstaunlich stark. Sie muss nur ihren Willen auf das konzentrieren, was sie sucht, und weiß sofort, in welcher Richtung es sich befindet.«

»Aber muss sie nicht wissen, wonach sie sucht? Sie hat den Bogen nie gesehen oder seine psychischen Auswirkungen gespürt – wie soll sie da …?«

»Lachlan, warum streitest du mit mir? Sie kann natürlich den Pfeil benutzen. Wenn sie ihren Geist darauf konzentriert, wird sie gewiss sagen können, ob der Bogen noch existiert. Wir müssen nach Lucescere ziehen, um den Leitstern zurückzuerlangen – wie viel schwieriger wird es für das Mädchen sein, die Ruinen zunächst nach dem Bogen abzusuchen, damit du ihn hast, wenn du ihn am nötigsten brauchst? Wenn Jorges Vision stimmt, wirst du mit dem Bogen in der Hand unbesiegbar sein.« Diese Vorstellung gefiel Lachlan. Seine topasfarbenen Augen glänzten und sein dunkles Gesicht strahlte vor Begeisterung. Da er nicht mehr still sitzen konnte, begann er die Lichtung zu umschreiten, während sich seine glänzenden Schwingen ruhelos bewegten. Iseult sah ihn mit schmerzlicher Zärtlichkeit an. Wenn er so aufgeregt war wie jetzt, wenn seine unglaubliche Lebenskraft ihre Grenzen sprengte, fiel es Iseult am schwersten, daran zu denken, dass er für sie tabu war.

Meghan musste ihn lachend beruhigen und sagte: »Sei nicht zu aufgeregt, mein Junge. Er könnte verbrannt oder verloren sein oder sie kann ihn vielleicht nicht aufspüren. Es ist nur eine Idee, und zwar eine Idee, die einigen Nachdenkens bedarf.« Dann wandte sie sich an Iseult, während sie noch immer zu Lachlan hoch sah, und räusperte sich, um ihre Aufmerksamkeit zu erringen. Iseult wurde tiefrot und beugte den Kopf erneut über *Das Buch der Schatten*. Meghans Stimme klang verdächtig belustigt, als sie sagte: »Ich hab auch dich beobachtet, Iseult. Ich hab nur einmal jemanden Saltos so schlagen sehen, wie du es tust. Ist das in deinem Volk üblich?«

»Viele der Narbigen Krieger zeichnen sich durch solche Verteidigungsmanöver aus, aber ich werde als eine der Besten angesehen«, erwiderte Iseult mit falscher Bescheidenheit.

»Du vollführst sie sehr schnell und mit solcher Kraft – kannst du sie auch langsam ausführen?«

Iseult sah sie überrascht an. »Vermutlich«, sagte sie. Sie lieferte einen freien und geschickt bemessenen Sprung, der sie hoch in die Luft beförderte.

»Wunderbar!«, applaudierte Meghan, während Lachlan brummte und sie finster ansah. Er wurde stets mürrisch, wenn Iseult die Leichtigkeit und Anmut ihrer Bewegungen demonstrierte, wodurch sich der Kontrast zu seinen schwerfälligen Bewegungen so deutlich zeigte.

»Könntest du dort von dem Ast springen, ohne dich zu verletzen?«, fragte Meghan, während sie auf einen großen knorrigen Ast ungefähr zehn Fuß über dem Boden deutete. Iseult lächelte.

»Leicht«, sagte sie, kletterte mit müheloser Behändigkeit hinauf und sprang herab.

»Und was ist mit diesem?«

Iseult runzelte die Stirn und zuckte dann die Achseln. »Ich kann es versuchen, wenn Ihr wollt.«

Lachlan sagte mit finsterer Miene respektlos: »Sie wird sich verletzen, du alte Närrin.«

»Das glaube ich nicht«, erwiderte Meghan und Iseult schaffte den Sprung von zwanzig Fuß über dem Boden natürlich ohne Schwierigkeiten. Meghan deutete auf einen weiteren Ast und Iseult erklomm den Baum achselzuckend erneut. Von dieser Höhe aus konnte sie den größten Teil des Waldes überblicken. Sie schaute abwärts und ihr Herz pochte heftig gegen ihre Rippen. »Alles in Ordnung?«, rief Lachlan besorgt. »Tu es nicht, wenn du Angst hast, Iseult, sonst wird dich der Sprung bestimmt töten.« Daraufhin sprang Iseult. Es war ein langer Weg und sie fiel rasch. Die Locken wurden ihr aus dem Gesicht geweht und Tränen traten in ihre Augen. Der Wald verschwamm zu einem Schleier aus Braun und Grün und dann raste die Erde auf sie zu. Sie wurde von Entsetzen gepackt, bereitete ihren Körper aber auf die Landung vor, indem sie die Muskeln lockerte und ihren Gleichgewichtssinn zentrierte. Die Welt festigte und verlangsamte sich. Sie kam auf dem Boden auf und obwohl sie stolperte und hinfiel, bekam sie nicht einmal einen blauen Fleck.

»Bei Eàs grünem Blut!«, flüsterte Lachlan. Sein Gesicht war weiß und sein Körper angespannt. Er half ihr hoch und umfasste mit einer Hand ihr Handgelenk. »Du Närrin!«, fauchte er. »Was hast du dir dabei gedacht? Du hättest sterben können!«

»Meghan hätte mich nicht aufgefordert, es zu tun, wenn sie es mir nicht zugetraut hätte«, antwortete Iseult, obwohl ihre Beine nun, wo sie wieder auf dem Boden war, zitterten.

»Das hätte ich in der Tat nicht getan, obwohl es zugegebenermaßen riskant war. Ich hab schon andere Hexen solche Tricks ausführen sehen, war mir aber nicht sicher, ob Iseult es könnte.«

»Sie hätte getötet werden können!«

»Lachlan, mein Junge, Iseults Mutter war Ishbel die Geflügelte. Sie konnte so leicht durch die Luft schweben wie ein Glockenfruchtsame im Wind. Natürlich hab ich mich gefragt, ob Iseult etwas von ihrem *Talent* geerbt hat. Sicher ist, dass sie starke Luft- und Geistmacht besitzt, und der einzige andere Mensch, den ich solche Saltos habe vollführen sehen, war Ishbel.«

»Ihr glaubt, dass ich fliegen kann!«, keuchte Iseult.

»Vielleicht nicht«, antwortete Meghan. »Niemand musste Ishbel das Fliegen lehren. Es war für sie so natürlich wie das Atmen. Sie pflegte sogar im Schlaf über ihrem Bett zu schweben. Ich hab in dir noch keinen Beweis für ein solch profundes *Talent* entdeckt. Dennoch hab ich mich gefragt, ob du es besitzt. Aber selbst wenn du nicht fliegen kannst, erkenne ich doch, von welch wirklich großem Nutzen es wäre, wenn du von hohen Mauern springen könntest.«

»Du denkst an die Brustwehr hinter dem Turm, die Lucescere vor dem Wald schützt«, sagte Lachlan.

»So ist es. Wir könnten Iseult das Springen vielleicht üben lassen, während wir hier sind.«

Während der nächsten Wochen stellte Iseult fest, dass sie Hindernisse überspringen konnte, die höher waren als sie selbst, und von weit über hundert Fuß herabspringen konnte, ohne mehr als ein paar Beulen zu erleiden. Zu ihrer Überraschung konnte sie mit der Zeit sogar ihre Fallgeschwindigkeit kontrollieren und bis Beltane so langsam wie eine Feder herabschweben.

Der erste Mai dämmerte frisch und klar herauf. Meghan weckte sie wie üblich, aber während sie ihren Porridge aßen und den Tee tranken, sagte sie lächelnd: »Heute ist Beltane. Warum nehmt ihr euch nicht frei? Ihr wart beide gute, geduldige Kinder und habt hart gearbeitet, aber am Maitag sollte niemand arbeiten.«

Iseult und Lachlan gefiel der Gedanke, obwohl bald deutlich wurde, dass Meghan Pläne für sie hatte. Sie sollten ein Maitagfest vorbereiten und die Celestine dazu einladen, denn wie Meghan sagte: »Nur wir drei können kein richtiges Fest feiern!« Sie brauchte Feuerholz für das Freudenfeuer, viele Blumen für Kränze sowie alle Nüsse und Früchte, die sie finden konnten. Wie Meghan aßen auch die Celestine niemals Fleisch, und die Menge an Gemüse und Obst, die nötig war, um alle Mägen zu füllen, schien ungeheuer.

Iseult und Lachlan begaben sich leichten Herzens in den Wald. Nach über einer Stunde müßigen Umherwanderns trafen sie auf einen Pfad, der durch einen Bestand von Mooseichen führte, deren hohe silbrige Stämme sich in fließenden Formen aufwärts wanden. Iseult folgte dem Pfad einen Hang hinauf, während Dornenbüsche sie rundum bedrängten. Schließlich führte der Weg auf eine Lichtung um einen kleinen Bergweiher. Am Ufer des Weihers stand eine aus Schilf und Erde gebaute Hütte. Ein schmaler Rauchfaden stieg aus dem Kamin auf.

»Ich denke, wir sollten besser zurückgehen.« Iseult blieb am Rande der Lichtung zögernd stehen.

»Wegen einer kleinen Hütte?«, höhnte Lachlan und drängte an ihr vorbei. »Das denk ich nicht! Komm schon, lass uns nachsehen, wer dort wohnt.«

»Meghan sagt …«

»Meghan sagt, Meghan sagt! Musst du immer tun, was Meghan sagt?«

»Nein, nur ergibt es Sinn. Meghan sagt, im Wald lebten viele böse Zauberwesen, erinnerst du dich?«

»Hab keine Angst, mein hübsches Mädchen. Ich werd dich beschützen!« Lachlan grinste.

»Nun, du könntest nicht einmal eine Ente beschützen«, erwiderte sie, während sie ihm über die Lichtung folgte. Sie sah sich sorgfältig um, konnte aber kein Zeichen von Leben entdecken. Neben der Hütte befand sich ein sorgfältig bestellter Garten mit dichten Kräuter- und Gemüsebeeten und vor den Bäumen standen zwei Bienenstöcke. Zwischen Thymian und Schwarzwurz waren ein kleiner krummer Menhir und in dessen Nähe eine An-sammlung von Felsen zu sehen. Die Zweige eines Grünbeer-baums reichten bis in den See und fahle Lilien trieben auf der vom Wind bewegten Oberfläche.

»Ich sehe zwar niemanden, aber ich hab das Gefühl, als wür-den wir beobachtet«, flüsterte Iseult, zog einen Pfeil aus ihrem Köcher und legte ihn in den Bogen ein. Ohne das Gefühl des Un-behagens abschütteln zu können, ging sie mit schussbereitem Bogen voran. Sie trat zu der grob gefertigten Tür der Hütte und stieß sie mit einer Hand auf. Im Inneren konnte sie einen hüb-schen kleinen Raum mit einem Tisch auf einer Seite, einem hochlehnigen, aus glatten Zweigen gefertigten Sessel und drei Stühlen erkennen. Ein Topf köchelte über dem Feuer.

»Es ist niemand hier, aber sie können nicht weit weg sein«, sagte sie. »Lachlan, lass uns gehen. Ich glaub nicht, dass wir hier sein sollten.«

Er bekundete mit einem Achselzucken sein Einverständnis und sie traten von der Hütte fort und wandten sich wieder dem Pfad zu. Als sie ein Geräusch hörten, wandten sie sich um und er-kannten, dass die Felsen bewegt worden waren.

»Komm schon, Lachlan, es ist hier nicht sicher.« Iseult be-schleunigte ihren Schritt und hob den Bogen an, so dass er auf den höchsten der Steine gerichtet war. Sofort brach ihr Bogen in Flammen aus. Sie ließ ihn mit einem Aufschrei fallen. Als er auf dem Boden aufkam, erloschen die Flammen, und sie sah, dass er unbeschädigt war. Sie beugte sich hinab, um ihn aufzuheben, als plötzlich starke Arme sie umfassten und zu Boden zogen. Sie wehrte sich augenblicklich, aber ihre Handgelenke waren in ei-sernem Griff gefangen.

»Lachlan, lauf!«, schrie sie, aber der geflügelte Prionnsa hob gerade seinen Bogen an und zielte. Der Bogen verwandelte sich augenblicklich in eine Faust voller zischender Schlangen, die er fluchend von sich schleuderte.

»Es ist alles nur Illusion!«, rief Iseult. »Lauf! Hol Meghan!«

Aber es war bereits zu spät. Ein weiteres der untersetzten, ungeheuer kräftigen Wesen hatte Lachlan die Beine unter dem Körper weggetreten. »Bringt sie in die Hütte!«, sagte eine gebrochene, verdrossene Stimme. »Vielleicht sind noch andere Menschen in der Nähe. Wir wollten von niemandem gesehen werden.«

Iseult erkannte, dass sich der Menhir in ein altes, ausnehmend hässliches Zauberwesen verwandelt hatte, das im Kräuterbeet stand und einen Holzspaten umklammerte. Iseult wurde auf die Füße gezogen und trat nach ihren Gefangenenwärtern. Obwohl sie einen aus dem Gleichgewicht brachte, ließ er nicht los und sie wurde mit ihm zu Boden gerissen. Bevor sie Zeit hatte, sich zu erholen, wurden sie und Lachlan bereits in die Hütte gezerrt und die drei untersetzten Wesen banden sie an einen Pfahl in der Mitte des Raumes.

Die alte Frau setzte sich in den hochlehnigen Sessel; graues Haar umwucherte ihr warziges, runzliges Gesicht. Ihre lange, höckerige Nase bog sich nach unten zu ihrem knolligen Kinn und dazwischen war ein fest zusammengepresster Mund zu erkennen. Ihre funkelnden Augen waren nur schmale Schlitze unter sprießenden grauen Augenbrauen.

»Eine Fluchhexe!«, stöhnte Lachlan. »Und Kobolde. Welches Glück!«

Iseult schwieg und erprobte nur ruhig an den Seilen ihre Kraft, während sie den Blick über jedes Detail des kleinen Raumes schweifen ließ. Es gab keine Decke, so dass das Gerippe und der Schlamm des steilen Spitzdachs über ihnen deutlich zu sehen waren. Kräuter waren in dem düsteren Kegel zum Trocknen aufgehängt und würzten die Luft. In eine Wand war ein Bett eingebaut, das mit handgearbeiteten Decken ordentlich gemacht war.

Rund um die alte Frau kauerten die drei Wesen, die Lachlan und Iseult überwältigt hatten. Es waren kleine gedrungene Gestalten mit dunkler Haut und dunklem Haar, hervorstehenden Augen und plumpen Klauenfingern so dick wie Baumwurzeln.

Iseult versuchte sich an all das zu erinnern, was sie über Fluch-hexen und Kobolde gelesen hatte.

»Warum seid ihr hierher gekommen? Was wollt ihr?«, fragte die verdrießliche alte Stimme.

»Wir haben uns nur umgesehen«, sagte Lachlan. »Ihr solltet uns besser gehen lassen. Sie werden bald kommen und uns suchen.«

»Sie? Sie? Wer sind sie?«

»Soldaten.«

Sie zischte. »Soldaten! Dann werden wir euch jetzt töten, bevor sie kommen.« Einer der Kobolde trat rasch vor und Iseult sah, dass er ein großes Schwert umfasst hielt. Obwohl es größer war als er selbst, konnte er es mühelos anheben. Sie erkannte es als eines der Langschwerter mit Doppelklinge, welche die Roten Garden trugen.

»Nein!«, rief sie. »Wir sind keine Freunde der Soldaten. Wir wollen Euch nicht schaden.«

»Und doch kommt ihr, schaut und sucht, schnüffelt herum und spioniert und bedroht uns mit euren garstigen Pfeilen ...«

»Es tut uns sehr Leid«, sagte Iseult. »Wir erkundeten gerade einen Pfad. Wir wussten nicht, dass dies Euer Heim ist. Verzeiht uns und lasst uns unbeschadet, dann versprechen wir, auch Euch unbeschadet zu lassen.«

»Oh, oh, Versprechungen, Versprechungen, immer macht ihr Menschen Versprechungen. Wir wissen, wie viel eure Versprechungen bedeuten!«

Der Kobold mit dem Langschwert kicherte böse und bewegte das Schwert drohend. Die alte Frau gebot ihm fast unmerklich Einhalt. Iseult fuhr ermutigt vorsichtig fort: »Wirklich, wir wollen Euch nicht schaden und es tut uns ehrlich Leid, wenn wir Euch aufgebracht haben.«

Die alte Frau gackerte. »Darauf wette ich.«

»Ihr müsst uns gehen lassen. Es wird Euch mehr schaden, wenn Ihr uns hier gegen unseren Willen festhaltet, als wenn Ihr uns gehen lasst«, sagte Lachlan. »Ich bin der Prionnsa Lachlan MacCuinn. Wenn Ihr uns verletzt, werdet Ihr leiden.« Der Name sagte ihr wohl etwas. Sie schaute auf und einen Moment schien ihre Gestalt zu verschwimmen. Lachlan fuhr fort: »Aedan MacCuinn war mein Vorfahr. Ich bin sein direkter Abkömmling. Ihr wisst, dass man ihn den Freund der Zauberwesen nannte. Weißlocke war es, der den Friedensvertrag entwarf und dafür sorgte, dass alle Zauberwesen in Frieden und angstfrei leben konnten.«

»Ja, ich kenne deinen Aedan MacCuinn. Wie ernst war es ihm mit seinen Versprechungen? Er sagte, die Zauberwesen würden niemals wieder belästigt und gehetzt. Er sagte, wir könnten alle frei leben.«

»Es war ihm sehr ernst damit«, erwiderte Lachlan eifrig. »Ich bin sein Abkömmling und ich verspreche, den Friedensvertrag zu erneuern. Nicht die MacCuinn haben sich gegen Euch gewandt, sondern …«

»Lügen, Lügen! Der MacCuinn hat den Erlass gegen Zauberwesen unterzeichnet, der MacCuinn, der die Ursache dafür war, dass ich aus meinem Heim vertrieben wurde! Und es war auch der MacCuinn, der arme Wesen wie meine Kobolde hier aufgespürt und verbrannt oder ertränkt und sie zu seiner Belustigung benutzt hat. Ihr lügt!«

»Aber es ist nicht sein Fehler. Jaspar wurde verhext, es ist üble Zauberei.« Dies war das erste Mal, dass Iseult Lachlan seinen Bruder verteidigen hörte.

Die Augen der alten Frau zwischen den runzligen Lidern flammten.

»Lügen wie bei allen Menschen, Lügen und Lügen.«

»Meine Base Meghan NicCuinn wird uns suchen! Sie wird zornig sein, wenn Ihr uns etwas antut!«

»Meghan NicCuinn ist tot!«, fauchte die Fluchhexe. »Jetzt weiß ich, dass ihr üble Lügner seid, wie alle Menschen! Meghan von den Tieren lebte, bevor ich überhaupt geboren wurde, denkt ihr, das wüsst ich nicht? Wenn Meghan von den Tieren noch lebte, hätte sie es niemals zugelassen, dass sich die MacCuinn so gegen uns wandten! Ihr denkt, ihr könnt mich mit euren Lügen umgarnen, aber ich bin schlau, ich bin klug. Ich erkenne, dass ihr nicht die Wahrheit sagt.« Sie hastete aus dem Raum und winkte die drei Kobolde mit einer verkrümmten Hand mit sich. »Kommt, meine Lieblinge, ich brauch euch. Wir werden sie töten und ihre Körper tief, tief in der Erde vergraben und niemand wird wissen, dass sie hier waren!«

Iseult und Lachlan wurden allein gelassen. Zu ihrem Entsetzen hörten sie in der Nähe jemanden graben. Ihre Finger fanden und verschränkten sich.

»Es tut mir so Leid, Iseult. Du hattest Recht. Wir hätten das Risiko nicht eingehen sollen.«

Iseult sagte verbittert: »Es ist meine Schuld. Ich hätt es besser wissen sollen.«

»Warum ist es dein Fehler?«, fragte Lachlan verärgert. »Du musst immer alles auf dich nehmen. Ich bin derjenige, der herkommen und nachsehen wollte.«

»Ich bin die Narbige Kriegerin.«

»Ich schwöre, Iseult, wenn du das noch einmal sagst, erwürg ich dich!«

»Als ob du das könntest«, erwiderte sie spöttisch.

Er ließ ihre Finger so jäh los, als hätte er sich daran verbrannt. Außerhalb der dünnen Wände hörten sie, wie Metall geschliffen wurde. Iseult ergriff Lachlans Hand unbewusst erneut, die sich in ihrer warm und stark anfühlte und ihren Griff erwiderte.

»Wie lange wird es dauern, bis Meghan uns vermisst?«, fragte sie.

»Stunden. Sie wird einfach denken, dass wir uns noch umsehen. Du weißt, dass wir immer spät zurückkehren.« Er zögerte und sagte dann: »Iseult ...«

»Ja?«

»Nichts.« Sie standen einen Moment schweigend da, die Hände noch immer verschränkt, und dann beugte er sich zu ihr, so

144

weit es die Seile erlaubten. Sie wand sich in den Fesseln, um sein Gesicht zu sehen. Sein Mund streifte ihre Wange, glitt abwärts. Den Schmerz in den Achselhöhlen ignorierend beugte sie sich ebenfalls vor und ihre Lippen trafen sich und verschmolzen. Bald mussten sie sich jedoch wieder trennen, da sie die angespannte Haltung nicht beibehalten konnten. Sie lehnten schweigend aneinander, ihre Wange an den Federn seiner eingeengten Schwinge.

»Wir müssen entkommen«, sagte er. »Lass mich nachdenken, lass mich nachdenken.«

»Ich trage noch meinen Waffengurt«, flüsterte sie. »Mein Dolch – wenn wir ihn aus der Scheide lösen könnten, können wir die Seile durchschneiden. Kannst du ihn erreichen?«

Er küsste sie erneut sehnsüchtig. Als er sich schließlich von ihr löste, zitterte sie. Sie spürte seine Finger an ihrer Taille und verlagerte den Waffengurt, so dass er ihn erreichen konnte. »Ich hab das Heft gefunden. Wie soll ich …? Oh, ich weiß.«

»Lass ihn nicht fallen!«, flüsterte sie. »Vorsichtig.«

Schließlich zog er den Dolch ächzend frei, legte ihn an die Seile an und sägte verzweifelt. Seine Hände waren so fest zusammengebunden, dass er die Klinge kaum bewegen konnte, aber allmählich teilten sich die Fasern und sie spürte, wie der Druck nachließ. »Es wird«, murmelte er und ächzte erneut vor Anstrengung.

Die Tür öffnete sich und ließ einen Sonnenstrahl herein. Beide erstarrten und versuchten, den Dolch zwischen sich zu verbergen. Iseult, die dem Feuer zugewandt stand, sah sich um. Sie spürte Lachlans Bestürzung. Im Eingang standen die Kobolde, einer mit dem Langschwert und die beiden anderen mit einer frisch geschärften Axt und einem Dolch. Iseult stemmte sich in die Fesseln. Wenn Lachlan die Seile nur zu Ende hätte durchschneiden können!

Die Kobolde tanzten umher und ihre breiten, flachen Füße verursachten ein klatschendes Geräusch, wenn sie auf dem Erdboden auftrafen. Lachlan drängte sich gegen den Pfahl, als die

Spitze des Langschwerts an seiner Brust vorbeipfiff. Die Kobolde intonierten in ihrer kehligen Sprache etwas und stießen gelegentlich einen Satz laut aus. Iseult sah sich im Raum verzweifelt nach etwas um, was ihnen helfen könnte, und dachte: *Wie seltsam. Meghan sagte stets, Kobolde seien friedliche Wesen. Ich dachte, deshalb wären nur noch so wenige übrig …*

Als auch die alte Frau im Eingang erschien, arbeitete Iseults Geist fieberhaft. Sie bedachte die Illusion der Flammen und Schlangen, die Felsen im Kräutergarten, die Ordnung und Sauberkeit in dem kleinen Haus. Fluchhexen waren für ihren Schmutz und ihre Verwahrlosung sowie für ihre allgemeine Bosheit in Herz und Verstand bekannt. Würde eine Fluchhexe die Kobolde »arme Wesen« nennen? Wäre ihre Hütte so ordentlich, ihr Garten so gut bestellt? Und soweit Iseult sich erinnern konnte, besaßen nicht die Fluchhexen die Macht der Illusion, sondern die Corrigans.

In dem Moment, als die Stimmen der Kobolde lauter wurden und die alte gebeugte Frau mit erhobenen Klauen den Befehl geben wollte, rief Iseult: »Nein! Bitte, Madam, Ihr müsst uns zuhören! Wir sind Eure Freunde. Wir sind wirklich mit Meghan von den Tieren zusammen. Lachlan ist ihr Großneffe und wir kämpfen alle darum, die böse Banrìgh zu vernichten, die den Rìgh verhext und ihn dazu gebracht hat, sich gegen alle Hexen und Zauberwesen zu wenden. Wenn Ihr Lachlan tötet, tötet Ihr Eileanans größte Hoffnung! Bitte hört uns zu!«

»Also könnt ihr mir noch mehr Lügen erzählen?«

»Lasst uns Euch beweisen, dass wir die Wahrheit sagen. Er ist wirklich Lachlan MacCuinn – könnt Ihr nicht erkennen, dass er das MacCuinn-Plaid trägt? Und seht Euch seine Spange an. Lachlan, zeig ihr deine Spange. Ich weiß, dass Ihr nicht seid, was Ihr zu sein scheint. Ich weiß, dass Ihr keine Fluchhexe seid. Ich kann verstehen, dass Ihr uns im Bunde mit den Soldaten glaubt, die den Wald angezündet und vernichtet und Euch zunächst hierher getrieben haben. Aber das sind wir nicht, wir sind es nicht!«

Die alte Frau durchquerte jäh den Raum, ergriff mit einer Hand Lachlans schwarze Locken und zog seinen Kopf zurück. Sie betrachtete ihn aufmerksam, bemerkte die weiße Strähne, das blaugrüne Plaid. Dann schnippte sie mit einem langen verkrümmten Finger gegen die Spange mit dem Wappen des springenden Rothirschs, die sein Plaid zusammenhielt.

»Also«, zischte sie, »ist er nun doch ein MacCuinn.« Sie lachte unfroh. »Du wirst zweifellos ein hübsches Lösegeld einbringen.«

»Nicht vom Rìgh und der Banrìgh«, erwiderte Lachlan verbittert. »Wenn Ihr mich tötet, tut Ihr genau das, was sie wollen. Sie jagen mich schon seit Jahren!«

Sie zögerte und war offensichtlich unsicher, was sie jetzt tun sollte.

»Wenn Ihr uns freilasst, bringen wir Euch zu Meghan von den Tieren. Wir werden Euch beweisen, dass sie noch immer lebt«, sagte Iseult beschwörend. »Ich weiß, dass sie sich sehr freuen würde, eine Corrigan zu sehen.«

Die schreckliche alte Frau zischelte und wich zurück.

»Ich weiß, dass Ihr keine Fluchhexe seid«, sagte Iseult mit derselben sanften beschwörenden Stimme. »Ihr seid wirklich eine Meisterin der Illusion. Ihr habt uns geschickt überlistet! Ich bin eine Narbige Kriegerin. Ich wurde noch niemals zuvor überwältigt. Aber Ihr habt uns mit Eurer Klugheit und Gedankenschnelligkeit gekonnt erwischt.«

»Ihr werdet dadurch, dass Ihr uns tötet, jedoch nichts gewinnen«, sagte Lachlan streng. »Wir sind keine Bedrohung für Euch. Wir kämpfen darum, die großartige Zeit der MacCuinn wieder herzustellen, als Menschen und Zauberwesen in Frieden lebten. Tötet mich – und die Zeiten, in denen Ihr Euch im Lande frei bewegen und tun konntet, was Ihr wolltet, werden niemals wiederkehren. Lasst mich leben und ich schwör Euch, dass ich den Friedensvertrag wieder in Kraft setzen werde, wenn ich der Rìgh bin.«

Die Gestalt der Fluchhexe schimmerte plötzlich und verwandelte sich. An ihre Stelle trat eine wunderschöne junge Frau, die von Lagen glänzenden hellen Haars umgeben war. Sie war in ein fließendes himmelblaues Gewand gekleidet, das unter den Brüsten mit einem karmesinroten Band eng geschlossen war, und tänzelte geziert über den Boden zu Lachlan und schlang ihm die Arme um den Hals.

»Du willst also Rìgh werden«, sagte sie mit trällernder Stimme. »Wenn du schwörst, dass ich deine Banrìgh werde, lass ich dich frei. Siehst du, ich bin hübsch, wenn ich will. Ich kann alles sein, was du willst. Ich werde deine Banrìgh sein und mit dir regieren.«

Die Corrigan drängte ihren festen jungen Körper an Lachlan und zog seinen Kopf zu sich herab. Iseult hörte, wie sie sich küssten. Schmerz durchströmte sie und erschreckte sie durch seine Intensität. Sie konnte spüren, wie sich Lachlan gegen den Pfahl presste, wie seine gefesselten Arme zitterten. Sie schloss die Augen.

Dann sagte Lachlan mit eher rauer Stimme: »Ich kann nicht. Es tut mir Leid, aber ich kann Euch nicht heiraten oder zu meiner Banrìgh machen. Alle anderen Behauptungen wären eine Lüge.«

»Bin ich nicht hüsch genug für dich?«, spottete die Corrigan. Sie küsste ihn erneut, fest und leidenschaftlich. Iseult konnte spüren, wie sie seinen Kilt hochschob, um ihn zu streicheln, und Zorn durchströmte sie. Sie sehnte sich danach, ihre Hände freizubekommen, um diese kecke Schönheit und ihre Kobolddiener vernichtend zu schlagen und sie beide befreien zu können.

Schließlich konnte Lachlan seinen Mund befreien. »Es hat keinen Sinn«, sagte er mit belegter und rauer Stimme. »Ich kann Euch nicht lieben oder heiraten. Ich werd alles tun, was sonst möglich ist, aber das kann ich nicht.«

»Warum nicht?«, fragte sie und überraschte Iseult mit der Sanftheit ihrer Stimme.

»Mein Bruder wurde durch Hexerei dazu gebracht zu heiraten«, sagte Lachlan hart. »Er wurde in eine unnatürliche Liebe gehext. Ich werd mich nicht so betören lassen.«

Die Corrigan schlug ihn in jähem Zorn hart auf den Mund. »Dir ist klar, dass ich dich töten werde? Ihr werdet beide sterben!« Iseult spürte Lachlans Finger ihre ergreifen und ihr den Dolch in die Hand drücken. Sie begann verzweifelt an den Seilen zu sägen, während ihre Hände durch Lachlans Schwingen verborgen waren.

»Ihr braucht mich nicht zu verführen, um meine Hilfe zu erlangen«, sagte Lachlan und seine Stimme war die eines Rìgh, voller Macht und Entschlossenheit. »Ich habe mich der Aufgabe verschworen, dem Volk Eileanans zu helfen und es zu beschützen. Wenn Ihr uns gehen lasst, schwör ich, niemandem zu sagen, dass Ihr hier seid. Wenn ich dann der Rìgh bin, schick ich Euch Euer Lösegeld, wie viel auch immer Ihr verlangt. Gold, Edelsteine ...«

Sie stampfte mit dem Fuß auf. »Ich will kein Gold«, zischte sie. »Warum beugst du dich mir nicht? Ich hab Männer stets mit meiner Schönheit beherrschen können ... Ich versteh das nicht.«

Lachlan sagte verbittert: »Ihr versteht wirklich nicht. Man kann mein Herz nicht mit Schönheit erringen. Maya war wirklich schön, aber ihr Herz war voller Verrat und Falschheit. Jede wunderschöne Frau, die ich jemals gekannt habe, hat mich betrogen. Es stimmt, was die Priester von Tìrsoilleir sagen: Schönheit verbirgt Verdorbenheit und Falschheit.«

Einen Moment herrschte Schweigen. Iseult spürte, wie sich die Stricke lösten und riskierte einen Blick zur Seite. Die Kobolde kauerten zu Füßen der Corrigan und sie stand da, mit niedergeschlagenem, nachdenklichem Gesicht. Dann überlief sie plötzlich erneut ein Schimmern und Iseult sah zu ihrem Entsetzen sich an der Stelle stehen, wo zuvor eine wahre Schönheit gestanden hatte.

Mit schmuddeliger Hose und weißem Hemd bekleidet, hatte die Corrigan nun rotgoldene Locken, hellblaue Augen und warme, großzügig mit Sommersprossen gesprenkelte Haut. Sie hörte Lachlan leise keuchen und dann presste sie sich erneut an ihn, küsste ihn und streichelte seine muskulösen Arme.

»Siehst du, ich kann jedermann sein, der du willst«, murmelte sie mit Iseults Stimme. »Du willst dieses Mädchen – ich werde dieses Mädchen für dich sein.«

Lachlan schüttelte erneut den Kopf und seine Schwingen regten sich ruhelos in den Stricken. »Ihr seht vielleicht aus wie sie«, sagte er, »aber Ihr könnt niemals sie sein.«

In diesem Moment lösten sich die Stricke endgültig und Iseult sank beim Nachlassen des Drucks auf ihre Arme beinahe zu Boden. Lachlan stolperte vorwärts und versuchte dann, als er erkannte, dass sie frei waren, die Corrigan zu ergreifen. Sie verwandelte sich augenblicklich in eine Maus und huschte über den Boden. Die Kobolde sprangen vor und ergriffen Lachlan, der noch immer unsicher auf den Füßen stand.

Schnell wie ein Blitz stürzte Iseult vorwärts und erwischte die Maus am Schwanz, die sich daraufhin augenblicklich in einen Sandskorpion verwandelte, aber Iseult hielt grimmig fest, ohne Angst, dass der Giftstachel sie treffen könnte. Sie konnte spüren, dass sie einen knotigen Fuß festhielt, obwohl Lachlan ihr zurief, sie solle den Sandskorpion loslassen. »Er wird dich töten, wenn er dich sticht«, rief er verzweifelt. »*Leannan*, lass ihn los!«

Obwohl der Kosename sie rührte, ließ sie nicht los. Der Sandskorpion verwandelte sich in eine Viper, einen Adler mit grausam zuhackendem Schnabel, einen schlanken knurrenden Schattenhund. Mit Schnitten und blauen Flecken übersät, hielt Iseult weiterhin fest, während es um sie herum Steingut zerschmetterte, Möbel umherflogen und sogar die Wände der Hütte erschüttert wurden, als sie niederstürzten. Sie wusste, dass alles nur Illusion war und die Corrigan ihr nur entkommen konnte, wenn sie losließ. Schließlich nahm diese erschöpft ihre natürliche Gestalt an und lag zusammengesunken da, ihr Fuß in Iseults eisernem Griff gefangen.

Sie war klein und stämmig, ihre Züge wie grob aus Stein gehauen, ihr Körper vom Alter gebeugt. Sie hatte nur ein Auge, das von tiefen Furchen umgeben war. Haar, so graugrün wie Moos, hing ihr in Strähnen um die eingesunkenen Ohren und Flechten breiteten sich in silbrigen Schuppen über ihre gräuliche, ledrige Haut aus. Iseult presste ihr den Dolch an die Kehle. »Sagt den Kobolden, sie sollen Lachlan freilassen«, befahl sie.

So erschöpft, dass sie kaum eine Hand anheben konnte, gab die Corrigan den Kobolden ein Zeichen. Sie ließen Lachlan mit verwirrten Mienen los.

»Legt Eure Waffen ab«, sagte Iseult. Als sie der Aufforderung nicht folgten, schüttelte sie die Corrigan wie eine Puppe und wiederholte ihren Befehl. Eine weitere vage Geste und die Kobolde legten ihre Waffen ab. Iseult erhob sich mühsam und zog die Corrigan mit sich hoch. »Bringen wir Euch zu Meghan«, sagte Iseult. »Sie wird sich wirklich freuen, dass wir Euch gefunden haben. Versucht keine Eurer Tricks, sonst werd ich zuerst Euch und dann die Kobolde töten. Glaubt nicht, ich meinte es nicht ernst. Es würde mir große Befriedigung verschaffen, diesen Dolch in Euch zu versenken.«

Die Corrigan nickte, ihr altersgraues Gesicht war starr vor Angst. Iseult nickte Lachlan barsch zu. »Geh voran, MacCuinn.« Lachlan sah sie ein wenig besorgt an und gehorchte. Er nahm die Bögen auf, legte in seinen einen Pfeil ein und zielte auf die Kobolde. »Ihr solltet besser auch mitkommen«, sagte er schroff. In düsterem Schweigen folgten sie dem Pfad zurück durch den Mooseichenbestand. Iseults Zorn schwand rasch, aber stattdessen beschlich sie eine gewisse Trostlosigkeit. Sie konnte nicht vergessen, wie die Corrigan Lachlan geküsst und gestreichelt und was sie dabei empfunden hatte. Obwohl sie keinen Grund dafür hätte nennen können, war sie hauptsächlich auf Lachlan zornig. Nur Minuten vor der Corrigan hatte er sie geküsst. Er hatte ihre Hand mit seiner umschlossen und hatte sie sich schwach und töricht fühlen lassen.

Sie brauchten Ewigkeiten, um bis zu der Lichtung unterhalb Tulachna Celestes zu gelangen, da Dornen ihren Weg versperrten, ihnen abgestorbene Zweige auf den Kopf fielen und sich

Ranken um ihre Knöchel wanden. Der Wald mochte Iseults gezogenen Dolch nicht. Selbst der Pfad nahm einen anderen Weg und nur ihre Kenntnis des Waldes und ihr Orientierungssinn ermöglichten der Gruppe hindurchzugelangen.

Meghan rührte gerade in einem Topf Suppe über dem Feuer, als sie schließlich auf die Lichtung stolperten. Sie schaute auf und sah die sich duckenden Kobolde und die knorrige Gestalt der Corrigan, Iseults Dolch noch immer an ihrer Kehle.

»Was habt ihr getan?«, rief sie. »Ihr armen kleinen Wesen! Iseult, lass sie los!«

»Nicht, bevor ich nicht weiß, dass sie keine Tricks mehr versucht«, erwiderte Iseult grimmig. »Wir wären dank ihr beinahe an die Würmer verfüttert worden.«

Meghan trat mit wirbelnden grauen Röcken vor und streckte die Hände aus. »Ach, Ihr armes Wesen. Nun seid Ihr sicher. Ich werd nicht zulassen, dass sie euch schaden. Iseult, nimm den Dolch herunter!«

»Gut«, erwiderte Iseult und ließ die Corrigan los. Sie stolperte leise stöhnend vorwärts und Meghan half ihr, sich ans Feuer zu setzen. »Kommt«, sagte sie lächelnd zu den Kobolden. »Hier seid ihr sicher. Kommt und setzt euch. Ich werd euch beschützen.«

Sie führte die drei stämmigen Wesen zum Feuer und drängte sie sanft, sich zu setzen. Dann wandte sie sich mit flammenden Augen zornig zu Iseult und Lachlan um. »Was habt ihr euch dabei gedacht, diese armen Wesen zu bedrohen und zu verletzen? Kobolde sind die sanftesten aller Wesen. Sie tun keiner Fliege etwas zuleide ...«

»Ihr hättet sie sehen sollen, wie sie mit Äxten um uns herum getanzt sind. Da wirkten sie nicht so sanft!«, erwiderte Iseult. »Wir sind kaum mit dem Leben davongekommen! Und was diese ... diese ... *Hexe* betrifft, so hat sie uns überwältigt und bedroht! Und hat Lachlan zu verführen versucht!«

»Ich verstehe«, sagte Meghan. Sie zwinkerte unerwarteterweise. »Nun, was habt ihr ursprünglich getan, dass ihr der Corrigan in die Hände gefallen seid? Ich dachte, ich hätt euch gesagt, ihr solltet nicht im Verschleierten Wald umherwandern?«

»Wir haben uns nur umgesehen«, erwiderte Iseult verschämt, während Lachlan rief: »Es war mein Fehler, Meghan. Ich hab Iseult dazu überredet, die Lichtung zu betreten.«

»Tatsächlich? Wie? Ich kann mir nicht vorstellen, dass du Iseult zwingen konntest, etwas gegen ihren Willen zu tun.«

»Das konnte er wirklich nicht«, sagte Iseult in Erinnerung daran, wie leicht er sie wider besseres Wissen überredet hatte und wie bereitwillig sie seine Küsse in der Hütte der Corrigan erwidert hatte. Sie warf ihren Dolch zu Boden, wo er aufrecht in der Erde stecken blieb und zitterte. Dann entfernte sie sich mit hochrotem Gesicht von der Lichtung und marschierte auf Tulachna Celeste zu.

Sie erklomm den Hügel so rasch, dass sie Mühe hatte zu atmen, und ballte die Hände zu Fäusten. Sie konnte hören, dass Lachlan sie rief, aber sie reagierte nicht. Sie lief durch die Steinkreise zum See auf der Spitze des Hügels. Dort kniete sie sich hin und wusch sich Gesicht und Hände.

Lachlan hinkte durch die Steine heran. »Iseult?«, fragte er zögernd. Er kam und kauerte sich neben sie, und sie schaute auf ihre Stiefel hinab und fühlte sich in seiner Gegenwart so unbeholfen wie noch nie.

»Es tut mir Leid«, sagte er schließlich.

»Was?«, fragte sie streitsüchtig.

»Ich wollte sie nicht … du weißt schon was«, sagte er stockend. »Ich wusste nicht, dass sie das vorhatte.«

»Du hast dich nicht allzu stark gewehrt.« Ihre Worte klangen selbst in ihren Ohren recht spitz.

»Um Eàs Willen, Iseult, ich war an einen Pfahl gebunden. Was sollte ich tun?«

»Ich weiß es nicht. Sie beißen?«

Lachlan fluchte und stand unbeholfen auf. Sie senkte den Kopf und grub die Stiefelspitze in die Erde. Er fing mehrmals an zu reden, murrte dann: »Was soll's?«, und stapfte davon.

»Götter!«, fluchte Iseult und warf sich mit dem Gesicht nach unten auf das blumenreiche Gras. Sie lag dort lange Zeit, während ihre Gedanken kreisten. Schließlich setzte sie sich auf, wusch sich erneut das Gesicht und befahl sich streng aufzuhören, sich wie eine alberne Göre zu benehmen. Sie und Lachlan hatten beide geglaubt, sie wären dem Tode nahe. Es war nur natürlich, dass sie sich einander zugewandt hatten. Es bedeutete nicht, dass sie Lachlan liebte, oder dass er sie liebte. Es bedeutete nur, dass sie beide Todesangst hatten. Ihre Schicksale nahmen verschiedene Wege, erinnerte sie sich immer wieder. Er würde der Rìgh von Eileanan und sein Leben wäre dem Dienst an seinem Volk geweiht. Sie war die Erbin der Feuermacherin und ihr Leben wäre an die Gemeinschaften gebunden. Sie konnte ihn nicht bitten, die Krone aufzugeben und mit ihr auf die verschneiten Höhen zu ziehen, und sie würde ihre Großmutter nicht verraten.

Iseult erhob sich, während sie sich fragte, warum sie sich durch ihr klares, rationales Denken nur noch schlechter fühlte. Erst da bemerkte sie, dass Meghan hinter ihr saß und geschäftig strickte. »Fühlst du dich besser?«, fragte die alte Hexe.

»Nicht wirklich«, räumte Iseult ein.

»Sann und die Kobolde werden bleiben und an unserem Maitagfest teilnehmen«, sagte Meghan und legte ihre Strickarbeit zusammen. Iseult runzelte die Stirn. Die Zauberin lächelte und sagte: »Du darfst nicht verärgert darüber sein, dass die Corrigan mit Hilfe ihrer Macht versucht hat, Lachlan für sich zu gewinnen. Sie besitzt nur diese Macht. In finsteren Zeiten benutzen wir alle, was wir können, um uns zu retten und zu schützen. Außerdem ist Lachlan ihr nicht erlegen, oder? Nur selten kann ein Mann den Reizen einer Corrigan widerstehen.«

»Er hat sie geküsst«, rief Iseult. »Er hat sie endlos geküsst!«

Meghan lächelte und zuckte leicht die Achseln. »Er ist nur ein Mann«, antwortete sie. »Und außerdem – was erwartest du? Der

Junge verzehrt sich schon seit Wochen nach dir und alles, was du tust, ist, mit ihm zu streiten oder ihn abzuwimmeln.«

»Oh, das stimmt nicht!«, widersprach Iseult. »*Er* streitet mit *mir*! Oder wird vollkommen still und mürrisch.«

»Er ist in der Kunst der Liebe wirklich nicht geübt«, erwiderte Meghan. »Und ich weiß, dass er schnell beleidigt ist, und stur noch obendrein. Aber das gilt für dich andererseits auch, meine Liebe. Ich habe noch nie zwei eigensinnigere Kinder erlebt, sogar noch schlimmer als meine Isabeau, und sie war wirklich schon sehr stur.« Iseult schwieg und Meghan fuhr fort: »Gib dem Jungen eine Chance, Iseult. Er ist Frauen gegenüber misstrauisch, seit Maya Jaspar verhext hat, und seine eigene Verhexung hat die Dinge nur noch verschlimmert. Er war so lange voll finsterem Zorn und Verzweiflung, dass ich befürchte, dass er die zärtlicheren Empfindungen vergessen hat.«

Iseult vollführte eine ungeduldige Geste, war aber augenblicklich still. Sie schwieg auch weiterhin, während sie den Hang hinuntergingen. Die Corrigan saß am Feuer und rührte in Meghans Kessel. »Wir sollten uns besser versichern, dass sie keine Giftpilze in die Suppe gegeben hat«, sagte Iseult und ließ Meghan jäh stehen.

Als Iseult ihre schlechte Laune überwunden hatte, indem sie eine große Menge Feuerholz gesammelt hatte, schämte sie sich ihrer selbst ein wenig und es tat ihr Leid, dass sie ihre Gefühle so deutlich gezeigt hatte. Sie zog das wuchtige Bündel Feuerholz hinter sich her und kehrte zur Lichtung zurück.

Gerade als sie zwischen den Bäumen auftauchte, erschien auf der anderen Seite des schattigen Tales auch Lachlan. Er zog genug Feuerholz für einen Monat hinter sich her. Beide konnten nicht umhin zu lachen.

»Nun, dann werden wir heute Nacht ein großartiges Freudenfeuer haben!«, sagte Meghan. »Ihr seid beide gute Kinder. Kommt, wir schmücken die Lichtung und fertigen uns zur Feier des Maitages eine Blumenlaube.«

Der Ausbruch unfreiwilligen Gelächters hatte die Luft ein wenig gereinigt. Sie gingen beide zum Fluss, um sich zu waschen, wobei sich Lachlan bis auf den Kilt auszog, um Kopf und Arme besser eintauchen zu können. Neben ihm am Ufer kniend murmelte Iseult eine schroffe Entschuldigung. Sie konnte ihn nicht ansehen, mit seiner über und über sonnengesprenkelten nackten Haut. Stattdessen konzentrierte sie sich aufs Wasser, das ihre Finger mit Kräuselungen verschleierte. Er berührte ihren Arm.

»Es tut mir Leid, dass ich solch ein Aufhebens darum gemacht habe.«

Sie schaute auf, direkt in seine goldfarbenen Augen, und ihr Herz machte einen Satz. Sie konnte nicht wieder fortschauen. Er errötete, wandte den Blick augenblicklich ab und bespritzte sein Gesicht mit Wasser. Iseult konnte nicht sprechen. Kurz darauf beugte sie sich hinüber und presste ihren Mund auf seine bloße Schulter. Sie spürte alle seine Muskeln sich krampfartig anspannen. Er ergriff ihr Handgelenk und sie sah ihm erneut in die Augen. Einen Moment lang verschränkten sich ihre Blicke. Hinter ihnen klapperten Schalen, als Meghan sich am Feuer zu schaffen machte. Dann verzog er auf ihr wohlbekannte Art den Mund und trat fort.

Iseult wusch sich sorgfältig und tauchte den Kopf unter Wasser. Als sie herausstieg und nach ihrem Hemd griff, trafen ihre Finger stattdessen auf Seide. Sie warf sich die nassen Locken aus dem Gesicht und sah Wolkenschatten, die ihr ein kleines Stoffquadrat hinhielt und unter einem Baum saß. Iseult nahm es und Meter um Meter Gaze wogte hervor. Es war eines der Gewänder, welche die Celestine trugen, aus der Seide der Weberraupe in einem Stück gewoben. Das blassgelbe Gewand saß perfekt und passte auch ausnehmend gut zu ihrer kräftigen Haarfarbe. Meghan lächelte bei ihrem Anblick und Iseult bemerkte Lachlans Wangenröte, obwohl er sich rasch wieder abwandte.

»Erinnert ihr euch an alles, was ich euch über den Maitag gesagt habe?«, fragte die Zauberin.

Iseult, die sich nicht sicher war, ob sie sich noch an etwas anderes erinnern konnte als an Lachlans Blick und Lachlans Berührung, schüttelte den blumenbekränzten Kopf.

»Es ist ein sehr alter Brauch, der vom Ersten Hexensabbat aus der Anderwelt mitgebracht wurde«, sagte Meghan. »Es ist eine Feier für Geburt, Fruchtbarkeit und das Gedeihen allen Lebens. Eine Feier Eàs als der Mutter, die in ihren grünen Mantel gekleidet Feld und Leib Leben schenkt.«

»Warum singen die Celestine heute Nacht nicht?«, fragte Iseult rasch. »Wir bleiben doch besser hier auf der Lichtung, als den Hügel hinaufzuziehen? Feiern sie den Maitag nicht?«

»Beltane ist ein Ritus des Hexensabbats«, erwiderte Meghan. »Die Celestine haben ihren eigenen Glauben, der auf den Bewegungen der Sonne und der Sterne basiert. Sie feiern die Tagundnachtgleichen und die Sonnenwenden, nicht aber die Erntefeste. Sie haben nie die Erde kultiviert und empfinden daher nicht die Notwendigkeit, die Feldfrüchte zu ehren. Beltane, Lammas, Lichtmess und Samhain sind Feiern zum Jahreszeitenwechsel und haben für die Celestine kaum Bedeutung. Sie kommen heute Abend nur, um bei uns zu sein und an unserem Fest teilzuhaben.«

Die alte Hexe schickte Lachlan in den Wald, um einen Eichenschössling als Maibaum zu suchen, und ließ Iseult Girlanden winden, die von Baum zu Baum gespannt werden sollten. Es war ein anstrengender und verwirrender Tag gewesen und Iseult war es zufrieden, auf dem Boden zu sitzen und Blumen und Zweige zu verflechten. Sie war seltsam gerührt, als sich der Donbeag mit den glänzenden Augen auf ihrem Schoß zusammenrollte.

Lachlan kam mit einem schlanken hohen Schössling zurück, der verschwenderisch mit Bändern und Blumen geschmückt wurde. Die Sonne war inzwischen hinter den Bäumen verschwunden und Schatten erstreckten sich über die Lichtung. Sie wussten, dass das Freudenfeuer zu Beltane bei Mondaufgang angezündet würde und hängten daher rasch die übrigen Laternen und Blumengirlanden auf, nachdem Iseult den schlafenden Donbeag sanft auf Meghans Decken gebettet hatte.

Das Maitagfest war ein großer Erfolg. Alle Celestine aus dem Verschleierten Wald kamen und begrüßten die Corrigan mit feierlicher Freude. Sann hatte einige ihrer Freundinnen mitgebracht, um sie mit Meghan bekannt zu machen – die felsigen Wasserrinnen entlang dem Grat hatten viele Corrigans angelockt. Kobolde liefen überall umher und stießen vor Begeisterung spitze Schreie aus, während ihre großen Füße auf die Erde klatschten. Zwei Cluricauns liefen vom Wald herbei, vom Klang des Lachens und dem duftenden Essen angezogen. Nissen schossen durch die Luft wie Walzer tanzende Blumen. Sie waren kleiner als Iseults Hand, aber lauter als alle anderen Gäste zusammen.

Meghan bestand trotz ihres Publikums aus lachenden Zauberwesen darauf, alle Beltaneriten auszuführen. Lachlan wurde, als einziger anwesender Mann, zum Grünen Mann bestimmt und es gab viel Gelächter und Neckerei, während Iseult ihn mit Blättern schmückte. Sie wurde dann zur Maikönigin gekrönt, da sie, wie Meghan sagte, die Jüngste und Hübscheste von allen war.

Im flackernden Feuerschein erwärmte der Goldschlehenwein ihr Blut und Iseult merkte, dass ihr Blick immer wieder von Lachlans dunklem wunderschönem Gesicht angezogen wurde. Obwohl zwischen ihnen eine gewisse Spannung herrschte, war es doch nicht das kalte Schweigen, das vorher bestanden hatte, sondern eher eine Bewusstheit und ein Abtasten. Es fiel ihnen schwer einander anzusehen, und doch verschränkten sich ihre Blicke immer wieder. Iseult musste das Verlangen bekämpfen, sich zu ihm zu beugen, denn es schien, als wirke seine Aura auf sie ebenso berauschend wie der Wein.

Dann klatschte Meghan in die Hände und bat sie alle, ihre Plätze um den Maibaum einzunehmen. Dieses eine Mal kam Lachlan ihrer Aufforderung als Erster nach und streckte Iseult eine Hand hin. Sie ergriff sie nicht ohne Scheu und spürte er neut, wie klein sich ihre Finger in seiner Hand anfühlten. Die Cluricauns spielten auf ihren Holzflöten, die Kobolde schlugen kleine Trommeln und Lachlan sang eine fröhliche Melodie vom Lande, nach der in Eileanan schon seit Jahrhunderten getanzt wurde. Im flackernden Feuerschein wirbelte wohlriechender Rauch bis zu den Sternen hinauf und Iseults Blut summte und sang. Früher wäre sie sich lächerlich vorgekommen, wenn sie mit einem Blumenkranz auf dem Kopf um einen Maibaum getanzt wäre, aber nach fast drei Monaten in Meghans Gesellschaft fühlte es sich so natürlich an wie das Atmen.

Als der Maibaum von grünen und weißen und blassgoldenen Bändern umwickelt war, tanzten sie unter dem Blätterdach weiter. Meghan hielt die Hände eines Kobolds und schwang ihn zu seiner großen Freude durch die Luft. Sann tanzte mit einer anderen Corrigan, ergriff dann provozierend Lachlans Hände und tanzte so nahe an ihn heran wie möglich, während ihr Körper zur wunderschönsten aller menschlichen Gestalten verschwamm. Iseult hatte keine Zeit eifersüchtig zu sein, denn Lachlan schwenkte die Corrigan lächelnd fort, ergriff erneut Iseults Hände und zog sie in seine Armbeuge. Er sang, während sie tanzten, ein sehnsüchtiges, fröhliches Liebeslied, wobei seine Stimme wie immer tiefe Gefühle in Iseult erweckte. Sie erkannte, dass er Magie in seinen Gesang wob, während seine topasfarbenen Augen intensiv auf ihre gerichtet waren. Es war ein Ruf, ein Befehl, eine Bitte, sehnsüchtige Melancholie. Sie verschlang seine dunklen Adlerzüge mit den Augen und fühlte sich vor Leidenschaft schwerelos; die anderen verschwanden aus ihrem Bewusstsein. Sie hätten die einzigen Tänzer sein können.

Schließlich wirbelte der Tanz auseinander. Lachlan ergriff ihre Hand und sie beugte den Kopf und folgte ihm. Als sie die Lichtung verließen, sank Meghan ans Feuer und summte glücklich mit den Celestine und den Corrigans; Gitâ hatte sich auf ihrem Schoß zusammengerollt.

Sobald der Feuerschein hinter der großen Masse der Mooseichen verborgen war, zog Lachlan Iseult an sich und küsste sie. Die warme atmende Dunkelheit des Waldes umgab sie. Sein Mund lag an ihrer Kehle, ihre Hände zwischen den Federn seiner Schwingen. Iseult versank in Gefühlen, erstaunt darüber, wie weich seine Haut war, wie warm und süß sein Mund, der ebenso nach Sonnenschein schmeckte wie Goldschlehenwein.

Sie sanken zu Boden, seine Schwingen umhüllten sie seidig streichelnd. Unzusammenhängende Liebesworte murmelnd liebkoste er die Wölbung ihres Knies. Sein Gewicht drückte sie zu Boden, während seine Hand ihren Oberschenkel hinaufglitt. Plötzlich lehnte er sich zurück und versuchte im schattigen Mondlicht ihr Gesicht zu sehen, während Iseult seine Hand ergriff. Dann presste er den Mund an ihre Kehle und sie hob sein Gesicht an und küsste ihn. Er hielt den Atem an und drängte sich erneut mit hungrigem Mund gegen sie.

Sie erwachte in der grauen Dämmerung, zitterte in ihrer Nacktheit leicht und sah, dass Lachlan wach war und sie betrachtete. Er legte eine Schwinge um sie und sie drängte sich näher an ihn. Als ihre nackte Haut ihn berührte, beugte er den Kopf und küsste sie und sie liebten sich erneut, dieses Mal voller Zärtlichkeit.

Schließlich gingen sie Hand in Hand zur Lichtung zurück, inzwischen angezogen, wobei ihre bloßen Füße eine dunkle Spur im Tau hinterließen. Meghan saß am Feuer, verwelkende Blumen waren rund um sie verstreut. Die beiden jungen Leute verlangsamten ihre Schritte ein wenig und lächelten befangen, konnten Meghans Blick nicht erwidern.

»Also, meine Kinder«, sagte Meghan eher streng. »Es heißt, Beltane sei eine Nacht für die Liebe. Ich hoffe, es war wahre Leidenschaft und nicht nur mein Goldschlehenwein.«

Die beiden sahen einander an und lächelten. Iseults bloße Beine waren von Lachlans Klauen stark zerkratzt und sie betrachtete sie kläglich. »Ich meine es ernst«, sagte Meghan mit sowohl besorgter als auch froher Stimme. »Ihr habt heute Nacht euer

Schicksal verändert, versteht ihr? Tatsächlich das Schicksal des ganzen Landes. Ihr habt eine Wahl getroffen, die unser aller Leben verwandeln wird.«

Sie sahen einander besorgt an. »Und du hast einen Zauber in deinen Gesang gewoben, Lachlan. Das war falsch von dir. Du solltest niemals einen solchen Zwang ausüben.«

»Ich wusste es, Meghan«, sagte Iseult sanft. »Denkt Ihr, ich hätte ihm nicht widerstehen können, wenn ich es gewollt hätte? Es war kein Zwang, eher eine Art sich zu … verständigen. Ich wusste, was ich tat.«

Da ergriff Lachlan fest ihre Hand. »Ich wollte sie nicht behexen«, sagte er jäh. »Ich wollte nur …« Er brach ab und errötete.

»Ja, du erkennst noch immer nicht, welche Magie deiner Stimme innewohnt oder wie du sie benutzen kannst«, sagte Meghan. »Ich wünschte, es wär dir gelungen, mehr von Enit zu lernen. Sie kennt die Fallstricke der Zaubergesänge sehr gut. Dennoch gewöhnst du dich allmählich an den Gebrauch und das anscheinend auf schlaue Art. Ach, meine Kinder! Ich kann euch gar nicht sagen, wie froh ich bin, und wie besorgt. Was für ein Baby ihr haben werdet! An Beltane empfangen, zusammen mit der Geburt des neuen Jahres an Hogmanay geboren! Es wurde in der Tat ein neuer Faden gespannt.«

Iseult konnte sie nur bestürzt ansehen.

Brut der Mesmerdean

Das Wasser des Murkmyre war unbewegt und spiegelte den wolkigen Himmel, das Gitterwerk von Binsen und Rohrkolben und die anmutige Gestalt eines treibenden Schwans wider. Das einzige Geräusch war das Rascheln des Windes in den Binsen.

An den flachen Ufern des Sees, wo die wenigen kargen Bäume ihre bloßen Zweige gen Himmel streckten, trieb zwischen den Binsen eine lange Kette von durchscheinenden Eiern. Als der Schwan seine Flügel mit den karmesinroten Spitzen ausbreitete und dem Himmel entgegenflog, begannen die glänzenden Eier anzuschwellen und zu erbeben. Langsam brach die gallertartige Hülle auf und kleine schwarze Wesen glitten in den Schlamm. Sie hatten vielgliedrige Körper, weiche Schalen, sechs hakenförmige Beine und ihre beiden kleinen Fühler waren noch biegsam und von der Flüssigkeit der Eihülle beschmiert. Obwohl sie einander nicht beachteten, waren sie durch ihr Bewusstsein miteinander verbunden, so dass ihre glänzenden Ansammlungen von Augen nicht nur sahen, was sich vor ihnen selbst befand, sondern auch was jeder einzelne seiner Eibrüder sah. Vor Hunger zitternd krochen sie in den Sumpf und suchten nach einem kleinen Insekt oder Fisch, die sie mit ihren Klauen ergreifen und langsam und genussvoll verschlingen konnten.

Tief in den Sümpfen, die sich auf beiden Seiten des Sees erstreckten, erkannte eine Brut von Mesmerdean den Augenblick, in dem die Eischalen aufbrachen. Sie klammerten sich an die Äste wuchtiger Wassereichen; ihre silbrigen Flügel starr auf beiden Seiten ihres Körpers haltend, rieben sie zufrieden die Klauen aneinander und ein leises vieltönendes Summen erfüllte die Luft. Die meisten waren noch jung, ihre Körper unter den umgebenden grauen Hüllen waren hart und ihre Augen schillerten grün. Ihr Summen schwoll an und es kam ein tieferer, volltönenderer Laut hinzu. Aus dem Gewirr von Bäumen im Süden schoss ihr älterer Bruder heran, sein langer Leib zitterte, während er mit raschen, ruckartigen Bewegungen flog, denen das Auge nur schwer folgen könnte. Alle Mesmerdean nahmen vor ihrem geistigen Auge das Gesicht, die Gestalt, den Geruch und die emotionale Aura Meghans von den Tieren wahr, der Hexe, die den Tod ihres Eibruders verursacht hatte. Jede einzelne der frisch geschlüpften mesmerdischen Nymphen nahm diese Gestalt und das Muster in den gemeinschaftlichen Geist auf und damit auch das Verlangen nach Rache. Bald wäre die Trauer vorüber. Wenn sie erst gewachsen waren und ihre erste Metamorphose durchlaufen hatten, würden die ausgewachsenen Nymphen den Murkmyre verlassen und sich auf die Suche nach derjenigen begeben, die ihren Eibruder überlistet und getötet hatte. Falls sie stürben, würden ihre Eibrüder folgen und die Jagd beenden, da jede Folgegeneration das Verlangen nach Vergeltung erbte.

Mesmerdean vergaßen niemals.

Während sie erwartungsvoll ihre Klauen aneinander rieben, scheuchte ihr Hassgesang einen Schwarm Schneegänse aus den Bäumen auf, die kreisten und Warnrufe ausstießen. In ihrem auf einer Insel inmitten des Murkmyre erbauten Turm schaute Margrit NicFóghnan von einem alten Zauberbuch auf und ein freudiger Ausdruck überzog ihr Gesicht.

Der Webstuhl
wird bespannt

Sommer

Isabeau die Verstümmelte

Isabeau lag teilnahmslos in ihren Kissen und starrte aus dem schmalen Fenster an der gegenüberliegenden Wand. Sie barg ihre linke Hand schützend nahe an der Brust. Sie empfand nun keinen Schmerz mehr darin, nur ein dumpfes Gefühl, das kam und ging, sowie ein Kältegefühl in den Fingern, die nicht mehr da waren. Der Raum, in dem sie lag, war mit schäbigen Wandteppichen, einem dicken Teppich auf dem Boden und einem im Kamin flackernden Feuer ausgestattet. Es schien Isabeau, die ihr ganzes Leben lang in einem Heim in einem Baumstamm gelebt hatte, fast sündig. Zu einem anderen Zeitpunkt hätte sie darin geschwelgt. Nun umgab ihre Seele jedoch eine tiefe Dunkelheit, die sie nicht abschütteln konnte, nicht auf Befehl von Latifa der Köchin noch aufgrund der Spötteleien und des Gelächters der Horde Dienstboten, die diese befehligte.

Isabeau konnte nur daran denken, wie nahe sie daran gewesen war, der Liga gegen Hexen Meghans kostbaren Talisman auszuliefern. Ihre Hüterin hatte darauf vertraut, dass sie den Talisman aus ihrem geheimen Bergversteck zum Palast des Rìgh bringen würde und doch hatte sie einen Fehler nach dem anderen gemacht. Zuerst hatte sie den mürrischen Krüppel aus der Gefangenschaft der Liga gegen Hexen befreit, dann hatte sie den Hengst der Großsucherin gestohlen und war in die größte Stadt der Highlands eingeritten – die Stadt, in der die Großsucherin Glynelda regierte. Dort war sie gefoltert und zum Tode verurteilt worden. Noch in ihren Träumen wurde sie vom hageren Gesicht des Großinquisitors und vom dunklen erstickenden Wasser des Tuathansees verfolgt, wo sie der Seeschlange zum Fraß vorgeworfen worden war. Die verkrüppelte Hand mit den fehlenden Fingern war ein ständiger Vorwurf für sie und daher barg sie sie nahe an ihrem Körper und widerstand allen Versuchen, sie am Leben des königlichen Hofes in Rhyssmadill teilnehmen zu lassen. Latifa, Meghans Kontaktperson im Palast, hatte den geheimnisvollen Talisman, in seinem Beutel aus Nyxhaar verborgen, an sich genommen und Isabeau hatte seitdem nichts mehr davon gesehen oder gehört, obwohl sie sein Fehlen als beständigen Schmerz und beständiges Verlangen empfand.

Es klopfte energisch an die Tür. Ohne auf eine Antwort zu warten – was eh keinen Sinn gehabt hätte, da Isabeau ohnehin nicht antwortete –, öffnete jemand die Tür und eine Frau mittleren Alters kam mit einer dampfenden Schale geschäftig herein. Sie war sehr klein und sehr dick und hatte ein Gesicht wie ein geröstetes Muffin, mit zwei kleinen Rosinenaugen, einem kleinen Kirschmund und einer Nase, die nur ein Höcker war. Sie kam redend herein und redete auch die ganze Zeit, während sie im Raum war.

»Du liegst also immer noch da, starrst die Wand an und zergehst in Selbstmitleid? Selbstmitleid hat noch nie jemandem genützt, soweit ich weiß. Es ist an der Zeit, dass du aufstehst und was tust, denn Müßiggang konnte ich noch nie ertragen, und ich seh keinen Grund, jetzt damit anzufangen. Müßiggang bewirkt Gerede, besonders von mir geduldeter Müßiggang, und wir dürfen kein Gerede ermutigen, denn es gibt bereits viel zu viel davon. Es scheint, als wärst du für die einfältigen Dienstboten hier zu einer romantischen Gestalt geworden und das kann ich nicht zulassen. Nur wenn ich dich nach unten schaffe und mit ihnen leben und arbeiten lasse, kann ich sie davon abbringen, sich wegen dir Fragen zu stellen. Außerdem kann ich dich nichts lehren, wenn du wie ein kleines Häufchen Elend hier oben liegst. Also möcht ich, dass du deine Suppe isst, dann aufstehst und das Kleid

168

anziehst, das ich für dich besorgt hab, und in die Küche hinunterkommst. Ich werd eines dieser törichten Mädchen vorbeischicken, damit sie dir den Weg zeigt. Also sei fertig, wenn sie kommt, denn ich hab keine Zeit zu vergeuden, wie du anscheinend.«

Isabeau schwieg, drehte das Gesicht zur Wand und barg ihre Hand noch näher an ihrem Körper. Während sie sprach, stellte Latifa die Suppenschale auf den Tisch, nahm ein graues Kleid aus dem Schrank, schüttelte es aus und legte es über einen Stuhl. Sie warf Isabeau einen scharfsinnigen Blick aus ihren kleinen Augen zu und fuhr dann, anscheinend ohne Atem zu holen, fort: »Es wird dir nichts nützen, dich zu zermürben, meine Liebe, und wenn du noch länger in diesem Bett bleibst, wirst du deine Beine nicht mehr gebrauchen können. Ich dulde in meinen Diensten keine Langschläfer! Wenn du also noch mehr zu essen haben möchtest, wirst du herunterkommen und es dir holen müssen. *Ich* hab keine Zeit, dir ständig Tabletts heraufzubringen, und meine Mädchen auch nicht.«

Sie schloss die Tür forsch hinter sich und Isabeau presste ihre Wange noch tiefer ins Kissen. *Wenn sie mich doch nur in Ruhe lassen würden.* Sie war sich erneut eines seltsamen Klingens in ihrem Kopf bewusst und glaubte schwache Gegenströmungen von Gesprächen hören zu können. Aber das war unmöglich, weil die Steinmauern so dick waren, dass kein Laut hindurchdringen konnte.

Isabeau beschlich insgeheim erneut das beängstigende Gefühl, dass sie verrückt würde. Sie verkrampfte die Finger ihrer gesunden Hand und schloss ihren Geist energisch aus. Diese Angst hatte sie schon häufig befallen, seit sie in Rhyssmadill angekommen war. Als sie in einem Zustand seltsamer Klarheit aus dem Fieber erwacht war, hatte sie geglaubt, sie könne die Gedanken aller Menschen um sich herum hören. Da sie sich so schwach wie ein Glockenfruchtsame fühlte, hatte sie nur in den Kissen gelegen, unmittelbar in die tiefsten Winkel des Geistes jener geschaut, die sich um sie kümmerten, und deren geheime Sehnsüchte und Eifersüchteleien, unbedeutende Gehässigkeiten und Voreingenommenheiten erkannt.

Später verging das Gefühl der Klarheit und sie hatte geglaubt, es sei nur eine Wirkung des Fiebers gewesen. Es kehrte jedoch zurück, in Wogen von Klang und Bedeutung, die über sie hinwegspülten, so dass sie Schwierigkeiten hatte, sich auf die Worte anderer zu konzentrieren. Manchmal war es wie zwei Ebenen der Unterhaltung zugleich – die Ebene dessen, was die Menschen sagten, und die Ebene dessen, was sie dachten.

Diesen kurzen Augenblicken der Klarheit folgte gewöhnlich eine lähmende Migräne, während der Worte, Bilder, Gedanken und Erinnerungen, sowohl ihre als auch die anderer, mit benommen machenden Schmerzen durch ihren Geist wirbelten. Dann konnte Isabeau nur daliegen und versuchen, sich an die Stille zu erinnern – an die Stille des verborgenen Tals, in dem sie aufgewachsen war, und an die Stille des zerstörten Turms, wo sie der Celestine begegnet war. In diesen Zeiten presste sie die Finger in dem Versuch an die Stirn, den Schmerz und den Aufruhr zu lindern, die zwischen ihren Brauen zentriert schienen.

Es klopfte leise an die Tür und eines der Dienstmädchen streckte den Kopf um die Ecke; ihre Augen waren vor Neugier geweitet. Sie war eine hübsche, apfelwangige Blonde namens Sukey. Sie hatte die Bänder ihrer Leinenhaube unter einem Ohr gebunden, was sie keck wirken ließ.

»Oh, oh!«, rief sie. »Was machst du noch im Bett! Hast du noch Kopfschmerzen? Herrin Latifa kann dir dagegen was von ihrem heißen Molketrank geben, aber ich würd sie nich' wieder hier raufkommen lassen! Brauchst du mit deiner armen wunden Hand Hilfe beim Anziehen? Die Stallburschen sagen, du müsstest eine rechte Närrin gewesen sein, deine Hand bei der Rettung eines albernen Kaninchens zu verlieren, aber ich und die Mädchen denken, dass du sehr tapfer warst …«

Während sie ebenso beständig redete wie Latifa und anscheinend ebenso wenig Bedürfnis verspürte, Atem zu holen, zog das Dienstmädchen die Bettdecke weg, schwang Isabeaus Beine heraus und hob sie in eine sitzende Position. Sie wusch Isabeau mit einem feuchten Tuch grob das Gesicht und öffnete die Knöpfe ihres Nachtgewandes. Isabeau schien ebenso wenig Kraft zu haben sich zu widersetzen, wie sie auch schon zuvor zu wenig Kraft gehabt hatte zu gehorchen. Sie sah auf ihren Körper hinab, während das Dienstmädchen sie wusch, und erkannte entsetzt, wie dünn sie geworden war. Ihre Beine waren schmale bläuliche Stöcke und alle ihre Rippen stachen über dem eingesunkenen Bauch hervor. Ebenso klar, wie das Dienstmädchen gesprochen hatte, hörte Isabeau sie nun denken: *Armes schwaches Ding, seht sie euch an, nicht mehr Fleisch an ihr als an einem Haufen alter Knochen ...*

Innerhalb weniger Minuten war Isabeau auf und in das gleiche Gewand gekleidet wie das Dienstmädchen – ein graues Oberteil mit einem weiten Rock über üppigen Unterröcken und eine weiße Schürze darüber gebunden. Da sie so sehr an Hosen gewöhnt war, fühlte sich Isabeau wie ein gewickelter Säugling. Sukey zog ihr Kinn mit einer rauen aufgesprungenen Hand ruckartig herum, stülpte ihr rasch die weiße Haube über den geschorenen Kopf und band sie unter dem Kinn zu. Isabeau hob eine Hand an den Kopf und spürte erneut Gram aufkommen.

Bevor sie nach Rhyssmadill gekommen war, war ihr Haar eine Masse wilder Locken gewesen, die ihr bis auf die Füße fielen. Latifa hatte sie ihr jedoch ganz abgeschnitten, um das Fieber zu senken. Ohne das Gewicht und die Masse ihres Haars war das Fieber zwar tatsächlich gesunken, aber es fiel ihr schwer, der alten Köchin den Verlust ihrer einzigen wahren Schönheit zu vergeben. Sie sah in den Spiegel und konnte sich in der dünnen gebeugten Gestalt mit dem gequälten Gesichtsausdruck und der weißen Haube kaum erkennen.

Noch immer plappernd führte Sukey sie Steinkorridore entlang und Treppen hinab, bis sie die Küche erreichten, die in einem niedrigen Flügel abseits des Hauptgebäudes des Palasts errichtet worden war. Die gewaltige Küche nahm den größten Teil des ersten Stockwerks ein, umgeben von Lagerräumen, Speisekammern, einer Vorratskammer, dem Brauhaus, der Pökelkammer, dem Weinkeller, der Käserei, dem Kräutergarten, in dem auch Blumen und Samen zum Trocknen aufgehängt wurden, und dem Eisraum, in dem Sülzen und Sorbetts gemacht wurden und Frischfleisch abgehangen wurde. Küchenmädchen eilten durch die Korridore, trugen Stapel sauberer Wäsche oder dampfende Kübel und zwei Männer wankten mit einem großen Fass Ale vorbei.

Sukey führte Isabeau unerbittlich in die Küche voller Menschen, die sich um rauchgeschwärzte Öfen kümmerten, in dampfenden, über dem Feuer hängenden Kesseln rührten, schmutzige Teller abwuschen oder Gemüse schnitten. Ein Küchenmädchen zupfte energisch einen Bhanaisvogel, wobei sich die langen schillernden Schwanzfedern über den ganzen Tisch erstreckten.

Isabeaus Beine zitterten und sie war froh, auf einen Stuhl in einer Ecke sinken zu können. Sie war sich der neugierigen Blicke der Dienstboten bewusst, die in ihrer Nähe arbeiteten, aber zu beschäftigt waren, um ihr lange Beachtung schenken zu können, so dass ihre Gedanken bald zur jeweils vorliegenden Aufgabe zurückkehrten. Isabeaus Wangen röteten sich bei manchen ihrer Gedanken, obwohl sie dem entsprachen, was sie selbst beim Anblick ihres Spiegelbilds gedacht hatte. Sie lehnte den Kopf an den warmen Stein und schloss die Augen.

»Ach, gut, du bist auf und bereit.« Latifa blieb bei Isabeau in der Ecke stehen. »Komm, du kannst eine Soße für mich anrühren und darauf aufpassen, dass die Spießhunde rund laufen.«

Isabeau hatte noch niemals so etwas wie die kleinen Hunde gesehen, die in Holzrädern unaufhörlich vorwärts trotteten und die großen Fleischstücke auf den Bratspießen drehten. Sie war nicht an Hunde gewöhnt, da sie nur die seltenen zottigen Schäferhunde in den Bergdörfern kannte. Diese beiden hier waren nicht viel größer als Katzen, mit Schlappohren und scheckigem Fell. Einer hatte drahtiges Fell mit einem schwarzen Fleck über einem Auge, was ihn recht verwegen aussehen ließ. Der andere war überwiegend weiß, mit seidigen Ohren und kurzen gefleckten Beinen. Latifa reichte ihr einen dünnen biegsamen Rohrstock und befahl ihr, die Hunde damit zu schlagen, wenn sie langsamer wurden oder stehen blieben, um sich zu kratzen, oder aber beim allgegenwärtigen Geruch des Fleisches zuviel Speichel absonderten. Isabeau nahm den Rohrstock widerwillig in die Hand, verbarg ihn aber, während sie sich den Hunden näherte. Sie trotteten mit hängenden Köpfen vorwärts, ohne ihren Schritt jemals zu ändern. Ihre dünnen Flanken waren mit Schnitten und Narben übersät.

Als Isabeau näher kam, duckten sich die kleinen Hunde vor ihr und sie legte den Rohrstock hin. »Wie heißt ihr?«, flüsterte sie. Sie warfen ihr aus trüben Augen einen Blick zu, und sie tätschelte sanft ihre Köpfe in einer Mischung aus Zorn und Mitleid, als sie zurückzuckten. Da sie sich der Tatsache bewusst war, dass die übrigen Dienstboten sie beobachteten, nahm sie ihren Platz auf einem Stuhl ein und rührte langsam die cremige Soße in einem großen flachen Tiegel an, der seitlich der wuchtigen Feuerstelle stand. Die Hitze und der Geruch des bratenden Fleischs verursachten ihr Übelkeit – sie hatte Mühe, sich nicht zu übergeben. Aber Latifa hatte Recht, Isabeau hatte mit ihrem Fieberwahn und ihrer verkrüppelten Hand bereits zu viel Aufmerksamkeit auf sich gezogen. Sie sollte sich als einfaches Mädchen vom Lande geben, das von seiner Großmutter in die Stadt geschickt worden war, um diese Stellung anzutreten. Je eher sie damit begann, diese Rolle zu spielen, desto besser. Dennoch löste sich eine Träne unter ihren Wimpern und rann ihre Wange hinab, während sie rührte und die Hunde mit hängenden Köpfen weiterliefen.

Der Geruch nach Verbranntem durchdrang ihre benommenen Sinne nur Sekunden, bevor ein harter Schlag aufs Ohr sie ruckartig wieder in die Realität brachte. Während Tränen in ihren

Augen brannten, schrak Isabeau hoch und sah einen der Lakaien über sich stehen. Neben ihr war die Soße angehangen und eine Seite des großen Wildschweins qualmte, da der schwarz gefleckte Terrier die Gelegegenheit genutzt hatte, sich ausgiebig zu kratzen.

»Du einfältige Närrin!«, schrie der Lakai. Er wollte sie erneut schlagen, aber Isabeau entkam dem Schlag, fiel vom Stuhl und stand hastig wieder auf. Die übrigen Dienstboten versammelten sich aufgeregt und mitleidig um sie, und eines der Dienstmädchen lief los, um Latifa zu holen. Isabeau glitt davon, eine Hand an der Wange, die andere an die Brust gepresst. Während sie durch einen massiven Bogen in den Kräutergarten entkam, hörte sie die Hunde wimmern, als der Lakai sie auspeitschte.

In dem langen ummauerten Garten war niemand außer einem alten gebeugten Mann zu sehen, der sich um die an der Mauer aufgereihten Bienenkörbe kümmerte. Isabeau konnte ungesehen in den Schutz der Apfelbäume gelangen, welche die Mauer entlang ein Spalier bildeten und alle neues Laub aufwiesen. Sie kauerte sich auf den schlammigen Pfad hinter der Rosmarinhecke, die Hand an der brennenden Wange, den Kopf auf die zitternden Knie gepresst. Bald darauf spürte sie die Sonne auf ihrem Rücken, hörte das zufriedene Summen der Bienen in den Blumen und roch den vertrauten und tröstlichen Geruch der Erde und zerdrückter Kräuter, was sie schließlich beruhigte. Sie wischte sich die nassen Wangen an der Schürze ab und lehnte sich an den Stamm eines Apfelbaums.

»Du hast deinen Rock ganz schmutzig gemacht, Mädchen. Das wird Latifa überhaupt nicht gefallen.«

Isabeau schaute erschreckt auf und sah den alten Mann mit den krummen Beinen in der Nähe auf seinen Spaten gestützt im Kräuterbeet stehen. Dann blickte sie hinab und erkannte, dass er Recht hatte. Ihr grauer Rock, der noch vor einer Stunde so frisch und sauber gewesen war, wies nun Schlammspritzer auf. »Du hast auch Schlamm an der Wange, Mädchen.« Isabeau stiegen unwillkürlich wieder Tränen in die Augen. »Nun, nun, Mädchen, du brauchst nicht zu weinen. Komm mit und wasch dir das Gesicht und dann leih ich dir meine Kleiderbürste.«

Er führte sie durch den Garten und durch einen gewölbten Torweg auf einen weiten gepflasterten Hof. Sie erinnerte sich dunkel, diesen Weg gekommen zu sein, als sie in Rhyssmadill eintraf, aber damals hatte sie das Fieber in seinen Klauen gehabt und sie konnte sich nur an den endlosen steinernen Gehweg erinnern, den sie entlanggehen musste, um von der Brücke über die Schlucht zur Küche zu gelangen.

Von links erklangen Stall- und Zwingergeräusche – Lachen, Rufen, das Wiehern von Pferden, der Klang eines Schmiedehammers, das Klirren von Eimern, Hundegebell. Als Isabeau zurückschreckte, nahm der alte Mann sanft ihre Hand. Sie gingen durch einen schmalen Torweg zu einer Reihe kleiner Räume, wo es still und düster war. Der alte Mann erklärte Isabeau, er sei in Lucescere einst Oberstallbursche gewesen. Er war mit dem jungen Rìgh nach Rhyssmadill gekommen und hatte diese kleine Ecke der Ställe für sich bekommen, so dass er nach Belieben herumwerkeln konnte.

Jenseits der Räume lag eine kleine umgrenzte Fläche, wo ein weiterer Garten gedieh, obwohl die Pflanzen in alten Wannen und Eimern standen und nicht wie im Küchengarten wunderschön in Quadraten und Dreiecken angelegt waren. Obwohl auch hier Kräuter gezogen wurden, enthielten die Wannen überwiegend wild wachsende Blumen. Isabeau lächelte zitternd, denn hier waren viele Blumen, die sie kannte, die kleinen duftenden Blüten der Wiesen und des Waldes.

»Dies ist mein Geheimplatz«, sagte der alte Mann fast entschuldigend. »Ich vermisse die Highlands, weshalb ich begonnen habe, bei den vorüberziehenden Hausierern Knollen und Samen zu kaufen. Mein Name ist Riordan Säbelbein, während du, soweit ich erkennen kann, nur die Rote sein kannst.«

»Ich heiß Isabeau«, erwiderte sie schüchtern.

Im Hof befand sich eine Pumpe, die er für sie betätigte, damit sie sich Gesicht und Hände waschen konnte. Sie löste ihren Rock, um ihn besser abbürsten zu können, während sie in Unterkleid und Leibchen auf einem Fass saß, und nahm auch die Haube ab, damit ihr geschorener Kopf die Sonne spüren konnte. Sie hatte ihre verkrüppelte Hand auf dem Weg vom Garten hierher unter ihre Schürze gesteckt und nun barg sie sie sorgfältig an der Seite und hoffte, dass Riordan Säbelbein sie nicht sah. Wenn er sie doch bemerkt hatte, ignorierte er es, während er ihr einen Becher Wasser zum Trinken brachte. Das Wasser war warm und schmeckte nach Erde.

»Unter dem Felsen gibt es eine natürliche Quelle«, erklärte der alte Mann. »Das ist einer der Gründe, warum der MacCuinn seinen Hof hierher verlegt hat. Sie pumpen das Wasser aus den Tiefen des Felsens herauf. Es heißt, in der königlichen Suite hätte man die Wahl zwischen Meerwasser und frischem Wasser und man könnte es sich sogar erwärmen lassen, was für meinen Geschmack der Hexerei unheimlich nahe kommt.«

»Warum sollte man in Meerwasser baden wollen?«

»Eine verdammt gute Frage, Mädchen, die ich mir oft selbst stelle. Es heißt, es wär gesund und der Schönheit förderlich, und man könnt es wirklich glauben, da die Banrìgh noch immer so jung und hübsch wirkt. Aber wenn es so is', sollte auch unser armer MacCuinn darin baden, denn er wird jeden Tag dünner und verdrießlicher. Es heißt, er wollte es aber nicht, da er das Meer zutiefst verabscheut, wie ein MacCuinn es auch tun sollte.«

Isabeau trank nachdenklich ihr Wasser, während sie diese merkwürdige Tatsache zu späterer Verwendung speicherte und der alte Mann weiterplauderte. »Natürlich stand hier bereits ein altes Schloss, bevor der MacCuinn seinen Hof von Lucescere herbrachte. Es war das Schloss des MacBrann, in der Zeit erbaut, als dieser den Hafen befehligte. Die Lage hier is' zu gut, auf diesem großen Felsen und auf allen Seiten vom Meeresarm umgeben, da musste man einfach 'ne Festung errichten. Mit eigener Wasserversorgung und Fluchtwegen durch die Meereshöhlen is' es fast so uneinnehmbar wie Lucescere. Wär dem nicht so gewesen, bezweifle ich wirklich, dass viele von uns Alten die Schimmernden Wasser mit dem Rìgh verlassen hätten, denn Rhyssmadill liegt für unseren Geschmack viel zu nahe am Meer. Ich kann nich' verstehen, wie die Leute von Dùn Gorm es ertragen, dort an den blanken Ufern des Meeresarms zu leben. Diese kümmerlichen Mauern bieten keinen guten Schutz vor den Fairgean.«

Riordan Säbelbein hielt im Jäten und Zurechtstutzen inne und sagte nachdenklich: »Ich will nich' respektlos sein, Rote, aber solltest du nich' besser zur Küche zurückgehen? Ich kenn Latifa schon lange Zeit und sie mag es nich', wenn man sie warten lässt.«

Isabeau sprang erschrocken auf, da sie ihr Missgeschick in der Küche vollkommen vergessen hatte. »Danke«, keuchte sie, während sie ihren Rock wieder schloss. »Es tut mir Leid, dass ich Euch gestört habe.«

»Du hast mich nich' gestört, Mädchen. Ich freu mich, dass ich dir helfen konnte. Hier, vergiss deine Haube nicht.«

Isabeau nahm die Musselinhaube dankbar entgegen und band sie sich mit seiner Hilfe hastig wieder um. Riordan sagte weich: »Ein Rat, Rote. Latifa hat nich' gerne Mädchen unter sich, die Fehler nich' eingestehen. Stell dich ihr offen und sie wird dich nich' zu hart bestrafen.«

Isabeau fand seinen Rat vernünftig und obwohl sie eine Standpauke über sich ergehen lassen musste, war diese doch sinnvoll und gerechtfertigt. Ihre Strafe bestand dann darin, dass sie mit einem heißen Kräutermolketrank und einigen abschließenden Ermahnungen ins Bett gesteckt wurde und schlafen durfte. Zum ersten Mal seit Wochen schlief sie tief und ohne Albträume, sondern träumte stattdessen von einem Mann mit goldenen Augen, der sie in die sanfte Dunkelheit der Liebe hüllte.

Eine Woche nach Beltane traten Iseult und Lachlan Hand in Hand aus den Mooseichen und fanden Meghan vornübergebeugt vor, das Gesicht in den Händen verborgen. Ihre in Vergessenheit geratene Kristallkugel lag weiß wie eine Perle auf dem Gras. Gitâ stand auf den Hinterbeinen, seine Pfoten auf Meghans Händen, und keckerte besorgt. Iseult beschleunigte ihren Schritt. »Alte Mutter, was ist geschehen?«

Meghans eingesunkene Wangen schimmerten vor Tränen.

»Isabeau ...«

Iseults Blick flog zu Lachlan. »Was ist mit Isabeau?«

»Sie ist in Sicherheit, sie und der Schlüssel ... alle in Sicherheit.« Sie wischte sich ungeduldig über die Wangen. »Tut mir Leid. Ich bin einfach nur so erleichtert darüber, dass Isabeau in Sicherheit ist. Sie war schwer fieberkrank – Latifa befürchtete, sie würd es nicht überleben, aber sie ist jung und stark und das Fieber ist gesunken.« Sie atmete einige Male tief durch. »Ich wusste, dass sie es schaffen würde. Der Schlüssel ist in Sicherheit! Wir haben jetzt alle drei Teile beisammen und brauchen sie nur noch wieder zusammenzufügen. Ich muss die beiden Teile, die Latifa hat, irgendwie zurückerlangen, aber wie?«

»Warum ist dieser Schlüssel so wichtig, alte Mutter?« Iseult fand den Mut, die Frage zu stellen, die sie schon lange im Sinn hatte.

Meghan wirkte ein wenig überrascht.

»Erinnerst du dich, wie ich dir erzählt hab, dass ich den Schlüssel dazu benutzte, um etwas zu verstecken, was ich nicht Maya in die Hände fallen lassen wollte? Dabei handelt es sich um den Leitstern, eine magische Kugel, die nur auf die Hand eines MacCuinn reagiert. Ich hab sie beim Teich der Zwei Monde versteckt und das Labyrinth, das den Teich umgibt, mit dem Schlüssel verschlossen. Dann zerbrach ich ihn und gab ein Drittel Ishbel und ein Drittel Latifa. Ich hätte niemals gedacht, dass es sechzehn Jahre dauern würde, bis ich Ishbel wiederfände! Der Leitstern liegt nun schon diese ganze Zeit in der Kälte und der Dunkelheit und seine Kräfte vergehen allmählich. Wir können ihn erst retten und seine Kräfte für unseren Kampf nutzen, wenn der Schlüssel wieder vereint ist.« Sie saß schweigend da und starrte in die Asche. »Es gibt noch mehr Neuigkeiten – und keine guten. Es stimmt, was die Drachen mir über das Heraufbeschwören eines Zaubers in der Nacht des Kometen gesagt haben. Es war *tatsächlich* ein Begattungszauber, denn Latifa erzählt mir, dass die Banrìgh ein Kind erwartet ...« Lachlan wurde bleich. »Die Fluchhexe ist schwanger? Ich kann es nicht glauben! Sechzehn Jahre lang war sie so unfruchtbar wie ein Maultier! Wir hatten uns darauf verlassen, dass es keinen weiteren Erben gäbe – ich hatte geglaubt, ich wäre der Einzige. Was lässt das erahnen?«

»Ein neuer Faden wurde gespannt«, erwiderte Meghan. »Erst die Zeit wird erweisen, was es für uns bedeutet.«

»Sie will Regentin werden und im Namen des Kindes regieren!«, rief er. »Wir müssen sie aufhalten. Ich werd nicht zulassen, dass ein Fairgekind den Thron von Eileanan erbt!«

»Also besitzt du Informationen, die ich nicht habe?«, fragte Meghan sarkastisch. »Du kennst die Abstammung von Maya der Unbekannten, obwohl alle unsere Nachforschungen in sechzehn Jahren nichts ergeben haben?«

Lachlan errötete, aber er fuhr eigensinnig fort: »Wenn sie keine Fairge ist, dann bin ich kein MacCuinn! Du hast sie doch singen hören, oder? Du hast die Geschichten darüber gehört, wie sie nachts hinausschleicht, um zum verdammten Meer zu reiten? Kein Inselbewohner würde zum Vergnügen im Meer schwimmen oder auch nur im Angesicht der Wellen am Strand entlanglaufen. Sie muss eine Fairge sein! Sie hat sich mit ihrer üblen Fairgemagie in Jaspars Herz gehext – das gehört alles zu dem Plan, die MacCuinns zu stürzen und die Küste für die Fairgean zurückzugewinnen ...«

»Nehmen wir einmal an, es stimmt, und Maya ist eine Fairge – wie kann sie dann so lange in ihrer Landgestalt verweilen? Du weißt, dass die Fairgean sterben, wenn sie dem Salzwasser zu lange fernbleiben. Wie sollte sie das schaffen können, wenn sie nur gelegentlich schwimmen geht? Und obwohl sie ungewöhnlich schön ist und ihre Augen so hell wie die jeder Fairge sind, sieht sie ebenso menschlich aus wie jede andere Frau, die ich je gesehen habe. Die Fairgean wirken selbst in ihrer Landgestalt nicht menschlich.«

»Es ist ihre Magie …«

»Vielleicht. Wenn es so ist, ist es ein mächtiges *Talent*, eine Illusion sechzehn Jahre lang aufrechterhalten zu können, und noch dazu unter solch prüfenden Blicken. Wir wissen, dass sie eine mächtige Zauberin ist, denn sie hat dich in eine Amsel verwandelt. Und sie kann ganze Menschenmengen verhexen, auch wenn sich starke Hexen darunter befinden. Und doch hab ich noch niemals gehört, dass Zwang eine Fähigkeit der Fairgean wäre und auch das Spinnen von Illusionen nicht. Nur weil sie die Hexen vernichtet hat, bedeutet das noch lange nicht, dass sie eine Fairge ist, Lachlan, obwohl ich mich häufig gefragt hab, ob dies die Erklärung für ihre Handlungsweise sein könnte. Wie auch immer – das Baby ist ein MacCuinn und eine Seele mit einem eigenen Recht und ich möchte nicht sein Blut an deinen Händen sehen.«

»Aber …«

»Nein, Lachlan, unsere Pläne bleiben unverändert. Wir gewinnen den Leitstern zurück und warten die Ereignisse ab. Erst wenn Jaspar gestorben ist, darfst du den Leitstern erheben, denn ich werde nicht einmal für deine jugendliche Ungeduld zulassen, dass einem MacCuinn das Erbe des Aedan von einem anderen MacCuinn genommen wird. Vielleicht wurde Jaspar wirklich von einer Fairge aus dem Meer verhext, aber er ist noch immer der rechtmäßige Rìgh und dein Bruder.«

»Er hat sich als feiner Bruder erwiesen!«

»Wie sollte er es wissen, Lachlan? Hab Mitleid mit Jaspar, denn welchen Zauber auch immer sie ihm auferlegt hat, entzieht ihm alle Lebenskraft, und Enit sagt, er wird das Jahr nicht überleben.«

»Da sie jetzt sein Kind trägt, braucht sie ihn nicht mehr«, sagte Lachlan verbittert, »und sie wird ihn ebenso töten, wie sie Donncan und Feargus getötet hat! Und ich sitz hier in diesem verdammten Wald fest und stecke die Nase in Bücher wie ein schmuddeliger Schreiberlehrling, obwohl ich dort draußen sein sollte, um ihn zu retten!«

»Was könntest du tun?«, fragte Meghan. »Du würdest als *Uile-Bheist* im Feuer verbrennen und unsere letzten Hoffnungen mit dir. Nein, nein, mein Junge, dies ist nicht der richtige Zeitpunkt, den Mut zu verlieren. Wir haben jetzt alle drei Teile des Schlüssels beisammen und sind der Befreiung des Leitsterns damit näher denn je.«

»Sein Gesang wird sehr schwach.« Lachlans Stimme klang düster.

»Ich denke, Maya will sicherstellen, dass wir ihn nicht befreien können, bevor sein Gesang vollkommen verklungen ist«, erwiderte Meghan. »Wenn Jasper stirbt und das Baby zum Erben ernennt, wird Maya in Wahrheit regieren und das verspricht eine düstere und verzweifelte Zukunft für uns alle. Wir müssen vor Einbruch des Winters zum Leitstern gelangen! Das bedeutet, dass wir den Schlüssel vereinen und in den Palast in Lucescere gelangen müssen – und ihr erinnert euch sicher, dass ein Flügel des Palastes nun das Hauptquartier der Liga gegen Hexen ist. Dann müssen wir den Leitstern retten und ihn in Lachlans Hände geben.«

»Oder in deine«, sagte Meghans Großneffe. Die Waldhexe wirkte ernst und schwieg. »Du kannst den Leitstern auch führen, Meghan«, sagte Lachlan eher bange. »Ich weiß, dass du es warst, welche die Fairgean bei der Strandschlacht in Wahrheit vertrieben hat.«

»Jaspars Hand hielt den Leitstern«, sagte Meghan schroff. »Daran musst du denken.«

»Aber du hast ihm gesagt, was zu tun war, und hast ihm deine Kraft verliehen.«

»Lachlan, ich werd vielleicht nicht da sein, um dir meine Kraft oder mein Wissen zu verleihen. Das musst du begreifen. Du musst seine Geheimnisse in dir selbst lösen. Was glaubst du, warum ich dich und Iseult so hart angetrieben habe?«

»Was meinst du? Warum solltest du nicht bei mir sein?«

»Wir erkennen das Muster noch nicht, das die Weberin gestaltet, mein Junge.«

»Was fürchtet Ihr«, Iseult konnte den Unterton in Meghans ruhiger Stimme erkennen.

Die Zauberin sah sie mit unergründlichen schwarzen Augen an. »Ich hab euch erzählt, dass Jorge Träume von einem jagenden schwarzen Wolf hatte ...«

»Aber was bedeutet das?«

Meghan seufzte. »Lachlan, kannst du ihre Frage beantworten?«

Lachlan sagte zögernd: »Ein schwarzer Wolf ist das Wappentier des Clans der MacRuraich. Sie sind für ihre guten Jagdeigenschaften bekannt.«

»Gut gemacht, mein Junge, du hast nicht alles vergessen, was man dir als Kind beigebracht hat! Ja, ich füchte, dass die Banrìgh den MacRuraich auf meine Spur angesetzt hat, und der schwarze Wolf ist wirklich schwer abzuschütteln, wenn er eine Spur erst gefunden hat ... Ich werd es jedoch beizeiten erfahren, wenn er kommt, keine Bange.«

»Er wird Euch nicht finden. Ich werde Euch beschützen, alte Mutter.«

»Danke, Iseult«, erwiderte die Zauberin mit leichter Ironie in der Stimme. »Ich hoffe tatsächlich, dass du das tun wirst. Aber wir müssen dennoch alle Möglichkeiten in Betracht ziehen. In der Zeit zwischen dem Jetzt und Samhain kann alles geschehen. Was mich zum nächsten Punkt führt. Ich möchte euch den Prüfungen unterziehen. Es ist kein Zufall, dass du und Lachlan je einen Mondstein fandet, Iseult. Das ist stets ein Zeichen für die Bereitschaft, die Lehrprüfung abzulegen. Es ist die Tradition des

Hexensabbats, dass die wahren Lektionen der Zauberei erst beginnen, wenn ihr als Lehrlinge angenommen wurdet. Ihr wart verärgert, weil ich euch nicht mehr über die Fähigkeiten der Hexerei und die Geschicklichkeiten der Zauberei beigebracht habe, aber solches Wissen kann in der Tat gefährlich sein. Erst wenn ihr die Prüfungen absolviert habt, kann ich sicher sein, dass ihr die nötige Disziplin aufbringt, und solche Dinge geschehen besser zum richtigen Zeitpunkt und in der richtigen Art.

Die Mittsommernacht ist wirklich eine kraftvolle Zeit und es gibt keinen besseren Zeitpunkt, die Prüfungen durchzuführen. Damit bleiben uns nur wenige Wochen, um euer Können aufzufrischen und euch vorzubereiten. In der vergangenen Woche wart ihr beide beim Unterricht vollkommen abgelenkt. Ich weiß, ihr haltet mich für eine strenge Zuchtmeisterin und wollt eure Zeit lieber damit verbringen, in der Sonne zu faulenzen und euch zu lieben. Tatsächlich bin ich froh, dass ihr einander mögt, und kann auch nicht leugnen, dass ich das erhofft hatte. Aber wir haben nicht die Muße zum Werben. Wir haben nur wenig Zeit, euch all das beizubringen, was ihr vielleicht als Rìgh und Banrìgh braucht.«

»Aber, alte Mutter …«

»Still, Iseult, lass mich ausreden. Ich denke, wir sollten solange wie möglich im Wald bleiben – zumindest bis zur Mittsommernacht, damit Lachlan mit den Celestine die Sommersonnenwende besingen kann und ihr gemeinsam übers Feuer springen könnt …«

Iseult konnte nicht länger schweigen. »Aber Meghan, Ihr wisst, dass ich Lachlan nicht heiraten kann!«

Lachlan schaute rasch auf und seine dunkle Wange rötete sich. »Was meinst du?«

»Ich bin in *Geas* …«

»Aber du hast mit mir geschlafen – du sagtest, du liebst mich!«

»Ja, aber …«

»Hast du nicht ernst gemeint, was du gesagt hast?«

»Doch, ich hab es ernst gemeint, aber ich hab es einfach nicht erkannt ...«

»Und bist dennoch mit mir in den Wald gegangen? Hast du nicht erkannt, dass ich vorhatte ...? Hast du nicht gewusst, was ich wollte ...?«

»*Du hast niemals vom Heiraten* gesprochen.«

»Willst du mich denn nicht heiraten?« Seine Stimme klang ungläubig.

»Aber, Lachlan, du weißt, dass ich nicht tun kann, was ich will, dass mein Leben in *Geas* gegeben wurde ...«

Er erhob sich mühsam, seine Augen waren vor Zorn flammend gelb. »Dann war alles Lüge, was wir einander in jener Nacht gesagt haben? Ich kümmer dich nicht – ist es das, was du mir sagen willst?«

Iseult spürte ebenfalls Zorn aufkommen. »Nein, warum willst du mir nicht zuhören? Du weißt, dass ich die Erbin der Feuermacherin bin! Ich darf das Vertrauen meiner Großmutter nicht enttäuschen ...«

»Aber du könntest die Banrìgh von Eilean sein!« Lachlan ergriff hart ihr Handgelenk.

»Was bedeutet mir das? Ich weiß nichts über eure Rìghrean und Banrìghrean. Ich wollte nur mit dir zusammen sein ...«

»Aber verstehst du nicht, dass ich für immer mit dir zusammen sein will! Wie konntest du glauben, es wär nur für eine Nacht oder für eine Woche? Du trägst mein Kind – hast du nicht erkannt, dass ich dich heiraten wollte?«

»Die Feuermacherin heiratet nicht«, sagte Iseult überheblich und entzog ihm ihr Handgelenk.

»Dann geh! Geh in den Schnee zurück, wenn es das ist, was du willst! Ich brauch dich nicht!« Lachlan wandte sich um und hinkte in den Wald davon, die Hände zu Fäusten geballt.

»Kann deine Großmutter kristallsehen?«, fragte Meghan. Iseult, die sich fragte, woher die Zauberin wusste, was sie dachte, zuckte die Achseln. »Ich weiß es nicht«, antwortete sie und versuchte, nicht zu zeigen, wie aufgebracht sie war. »Die Khan'cohbans können im Geiste miteinander sprechen, manchmal über eine erhebliche Entfernung hinweg, und meine Großmutter hat mehrere Male so mit mir gesprochen.«

»Dann solltest du sie erreichen können, wenn du es versuchst«, sagte Meghan sachlich. »Dein Können im Kristallsehen ist sprunghaft angestiegen. Sie ist jedoch weit entfernt und es liegt eine Bergkette zwischen euch, die deine Stimme dämpfen könnte. Versuch aber dennoch, ob du sie erreichen kannst.«

Der geflügelte Prionnsa kehrte an diesem Abend nicht zur Lichtung zurück. Iseult versuchte mit verengter Kehle immer wieder ihre Großmutter zu erreichen, aber es gelang ihr nie. Schließlich rollte sie sich in ihre Decke und schlief am Feuer, schlich sich zum ersten Mal seit Beltane nicht in den Wald, um bei Lachlan zu sein.

Sie träumte, sie befände sich wieder auf dem Rückgrat der Welt. Sie konnte nur umherwirbelnde Schneeflocken sehen. Sie konnte nur das Heulen der Waldwölfe hören. Dann hörte sie plötzlich Schritte auf dem Schnee knirschen. Sie ließ auf ihrer Handfläche Feuer aufflammen und hielt es hoch, damit sie besser sehen konnte. Das rotgoldene Licht überflutete die mit schwarzen Spitzen versehene weiße Mähne und die gebleckten Fänge eines Schneelöwen, der sein Maul zu ihrer Brust hob. Bevor sie schreien konnte, hob sich das wilde Gesicht weiter an und es war ihre Großmutter, die einen Schneelöwenumhang trug. »Feuermacherin, ich habe dich gefunden«, flüsterte Iseult in der Sprache der Khan'cohbans. »Ich habe dich immerzu gerufen. Gib mir deinen Segen, alte Mutter.«

Das Gesicht unter der fauchenden Maske des Schneelöwen war schmal, mit hohen Wangenknochen und sehr blass. Ihr Haar war einst kastanienbraun gewesen, war aber jetzt so von Grau durchzogen, dass nur ein kaum wahrnehmbares Schimmern von Feuer geblieben war. Die Feuermacherin hob langsam ihre von blauen Adern durchzogene Hand und vollführte auf Iseults Stirn das Zeichen der Götter des Weiß. »Ich habe dich rufen gehört, meine Enkelin. Jedoch trennen uns die ruhelosen Berge und ich kann mit dir nicht über ihren Lärm hinweg sprechen. Also bin ich den Traumpfad gegangen, um mit dir zu reden, da ich spürte, dass dein Herz beunruhigt ist.«

»Feuermacherin, ich muss dir etwas gestehen«, sagte Iseult.

»Sprich und ich werde urteilen«, erwiderte ihre Großmutter.

Mit zitternden Knien, da die Bestrafung der Feuermacherin stets gerecht, aber streng war, sagte Iseult leise: »Ich habe mich in einen Mann dieses Landes verliebt und mit ihm geschlafen, Feuermacherin. Ich trage sein Kind.«

Die Augen der Feuermacherin schimmerten in ihrem bleichen autokratischen Gesicht kalt und blau. »Ich weiß es, meine Enkelin. Ich habe von dem zu gebärenden Kind geträumt und den Moment erkannt, in dem es gezeugt wurde.«

Iseult wartete, aber ihre Großmutter schwieg. Da brach es aus ihr heraus: »Was soll ich tun, Feuermacherin? Ich habe dich enttäuscht und meine Pflichten als Erbin der Feuermacherin versäumt. Ich habe die Götter des Weiß verraten.« Ihre Stimme brach.

»Du stellst mir eine Frage, Khan'derin. Bietest du mir im Gegenzug eine Geschichte?«

Iseults Herz sank. Sie war schon zu lange fern vom Rückgrat der Welt. Sie senkte widerwillig den Blick. »Ja, Feuermacherin, gleichgültig, wie die Frage lautete.«

Die Feuermacherin setzte sich kerzengerade aufrecht, die Hände auf den Fellen nach oben gerichtet. »Ich werde deine Frage beantworten, Khan'derin, auch wenn es eine töricht verschwendete Frage ist. Dies ist meine Antwort: Du musst den Weg wählen, bei dem du das richtige Gefühl empfindest, von dem du glaubst, dass er der richtige für dich ist, und diesen Weg dann gehen.«

»Das ist deine Antwort?«, rief Iseult. Ihre Großmutter schwieg. Iseult senkte den Kopf, wohl wissend, dass sie töricht war. Man stellte der Feuermacherin keine solchen Fragen.

186

»Nun stelle ich dir auch eine Frage, Khan'derin. Wirst du sie vollkommen und wahrhaftig beantworten?«

»Ja, Feuermacherin.« Iseults Stimme klang leise. Sie fürchtete die Fragen ihrer Großmutter, die bis ins Innerste drangen.

»Liebst du diesen Amselmann?«

»Ja, Feuermacherin«, erwiderte Iseult eher unsicher. »Ich habe mir gesagt, dass ich es nicht darf und nicht soll, aber ich tue es dennoch, ich tue es! Ich will dieses Kind bekommen, ich will bei ihm sein, er berührt mich, wie mich niemals zuvor jemand berührt hat ...« Sie brach ab, wohl wissend, dass sie zu ungestüm gesprochen hatte, als dass es die Feuermacherin erfreut hätte. Mühsam fügte sie hinzu: »Feuermacherin, ich möchte bei ihm sein. Wenn ich mir die Zukunft ohne ihn vorstelle, so sehe ich eine Eiswüste. Aber ich muss dir zuhören und dein Urteil annehmen. Bitte hilf mir! Ich möchte das Richtige tun. Aber du solltest eines wissen: Ich werde Lachlan nicht leichthin verlassen. Er hält mein Herz in seiner Hand.«

Die Feuermacherin atmete tief durch. »Ich muss dir etwas sagen, Khan'derin, was ich dir vielleicht schon früher hätte sagen sollen.« Und dann erzählte sie im rhythmischen Singsang der Geschichtenerzähler des Rückgrats der Welt erneut die Geschichte, wie ihre Zwillingsschwester von der Gemeinschaft der Kämpfenden Katzen zu ihrer Rivalin erhoben wurde, obwohl Zwillinge in der Kultur der Khan'cohbans verboten waren und das Jüngstgeborene normalerweise zum Sterben im Schnee zurückgelassen wurde. »Eines Tages sagte die Alte Mutter, dass die Töchter Khan'fellas die Gemeinschaften vor der Finsternis erretten würden. Da erkannten die Gemeinschaften, dass das Kind am Leben bleiben musste, obwohl sich alle fürchteten.«

Iseult hatte diese Geschichte schon viele Male gehört, aber sie wusste es besser, als dass sie unruhig oder unaufmerksam geworden wäre. Sie saß trotz ihrer Besorgnis still und hörte zu, während die Feuermacherin ihren Kummer viele Jahre später beschrieb, als ihre eigene Tochter im Kindbett starb, zusammen mit deren kleiner Tochter, und sie nur mit einem Enkelsohn zurückließ.

»Ich bat die Götter, mir zu sagen, warum ich so bestraft wurde. Der unbarmherzige Wind brachte keine Antwort und meine Träume waren voller Vorzeichen, die ich nicht verstand. Man zeigte mir, dass die Gottheit von Tochter zu Tochter weitergegeben werden muss, und ich habe gegen die Götter gewettert, dass sie meiner Schwester die Kräfte der Feuermacherin übertragen wollten, meiner Feindin.

Schließlich brach mein Enkel ins Land der Zauberer auf. Dann kamen Träume von Feuer und Tod und übler Hexerei und ich wusste, dass mein Enkel verloren war. Ich wetterte erneut gegen die Götter des Eises und der Schneestürme und erhielt im Gegenzug wieder einen Traum. Dies ist die Geschichte deiner Auffindung, die ich dir schon viele Male erzählt habe. Mein Herz freute sich darauf, dich zu finden, denn ich wusste, dass du das Kind meines Enkels warst. Ich verkündete dein Erbe und lachte über die Gemeinschaft der Kämpfenden Katzen, die glaubten, Khan'dica, die Enkelin Khan'fellas, müsse erben.«

Zum ersten Mal geriet die Geschichte der Feuermacherin ins Stocken und sie wandte den Blick von ihrer Enkelin ab. Dann atmete die alte Frau tief ein und fuhr leise fort: »Es war falsch von mir, den Traum meinen Wünschen gemäß zu verkehren. Ich wusste, dass deine Zwillingsschwester noch lebte und dass die Götter des Weiß einen Zweck damit verfolgt haben mussten, euch beide am Leben zu lassen. Also brach ich bei der Sommerversammlung das Schweigen von Generationen und sprach mit Khan'merle, der Alten Mutter der Gemeinschaft der Kämpfenden Katzen, die nun zur Erbin der Feuermacherin ernannt wurde …«

»Du hast mich enterbt?« Iseult war bestürzt.

Ihre Großmutter ignorierte die Unterbrechung, obwohl ihre Züge missbilligend erstarrten. »Die Feuermacherin war ein Geschenk der Götter des Weiß an die Menschen des Rückgrats der

Welt, als Belohnung für ihr langes Exil. Sie sollte die finstere Nacht wärmen und die Menschen der Gemeinschaften vor ihren Feinden schützen. Die Feuermacherin ist das Geschenk der Götter des Weiß für *alle* Menschen und muss ihnen in ihrer Gesamtheit dienen.«

Iseults Zorn löste sich in einem jähen Glücksstrom auf, als sie erkannte, was ihre Großmutter da gesagt hatte. Sie konnte Lachlan frei folgen und seinen Sohn gebären, wie Meghan es vorausgesagt hatte. Im Moment war nichts anderes wichtig, obwohl sie wusste, dass sie noch immer das Blut der Feuermacherin in sich trug und die Götter des Weiß sie eines Tages zur Rechenschaft ziehen würden.

Ihre Großmutter ließ ein wenig von der Haltung der Geschichtenerzählerin ab, senkte die Hände und strich über das dichte weiße Fell ihres Umhangs. »Du wirst deiner Schwester am ersten Tag des Winters begegnen. Dann ist der Schleier zwischen den Welten am dünnsten. Ihr wart getrennt und das ist der Zeitpunkt, an dem ihr wieder vereint und stark sein werdet. Ihr seid wie die Blütenblätter einer Rose, die im Herzen vereint sind. Nur zusammen seid ihr heil. Das habe ich geträumt.«

Ihre strengen blauen Augen und ihre scharfen Züge verschwammen. Iseult war sich bewusst, dass sie lief, während die vom umherwirbelnden Schnee durchdrungene Finsternis sie vereinnahmte. Dann fiel sie durch tiefe Dunkelheit. Sie erwachte mit einem starken Gefühl der Orientierungslosigkeit, sah die Dämmerung durch die Blätter des Waldes sickern und erkannte, dass Meghan sie beobachtete und Gitâ mit großen Augen auf ihrer Schulter hockte.

»Alles in Ordnung?«, fragte die Zauberin.

Iseult nickte und erhob sich. »Lachlan ist noch nicht zurück? Ich muss mit ihm sprechen.«

Iseult erklomm lebhaften Schrittes den steilen Hang und fand Lachlan an einen der großen Menhire gekauert vor. Seine Miene war zorniger und wilder denn je, die Augen rot gerändert, der

Mund hart und unversöhnlich. Sie kniete sich neben ihn und nahm seine Hände in ihre, aber er blickte nur starr geradeaus und schwieg.

»Meine Großmutter hat gesagt, ich kann meinen eigenen Weg wählen, und ich habe ihr gesagt, dass ich bei dir sein will. Ich kann dich heiraten, wenn du es noch immer willst.«

Er sah sie finster an. »Möchtest du das denn?«

»Ja, das möchte ich wirklich. Ich möchte, dass unsere Wege gemeinsam verlaufen. Du nicht?«

Er nickte und wandte seine Hand um, so dass er ihre Finger umschloss. Sie zitterten. »Bist du sicher?«, fragte er. »Ich möchte nicht, dass du es später bereust.«

»Bereuen, bei dir zu sein? Das werd ich niemals bereuen.«

Er lehnte seine Stirn an ihre. »Du darfst diese Dinge nicht leichthin sagen«, mahnte er. »Ich muss es wissen, Iseult, ich muss ...«

Sie küsste ihn fest auf den Mund und sagte: »Ich liebe dich, Lachlan, ich schwöre es. Ich möchte für immer bei dir sein.«

Er nahm sie so fest in die Arme, dass sie kaum atmen noch sich bewegen konnte, und umhüllte sie mit seinen Schwingen. »Du musst mir versprechen, mich niemals zu verlassen, Iseult«, sagte er mit so leiser Stimme, dass sie ihn kaum hören konnte. »Verlasse mich niemals, betrüge mich niemals.«

»Ich verspreche es«, sagte sie und wusste, dass sie sich erneut in *Geas* begeben hatte.

Riordan Säbelbeins sonniger Hof wurde für Isabeau während der schwierigen Wochen des Frühsommers zur Zuflucht. Er und das Küchenmädchen Sukey waren die Einzigen, die ihr Sympathie entgegenbrachten, da die übrigen Dienstboten ihre ständigen Fehler mit Ungeduld betrachteten. Isabeau zog einige Zufriedenheit daraus, dass sie die kleinen Hunde für sich gewinnen konnte, die durch die Nähe zu dem bratenden Fleisch ebensolche Qualen erlitten wie sie, wenn auch aus völlig anderen Gründen. Sie gebrauchte nicht einmal die Gerte, sondern gewann sie mit heimlich aus ihrer Schale geklaubtem Fleisch für sich. Sie war sich bewusst, dass die übrigen Dienstboten ihre Aversion gegen das Essen von Fleisch zumindest seltsam fänden. Schlimmstenfalls würde es als Beweis dafür angesehen, dass sie eine Hexenfreundin war, denn viele Nachkommen des Hexensabbats hatten das Essen tierischen Fleisches verabscheut, unter ihnen ihre Hüterin Meghan. Die Dienstboten in Rhyssmadill waren alle glühende Hexenhasser und die Küchenjungen bereiteten Isabeau mit ihren Geschichten von Hexenverbrennungen in Dùn Gorm Übelkeit.

Sie arbeitete hart daran, wie ein normales Mädchen vom Lande zu erscheinen, sprach über Schafe und die Ernte, wenn sie nach ihrem Leben gefragt wurde. Ihre Weigerung, die Spießhunde zu schlagen, bewirkte einige boshafte Hänseleien, aber als die Küchenhelfer erst erkannten, wie eifrig die Hunde ihr zu Gefallen waren, erstarb die Aufmerksamkeit.

Trotz ihrer Liebe zu Pferden mied Isabeau die Ställe. Sie mochte die unverschämten Stallburschen nicht und konnte all den Lärm und die Geschäftigkeit nicht ertragen. Außerdem erinnerte der Anblick der Pferde sie nur an ihren Freund, den roten Hengst Lasair, der sie treu von Aslinn nach Rhyssmadill gebracht hatte und dabei fast umgekommen war. Sie hatte ihn in den Wäldern von Ravenshaw freigelassen, aber sie war sich der Gefahren für ihn so nahe bei den Menschen bewusst. Die Stadt war voller unzufriedener Seeleute, die gelangweilten Lairds waren fast jeden Morgen auf der Jagd und die Zeiten waren hart, da die Handelsrouten durch die Fairgean versperrt waren. Meuten unzufriedener Händler und Schiffskapitäne bevölkerten tagsüber die große Halle und versuchten, eine Audienz beim Rìgh zu bekommen, wurden aber von den Hofbeamten abgewiesen. Das Wintereis war schon vor über einem Monat geschmolzen und die Frühjahrsgezeiten hatten sich zurückgezogen und perfekte Bedingungen für einen Versuch geschaffen, die Westküste hinaufzusegeln. Aber durch die Berichte über Fairgean im Meer fürchteten sich die Seeleute davor, ohne versprochenen Schutz auszulaufen. Schließlich gelang es den Händlern, die Banrìgh abzufangen, und sie stimmte zu, eine Flotte schwer bestückter Handelsschiffe nach Rurach und Siantan zu entsenden. Sie würden Säcke mit Getreide, Fässer mit Ale und Whisky und große Blöcke Salz von den Salzbecken in Clachan laden, wie auch hochwertig gearbeitete Dolche und Schmuck der Schmiede in Dùn Gorm. Auf der Rückreise würden die Schiffe mit Marmor, Salpeter und wertvollen Metallen aus den Minen der Sgàileanberge beladen. Inzwischen gingen viele der hungrigen Stadtbewohner in den Wald, um Nahrung zu suchen, und Isabeau sorgte sich sowohl um den Hengst als auch um Ahearns Sattel, das geweihte Relikt, das die Celestine ihr geliehen und das sie in den Wäldern versteckt hatte.

Es war jedoch nicht möglich, dem Palast zu entkommen, und so konnte Isabeau nur hoffen, dass sie in Sicherheit waren. Sie wagte es nicht, Latifa von ihren Ängsten zu erzählen. Obwohl die alte Köchin große Ähnlichkeit mit ihren Pfefferkuchenmännern hatte, regierte sie die große Dienerschaft mit unbeugsamer Autorität. Mit einer großen, über ihre grauen Locken gebundenen Musselinhaube und einem gewaltigen Bündel Schlüssel, die von einem Schlüsselring an ihrer Taille herabhingen, schien sie überall zugleich zu sein – die Augen umherhuschend, die Nase bebend, die Finger nach Staub suchend. Wie alle Dienstboten des Palastes war auch Latifa der Banrìgh treu ergeben, obwohl die meisten von ihnen nur selten einen Blick auf sie erhaschten, während sie geschäftig im Palast umherliefen. Unter einigen der Dienstmädchen hatte die Bewunderung solche Ausmaße angenommen, dass sie Samtfetzen von den Gewändern der Banrìgh oder Seifenreste aus ihrem Bad horteten.

Eines Morgens erwachte Isabeau in der frühen Dämmerung und ging mit der Absicht früh zur Küche hinab, eine Weile im halbdunklen, duftenden Garten spazieren zu gehen. Sie fühlte sich innerhalb der Palastmauern oft bedrückt und eingeengt. Latifa kniete in der Küche vor einer der großen Feuerstellen. »Gut, dass du gekommen bist«, sagte sie ohne Einleitung. »Ich hatt mich schon gefragt, ob du meinem Ruf wohl folgen würdest. Ich dachte, wir sollten mal miteinander reden. Fürchte nichts – diese Feuerstelle ist mit geweihten Symbolen versehen, so dass es hier vor Kristallsehern sicher ist. Wenn es dir möglich ist, möcht ich, dass du dich mir jeden Morgen hier unten anschließt, bevor die Sonne ganz aufgegangen ist. Deine Hüterin erzählte mir, dass du ein *Talent* mit dem Feuer hast und gerne mehr darüber lernen würdest. Außerdem muss ich dir beibringen, deine Gedanken abzuschirmen, denn du bist überaus laut, und ich will nich' von dir in Gefahr gebracht werden, weil du keine Kontrolle kennst.«

»Ich bin laut?«, fragte Isabeau ungläubig. Sie war noch niemals so ruhig und in sich gekehrt gewesen wie während dieser letzten Wochen. Wie konnte Latifa sie für laut halten?

»In deinen Gedanken, du törichtes Kind. Du hast keinerlei Kontrolle darüber. Wenn du hier sicher sein willst, musst du lernen, deine Maske niemals aufzugeben. Du darfst dir niemals erlauben, auch nur zu denken, was niemand sonst wissen soll. Nur weil die Hexen fort sind, bedeutet das noch lange nich', dass es niemanden mehr gibt, der deine Gedanken belauschen kann. Ich kann es selbst und du schreist sie heraus. Glücklicherweise sind die Einzigen, die sie bisher gehört haben, keine Gefahr für dich, aber ich kann dich nich' irgendwo im Palast umherwandern lassen, bevor du gelernt hast, deine Gedanken zu kontrollieren.«

Ich versteh nicht, dachte Isabeau.

Die alte Hexe nickte. »Nein, das seh ich. Es ist nich' dein Fehler, also schau nich' so erschreckt, Mädchen. Lass es mich dir erklären. Siehst du, Isabeau, Meghan hat dein drittes Auge versiegelt, damit du nich' über sie sprichst. Sie hat es an deinem achten Geburtstag getan, weil du die Aufmerksamkeit eines Suchers der Liga gegen Hexen auf sie und dich gezogen und viel Ärger verursacht hattest. Nein, still, Mädchen, lass mich ausreden. Danach hat sie das Siegel acht Jahre lang jeden Tag bekräftigt, so dass du gewiss verstehen kannst, dass es sehr stark war. Und dieses Siegel wurde irgendwie gelöst.«

»Die Großsucherin hat während der Verhandlung einen Briefbeschwerer auf mich geworfen und er hat mich sehr hart getroffen«, sagte Isabeau zögernd, während sie die Narbe zwischen ihren Augenbrauen betastete.

»Ja, das könnt es sein. Solch eine plötzliche Entfernung hat ihren Preis und ich denk mir, dass du Dinge gehört hast, die du besser nicht hättest hören sollen. Außerdem hast du unter Kopfschmerzen und Benommenheit gelitten. Das sind alles Wirkungen des Verlusts der Schleier über dem dritten Auge. Der Hexensabbat glaubt, dass es sieben Schleier gibt, die normalerweise während vieler Jahre langsam abgelegt werden. Aufgrund der Art, wie Meghans Siegel gelöst wurde, hast du mindestens die ersten drei Schleier auf einmal verloren. Wir wollten nicht, dass es so geschieht. Ich hatt vor, Meghans Siegel langsam und allmählich zu entfernen, während ich dich so viel über die Benutzung des Geistes gelehrt hätte wie möglich …«

»Ihr meint, M … M … M … Sie hat mich blockiert?« Isabeau wirkte ungläubig. Widerstreitende Gefühle durchströmten sie – Demütigung, Verärgerung und Schmerz, von schwacher Erleichterung nur unwesentlich gemildert. Es war tröstlich zu wissen, dass es für ihr Versagen bei den Prüfungen des Geistes gute Gründe gegeben hatte. Sie hatte sich oft darüber gesorgt, warum sie anscheinend keinen der übernatürlichen Sinne hatte, die eine Hexe haben sollte. Andererseits erzürnte es Isabeau, dass Meghan sie bewusst blockiert hatte, ohne es ihr zu sagen, was aber auch wiederum viele Dinge erklärte. Warum sie niemals während ihrer Reise Meghans Namen hatte sagen können, trotz Verhexung, Folter oder dem Wunsch sich mitzuteilen. Warum Lilanthe die Baumtauscherin sie trotz ihrer außersinnlichen Wahrnehmung nicht hatte spüren können, obwohl diese ebenso zuverlässig war wie Meghans. Die Celestine Wolkenschatten hatte gesagt, ihr Gesicht sei in einen Schleier gehüllt, den nicht sie gestaltet habe. Nun verstand Isabeau auch das.

»Es musste sein, Isabeau. Meghan wurde nach jener kleinen Widrigkeit in Caeryla vom Hexenschnüffler erkannt. Es wurde danach sehr gefährlich für sie, sich in Rionnagan zu zeigen. Acht Jahre lang hatte sie recht ungehindert durch das Land reisen können, weil niemand wusste, ob sie noch lebte oder tot war oder wohin sie vielleicht geflohen sein mochte. Als du die Macht vor den Augen eines Suchers benutzt hattest, zogst du jedoch Aufmerksamkeit auf sie, und es dauerte nicht lange, bis die Beschreibungen wieder ausgegeben wurden. Jeder Sucher hat schon einmal davon geträumt, Meghan von den Tieren gefangen zu nehmen, die zuletzt in Rionnagan gesehen wurde …«

»Das wusste ich nicht«, flüsterte Isabeau, die sich nun schuldig fühlte und auch entrüstet war.

»Sie wusste, dass die Gefahr, gefasst zu werden, groß war, und sie wollte dich schützen. Du siehst also, dass es nicht leichtfertig geschehen ist. Und ich kann dir auch erzählen, dass Meghan wusste, dass du sehr stark warst, und Angst hatte, was du in solch gefährlichen Zeiten vielleicht mit deinen Kräften tun könntest. Daher hat sie dein drittes Auge versiegelt, bis du alt genug wärst zu verstehen.«

Isabeau erkannte, dass Latifa sie beruhigen wollte, spürte aber dennoch einen Teil ihrer Entrüstung abflauen. Die alte Köchin fuhr rasch fort: »Wir haben nicht mehr viel Zeit, weil die Mädchen bald aufwachen. Zeig mir, wie du Feuer heraufbeschwörst.«

Isabeau hatte die Macht des Feuers stets mit Leichtigkeit handhaben können, aber seit ihrer Gefangenschaft und Folter war sie den Umgang mit Feuer nicht mehr gewöhnt. Nun tat sie es zögernd und stellte fest, dass sie nur einen winzigen Funken heraufbeschwören konnte, der bald wieder verglomm. Latifa schürzte die Lippen und schwieg. Isabeau versuchte eine unbeholfene Erklärung, aber Latifa winkte ab. »Deine Leiden werden deine angeborene Fähigkeit nicht beeinträchtigt haben«, sagte sie freundlich. »Aber um die Eine Macht heraufbeschwören zu können, brauchst du Selbstvertrauen, und ich sehe, dass deines erschüttert wurde. Wir sollten am Anfang beginnen.«

Latifa stieß ihre dickliche Hand tief in das flammende Herz des Feuers, ließ sie dort und barg die Kohlen in ihrer Hand als wären sie Zwiebeln. »Feuer ist das seltsamste aller Elemente, das gefährlichste und am schwierigsten zu kontrollierende«, sagte sie. »Wie Wasser ist es ein guter Diener, aber ein grausamer Herr. Du musst stets vorsichtig sein, wenn du mit Feuer umgehst, denn es kann sich in deiner Hand wie eine Viper winden und dich verbrennen. Um eine Zauberin des Feuers zu werden, musst du immer wieder im Feuer geschmiedet werden wie ein Schwert. Reinheit und Kraft sind notwendig, und um den nötigen Härtegrad zu erreichen, musst du leiden.

Insgesamt ist Feuer aber auch das freundlichste aller Elemente. Es wärmt dich, während du schläfst, beleuchtet in der Dunkelheit deinen Weg, ermöglicht es dir zu kochen und zu essen und Botschaften zu senden. Beim Licht des Zeremonienfeuers tanzen und singen wir und wenn wir heiraten, springen wir übers Feuer. Das Feuer der Sterne scheint jede Nacht für uns und das Feuer der Sonne den ganzen Tag. Es ist im Heilungsfeuer des *Mithuan* enthalten und ebenso im vergifteten Feuer des Nachtschattens. Es ist der Lebensfunke und zugleich das Element des Todes und der Asche. Und hier ist das tiefste Geheimnis des Feuers, denn aus der Asche erfolgt die Wiedergeburt. Feuer ist das Element der Verwandlungen.«

Latifas Stimme verklang zu einem Murmeln und sie hielt Isabeau die Hand hin. Obwohl sie die ganze Zeit in den brennenden Kohlen gelegen hatte, waren weder Spuren von Verbrennung daran zu erkennen noch Zeichen von Anstrengung auf dem runden Gesicht.

»Das Geheimnis der Beherrschung des Feuers liegt in der Kontrolle«, sagte sie. »Bei den übrigen Elementen ist genaue

Kontrolle nicht immer nötig, aber beim Feuer darfst du niemals deine Herrschaft verlieren. Deine Hüterin erzählt mir, dass du zwar die Macht, aber nur wenig Kontrolle besitzt, und so werd ich dich das als Erstes lehren. Gleichzeitig wirst du lernen, deine Gedanken zu beherrschen und die anderer auszuschließen. Aber ich warn dich gleich, dass es lange dauern wird. Ungeduld nutzt dir bei der Einen Macht – und besonders beim Feuer – nichts. Es wird dir schwer fallen, denn ich sehe, dass du ein ungestümes und voreiliges Naturell hast. Dies ist eines der paradoxen Dinge an der Einen Macht – diejenigen, welche die vielversprechendste Persönlichkeit und Veranlagung in einem Element haben, sind bei seinem Gebrauch auch am stärksten beeinträchtigt. Verstehst du das?«

»Ihr meint, weil ich ein ungestümes Naturell habe, bin ich im Element Feuer am stärksten, aber ich kann Feuer nicht angemessen gebrauchen, bevor ich nicht gelernt habe, mein Naturell zu kontrollieren.«

»Genau! Ich erkenne mit Freuden, dass du keine solche Närrin bist, wie ich zunächst dachte. Nun, hast du noch irgendwelche Fragen an mich, bevor der Palast erwacht?«

Isabeau erwiderte schüchtern: »Ich frage mich wegen Maya …«

»Nenn die Banrìgh niemals so bei ihrem Namen!«, ermahnte Latifa sie. »Wer bist du, dass du so von ihr sprechen könntest, ein kleines Mädchen wie du?«

»Aber ich …«

»Du musst immer daran denken, deine Zunge zu hüten, Kind«, sagte die rundliche alte Frau. »Obwohl hier kein Sucher mithören kann, könnte dennoch jemand lauschen. Du darfst niemals vergessen, dass ein Versprecher deinen Tod bedeuten kann. Was möchtest du über die Banrìgh wissen?«

»Sie scheint jedermann für sich zu gewinnen«, sagte Isabeau nachdenklich. »Und sie badet gern in Salzwasser.«

»Oh, oh! Also bist du gar nich' so weltfremd und verträumt wie du wirkst. Was glaubst du, was es bedeutet?«

»Ich weiß es nicht«, sagte Isabeau. »Die Salzwasserbäder sind merkwürdig. Ich hab noch niemals zuvor von jemandem gehört, der in Salzwasser badet. Ich erinnere mich, wie Meghan mir erzählte, sie habe sich in der Vergangenheit gefragt, ob die Banrìgh eine Fairge und die Vernichtung der Türme einem schlauen Plan der Fairgean zuzuschreiben sein könnte, um ihr Land zurückzugewinnen. Sie sagte, es sei jedoch unmöglich, da die Fairgean in Salzwasser leben und fern vom Meer nicht lange existieren können. Aber wenn die Banrìgh jeden Tag in Salzwasser badet, könnte das dann nicht erklären, wie sie an Land überleben kann?«

»Das könnte vielleicht möglich sein, obwohl ich nun schon sechzehn Jahre bei der Banrìgh ausharre und niemals ein sicheres Zeichen dafür gesehen hab, dass sie kein Mensch wäre. Es muss eine undurchdringbare Magie sein, wenn sie ihre Flossen und Schuppen so gut verbirgt. Tatsächlich kann ich nich' erkennen, wie das möglich sein sollte, denn die Fairgean sehen uns überhaupt nicht ähnlich und besaßen noch nie die Fähigkeit, Illusionen zu spinnen, besonders nicht solch starke Illusionen, wie diese es sein müsste! Wir dürfen nicht vergessen, dass sie aus Carraig kommt, wo die Menschen nicht die gleiche Angst vor dem Meer haben wie wir. Und nun lauf hinaus in den Garten und pflück mir etwas Schnittlauch, denn ich kann spüren, dass Sukey und Elsie die Treppe herabkommen, und ich möcht nicht, dass sie uns zusammen vorfinden. Halt die Augen und Ohren offen und erzähl es mir, wann immer du etwas Interessantes hörst.«

Von da an erwachte Isabeau jeden Morgen früh und eilte in die Küche hinab, froh, ihre zerwühlten Laken verlassen zu können, die von unruhigen Träumen klamm waren. Seltsamerweise musste sie zu Anfang nur das Feuer beobachten. Sie saß auf einem Kissen auf dem Boden und sah zu, wie Latifa das Feuer auf unterschiedliche Weise und mit verschiedenen Holzarten belegte. Sie beobachtete, wie kleine Zweige zu einem brennenden Faden schrumpften und große Scheite schwelend ausgehöhlt wurden. Latifa lehrte sie auch, ihren Geist abzuschirmen, so dass Isabeau schließlich in der Lage war, die beständig auf sie einstürzenden Gedanken auszuschließen. Ihre Nächte waren noch immer voller sowohl schöner als auch schrecklicher Träume, aber zumindest waren ihre Tage friedlich und frei von Qualen. Als Köchin war Latifa besonders am Geschmacks- und Geruchssinn interessiert, obwohl dieser Unterricht am helllichten Tag stattfand, unter den uninteressierten Blicken vieler Dienstboten. Denn Latifas hauptsächlichste Methode, Isabeau über das Element Feuer zu belehren, bestand darin, ihr das Kochen beizubringen. Als Isabeau eher mürrisch Einspruch erhob, sie könne nicht erkennen, was Kochen mit Magie zu tun habe, sagte Latifa bestimmt: »Kochen hat nur mit Magie zu tun, du Närrin. Kochen bedeutet, die Beschaffenheit einer Nahrung zu verstehen und mit dieser Beschaffenheit und den elementaren Mächten zu arbeiten, um sie in etwas anderes zu verwandeln. Was sonst ist Magie?«

Obwohl Latifa als Kind acht Jahre im Turm der Zwei Monde verbracht hatte, war sie keine vollkommen anerkannte Hexe – sie war vom Hexensabbat niemals als Lehrling angenommen worden wie Isabeau. Ihre Mutter war Palastköchin gewesen, wie auch zuvor die Mutter ihrer Mutter. Sie hatte die Küchenmagie auf den Knien ihrer Mutter erlernt und in ihrer Zeit in der Theurgia hatte sie das bereits vorhandene Wissen und ihre bereits vorhandenen *Talente* weiterentwickelt. Anders als bei Meghan waren ihre Fähigkeiten rein praktischer Art.

Also verbrachte Isabeau so manchen langen Vormittag damit, Latifa vom Topf zur Pfanne zum Ofen zu folgen, vom Butterfass zum Kühlraum zur Räucherkammer, und die alte Köchin erklärte ihr, wie Hitze und Kälte die Zusammensetzung der Nahrung veränderten, die sie zubereiteten. Isabeau war wider Willen fasziniert und lernte viel über das Element Feuer, was Meghan sie niemals gelehrt hatte.

Den ganzen Morgen über, während Isabeau ihr durch den Küchenflügel folgte, hielt Latifa immer wieder einen vollen Löffel hoch, um Isabeau schnuppern oder schmecken zu lassen. Das rothaarige Mädchen weigerte sich jedoch, etwas zu probieren, was Fleisch enthielt, und löste dadurch einen Streit aus. Obwohl Latifa sie daran erinnerte, dass viele Mitglieder des Hexensabbats niemals aufgehört hatten, tierisches Fleisch zu essen, war Isabeau bei dem Gedanken entsetzt. Meghan hatte sie gelehrt, alles Leben zu ehren, und viele der Lebewesen, welche die Lairds und ihre Dienstboten mit Genuss aßen, waren Verwandte von Isabeaus Freunden aus der Kindheit gewesen. Latifa versuchte sie ein oder zwei Mal zu überlisten, aber Isabeaus Geruchssinn schärfte sich dermaßen, dass sie tierisches Fleisch sogar als Zusatzbestandteil erkennen konnte. Latifa warf die rundlichen Hände in die Höhe und sagte: »Ich bitt dich nur, es niemanden merken zu lassen, du eigensinniges Kind, sonst werden die Schankgehilfen klatschen, und das kann ich nich ertragen!« Isabeau war über manche der Gebräuche in der Palastküche entsetzt und angewidert. Mit dem Sommer kam die Zeit der Käseherstellung und Latifa befahl, ein Lamm zu töten, damit sie seine Verdauungssäfte zur Milchgerinnung verwenden konnten. Meghan und Isabeau hatten dazu stets den Saft von der Blüte der wilden Distel verwendet und es war Isabeau niemals in den Sinn gekommen, dass jemand lieber ein Tier töten würde als sich der langwierigen und mühsamen Aufgabe zu unterziehen, Distelblüten zu pflücken. Sie hatte hart zu kämpfen, um ihre Übelkeit zu bezwingen, und konnte keinen Käse mehr essen, obwohl sie wusste, dass jedermann, der es bemerkte, es seltsam fände. Die getöteten Wildschweine und Rehe, die jeden Mittag von den Jägern gebracht wurden, waren für Isabeau ebenfalls eine Prüfung. Sie konnte nicht verstehen, wie Latifa es ertragen konnte, sie anzusehen, ganz zu schweigen davon, sie zu kochen und zu essen, aber die Köchin beaufsichtigte jeden Tag die Ernährung von bis zu tausend Leuten und kostete jeden Tag von zahllosen Gerichten, die aus den Körpern getöteter Schweine, Schafe, Ziegen, Rehe,

Kaninchen, Gänse, Hühner, Tauben, Wachteln, Fasane und Fische gemacht waren.

Isabeau hatte den Rìgh oder die Banrìgh noch nicht zu Gesicht bekommen und auch keinen der Lairds oder Höflinge, denn niemand von den Dienstboten durfte im großen Speisesaal servieren. Die Lairds wurden von ihren eigenen Schildknappen bedient, während die Dienstboten nur die Tabletts mit Essen von der Küche zum Serviertisch bringen durften, der an einer Wand stand.

Nicht ein einziges Mal bat die alte Köchin Isabeau, die Eine Macht heranzuziehen. Das Mädchen begann sich zu sorgen, dass sie ihre magischen Fähigkeiten verloren haben könnte. Sie hatte die Eine Macht zum letzten Mal benutzt, um den Mann zu töten, der sie gefoltert hatte. Sie sagte sich inbrünstig, dass sein Tod sie vor größerer Qual und Erniedrigung und sogar vor dem Tod errettet hatte. Sie hatte den Talisman beschützt und den einzigen Menschen getötet, der wusste, dass sie ihn hatte. Es war ein fairer Tod gewesen, sogar ein guter Tod. Dennoch schien es, als wäre etwas in ihr zerbrochen, das nicht leicht wieder heilen würde, und während die Tage länger und heißer wurden, fragte sie sich, ob sie ihre Kräfte jemals wiedererlangen würde.

Obwohl die Sommerdämmerung gewöhnlich lange anhielt, dunkelte es eines Abends schon früh, während die Sonne in Sturmwolken versank. Nebel erhob sich von der feuchten warmen Erde und die Vögel schwiegen. Iseult glitt durch den düsteren Wald zu der Lichtung, auf der Lachlan die Bogenkunst übte. Er trug nur den Kilt und seine bloße Brust war von einem Schweißfilm überzogen. Während Iseult aus den Schatten zusah, zog er die Bogensehne mit einer Anstrengung zurück, die alle seine Muskeln schimmern ließ, und löste die Sehne dann mit schwirrendem Geräusch aus. Der Pfeil flog durch die Luft und spaltete einen bereits im Zentrum des Ziels steckenden anderen Pfeil.

»Ein guter Schuss!«, rief Iseult.

»Ja, ich werde wirklich gut«, sagte Lachlan stolz und zog sie an sich, damit er ihre Kehle küssen konnte. Sie schlang die Arme um seinen Körper und küsste seine feuchte Haut. »Wie fühlst du dich, *Leannan*?«, fragte er und sie bewegte die Hand von einer Seite zur anderen.

»Nicht sehr gut«, gab sie zu. »Meghan sagt, du sollst rasch zur Lichtung zurückkehren. Nebel kommt auf und das macht sie unruhig.«

Als sie zum Lager zurückkehrten, rollte der Nebel bereits in geisterhaften Wogen über die dicken Wurzeln der Bäume und Meghans Gesicht war angespannt. »Dank sei Eà, dass ihr zurück seid! Dieser Nebel gefällt mir nicht und es hängt ein Geruch in der Luft … oder ein Gefühl … Ich habe mir Sorgen um euch gemacht, seit ihr gegangen wart. Ich glaube, ihr solltet heute Nacht nahe am Feuer bleiben.«

Als sie sich zum Schlafen in ihre Plaids einrollten, kräuselte sich der Nebel mit Geisterfingern über sie. Iseult überraschte Meghans Unruhe nicht. Das wirre Umherwirbeln des Nebels war unheimlich, wie auch die Tatsache, dass er nicht näher kam, so als würde nur Meghans Magie ihn davon abhalten, sich über sie zu ergießen und sie zu überschwemmen.

Es war bereits viel später, als Iseult erwachte. Der Nebel war überall um sie herum. Sie lag still und lauschte. Kurz darauf glitt sie von Lachlans warmem Körper fort. Leicht zitternd, als nasskalte Nebelfinger sie berührten, überprüfte sie mit dem Dolch in der Hand die Lichtung. Meghans Moos- und Farnbett war leer.

Iseult runzelte die Stirn, während sie durch die Bäume spähte. Sie sah die Zauberin, das Plaid um ihre Schultern gelegt, in die neblige Dunkelheit hinausschauen. Meghan spürte ihr Kommen und wandte sich mit grimmigem Gesicht um, den Finger auf den Lippen.

»Was ist los?«

»Iseult, geh und wecke Lachlan. Tu es rasch und leise. Verbergt euch im Wald. Eilt nach Tulachna Celeste, wenn möglich.«

»Warum?«

»Ich spüre … etwas. Ein Bewusstsein, das mir nicht vertraut ist. Das gefährlich ist.«

Iseult nickte und schlich zurück. Lachlan war von selbst aufgewacht und starrte mit zusammengepressten Lippen in den Nebel hinaus. Sie kleideten sich rasch an und bahnten sich ihren Weg durch das Gewirr der knorrigen Wurzeln. Beide waren sich einer Gefahr deutlich bewusst.

Meghan stand noch in der Nähe der Stelle, wo Iseult sie verlassen hatte, ihr Rücken war kerzengerade, die Arme hatte sie über der Brust verschränkt. Sie konnten selbst in der Dunkelheit sehen, wie zornig sie war. »Hab ich euch nich' gesagt, ihr sollt nach Tulachna Celeste eilen? Warum müsst ihr Kinder meine Befehle stets missachten?«

»Wir sind keine Säuglinge mehr, Meghan!« Lachlan trat zu seiner Großtante, die gegen ihn so klein, aber gerade deshalb umso mächtiger wirkte.

»Bitte, Lachlan, du musst mir zuhören. Hier sind heute Nacht seltsame Kräfte am Werk und ich habe diesen furchtbaren Verdacht … Wenn meine Befürchtung stimmt, düft ihr euch nicht da hineinziehen lassen.«

»Aber was …«

»Ich fürchte, die Mesmerdean sind auf der Suche nach mir – ich erinnere mich gut, dass sie eine rachsüchtige Rasse sind. Das kam mir in den Sinn, als ich diesen kleinen Haufen sumpfig riechende Asche im Baumhaus fand. Ich hatte an der Falltür einen wirklich starken Schutz gewoben, denn ich wusste, dass sie leichter von unten hereinkommen würden, wenn sie erst Feuer angezündet hätten. Ich musste mir jedoch über andere Dinge Gedanken machen und so entfiel es mir wieder. Wenn es stimmt und ich nicht nur eine misstrauische alte Hexe bin, dann bleibt ihr beide davon besser unbehelligt. Iseult, nimm meine Tasche, bewach sie gut und denk daran, dass *Das Buch der Schatten* alle Antworten weiß, wenn du nur lernen kannst, es zu beherrschen …«

Plötzlich erklang ein Schrei von Gitâ und der Donbeag landete auf der Schulter seiner Herrin. Iseult fuhr herum und sah eine große graue Gestalt aus dem Nebel aufragen. Sie schoss instinktiv einen Pfeil ab, aber als dieser die Stelle erreichte, an der die glitzernden Ansammlungen von Augen gewesen waren, war der Mesmerd schon wieder fort. Er war über die Lichtung gehuscht und griff mit den Klauen nach Meghan. Dann fielen seine grauen Umhänge zusammen, als Lachlan sein Langschwert zog und ihm mit einem schnellen Streich den Kopf abschlug.

Der Körper des Mesmerd zerschmolz und hinterließ einen solch starken Moorgestank, dass Lachlan würgte. »Atmet ihn nicht ein!«, rief Meghan außer sich. »Berührt ihn nicht! Kommt fort, schnell!«

Ein Ende des Plaids über dem Mund durchsuchte Iseult mit ihren Sinnen den Nebel, während sie durch die Bäume zurückeilten. Sie fühlte eher, als dass sie es sah, wie der Mesmerd in einer Nebelwolke auf sie zuschwebte. Gedankenschnell durchstach sie sein Auge mit ihrem Dolch und er schlug in heftigem Schmerz um sich, während grünes Blutwasser aus der Wunde quoll.

Sie wischte den Dolch im Gras ab und war erstaunt, dass seine Oberfläche durchlöchert war, als wäre er von Säure zerfressen worden. Der Klang einer Explosion ließ sie aufspringen, den Dolch eng an ihrer Hüfte. Meghan hatte ein weiteres der geflügelten Zauberwesen mit blauem Hexenfeuer bombardiert und es war in eine rasende Kugel aus blaugrünen Flammen zerfallen, die übelriechenden Rauch durch die Bäume aussandte.

Sie stolperten rückwärts und husteten und wurgten bei dem Gestank. Gitâ kauerte unsicher auf Meghans knochiger Schulter und schrie warnend, woraufhin die Waldhexe instinktiv die Hand hob. Der Mesmerd, der aus den Zweigen hinter ihr herabstürzte, wurde von einem aus dem Nichts kommenden Wind hinweggefegt. Aber er gewann sein Gleichgewicht fast augenblicklich wieder, breitete seine durchscheinenden Schwingen aus und schoss seitwärts, um Lachlan anzugreifen. Iseult warf ihren

Reil, der durch eine der Schwingen des Mesmerd schwirrte, woraufhin er schmerzerfüllt schrie und das zerrissene, hauchdünne Gewebe eng an seinen Leib presste. Dann versenkte Iseult ihren Dolch so tief in seine Brust wie möglich.

Ihr Blick wurde von dem grünen Schimmern seiner irisierenden Augen gefangen. Sie spürte ein seltsames Rauschen in den Ohren und ihre Hände glitten vom Griff des Dolches ab und sanken schlaff herab. In ihrem Blickfeld wirbelten grüne Lichter umher und sie schwankte und fiel, wobei sie kaum merkte, dass der sterbende Mesmerd sie mit seinen sechs Armen umklammerte und sein seltsames Gesicht über ihres beugte. Eine sanfte Woge schmerzlicher Zärtlichkeit durchströmte sie und sie hob eine Hand, um seine glänzende Hülle zu streicheln.

Gerade als der morastige Geruch des Atems des Mesmerd sie überströmte und sich ihre Augen schlossen, während ein seliges Lächeln ihre Lippen teilte, erstarrte der Mesmerd jäh und zerschmolz und seine Umhänge schwebten herab, um die bewusstlose Iseult zu bedecken.

Lachlan zog seinen Dolch und nahm Iseult auf die Arme, so dass ihre roten Locken schlaff herabhingen. Alle paar Schritte schoss ein weiterer Mesmerd aus den Schatten, aber Meghan hüllte sie einfach in feuriges Blau, so dass sie einer nach dem anderen zu Staub zerfielen. Schließlich kamen sie zum Fuß des Hügels und Lachlan stolperte den steilen Hang hinauf, während Iseult schwer in seinen Armen lag. Sie taumelten durch den Steinzugang und Meghan begann Iseults erschreckend erschlafften Körper zu behandeln. »Der Kuss der Mesmerde ist todbringend«, sagte sie tonlos, während sie Iseults Brust kräftig mit beißendem Öl massierte. »Ich hoffe, ich kann sie retten. Warum seid ihr zu mir zurückgekommen, Lachlan? Genau davor hatte ich Angst!« Sie hielt inne, um Iseult ihren Atem einzuhauchen, wodurch sich deren Brustkorb in künstlichem Rhythmus hob und senkte.

Lachlan war bleich, zwei tiefe Linien zogen sich von der Nase zum Mund. »Du willst doch nicht etwa sagen, dass sie stirbt!«, schrie er. »Der Mesmerd hat sie kaum mit seinem Atem gestreift!«

»Wir sollten hoffen, dass es nicht gereicht hat«, erwiderte Meghan. »Sieh mir nicht so auf die Finger, Lachlan. Halt gut Wache, denn es ist nur eine Vermutung, dass die Mesmerdean Tulachna Celeste meiden werden. Vielleicht schleichen sie sich gerade jetzt an uns heran und der Wald bietet keinen Schutz, weil sie einfach über die Bäume fliegen können.«

Sie hauchte Iseult erneut ihren Atem ein. Sie tat dies bange Momente lang und hielt nur inne, um ihre Brust mit den verschränkten Fäusten zu bearbeiten. Schließlich hustete ihr Schützling, tat einen eigenen Atemzug und atmete schon bald wieder leichter, obwohl sie noch nicht vollkommen zu sich kam. Meghan massierte ihren ganzen Körper mit dem stark riechenden Öl und goss ihr *Mithuan* in den Mund, so dass sie hustete und spuckte und im Schlaf stöhnte.

Bei Sonnenaufgang hatte sich Iseults Puls beruhigt und ihre vernarbten Wangen zeigten wieder Farbe. Meghan überprüfte den Wald und fand dreizehn kleine Haufen Asche, die nach Moor rochen. Sie kratzte sorgfältig auch das letzte Stäubchen in ein Gefäß, das sie verkorkte und tief vergrub. Danach fühlte sie sich auch selbst elend und zittrig und trank mehrere Mund voll ihres wertvollen, herzstärkenden *Mithuan*.

»Nun sind wir in Schwierigkeiten«, stöhnte sie. »Wenn sie so viele schicken, um den einen Mesmerd zu rächen, der in meinem Baumhaus starb, was werden sie dann als Vergeltungsmaßnahme für dreizehn tun?«

»Woher sollten sie es wissen?«, erwiderte Lachlan, der die Hafergrütze in dem großen Kessel über dem Feuer umrührte. »Sie haben ein gemeinsames Gedächtnis«, sagte Meghan. »Die einzige Möglichkeit, sich vor einer Blutrache der Mesmerdean zu retten, besteht darin, jeden einzelnen seiner Verwandten zu töten – Eibrüder nennt man sie wohl. Nein, wenn noch Eibrüder übrig sind, werden sie wissen, was geschehen ist, und sie werden meinen Tod wollen. Und deinen und Iseults nun ebenfalls.« Sie seufzte. »Aber was soll ich schon tun, wenn ihr mir niemals gehorcht?«

Prüfungen des Geistes

In der Woche vor der Mittsommernacht begann sich der Palast mit Gästen zu bevölkern, wodurch die Dienstboten in fiebrige Geschäftigkeit verfielen. Isabeau beobachtete dies mit großen Augen und war tief beeindruckt, denn es war ihr niemals klar gewesen, wie viel Arbeit ein Bankett dieser Größenordnung bedeutete. Latifa lief den ganzen Tag und die halbe Nacht geschäftig hin und her, befahl, Kronleuchter auszuhaken, damit die Tausende von Kristallen gesäubert werden konnten, bereitete Hunderte Stücke Konfekt, Kuchen und Sülzen vor und rupfte Dutzende von Bhanaisvögeln, wobei sie deren prachtvolle Schwanzfedern zur späteren Dekoration des gebratenen Fleisches aufbewahrte.

Aufgrund ihrer verkrüppelten Hand entging Isabeau dem größten Teil der schwereren Arbeit, aber Latifa hielt sie dennoch von der Morgendämmerung bis Mitternacht auf Trab. Sie war so beschäftigt, dass sie keine Zeit hatte, sich Gedanken über die geheimnisvollen Kräfte der Banrìgh oder Sorgen über den augenscheinlichen Verlust ihrer eigenen zu machen. Sie stand jeden Morgen lang vor der Dämmerung auf, um Latifa in der Küche zu treffen, und verbrachte dann den Tag in Eile, von ungeduldigen Lakaien hierhin und dorthin geschickt. Wenn sie Glück hatte, konnte sie ungefähr um Mitternacht in ihr Schlafzimmer taumeln. Häufiger war sie jedoch in den frühen Morgenstunden noch wach und folgte Latifa, während die alte Köchin von einem Lagerraum zum anderen eilte.

Sie behielt ihre Gedanken für sich, da es ihr mit jedem Tag leichter fiel, ihr inneres Selbst zu verbergen. Sie nahm die Persönlichkeit eines einfachen Mädchens vom Lande an, die ihr mit jedem Tag vertrauter wurde. Inzwischen hörte sie zu und beobachtete, wie Meghan es ihr gesagt hatte, und fand vieles, was sie verwirrte.

Das Lieblingsthema der Dienstmädchen war die Banrìgh. Sie sprachen über den Schnitt ihrer Ärmel, die Art, wie sie ihr Haar trug, und wie wundervoll es war, dass sie endlich schwanger war. Ihre Ergebenheit stand in solchem Gegensatz zu allem, was Isabeau jemals über Maya die Verhexerin gehört hatte, dass sie unendlich neugierig darauf wurde, die Banrìgh zu sehen. Isabeau hatte stets gehört, wie Maya als übel, intrigant, gefährlich und grausam beschrieben wurde. Es verwirrte sie, nun stattdessen zu hören, wie freundlich, großzügig und rücksichtsvoll sie sei.

Zwei Tage vor der Mittsommernacht fragte Isabeau Latifa, wann sie Gelegenheit bekäme, die Banrìgh zu sehen. Die schüchterne Frage brachte ihr einen harten Schlag ein. »Was glaubst du, wer du bist, dass du so schnell so hoch aufsteigen willst, obwohl du nur ein Mädchen vom Lande bist! Nun, du musst erst mal in der Lage sein, ein Tablett zu tragen, ohne Soße zu verschütten, bevor du irgendwo in der Nähe der Banrìgh servieren darfst, besonders jetzt, wo sie schwanger ist, die Wahrheit segne sie. Also geh zurück an deinen Platz beim Bratspieß, bevor ich dich noch mal ohrfeige!«

Isabeau stolperte mit brennender Wange in ihre Ecke zurück. Sie war durch Latifas Ohrfeige so schockiert, dass sie fast den ganzen Nachmittag weinte, wobei sie den Kummer hinter ihrer Schürze zu verbergen versuchte. Später an diesem Abend, als die Küche leer war, gab die Köchin Isabeau einen ihrer Pfefferkuchenmänner – frisch aus dem Ofen.

»Hör auf zu weinen, Kind, deine Schürze wird triefnass und die Augen fallen dir beinahe aus dem Kopf. Du solltest nich' so töricht sein, mir vor dem ganzen Küchenpersonal solche Fragen zu stellen! Ich rate dir, geduldig zu sein. Nun, ich glaub, du brauchst ein wenig frische Luft und Einsamkeit. Ich vergess immer, dass du das alles nicht gewohnt bist. Nimm dir den morgigen Tag frei. Ich kann erzählen, dass du vor Kummer krank geworden bist, weil du so gerne die hübsche Banrìgh sehen wolltest.«

Isabeaus Herz machte bei dem Gedanken einen Satz, die Beengtheit des Palastes endlich verlassen zu können. Sie hatte bereits das Gefühl, als schlössen sich die blaugrauen Mauern um sie zusammen. Ihr erster Gedanke galt Lasair. Würde sich der Fuchshengst noch immer in der Nähe des Palastes aufhalten? Würde sie ihn finden können?

Am nächsten Morgen packte sie ein wenig Brot und Obst in eine Serviette und ging zur Brücke über der Schlucht, die von Wachen gesäumt war. Sie hielt den Kopf gesenkt, während sie die Brücke überquerte, und begegnete den Soldaten mit Scheu. Aber als sie erst das andere Ende erreicht hatte, stützte sie ihre Ellbogen auf das Geländer und sah sich erfreut um.

Der Meeresarm schimmerte im Sonnenschein und die Türme Rhyssmadills ragten darüber auf. Das Wasser schäumte an den Felsen am Fuße der Klippe weiß auf und rauschte dann durch die Schlucht, die den großen Felsenfinger vom Festland trennte. Auf der gegenüberliegenden Seite befand sich die Stadt, ganz aus dem gleichen blauen Stein erbaut wie der Palast. Hunderte von Schiffen tanzten an ihrer Vertäuung. Am anderen Ende des Meeresarms konnte sie das Schleusenhaus sehen, welches die erste Reihe der Schleusenkammern kennzeichnete, die den Hafeneingang beherrschten. Dahinter war ein blaues Schimmern zu erkennen, das nur das Meer sein konnte.

Der Anblick ließ sie bis ins Innerste erbeben. Das wunderschöne, gefährliche Meer, über das sie so viel gelesen hatte, spülte nur einen einstündigen Spaziergang entfernt gegen die Seedeiche, welche die Hexen vor so vielen Jahren errichtet hatten. Sie sehnte sich danach, es genauer betrachten zu können – Meghan sagte, das Wasser erstreckte sich so weit das Auge reichte und noch weiter.

Heute beabsichtigte Isabeau jedoch in die Wälder von Ravenshaw zu wandern, wo sie Lasair zurückgelassen hatte. Diese Wälder drängten sich bis nahe an die wogende Parklandschaft, die den Palast umgab, und bildeten entlang seiner Grenzen eine dichte Barriere. Im Norden befanden sich die wogenden Hügel Rionnagans, im Osten das Wachzimmer und die Palasttore, die sich auf einen öffentlichen Platz der Stadt öffneten.

Isabeau schritt die lange Allee entlang und nahm dann die Abkürzung über die offene Wiese auf die Wälder zu. Sobald die Palastmauern völlig außer Sicht waren, begann sie ihre Sinne auszustrecken. Zwei Jungen fischten am Rande des Meeresarms, ein Wildhüter schlenderte durch den Park, eine Armbrust über den Rücken geschlungen und zwei Jagdhunde auf seinen Fersen, und die Palastziegen grasten unter den Bäumen, von zwei Mädchen mit großen weißen Hauben gehütet. Weit über ihr flog ein Falke mit karmesinroten Bändern in den Klauen. Ansonsten fand sich meilenweit keine lebendige Seele.

Lasair ... Isabeau rief vorsichtig mit ihrer Geiststimme. Es erfolgte keine Antwort. Sie erreichte den Rand des Parks und schlüpfte durch das kleine, in die Mauer eingelassene Tor in den Wald.

Hier war es sehr ruhig. Isabeau wanderte gemächlich, aber stetig voran. Sie war so lange krank gewesen, dass ihre Kräfte stark geschwunden waren. Sie wollte sich nicht überanstrengen, indem sie zu weit oder zu schnell lief. Aus langer Gewohnheit hielt sie nach Kräutern oder Blumen Ausschau und pflückte sanft mehrere, von denen sie glaubte, dass Riordan Säbelbein sie gerne für seinen Garten hätte.

Schließlich kam sie zu der Stelle, wo sie den magischen Sattel und das Zaumzeug versteckt hatte. Zu ihrer Erleichterung lag beides noch immer sicher in dem hohlen Baum, von einem magischen Wachzauber beschützt. Der in die Satteldecke eingewickelte Sattel war trocken geblieben. Auch hatten keine Maus und kein Donbeag versucht, in seiner Füllung ein Nest zu bauen. Sie rieb Sattel und Zaumzeug mit einem ölgetränkten Lappen gut ab, den sie aus den Ställen genommen hatte, als niemand hinsah.

Es war kurz vor der Mittagszeit und Isabeau war müde. Sie setzte sich in den Schatten eines Baumes, aß ihr Mahl und genoss die Sonnensprenkel auf ihrem Rücken. Es war keine Spur von Lasair zu sehen und sie fragte sich besorgt, ob sie ihn jemals wiederfinden würde.

Isabeau überlegte gerade, ob sie zum Strand wandern sollte, als sie ein lang gezogenes Wiehern hörte. Sie sprang auf, rief *Lasair, Lasair*! und sah den Fuchs durch die Bäume auf sich zugaloppieren. Er kam schnaubend vor ihr zum Stehen und sie warf ihm die Arme um den Hals. Er stieß sein seidiges Maul gegen ihre Schulter, prustete zärtlich und rieb dann den Kopf an ihr.

Tränen brannten in ihren Augen. »Ich habe dich so sehr vermisst«, sagte sie und er stampfte mit dem Huf auf und wieherte.

Isabeau benutzte zum Aufsteigen einen umgestürzten Baumstamm, schwang sich auf den Rücken des Fuchses und dann galoppierten sie durch den Wald zu dem gewaltigen Hafendamm, der das Meer vom Land fern hielt. Auf dessen Krone kauernd erblickte Isabeau zum ersten Mal wirklich das Meer. Zwischen ihr und dem Wasser befand sich ein Streifen bloßen Sandes, auf dem Muscheln und getrockneter Tang verstreut lagen und sich die uralten Muster der Gezeiten abzeichneten. Weit entfernt schimmerte das Wasser in der Sonne, nahe dem Strand aquamarin- und opalfarben, nahe dem Horizont veilchenblau. Hier und da schwebten Vögel mit weißen Schwingen in der nach Salz riechenden Luft. Sie saß da, beobachtete die sanften Wellen lange Zeit und erkannte, warum die ersten Menschen Eileanans es Muir Finn, das Schöne Meer, genannt hatten.

Die Schatten wurden bereits länger, als der Hengst sie nach Rhyssmadill zurücktrug und sie nahe dem Waldrand verließ, damit er nicht gesehen wurde. Sie schlang ihm die Arme um den

Hals und lehnte ihren Kopf lange Zeit an ihn. Dann galoppierte er in den Wald davon und sie begann den langen Marsch zurück zum Palast. Während sie durch den Wald wanderte, bückte Isabeau sich automatisch und erntete die Früchte des Waldes, wie sie es ihr ganzes Leben lang getan hatte. Schon bald war ihre Schürze randvoll mit Blumen, Blättern und Wurzeln und sie musste die Ecken hochbinden und sie wie einen Sack auf dem Rücken tragen. Sie schalt sich dafür, dass sie sich nicht wie ein einfaches Mädchen vom Lande benahm, trug den Sack aber dennoch durch den Park und war sich sicher, dass sich Latifa und Riordan Säbelbein freuen würden.

Auf dem gegenüberliegenden Ufer in Dùn Gorm flammten die ersten Lichter auf und das Wasser des Berhtfane schimmerte in den Farben des Sonnenuntergangs. Blau und durchscheinend schwebte Gladrielle unmittelbar über dem Horizont, ausnahmsweise allein, weil der zweite Mond noch nicht aufgegangen war. Irgendwo weit darüber stieß ein Falke einen rauen Schrei aus, der Isabeau eine Gänsehaut verursachte. In Riordans beengten Räumen wusch sich Isabeau den Pferdegeruch von Händen und Gesicht. Dann knüpfte sie ihre Schürze auf und der alte Stallbursche sah die Blumen und Wurzeln mit freudigen Ausrufen durch. Isabeau dachte kläglich, dass sie geistesabwesender denn je gewesen sein musste, denn die Schürze war voller Kreuzkraut. Obwohl es ein nützliches Kraut war, wuchs es doch in jedem Graben und auf jedem Feld und wurde von Gärtern normalerweise ausgezupft. So mancher Dorfbewohner benutzte Kreuzkrauttee zur Linderung von Darmkrämpfen, während eine zu starke Dosis großes Unbehagen verursachen konnte. Sie zuckte die Achseln, wickelte die gelben Blüten aber dennoch wieder ein. Die frischen Blätter waren nützlich, um Schmerzen beim Einschießen der Muttermilch zu lindern. Das Dienstmädchen der Banrìgh hatte erst gestern nach einem solchen Mittel gesucht, so dass ihr Unterbewusstsein Isabeau dazu veranlasst haben musste, das Kreuzkraut zu sammeln, während ihre bewussten Gedanken wanderten.

Der alte Stallbursche freute sich so sehr über die Wurzeln und Blumen, die sie ihm zum Einpflanzen mitgebracht hatte, dass er ihr keine Fragen darüber stellte, wo sie gewesen war oder warum sie voller Pferdehaare war. Stattdessen sprachen sie über Pflanzenkunde und Isabeau versprach, ihm jedes Mal, wenn sie hinausgehen durfte, neue Pflanzen mitzubringen.

Isabeau hatte gedacht, dass sie gewiss wieder hinausgehen dürfte, wenn sie Wildkräuter für Latifa sammelte. Seit die Handelsschiffe nicht mehr fuhren, stöhnte die Köchin ständig über das Problem, seltene Zutaten für ihre Delikatessen zu bekommen. Isabeau war von einer Waldhexe aufgezogen worden und wusste ebenso viel über die Eigenschaften von Pflanzen wie jede weise Frau des Waldes. Sie hatte viele kleine Kräuter und Pflanzen ausgegraben, die nicht im Küchengarten wuchsen und über die Latifa sich, wie sie wusste, freuen würde.

So strahlte die alte Köchin dann auch wirklich vor Freude, als Isabeau ihr die umfangreiche Sammlung präsentierte. »Ach, du bist ein gutes Kind!«, rief sie. »Woher wusstest du, dass ich Augentrost brauche? Ganz zu schweigen von den Augensprossenpilzen! Ich werd sie der Banrìgh heute Abend servieren und sehen, ob sie ihren Appetit anregen. Das arme Ding – sie ist so wählerisch geworden, seit sich das Kind in ihrem Leib dreht.«

Isabeau deutete auf das Kreuzkraut und Latifa nickte mit angespanntem Gesicht, während ihre schwarzen Augen funkelten. Dann strahlte sie erneut und sagte: »Komm mit, du musst hungrig sein. Ich hab einen schönen Topf Gemüsesuppe auf dem Feuer. Es freut mich zu sehen, dass deine Wangen wieder Farbe haben. Wenn du mir jedes Mal, wenn du hinausgehst, einen solch hübschen Strauß mitbringst, schwör ich, dass ich dich jeden Tag hinausschicken werde!«

Isabeau ließ sich auf einem leeren Stuhl am Tisch nieder. Einige der Küchenmädchen nickten und einer der Schildknappen zwinkerte ihr zu. Dann wurde sie wieder ignoriert, als sich das Gespräch den bevorstehenden Mittsommernachtsfeierlichkeiten zuwandte. Da die Dienstboten der Wahrheit treu ergeben waren, achteten sie alle sehr sorgfältig darauf, dem Fest keinerlei heilige Bedeutung zuzuschreiben, sondern es nur als ungeduldig erwartetes gesellschaftliches Ereignis darzustellen. Das empörte Isabeau, die gelernt hatte, dass die Mittsommernacht einer der magischsten Zeitpunkte des Jahres war. Meghan hatte zur Sommersonnenwende viele ihrer Zauber gesponnen und es war die übliche Zeit für Liebende, um über das Feuer zu springen und ihr Treuegelöbnis zu verkünden. Dieser Brauch hatte sich wohl nicht geändert, entdeckte sie, denn es gab am Tisch viel Neckerei und Gelächter, während die Dienstboten darüber spekulierten, wer in diesem Jahr zusammen übers Feuer springen würde. Auf dem Platz vor den Toren des Palastes war ein Freudenfeuer vorbereitet worden und alle Diener durften die Gärten des Rìgh betreten, wo das Fest abgehalten wurde. Es gab Tanz und Mummenschanz, und Spielleute und Jongleure aus ganz Eileanan traten auf. Mit den glühenden Kohlen des Freudenfeuers wurden Fackeln angezündet und in einer Prozession durch den ganzen Palast getragen, um die Feuer und Laternen darinnen anzuzünden.

Die Mittsommernachtsfestlichkeiten wurden unten in der Stadt nachgeahmt, obwohl dort ein armer Zauberer in den Flammen sterben musste. Isabeau erschauderte bei dem Gedanken und fragte sich, ob die Stadtbewohner ihre Laternen wohl an der Asche eines Feuers entzündeten, dass einen Mitmenschen verschlungen hatte. Sie verstand nicht, wie sie das tun konnten.

Alle Dienstboten mussten zu irgendeinem Zeitpunkt des Abends arbeiten und es gab manches Gerangel um die Schichten außerhalb der Zeit des Festes und der Feierlichkeiten. Isabeau hatte als sehr niedrige Dienstbotin in der Angelegenheit natürlich keine Wahl. Sie hörte von Sukey, dass sie eine der schlimmsten Aufgaben von allen zugewiesen bekommen hatte – während des Festes an den unteren Tischen zu servieren. Nicht nur würde sie kaum mehr tun können, als hier und da einen Mund voll

Essen zu erhaschen, sondern sie müsste noch dazu viele der Schildknappen der Lairds bedienen, die dazu neigten, Dienstmädchen in die Kehrseite zu kneifen. Aber es gab einen kleinen Trost – sie würde in der unteren Halle servieren, die an die große Halle angrenzte, in der die Prionnsachan und der obere Adel saßen. Obwohl sie in große Schwierigkeiten geraten würde, wenn man sie entdeckte, war es normalerweise möglich, durch den Vorhang zu spähen und die großen Lairds feiern und zechen zu sehen. »Du könntest vielleicht sogar die Banrìgh sehen«, sagte Sukey mit aufgeregter Stimme. »Doreen hat mir erzählt, du wärst traurig, weil du sie noch nicht gesehen hast.«

Am nächsten Tag tauchte Sukey hinter ihr auf und sagte freundlich: »Die Banrìgh hält gerade Hof, wie sie es jede Mittsommernacht tut – wir sehen alle hinter dem Vorhang zu, wenn du auch kommen willst?«

Isabeau errötete vor Freude, denn es geschah nicht oft, dass die anderen Dienstmädchen sie an etwas teilhaben ließen. Sukey führte sie halb laufend durch endlose Treppenhäuser und Flure, bis sie schließlich eine Galerie über der großen Halle erreichten. Jedoch war jegliche Sicht auf den unten befindlichen Hof durch eine Masse sich bewegender weißer Hauben und grauer Röcke versperrt. Sukey nahm Isabeaus Hand und quetschte sich hindurch, wobei Isabeau dieses eine Mal nicht zurückblieb, sondern ihre Größe und Schlankheit nutzte, um sich an zahllosen flüsternden, kichernden Mädchen mit spitzen Ellbogen und zahlreichen Unterröcken vorbeizuschlängeln.

Plötzlich verfiel die Menge in Schweigen, ebenso die unten umhereilenden, mit Samt und Spitze bekleideten Höflinge sowie die Dienstboten, die um die Vorhänge und aus Stein gemeißelten Schutzwände der Galerien herumspähten. Gepflegte Musik ergoss sich in die Stille und stieg in kleinen, fließenden Kaskaden an, die nach einer unvorstellbaren Lösung zu suchen und sie zu verfehlen schienen. Die Töne schwangen sich immer wieder empor und sanken herab, während Isabeau eine Gänsehaut bekam. Sie kniete an der Wand und presste ihr Auge an eine der Lücken in der mit Schneckenornamenten verzierten Steinmetz-arbeit, aber sie konnte nur die plaidbedeckten Schultern der Höf-linge, eine breite Steintreppe und den träge ausgestreckten Fuß eines Mannes in einem reich verzierten leichten Schuh sehen.

Die Musik veränderte sich, wurde eindringlicher, der Takt be-schleunigte sich und dann begann die den Blicken verborgene Musikerin zu singen. Ihre Stimme war unerwarteterweise tief, aber von solcher Kraft beseelt, dass Isabeau einen Schauder ver-spürte.

Die Banrìgh sang: »Meine Liebe, mein Liebling, meine gelieb-te Liebe«, wobei ihre Stimme immer höher stieg, bis das Cre-scendo in solch hohen Tönen wie die einer Lerche erklang, bis schließlich der Höhepunkt erreicht war und Isabeau unerwartet Tränen in die Augen traten. »Meine Liebe, mein Liebling, mei-ne geliebte Liebe, mein Laird!« Immer und immer wieder stieg »Mein Laird!« zu der so hoch über ihnen befindlichen Decke auf. Schließlich erstarb der letzte bebende Ton und die Galerie brach in Applaus aus. Isabeau klatschte ebenso stürmisch wie alle an-deren. Zu ihrer Überraschung wurde sie von allen um sie herum umarmt und sie erwiderte die Umarmungen und beteiligte sich an den brausenden Hochrufen aus dem Publikum. Die Schild-knappen und Dienstmädchen verbargen sich nicht länger hinter Vorhängen, sondern beugten sich über die Galerie, einige wein-ten, aber sie alle klatschten und stampften mit den Füßen. Schließlich erstarb der Lärm, teilweise von einem leisen Triller des Clàrsachs der Banrìgh unterbunden. Der Samtschuh zog sich langsam zurück und dann trat der Rìgh matt vor, in einem locke-ren grünen Gewand über einer Seidenhose. Er war schlank und dunkel, mit ordentlich geschnittenem Bart und Schnurrbart, und hatte einen verträumten, fast leeren Ausdruck auf dem Gesicht. Er murmelte etwas und hob die Hand, um seine Frau vorwärts zu führen. Isabeau konnte von der Banrìgh nur ihre zarten, weißen, unberingten Finger in der Hand des Rìgh sehen.

Als sich die Banrìgh zum Gehen wandte, schleifte ihre lange Samtschleppe über die Stufen, karmesinrot wie Rosen. Isabeaus Herz pochte ein Mal voll Schmerz. Es war die gleiche Farbe, die der Rock der Großsucherin Glynelda gehabt hatte. Isabeau presste ihre kalten schwitzenden Handflächen aneinander und sank auf die Knie.

»Rote, was ist los?«, fragte Sukey und beugte sich über sie. Sie wurden von allen Seiten bedrängt, als die lachenden und plappernden Dienstmädchen wieder an ihre Arbeit eilten.

Isabeau schüttelte den Kopf. »Mir war nur ein wenig schwindelig«, gelang es ihr zu sagen, und dann erhob sie sich vorsichtig. Sie lehnte sich an die steinernen Schneckenverzierungen, um ihr Gleichgewicht wiederzufinden, und hielt dann plötzlich den Atem an. Unten in dem sich rasch leerenden Raum schaute eine ganz in Schwarz gekleidete, kleine Frau zu ihr hoch. Isabeau konnte erkennen, wie hell ihre Augen in dem breitflächigen Gesicht waren und wie angespannt sie auf die Galerie gerichtet waren. Sie wich instinktiv in den Schutz des Vorhangs zurück.

»Das ist Sani, die Leibdienerin der Banrìgh«, flüsterte Sukey. Obwohl sie dünn und gebeugt wie eine Spinne war, strahlte die alte Frau eine Kraft aus wie ein vollständig bewaffneter Krieger. Sie stand da und schaute zur Galerie hinauf, bis die Horde Dienstmädchen plappernd verschwunden war, ohne dass ihre Aufmerksamkeit nachgelassen hätte. Beide Mädchen wagten sich erst zu regen, als sie schon lange fort war, obwohl Isabeau gar nicht wusste warum.

»Sie ist ziemlich schrecklich«, flüsterte Sukey. »Wir haben alle Angst vor ihr. Ich glaub, sie is' nur eine missgünstige alte Dienerin, aber ich bin trotzdem nich' gerne in ihrer Nähe.« Die beiden Mädchen eilten den Gang entlang zurück. »Sie hat sich übrigens nach dir erkundigt«, sagte Sukey beiläufig.

»Nach mir erkundigt? Die Dienerin der Banrìgh?«

»Ja, aber ich weiß nich' warum. Das war, als du gerade angekommen warst. Sie hat mich und Doreen gefragt, ob ein rothaariges Mädchen neu in den Palast gekommen sei, und wenn ja, woher du kämst. Wir sagten ja, aber dass du todkrank wärst.«

»War ich das wirklich?«

»Ja, wir dachten alle, du würdest gewiss sterben, so krank warst du. Jedenfalls sagte sie uns, wir bekämen beide 'nen Penny, wenn wir zu ihr kämen und ihr Bescheid sagten, ob du überleben oder sterben würdest, und wir sagten ja, wir würden es tun, aber natürlich haben wir es nich' getan. Doreen und ich kommen ihr beide nicht gerne allzu nahe, nich' mal für einen Penny. Außerdem verstehen sie und Latifa sich nich' allzu gut und wir müssen mit Latifas Launen leben, während wir Sani, wenn wir vorsichtig sind, eine Woche oder länger nicht sehen müssen.«

Als Schritte auf der Steintreppe klapperten, eilten die Mädchen in die Küche zurück. Isabeau verwirrte und ängstigte die Neuigkeit, dass die Leibdienerin der Banrìgh sich nach ihr erkundigt hatte. Sie konnte nicht vestehen, woher die kleine alte Frau auch nur ahnte, dass es sie überhaupt gab, ganz zu schweigen davon, woher sie von ihrer Verbindung zu Meghan wissen konnte. Isabeau versuchte sich mit dem Gedanken zu beruhigen, dass die Fragen der Dienerin nicht bedeuten mussten, dass sie unter Verdacht stand, aber sie kam gegen die kalten Finger der Angst nicht an, die sie berührten. Isabeaus Erfahrungen in den Händen der Liga gegen Hexen waren noch immer zu frisch, als dass sie ein solches Vorkommnis leicht genommen hätte.

Als Isabeau erst wieder in der heißen bevölkerten Küche war, hatte sie keine Zeit mehr, sich Gedanken über Sani zu machen, da Latifa ihr viele Befehle erteilte. Es war für das Mittsommernachtsfest so viel zu tun, dass Isabeau keine Zeit oder Energie aufbringen konnte, überhaupt noch an etwas anderes zu denken. In dieser Nacht schlief sie trotz ihrer Erschöpfung durch die Arbeit und die Aufregung des Tages schlecht, ihre Träume waren von karmesinroten Gewändern und Blut erfüllt.

Am Tag vor der Sommersonnenwende ruhte Iseult im Schatten einer Mooseiche, als sie in der Ferne unglaublicherweise den grellen Schrei eines Drachen hörte. »Asrohc!«, rief sie und setzte sich auf. »Das kann nicht sein ...«

Das lang gezogene Signal erklang erneut und ließ einen Schauder der Drachenangst Iseults Rückgrat hinablaufen, so dass sie wusste, dass es keine akustische Täuschung war. Dann sah sie das Aufblitzen heller Schwingen und roch Schwefel. »Asrohc!«, rief sie erneut und eilte durch die Bäume zum Tulachna Celeste. Sie war sicher, dass der Drache dort niedergehen würde, da die Dornenzweige des Waldes für die feinen Schwingen gefährlich waren. Und wirklich kreiste der goldfarbengrüne Körper des Drachen vom Himmel in den Steinkreis hinab, wobei die ausgestreckten Schwingen fast breit genug waren, um die großen Menhire umzustoßen. Auf dem Rücken des weiblichen Drachens saßen zwei Gestalten.

Obwohl sie zu weit entfernt waren, als dass Iseult sie hätte erkennen können, lief sie hin, wobei ihre morgendliche Übelkeit von ihr abfiel wie ein abgelegter Umhang. Sie lief flink den von einem Labyrinth aus Wurzeln durchsetzten Weg hinab, brach aus dem Wald auf die offene Fläche des Hügels und rannte den steilen grünen Hang ganz hinauf. Atemlos und mit Seitenstechen lief sie durch den Steinzugang und in die Arme ihrer Großmutter.

»Feuermacherin!«, rief sie. »Alte Mutter, was tust du hier?«

Die alte Frau küsste Iseult zwischen die Augenbrauen und murmelte über ihren roten Haaren in der rauen gutturalen Sprache der Khan'cohbans Grüße und Segnungen.

»Ich bin gekommen, um dich heiraten zu sehen«, erwiderte sie. »Dachtest du, ich würde dem fernbleiben? Meine Ur-Enkelin legt ihr Bein über den Rücken des Drachen – warum sollte ich es dann nicht auch tun?«

»Iseult, mein hübsches Mädchen!«, rief eine raue Stimme und Iseult fühlte sich fest an die magere Gestalt Felds von den Drachen gedrückt.

»Es tut so gut, dich zu sehen, Feld! Asrohc! Was tust du nur; seit wann lässt du Menschen einfach auf deinen Rücken klettern?«

Meine Mutter sagte, es wäre an der Zeit, dass ich meine Schwingen ausbreite, und ich hatte gehört, dass du mit einem Mann deiner Art verbunden werden sollst. Ich wollte ihn natürlich kennen lernen und sehen, ob sein Herz groß genug ist und seine Schwingen stark genug sind für einen Drachen-Lord wie dich ...

»Meghan hat mir erzählt, dass du bei der diesjährigen Sommersonnenwende geprüft werden sollst und mich hier brauchst, um den Kreis zu vervollständigen«, erklärte Feld mit einem breiten Lächeln auf dem Gesicht, während er mit einem tintenbefleckten Finger seine Brille zurechtschob. »Ich sollte auch Ishbel mitbringen, aber nichts, was ich sagen oder tun könnte, hätte sie geweckt, und so dacht ich schließlich, ich könnte deine Urgroßmutter mitbringen. Sie gehört zwar nicht dem Hexensabbat an, ist aber dennoch eine Hexe.«

»Keine Hexe, aber zumindest mächtig«, sagte die Feuermacherin zögernd im üblichen Dialekt. Nach eintausend Jahren mit den Gemeinschaften hatten die Nachfahren Faodhagans wenig von dieser Sprache behalten, aber sie und Iseult hatten von Feld gelernt, nachdem er sich entschlossen hatte, im Verfluchten Tal zu leben.

Asrohc verkündete mit einem Zucken ihres sich windenden Schwanzes, dass sie etwas zum Abendessen erjagen würde. Iseult warnte sie lachend, nicht im Verschleierten Wald zu jagen, wenn sie nicht wiederum von Meghan und den Celestine gejagt werden wollte. »Die Liga gegen Hexen hat auf den Feldern außerhalb Duncelestes anscheinend ihre eigenen Herden. Warum nährst du dich nicht daran?«, schlug sie vor. »Aber sei vorsichtig. Du bist noch immer der letzte weibliche Drache und willst dein Leben doch nicht durch einen vergifteten Pfeil verlieren!«

Diese bösen roten Hexen haben den Pakt des Aedan bereits

gebrochen, weshalb ich keinen Grund sehe, es nicht zu tun,
gähnte Asrohc und zeigte eine lange geschmeidige Zunge, die so
blau war wie der Himmel über ihnen. Sie dehnte ihre durchscheinenden goldenen Schwingen und erhob sich mühelos in die
Luft, so dass ihr Schatten den Hügel verdunkelte, bevor sie da-
vonflog.

Iseult ergriff mit einer Hand Felds Arm und mit der anderen
den der Feuermacherin und führte sie zu der Lichtung hinab,
kaum fähig, ihre Freude beim Anblick der beiden Menschen, die
ihr auf der Welt am nächsten standen, zu verbergen. Während
die Feuermacherin sie während der Winter beschützt und angeleitet hatte, hatte Feld dies während der Sommer getan, so dass
diese beiden Iseult fast alles beigebracht hatten, was sie wusste.
Iseult empfand ein wenig Angst bei dem Gedanken, Lachlan ihrer wilden stolzen Großmutter vorzustellen. Lachlan errötete
und wurde unter dem prüfenden Blick der Feuermacherin nervös, überraschte Iseult aber damit, dass er sich nicht in sein üb-
liches mürrisches Schweigen zurückzog. Stattdessen machte er
sich daran, die alte Frau zu bezaubern, begrüßte sie mit der ritu-
ellen Geste und Anrede der Khan'cohbans und behandelte sie mit
respektvoller Ehrerbietung. Nach einer Weile beugte sich der
starre Rücken und milderte sich der strenge Blick der Feuermacherin und Iseult entspannte sich erleichtert.

Es wurde an diesem Nachmittag rund um das Lagerfeuer viel
gesprochen und gelacht. Feld war während der vergangenen acht
Jahre häufig allein gewesen und wurde unter dem Einfluss von
Meghans Goldschlehenwein bedenklich gelöster. Beim Anblick
seines Versuchs, einen Gigue zu tanzen, schrien sie alle vor Lachen, als Iseult plötzlich aufschaute und eine fahle, geisterhafte
Gestalt unter den Bäumen stehen und sie beobachten sah.

Ihre sofortige Reaktion hätte heftige Angst sein sollen. Stattdessen spürte Iseult tief in sich ein ungeheures Glücksgefühl aufsteigen. Sie erkannte diese schlanke, zerbrechliche und von einem Heiligenschein fließenden silbernen Haars umgebene Frau.

Sie hatte acht Jahre ihres Lebens damit verbracht, sich um sie zu kümmern, ihr langes Haar auszukämmen, sie zu überreden, Wasser oder Haferschleim zu trinken. Es war Ishbel die Geflügelte, die so ernst dort stand. Iseults Mutter.

Sie erhob sich, schwieg und sah nur hin. Langsam erstarben das Lachen und Necken. »Ishbel!«, rief Meghan. »Du bist gekommen!«

»Ja, Meghan, ich bin gekommen«, antwortete Ishbel weich. »Ich habe wieder deine Stimme in meinen Träumen gehört und wusste, dass du mich hier haben wolltest. Meine Träume sind derzeit häufig gestört.« Sie seufzte und trat über die Baumwurzeln hinweg. »Iseult ...«, sagte sie und streckte ihrer Tochter die Hand entgegen. Mit geröteten Wangen, so dass ihre Narben stark hervorstachen, überquerte Iseult die Lichtung und trat an die Seite ihrer Mutter. Ishbels Finger schlossen sich um ihre. »Du bist schwanger, mein Kind.«

Iseult nickte. Ishbel seufzte und Tränen standen in ihren leuchtend blauen Augen. »Wenn ich daran denke, dass meine kleinen Mädchen alt genug sind, selbst Babys zu bekommen, ist das ein sehr seltsames Gefühl ...«

Sie setzte sich zu ihnen ans Feuer, wobei Iseult den Blick nicht von ihr abwenden konnte. Auch wenn sie Ishbel die Geflügelte während des Frühjahrs und Sommers der vergangenen acht Jahre jeden Tag gesehen hatte, hatte sie zu dem Zeitpunkt doch nicht gewusst, wer die schlafende Zauberin war.

Ishbel fragte nach Neuigkeiten über Isabeau und Meghan erzählte ihr, dass Isabeau sicher in Rhyssmadill bei Latifa der Köchin sei. Zögernder fragte sie nach dem Schlüssel, und ein Teil ihrer Starre fiel ab, als sie hörte, dass Meghan alle drei Teile des Abzeichens der Bewahrerin des Schlüssels ausgemacht hatte.

Die Schatten wurden länger und bald musste die Prüfung beginnen, die Nacht der Einsamkeit und des Fastens, die jeder Akoluth erdulden musste, bevor er die Aufnahmeprüfungen für den Hexensabbat absolvieren durfte. Ishbel wandte sich an Iseult und fragte scheu: »Magst du eine Weile mit mir spazieren gehen, Iseult?«

Sie traten gemeinsam durch Licht- und Schattenlinien, beide scheu und unsicher, was sie sagen sollten. Schließlich sagte Iseult: »Ich frage mich oft, ob ich gebeten wurde, mich um dich zu kümmern, weil du meine Mutter bist.«

»Ich wusste immer, dass du da warst.«

»Warum bist du nie für mich aufgewacht?«

»Ich wandelte an einem weit entfernten Ort. Ich kannte den Rückweg nicht. Ich suchte ...«

»Meinen Vater?«

»Ja.« Ishbels Augen füllten sich mit Tränen. »Aber ich habe ihn nicht finden können.«

»Die Drachenkönigin erzählte Meghan, dass er noch lebt.«

Sie schüttelte den Kopf. »Wenn er leben würde, hätte er mir geantwortet«, sagte sie. »Nichts würde ihn davon abhalten können, mir zu antworten.«

Iseult neigte den Kopf und verkrampfte die Finger. Sie wusste, dass Drachen nicht logen. Ishbel lächelte ihr traurig zu und sagte: »Euer Vater war ein bemerkenswerter Mann, Iseult. Ich wünschte, du und Isabeau hättet ihn kennen lernen können.«

Iseult nickte und erzählte ihrer Mutter dann einige der Geschichten, welche die Narbigen Krieger der Gemeinschaft der Feuerdrachen in Winternächten über ihn erzählt hatten. »Er war der Jüngste, der jemals alle sieben Narben erhielt«, sagte sie. »Und er sprach mit den Drachen und flog auf deren Rücken.«

Ishbel erzählte ihr davon, wie ihre Liebe aufgeblüht war, und sagte sanft: »Wusstest du, dass du und Isabeau in der Mittsommernacht empfangen wurdet? Wir hielten es damals für ein Vorzeichen der Freude. Seltsam, wie verschlungen unser Weg sein kann ...«

Ihre blauen Augen schimmerten erneut vor Tränen, aber sie schüttelte ihre Melancholie ab und sagte liebevoll: »Meghan erzählt mir, du hättest *Talent* im Element Luft.«

»Das scheint tatsächlich so zu sein. Ich habe schon immer in meine Hand gerufen, was ich besaß. Und dann kann ich springen ...« Sie zögerte und platzte dann mit der Frage heraus: »Kannst du mir das Fliegen beibringen?«

»Ich weiß es nicht. Ich konnte schon immer fliegen und konnte niemals jemandem erklären, wie es geht. Vielleicht hast du das *Talent* geerbt, obwohl ich mich frag, warum du dann jetzt nicht fliegst, wenn dem so wäre?«

»Könntest du versuchen, es mir zu erklären? Oder es mir vielleicht nur zeigen? Meghan sagt, man könnte manche Fertigkeit allein durchs Zuhören und Beobachten lernen.«

»In der Tat«, sagte Ishbel und schwebte plötzlich wenige Zentimeter über dem Boden. Sie schwang ihre Beine vorwärts und vollführte langsam und unendlich anmutig einen Rückwärtssalto. Sie lächelte über Iseults faszinierten und neidvollen Blick und schwebte aufwärts, um sich auf einen der massiven Äste weit über dem Kopf ihrer Tochter zu setzen. Sie klopfte liebevoll neben sich auf den Ast. »Komm, setz dich zu mir, Iseult«, rief sie.

Iseult beugte die Beine und vollführte einen hohen Salto, der sie beinahe in Greifweite des Astes brachte, auf dem Ishbel saß.

»Warum läufst und springst du?«, rief Ishbel. »Du benutzt Muskel- und Körperenergie, nicht die Eine Macht. Du verlagerst die Luft und nicht die Luft dich.« Sie glitt von dem Ast und schwebte leicht wie Distelwolle neben ihre Tochter. »Leg dich auf den Boden«, befahl sie. »Schließ die Augen. Lausche dem Wind in den Zweigen. Entspanne alle deine Muskeln, fühle dich leicht wie eine Feder, leicht wie Distelwolle, leicht wie ein Glockenfruchtsame, noch leichter ...«

Ihre Stimme verschwamm zu einem warmen, sanften Strom, süß wie Honig. Nach einer Weile hatte Iseult das Gefühl zu schweben. Dann brachte Ishbels Stimme sie zurück.

»Bin ich geschwebt?«, fragte Iseult eifrig. »Ich hatte das Gefühl.«

Ishbel schüttelte den Kopf. »Du wärst beinahe geschwebt,

mein Kind. Ich habe eine Veränderung in der Luft bemerkt, einen Energieschub. Ich denke, du könntest es vielleicht, wenn du es weiter versuchst. Häufig müssen wir die Möglichkeit, etwas tun zu können, erst annehmen, bevor wir es wirklich können. Ich habe das Gefühl, als hättest du dich stets eher auf deine Körperenergien konzentriert als auf die Energien der Welt. Nach den Prüfungen weiß ich mehr.«

Die Hexen verbrachten die Nacht ihrer Prüfung in Tulachna Celeste. Bei den ersten Anzeichen der nachlassenden Dunkelheit erhob sich Iseult steif aus ihrer kauernden Haltung und begann ihre Übungen, wodurch sie die Muskeln wärmte und das Blut beschleunigte. Lachlan schloss sich ihr schweigend an, nackt wie sie war, und dann kam Meghan aus dem Wald, wobei das graue, drahtige Haar lose um ihren Körper hing. Die weiße Strähne darin strömte wie ein Fluss und breitete sich nahe ihrer Füße wie ein Delta aus. Feld war dicht hinter ihr; er war nach so vielen Jahre, die er gegen die Kälte des Verfluchten Tales angezogen verbracht hatte, verlegen. Er breitete seinen Bart aus und schaute angestrengt zu Boden.

Ishbel schwebte vom Himmel herab und erschreckte sie, da sie erwartet hatten, dass sie seitlich um den Hügel herumkäme. Sie schien in der fahlen Dämmerung wie aus Eis gemacht, so weiß waren ihre Lippen und die Haut und so hell ihr Haar. Nur ihre Augen wiesen etwas Farbe auf – das Blau von Eisschatten.

Während sich die Hexen zu versammeln begannen, taten dies auch die Celestine. Sie erklommen langsam den Hügel, ihre Roben leuchteten in dem matten Licht geisterhaft. Weitaus mehr trafen zum Gesang am Sommerborn ein, als Iseult und Lachlan jemals zuvor gesehen hatten. *Wie kamen sie alle hierher?*, fragte sich Iseult im Stillen. Sie hatte bemerkt, wie viele sich im Steinzugang zu materialisieren schienen.

Wolkenschatten warf ihr aus kristallklaren Augen einen rätselhaften Blick zu. *Sie sind natürlich auf die Alte Art gekommen. Durch den Gesang des Sommerborns ist die Alte Art we-*

*niger gefährlich als seit Jahren und viele meinesgleichen wollten
den geflügelten Jungen singen hören und sehen, wie stark die
Quelle sprudelt. Geschichten über den geflügelten Jungen haben
sich weit durch die Hügel und Wälder verbreitet …*

Als wüsste Lachlan, dass die Celestine gekommen waren, um
ihn zu hören, sang er lieblicher denn je zuvor. Diese letzten wenigen Monate im Wald hatten ihn seinen Widerwillen, seine
Amselstimme zu gebrauchen, überwinden lassen und er sang
eine fröhliche Melodie, die sich mit dem Summen und Trillern
der Celestine verband. Von tief in der Erde sprudelte die Wasser-
quelle erneut auf und stürzte kaskadenartig den Hügel hinab.
Wo sich das verzauberte Wasser durch den Wald wand, wuchsen
Früchte, reiften Beeren und dunkelten nach und begannen Nüsse in den harten grünen Knospen der Blätter anzuschwellen. Vögel flogen in Scharen heran, um in dem glitzernden Strom zu baden, während Wassernixen in den Seichtstellen herumtollten,
wobei ihr helles Lachen wie weit entfernte Schlittenglocken
klang.

Die Celestine freuten sich über die Kraft und Reinheit der
Quelle und die Luft klang von ihrem hohen Trillern wider. Sie
wollten alle Lachlans Stirn berühren, aber Wolkenschatten
drängte sie in den Garten, wohl wissend, dass der geflügelte Prionnsa noch seine Prüfungen absolvieren musste.

Sobald die Zauberwesen fort waren, ritzte Meghan schweigend die Form eines sechszackigen Sterns in einem Kreis ins Gras
und bat sie, ihre Plätze einzunehmen. Iseult, die seltsam nervös
war, gehorchte. Sie wusste, dass sie die Prüfung bestehen musste, wenn sie als Lehrling in den Hexensabbat eintreten wollte,
und sie wollte eifrig alles lernen, was es über die Geheimnisse
der Zauberkunst und Hexengeschicklichkeit zu lernen gab.

Bevor Akoluthen die Lehrprüfung ablegten, mussten sie sich
erneut in der Ersten Prüfung der Macht beweisen, welche die
meisten das erste Mal im Alter von acht Jahren absolvierten.
Lachlan hatte seine Erste Prüfung als Kind mühelos bestanden,

hatte aber seitdem Verhexung und Exil erlitten und besaß nicht mehr die unbeschwerte Zuversicht, die er einst verspürt hatte. Iseult hatte die Erste Prüfung bald nach ihrer Begegnung mit Meghan abgelegt, um auf diese Weise die Grenzen ihrer Macht auszutesten, und obwohl sie fern vom Einflussbereich der Hexen aufgewachsen war, wusste sie, was sie zu erwarten hatte.

Sie und Lachlan waren das Frühjahr und den Sommer über eingehend auf diese Zweite Prüfung der Macht vorbereitet worden und kannten ihre Antworten auswendig. Beide waren von Natur aus ehrgeizig und wetteiferten darum, ihr Bestes zu geben. Iseult versagte bei den Prüfungen im Element Wasser und Lachlan hatte Probleme mit den Prüfungen im Element Feuer, aber schließlich lagen sie hinter ihnen und sie wurden aufgefordert, ihren ersten Hexenring zu gestalten, wie es der Brauch war.

Meghan beobachtete sie kritisch, während sie daran arbeiteten, die gefundenen Mondsteine in Ringe einzufügen. Iseult setzte ihren Stein zwischen zwei einblättrige Rosen und verzierte das Silberband mit gewundenen Dornenlinien. Es war ein Muster, das sie gut kannte, da auch ihr Drachenaugenring es aufwies.

Lachlan setzte seinen Mondstein in ein Gewirr von Geweihstangen ein und verzierte das Band mit springenden Rothirschen.

Es war übliche Praxis bei Hexenlehrlingen, ihren ersten selbst gefertigten Ring mit ihrem Mentor zu tauschen. Da Meghan sowohl Iseults als auch Lachlans Mentorin war, fiel es ihr recht schwer zu entscheiden, mit wem sie die Ringe tauschen sollte. Lachlan war ihr Verwandter und hatte so den ersten Anspruch auf sie. Aber den Mondsteinring, den sie trug, hatte Isabeau erst vor sechs Monaten für sie gemacht, im Austausch gegen den Ring, den Meghans vorheriger Lehrling Ishbel gefertigt hatte. Meghan mochte Isabeaus Ring nicht fortgeben. Unter normalen Umständen hätte sie ihn mindestens acht Jahre getragen, bis ihr Lehrling vollkommen in den Hexensabbat aufgenommen würde und sie einen anderen Akoluthen als Lehrling annehmen durfte.

Die Anwesenheit von Ishbel und Feld machte die Sache noch schwieriger. Ishbel war Iseults Muter, doch Feld hatte die meiste Verantwortung für Iseults Grundausbildung getragen. Schließlich entschied sich Meghan dafür, Feld als Iseults Mentor eintreten zu lassen, da der Mondsteinring an seinem Finger von Iseults Vater Khan'gharad angefertigt worden war. Die alte Zauberin hielt es für angemessen, dass eine der Zwillingsschwestern den Ring ihrer Mutter und die andere den Ring des Vaters tragen sollte. Khan'gharad hatte seinem Ring die Form eines sich windenden Drachens gegeben: Diese Gestalt erschien ihr passend für ein Mädchen, das von den mächtigen Zauberwesen aufgezogen worden war.

Das bedeutete, dass Lachlan Ishbels Ring bekäme, den Meghan ihr vor langer Zeit bei ihrer Lehrprüfung gegeben hatte – er war von Tabithas der Wolfsläuferin gefertigt worden und gewiss voller Macht. Da Meghan NicCuinn Ishbels Lehrerin gewesen war – warum sollte Ishbel dann nicht als Mentorin für Lachlan, Meghans Verwandten, agieren? »Ein wirklich angemessener Ring für den Jungen«, sagte sie und küsste Ishbel zum Dank.

Als beide Akoluthen ihren Mondstein stolz an der rechten Hand trugen, galt es, auch noch die letzte Herausforderung zu bestehen – die Geistprobe. Bei dieser Probe nahm Iseult ihre Rache an Lachlan für seine Selbstgefälligkeit bei ihrem Versagen in der Wasserprobe. Sie konnte mühelos die Ausstrahlung der Sumpffrosenbrosche spüren, die Meghan ihr reichte. Sie erkannte, dass sie einst einer temperamentvollen Frau mit heftigen Stimmungen gehört hatte, die rasch mit einem Schlag oder einem Kuss bei der Hand gewesen war.

Nachdem sie alles das zögerlich geäußert hatte, war sie überrascht zu sehen, dass Feld sich mit seinem langen Bart die Augen rieb und seufzte. »Ja, dass ist wirklich meine Mam. Wie deutlich du sie für mich heraufbeschwörst!«

Lachlan hörte keine Stimmen aus der Vergangenheit noch sah er Visionen von früheren Besitzern noch gewann er aus dem ihm gereichten Tuch eine Vorstellung von Empfindungen – was alles annehmbare Antworten gewesen wären. Er konnte seinen Widerwillen, seinen Geist zu öffnen, trotz aller Unterweisungen durch Meghan nicht überwinden. Er war von der Einen Macht fasziniert und hatte zugleich Angst davor. Tatsächlich hatte er deren schlimmste Seite erlebt, wie Meghan sagte – ein Bruder verhext und betrogen, zwei Brüder verwandelt und gejagt, er selbst in einer Gestalt gefangen, die halb Vogel, halb Mensch war. Meghan sagte, er hätte sich als außerordentlich viel versprechend erwiesen, als er mit acht Jahren zum ersten Mal geprüft wurde. Mit zehn Jahren war er verschwunden und wurde mit fünfzehn wieder in seine menschliche Gestalt zurückverwandelt. Er hatte sich acht Jahre lang geweigert, sich von Meghan oder Enit ausbilden zu lassen, und war so verbittert und voller Zorn, dass er nur gegen die Banrìgh ankämpfen wollte.

Die Erste Geistprobe hatte er mühelos bestanden, denn er musste sich nur ausstrecken und einen Gedanken oder ein Bild aus dem Geist eines anderen aufnehmen. Die Zweite Geistprobe beinhaltete, sich den Energieschwingungen eines anderen Menschen zu öffnen und sie zu erkennen. Er hatte sich bei einer solchen Erfahrung in der Vergangenheit schlimm verbrannt, als er als Kind eines Tages den Stiefel Mayas der Unbekannten in der Hand gehalten hatte. Mit dem, was alle anderen als den Zorn kindlicher Boshaftigkeit und Eifersucht angesehen hatten, hatte er die neue Frau seines Bruders beschuldigt, eine der gefürchteten Fairgean zu sein, die erbittertsten Feinde ihres Landes. Jaspar war zornig gewesen. Nur Mayas Eingreifen hatte Lachlan vor der Auspeitschung bewahrt. Lachlan hätte das dem, was nun folgte, vorgezogen – dem kalten Schweigen seines geliebten Bruders und ihrer Entfremdung. Nur Donncan und Feargus hatten ihm geglaubt und nur ein paar Wochen später hatte die Banrìgh sie alle in Amseln verwandelt und aus dem Fenster geworfen.

Nichts was Meghan sagen konnte, half ihm, seine Blockierung zu überwinden. Die alte Zauberin hatte gehofft, dass der Druck der Prüfungen ihn vorantreiben würde, aber er schüttelte nur den Kopf und reichte das Tuch mit verschlossener Miene zurück.

Weil er die Zweite Geistprobe nicht bestanden hatte, musste Lachlan eine Prüfung in einem Ersatzelement absolvieren, genau wie Isabeau es früher im Jahr hatte tun müssen. Er wählte das Element Wasser und bewies mühelos, dass er es handhaben und kontrollieren konnte, indem er Wasser in der Schale zu einem Strudel werden ließ und dann dessen Richtung änderte, so dass sich der Strudel entgegen dem Uhrzeigersinn drehte.

Ishbel lächelte sie sanft an. »Ihr müsst uns nun beide zeigen, wie ihr alle elementaren Mächte handhabt. Es ist an der Zeit, dass ihr eure Hexendolche gestaltet, die bei allen geweihten Riten und Ritualen benutzt werden sollen.«

»Nehmt das Silber, das die Erde hervorbringt«, intonierte Feld, »schmiedet es mit Feuer und Luft und kühlt es mit Wasser. Passt es in einen Griff aus geweihtem Haselnussholz, das ihr eigenhändig geglättet habt. Sprecht darüber die Worte des Glaubensbekenntnisses und gebt eure eigenen Energien hinein. Erst dann werdet ihr als Lehrlinge in den Hexensabbat aufgenommen. Erst dann habt ihr eure Prüfung bestanden.«

Iseult und Lachlan gehorchten bereitwillig, bedacht darauf, die Prüfungen zu beenden, damit sie sich erheben und sich strecken könnten. Iseult wurde zuerst fertig, da sie den Umgang mit Waffen gewöhnt war, und sprach mit einem Seufzer der Erleichterung Eàs Segen über ihrer schmalen Klinge.

Als sie den Hügel wieder hinabgingen, runzelte Ishbel die Stirn und sagte mit gedämpfter Stimme: »Ist es nicht seltsam, dass Iseult im Element des Geistes so stark ist, wo Isabeau darin doch so schwach war? Ich hätte gedacht ...«

Iseult spitzte die Ohren, schaute interessiert auf und war überrascht, Meghans hagere Wangen zum ersten Mal, seit sie ihr begegnet war, erröten zu sehen. Was an Ishbels Worten hatte Meghan in Verlegenheit gebracht? Und stimmte es, dass es etwas gab, worin Iseult besser war? Sie hatte sich daran gewöhnt, mit ihrem

Zwilling verglichen und für schlechter befunden zu werden. Sie beobachtete Meghans Erröten mit Interesse, aber die Hexe warf ihr aus glänzenden schwarzen Augen einen Ruhe gebietenden Blick zu und schwieg.

Der Nachmittag verging mit Muße, da alle Hexen nach den anstrengenden Prüfungen müde waren. Meghan beharrte darauf, dass Lachlan und Iseult getrennt blieben, so dass Wolkenschatten den geflügelten Prionnsa mit den übrigen Celestine in den Garten entführte. Später hörte Iseult ihn für sie singen und fühlte wohlige Zärtlichkeit durch sich hindurchströmen. Wie sehr Lachlan sich von dem mürrischen, misstrauischen Krüppel, als den sie ihn zunächst kennen gelernt hatte, verändert hatte! Sie fragte sich, ob sie diese Veränderung bewirkt hatte.

Es war am späten Abend des Mittsommernachtstages, als Latifa Isabeau fand. Diese wollte sich gerade an den langen Tisch setzen und etwas Brot und Honig essen. Irgendwie hatte sie es den ganzen Tag nicht geschafft, einen Bissen zu sich zu nehmen. Ihre Zähne schlossen sich gerade um das Brot, als Latifa ihren Arm ergriff. »Lass das stehen, Kind, du kannst später essen. Komm mit mir. Ich möchte, dass du die Feuerung säuberst.«

Sukey sah Isabeau mitfühlend an, als der Rotschopf widerwillig vom Tisch aufstand. Alle Küchemädchen hassten es, die Feuerung zu säubern, welche die Wasserrohre erwärmte, denn es war eine langwierige und schmutzige Aufgabe, die normalerweise den niedrigsten der Schankgehilfen überlassen blieb. Alle fragten sich, was Isabeau getan hatte, um Latifa so zu erzürnen, dass sie eine solch harte Strafe verdiente. Isabeau fragte sich das auch selbst.

Zu ihrer Überraschung führte Latifa sie jedoch in eine ganz andere Richtung. Sie stiegen die schmale Hintertreppe hinauf, über die Quartiere der Dienstmädchen hinaus, höher, als Isabeau jemals zuvor gewesen war. Durch lange Galerien, schmale Korridore und enge, gewundene Treppenhäuser näherten sie sich dem ältesten Teil des Palastes. Hier waren die Gänge schmal und aus grauem Stein erbaut, nicht aus glänzendem blauem Marmor. Latifa hielt in einem Gang inne, wobei die Schlüssel an ihrer Taille klimperten, und schob die Falten eines uralten Wandteppichs zurück. Dahinter war eine Tür verborgen. Latifa durchforstete ihren schweren Schlüsselring und nahm einen langen Schlüssel mit verziertem Griff zur Hand. Sie öffnete die Tür und sie traten hindurch, woraufhin Isabeaus Neugier noch wuchs.

Sie befanden sich in einem dunklen Gang. Latifa berief eine große Flamme an ihre Fingerspitze und bedeutete Isabeau mit der anderen Hand voranzugehen. Isabeau betrat vorsichtig die flackernde Dunkelheit. Latifa den Rücken zuwendend, hob sie ihre rechte Hand und versuchte, es ihr gleichzutun. Sie konnte jedoch nur eine schwache Flamme heraufbeschwören und so barg sie beide Hände wieder unter ihrer Schürze.

Dann stiegen sie eine düstere Wendeltreppe hinauf, von heftig tanzenden Schatten begleitet, während Latifa schnaufte und prustete. Bald umhüllte sie warme Dämmerung, die Treppe wand sich in einen runden Turm hinauf. An jeder Biegung befand sich ein riesiges Fenster gegenüber einer uralten Tür mit einem schmutzigen und von Spinnweben verhangenen Schloss. Zunächst zeigten die Spitzbogenfenster nur graue Mauern und Dächer, die Isabeau selbst nach Wochen des Erkundens des Palastes nicht vertraut waren. Dann erhob sich der Turm über das davor befindliche Gebäude und Isabeau konnte die dunklen Wälder Ravenshaws sehen. Einige weitere Biegungen und sie erhaschte über das Spitzdach des Palastes hinweg Blicke auf den Meeresarm. Bei jeder Biegung wurde die Sicht großartiger und weiter.

Oben im Turm befand sich ein kleiner Raum mit großen offenen Bogenfenstern, die höher waren als Isabeau. Der Wind drang durch die Laibung, zog an den Bändern von Isabeaus Haube und ließ ihre Schürze flattern.

Die Aussicht entlockte ihr Freudenschreie, denn sie konnten

direkt über den Berhtfane zum Meer sehen. Die Sonne versank hinter ihnen und der Turm warf einen langen Schatten über das Palastdach. Das Wasser schimmerte in verschwommenen Violett- und Blautönen, die hoch aufragenden Inseln wurden vom Sonnenuntergang beleuchtet. Aus den übrigen Fenstern sah man die Landschaft in samtig aprikosenfarbene Abenddämmerung gehüllt, in der hier und da erste Lichter aufflammten. Vier hohe Kerzenleuchter standen in den vier Ecken des Raumes, an den Kompasspunkten.

»Warum sind wir hier heraufgestiegen?«, fragte Isabeau.

»Es ist Mittsommernacht, Kind, das weißt du doch gewiss? Wir vom Hexensabbat versuchen uns in dieser Zeit nach Möglichkeit zu versammeln und dies ist einer unserer Treffpunkte. Kein Fenster vom Palast zeigt hierher und es ist niemand im Wald, der unsere Lichter sehen könnte. Zumindest hoffen wir das. Dieser Palast wurde auf dem Platz eines weitaus älteren Schlosses erbaut, dem Heim des Clans der MacBrann. Der Cousin des Rìgh überließ es ihm, als er den Hof von Lucescere zu verlegen beschloss. Viele Hexenriten wurden in der Vergangenheit hier abgehalten und die Türen zum Turm wurden mit Umkehrzaubern belegt, um Leute in die Irre zu führen, die sich vielleicht fragen, wie man hineingelangt. Nur wenige sind sich überhaupt bewusst, dass es ihn gibt, auch wenn man ihn vom Meeresarm aus deutlich sehen kann.«

»Ich hatt gehofft und geplant, die Mittsommerriten dieses Jahr abhalten zu können, aber es ist bei so vielen Menschen in der Nähe wirklich gefährlich! Dennoch ist Eà mit uns, denn die Banrìgh liegt im Bett – gesegnet sei das Baby – und ihre schreckliche böse Dienerin ist unten in der Stadt. Es hat an den Docks einigen Aufruhr gegeben und der Rìgh ist zu schwach und zu krank, um sich darum zu kümmern. Daher kann ich die Gelegenheit nicht ungenutzt lassen. Wir müssen das Anschwellen der Gezeiten der Macht nutzen, um den Schlüssel zu vereinen. Es ist für über einen Monat unsere letzte Chance und ich würd es nicht wagen, anders zu handeln, gleichgültig wie wichtig es ist, den Schlüssel sicher aufzubewahren.«

»Was meint Ihr mit dem Schlüssel?«, fragte Isabeau.

Latifa schnalzte verärgert mit der Zunge. »Bei der Wahrheit, Isabeau, manchmal denk ich, du wärst ein Schwachkopf! Hat Meghan dich nichts gelehrt? Der Schlüssel ist das geweihte Symbol des Hexensabbats, der Kreis und das Hexagramm. Er wird von der Bewahrerin des Schlüssels getragen, der mächtigsten Hexe im Hexensabbat.«

»Ach, ja, ich erinnere mich …«

»Das will ich auch hoffen! Was glaubst du, was du all diese Monate bei dir getragen hast?«

»Ich habe den Schlüssel bei mir getragen? Den Schlüssel der Bewahrerin des Schlüssels? Nein!«

»Hat Meghan dir das nicht gesagt? Bei der Wahrheit, ich vergess stets, dass sie von Geheimniskrämerei besessen ist. Ja, du hast den Schlüssel bei dir getragen, oder zumindest einen Teil davon. Ich hab einen weiteren Teil und Ishbel die Geflügelte hat den dritten. Meghan zerbrach den Schlüssel, weißt du …«

Isabeau erinnerte sich an die rätselhaften Worte von Jorge dem blinden Seher. Er hatte gesagt, sie trüge den Schlüssel, ›mit dem man die Ketten lösen kann, die uns binden‹. Und dann hatte auch die Celestine von einem Schlüssel gesprochen. Sie hatte gesagt, Meghan hätte den Leitstern mit dem Schlüssel weggeschlossen und er könnte nicht ohne ihn befreit werden. Sie hatte gesagt, die Macht im Leitstern verlösche. *Er muss berührt und gehalten werden, seine Macht muss genährt und gebraucht werden. Er darf nicht in Dunkelheit und Leere bleiben,* hatte die Celestine gesagt. *Wenn er gefunden und an Samhain benutzt wird, dann werden wirklich alle gerettet oder ausgeliefert …*

Zu wissen, dass sie ein Drittel des Schlüssels bei sich getragen hatte, ergab für Isabeau plötzlich Sinn. Als dieses Puzzleteil seinen Platz fand, galt das auch für viele andere. *Samhain ist der Zeitpunkt …*

Latifa kniete sich auf den Boden des kleinen Turmraums und zog einen vertrauten schwarzen Beutel aus ihrer geräumigen Schürzentasche. Isabeau stieß einen kleinen Freudenschrei aus und verspürte sofort das Verlangen, den Talisman zu berühren. Er war irgendwie zu einem Teil von ihr geworden. Sein Verlust, wie auch der Verlust ihrer Finger, hatte Isabeau in diesen letzten Monaten das Gefühl vermittelt, unvollständig zu sein. Latifa nahm dann auch noch einen Dolch, ein Bündel Kerzen, einen Strauß Kräuter und einen Beutel Salz hervor. Sie entfernte die alten Kerzen in den Ständern sorgfältig – sie waren dunkelgrün und dufteten nach Lorbeer und Wacholder, so dass Isabeau wusste, dass sie zu Beltane abgebrannt worden waren – und ersetzte sie durch hohe weiße Kerzen, die vor süß riechenden, kostbaren Ölen glänzten: Rosmarin, Brustwurz und Goldlack zum Heilen, zur Weihung, zur Steigerung psychischer Stärke und als Schutz gegen Böses. Isabeau wunderte sich über diese Wahl – normalerweise wurden Mittsommernachtskerzen mit Lavendel- und Rosenduft für Liebeszauber und zur Wahrsagung abgebrannt. Latifa wusste jedoch weitaus mehr über Kerzenzauber als sie, so dass sie schwieg.

Als Isabeau Schritte auf der Treppe hörte, spannte sie sich an. Latifa trat für eine Frau ihrer Gestalt rasch zur Treppe und spähte hinab. »Toireasa, endlich!«, rief sie. »Ich hatte mir schon Sorgen gemacht.«

Toireasa, die Oberweberin und -näherin des Palastes, war eine große hagere Frau mit dichtem braunen Haar, das im Nacken unordentlich zu einem Knoten geschlungen war. Isabeau war ihr schon mehrere Male zuvor begegnet. Sie trug einen Wasserkrug in einer Hand. »Kein Grund, sich zu sorgen«, sagte sie. »Ich kann mich nie leicht davonstehlen, aber ich schaffe es immer.«

Isabeau stand unbeholfen da, unsicher, was sie sagen oder tun sollte. Die Näherin sagte: »Guten Abend, Rote. Es freut mich zu sehen, dass Latifas Kochkunst ein wenig Fleisch auf deine Knochen bringt.«

Bevor Isabeau etwas zu sagen einfiel, hörten sie heftiges Keuchen und es kam noch jemand langsam die Treppe herauf. Isabeau konnte ihn nur mit offenem Mund anstarren, während er nach dem steilen Aufstieg nach Atem rang. Es war Riordan Säbelbein. Er roch nach den Ställen und hatte Stroh an der Jacke. Er zwinkerte ihr zu, zog vor Latifa und Toireasa seine Wollmütze und legte dann seinen Stab auf dem Boden ab. Isabeau hatte ihn sich oft darauf stützen sehen, wenn er grübelnd im Küchengarten stand, aber es war ihr niemals in den Sinn gekommen, dass es ein Hexenstab sein könnte. Es war ein knorriger Haselzweig, auf warmen Glanz poliert und geölt und von einem von Jahren der Benutzung glänzenden Holzknauf gekrönt.

»Es tut wirklich gut, dich zu sehen, Rote, und euch auch, Latifa, Toireasa. Ich hatt einige Schwierigkeiten mit dem Herkommen, denn die Gänge waren voller Leute und drei eurer Lakaien mussten mich unbedingt ansprechen.« Er blinzelte Isabeau zu und sagte freundlich: »Stallpersonal darf nicht in den Palast, wie ihr wohl wisst.«

Zuletzt kam ein Mann, den Isabeau noch nie zuvor gesehen hatte. Er war in schwarze Seide gekleidet und hatte einen schwarzen, krausen, spitz zulaufenden Bart. Seine langen weißen Finger waren mit Ringen beladen, einschließlich eines Mondsteins und eines Opals. Isabeau wunderte sich, dass er das wagte. Ringe mit Edelsteinen wurden derzeit mit großem Misstrauen betrachtet. Unter einem Arm trug er einen dünnen Spazierstock, auf den rundum komplizierte silberfarbene Muster geprägt waren. »Isabeau, dies ist Dougal MacBrann, Erbe des Prionnsa von Ravenshaw und Cousin des Rìgh. Mein Laird, dies ist Isabeau das Findelkind.« Der schlanke Laird verbeugte sich, wobei er seinen krausen Schnurrbart betastete. Isabeau neigte linkisch den Kopf.

Nun zündete Latifa in einer Steinschale genau in der Mitte des Raumes ein Feuer an und bedeutete den Hexen, den Kreis und den Stern zu betreten. Isabeau wurde schweigend zu einer der nach Norden weisenden Spitzen gewiesen, Riordan Säbelbein saß neben ihr, Toireasa im Westen und Dougal MacBrann im Osten. Sie setzte sich kerzengerade hin, während Latifa mit der Spitze ihres Dolches die Umrisse von Kreis und Pentagramm um sie zog.

»Isabeau, achte darauf, dass kein Teil deines Körpers über den magischen Kreis hinausragt«, warnte die Köchin. Isabeau schaute auf und wollte widersprechen, dass sie kein unwissender Akoluth sei. Aber der ruhige, konzentrierte Ausdruck auf Latifas Gesicht gebot ihr Einhalt und sie schwieg.

Latifa besprengte den Kreis mit Wasser und Salz und intonierte: »Ich weihe dich und beschwöre dich, o Kreis der Magie, Ring der Macht, Symbol von Perfektion und ständiger Erneuerung. Beschütze uns vor Schaden, beschütze uns vor Bösem, beschütze uns vor Verrat, beschütze uns in deinen Augen, Eà von den Monden.«

Das gleiche Ritual vollzog sie entlang der kreuz und quer verlaufenden Linien des Sterns. »Ich weihe dich und beschwöre dich, o Stern des Geistes, Pentagramm der Macht, Symbol von Feuer und Dunkelheit, o Licht in den Tiefen des Universums. Erfülle uns mit deinem dunklen Feuer, deiner wilden Dunkelheit, mache uns zu deinen Gefäßen, erfülle uns mit Licht.«

Latifa nahm ihren Platz am Scheitelpunkt des Sterns ein und ließ sich sehr mühsam zu Boden sinken. Sie intonierten die Sommerriten, während die Sonne hinter den Bergen versank. Isabeau kannte diese Reime schon seit ihrer Kindheit, und deren Vertrautheit beruhigte ihre beeinträchtigten Nerven. Sie empfand unwillkürlich Angst. Sie vollführten mitten im Palast des Rìgh ein verbotenes Ritual. Was wäre, wenn sie jemand hörte? Was wäre, wenn Sani zurückkehrte und spürte, dass Magie heraufbeschworen wurde? Was wäre, wenn eine dieser Hexen ein Spion der Liga gegen Hexen war? Die Gefahren schienen so zahlreich, dass Isabeaus Herzschlag in ihren Ohren wie eine Trommel klang.

Als sie das Ritual beendet hatten, war es dämmerig. Das Feuer warf einen roten Schein auf ihre Gesichter. Schwarze Schatten sprangen in dem Turmraum umher. »Es ist Mondaufgang«, sagte Latifa leise. »Konzentriert eure Energien, meine Freunde, hütet euren Geist. Der Zauber soll beginnen.«

Sie nahm langam den Talisman aus dem Beutel aus Nyxhaar. Isabeau konnte seine Magie sofort in sich pochen spüren. Er schien zu singen. Die glatten Oberflächen an den drei Seiten des schmalen Dreiecks waren mit magischen Symbolen versehen. Latifa hielt ihn über das Feuer und ließ ihn dann los. Als sich der duftende Rauch darum und durch ihn hindurchwand, begann der Talisman über den Flammen zu schweben.

Latifa löste den großen Schlüsselring von ihrem Gürtel. Isabeau hatte diese Schlüssel jeden Tag gesehen, seit sie in Rhyssmadill war, denn die Köchin legte sie niemals ab. An dem großen Ring hingen Schlüssel zu den Lagerräumen, den Speisekammern, den Wäscheschränken und Kellern. Die Köchin nahm die Schlüssel in allen möglichen Formen, Größen und aus allen möglichen Metallen vorsichtig ab und legte sie neben ihrem rundlichen Knie auf den Boden. Der Ring, an dem sie gehangen hatten, verblieb in ihrer Hand. Isabeau merkte, dass sie sich nur schwer darauf konzentrieren konnte. Latifa vollführte eine Reihe komplizierter Gesten darüber, während sie etwas murmelte. Grünes Feuer flammte auf. Plötzlich verdoppelte sich die in dem Ring eingerollte Macht. Der Gesang wurde zu Harmonie.

Isabeau konnte den Ring nun klaren Auges betrachten. Sie sah, dass er aus demselben dunklen Metall gefertigt war wie ihr Dreieck, auf allen Seiten glatt und mit magischen Symbolen versehen. »Er ist ein Teil des Schlüssels«, rief sie aus.

»So ist es«, erwiderte Latifa. »Wundervoll, was eine einfache kleine Zauberformel wie ein Umkehrzauber bewirken kann. Ich habe den Schlüsselring sechzehn Jahre lang an der Taille getragen und niemand hat es gemerkt.«

Im Osten war inzwischen Gladrielle aufgegangen, durchscheinend und blau. Das karmesinrote Gesicht Magnyssons begann gerade erst über den Horizont zu spähen. Nur wenige der Gipfel auf der Insel waren noch von den letzten Sonnenstrahlen vergoldet. Die Übrigen schwammen in Schatten. Latifa begann leise zu intonieren:

»Im Namen Eàs, unser aller Mutter und Vater, gebiete ich dir.
Bei der Macht aller Götter und Göttinnen, die eins sind, gebiete ich dir.
Bei der Macht des Universums, von Zeit und Raum, gebiete ich dir.
Mache heil, was zerbrochen wurde,
vervollständige, was getrennt wurde.
Bei aller Macht des Landes und des Meeres,
bei aller Macht der Monde und der Sonne –
mache heil, was zerbrochen wurde,
vervollständige, was getrennt wurde.
Bei aller Macht des Landes und des Meeres,
bei aller Macht der Monde und der Sonne –
mache heil, was zerbrochen wurde,
vervollständige, was getrennt wurde.
Wie wir es wünschen, wie wir es wollen, so soll es sein.
Sprich den Zauber, lass es geschehen!«

Während sie die Worte intonierte, ließ sie den Kreis in der Luft über dem Feuer schweben. Dort ruhte er, nur wenige Zentimeter über dem schwebenden Dreieck. Der Turmraum wurde von Mondlicht erfüllt, als die letzten Sonnenstrahlen verblassten. Gladrielle schien silberfarben, vermischte sich mit der Wärme von Magnyssons Licht, als sich der größere der beiden Monde über den Horizont erhob. Als Latifa die letzten Worte rief, verbanden sich das Dreieck und der Kreis mit hörbarem Klicken. Isabeau wurde sich sofort der veränderten Atmosphäre bewusst. Der Gesang des Schlüssels verblasste zu einem leisen Wiegenlied.

Die fünf Hexen beobachteten, wie der Talisman über den Kohlen schwebte, ein von drei Linien durchkreuzter Kreis. Im Mondschein wirkten die auf die glatte Oberfläche geritzten Formen wie starke Vertiefungen. Mit Gesten und gemurmelten Worten hob Latifa den Umkehrzauber auf und hängte ihre Schlüssel dann wieder vorsichtig an den Ring.

Obwohl sich Isabeau mit aller Willenskraft konzentrierte, konnte sie ihre Aufmerksamkeit doch nicht auf den Schlüsselring beschränken. Sie erkannte verschwommen, dass der Ring kreuz und quer von Metall überzogen war, wo zuvor nichts gewesen war, aber ihr Blick glitt ab, bevor sie es wirklich untersuchen konnte. Latifa lächelte ihr ein wenig müde zu. »Es ist vollbracht«, sagte sie. »Der Schlüssel ist noch nich' vollständig, aber wir haben zwei Teile davon und Meghan den dritten. Wir sind der Erlösung des Leitsterns näher als seit sechzehn Jahren.«

»Hoffen wir, dass es nicht mehr allzu lange dauert«, sagte der Prionnsa von Ravenshaw. »Der Leitstern war lange genug verborgen.«

Dann streckten sich alle und murmelten und Latifa öffnete den magischen Kreis mit ihrem Dolch und hieß sie alle aufstehen und umhergehen. Isabeau wurde gebeten, das Feuer auszulöschen und den Raum zu säubern, während einer nach dem anderen davonging. Schließlich war nur noch Latifa übrig, die genau beobachtete, wie Isabeau die Asche mit der kleinen Schaufel und dem Besen auffegte, die sie in dem Glauben mitgebracht hatte, sie sollte die Feuerstelle säubern.

»Nun können wir etwas essen gehen«, sagte Latifa lächelnd. »Ich musste dich bis zu den Mittsommernachtsriten fasten lassen, aber du wirst all deine Kraft für die Feierlichkeiten heute Abend brauchen. Es wird eine lange Nacht werden.«

Mittsommernacht

Iain MacFóghnan wurde von einer Berührung an der Schulter geweckt. Der Kämmerer seiner Mutter, Khan'tirell, war lautlos in seinen Raum geschlüpft. Iain erschrak und warf das Tintenfass um. Ein Strom Dunkelblau ergoss sich über den Tisch.

»K-K-Khan'tirell ...«, sagte er, während er die verschüttete Tinte aufwischte. »Ihr habt mich e-e-erschreckt! Was ist los?«

»Eure Mutter ersucht um das Vergnügen Eurer Anwesenheit im Thronraum«, erwiderte der Kämmerer mit seiner stark akzentuierten Stimme. Sein scharfkantiges grimmiges Gesicht und die gedrehten Hörner straften seine glatte Art und Miene Lügen, wie auch die jeweils drei parallel verlaufenden Narben auf beiden hageren Wangen, die sich weiß von der Haut abhoben. Iain hatte Angst vor Khan'tirell, der unter seinesgleichen ein gefeierter Krieger war. Er wusste sehr genau, dass der Kämmerer ihn verachtete.

»G-G-Gut, sagt meiner M-M-Mutter, dass ich gleich komme«, bemerkte Iain bemüht kühl.

»Wie Ihr wünscht, mein Laird.« Khan'tirell ging ebenso lautlos wie er gekommen war.

Iain stand sofort auf und eilte durch sein Schlafzimmer, während er das tintenbefleckte Hemd auszog. Er goss aus dem Krug auf dem Beistelltisch Wasser in eine mit einer Distel verzierte Schüssel und schrubbte sich heftig Gesicht und Hände. Dann strich er sich eilig das weiche braune Haar zurück und schlüpfte in ein frisches Hemd. Nach kurzer Überlegung tauschte er seinen schäbigen alten Kilt gegen eine schwarze Samthose, die an den Knien purpurfarben gebunden wurde, ein purpurfarbenschwarzes Wams und mit Disteln bestickte Strümpfe aus. Er sollte seiner Mutter lieber keinen Grund liefern, ihn zu schelten. Sie war schon schlechter Stimmung, seit die Mesmerdean gekommen waren und ihr von dem Massaker an ihren Eibrüdern im Verschleierten Wald berichtet hatten. Eine ganze Brut von Mesmerdean war durch die Hand Meghan NicCuinns und ihrer Gefährten gestorben, woraufhin sich die gesamte Rasse zum Trauern in die Moore zurückgezogen hatte. Nur die Mesmerdean im aktiven Dienst der Banprionnsa wurden davon befreit, was aber dennoch bedeutete, dass viele von Margrits Plänen verschoben werden mussten.

Iain lief durch die breiten Gänge zu der großartigen geschwungenen Treppe und eilte sie hinab, so schnell er konnte, ohne den Halt zu verlieren. Niemand ließ die Banprionnsa von Arran warten, wenn man es irgend verhindern konnte. Er verlangsamte seine Schritte erst, als er sich den großen Doppeltüren des Thronraums näherte, und überprüfte nervös seine Haare und Kleidung, bevor er die Türen leise aufschob.

Seine Mutter lehnte auf den purpurfarbenen Kissen ihres mit Schnitzereien verzierten und vergoldeten Thrones und betrachtete die Ringe, die beinahe jeden Finger ihrer Hände schmückten. Zu beiden Seiten des Throns standen reihenweise Soldaten in langen weißen Wappenröcken über Halsbergen und Panzerhosen. Ihre Wappenröcke und Banner waren mit scharlachroten Fitchékreuzen geschmückt und an ihrer Spitze stand eine Berhtilde. Ihre schwere Kleidung konnte nur unvollkommen verbergen, dass ihr die linke Brust abgeschnitten worden war.

Iain hielt im Schritt inne, fing sich aber sofort wieder. Er versuchte, mit würdevoller Erhabenheit (und sich nur allzu bewusst, dass er wie ein Narr wirkte) in die Mitte des Raumes zu schreiten, wo er sich verbeugte und sich vorsagte: *Rechter Fuß vor-*

wärts, linkes Bein gebeugt, rechtes Bein von den Hüften aus beugen, linke Hand schwingen …

»Mein Lieber, deine Verbeugung wird mit jedem Tag höfischer«, säuselte seine Mutter. »Du wirkst einem MacFóghnan allmählich ähnlicher. Verbeuge dich vor deiner Braut.«

Iain erstarrte. Er richtete sich auf, sah sich rasch im Raum um und erblickte ein schlankes, hübsches Mädchen, das auf einer der Chaiselongues an der Wand saß. Sie trug ein bescheidenes graues Gewand, ihr Haar war von einer grauen Haube bedeckt. Sie wirkte eher wie ein Zimmermädchen in einem Landhaus als wie eine Banprionnsa. Neben ihr saß eine hartgesichtige Frau mit deutlich sichtbarem Kinnbart.

Iain verbeugte sich mit ausdruckslosem Gesicht so gekonnt wie möglich. Das Mädchen erhob sich eher schüchtern und knickste. »Elfrida Elise NicHilde, ich habe das große Vergnügen, Euch meinen Sohn, den Prionnsa Iain Strathclyde MacFóghnan, Erbe des Turms der Nebel und ganz Arrans, vorzustellen. Elfrida ist natürlich die Tochter und einzige Erbin von Dieter MacHilde, ehemaliger Prionnsa von Tìrsoilleir.«

Iain spürte eher, als er es sah, wie die Soldaten Haltung annahmen, sowie die Anspannung in der schmächtigen Gestalt seiner Braut.

»Iain, deine Braut ist weit gereist, um bei dir zu sein. Sie wird vor der Zeremonie Ruhe brauchen, damit ihre ganze Schönheit zur Geltung kommt. Die Hochzeit wird heute Abend stattfinden, um sieben Uhr. Sorge dafür, dass du bereit bist.«

Mit recht rasch pochendem Herzen beugte Iain ergeben den Kopf, bevor er seiner zukünftigen Frau einen weiteren schnellen Blick zuwarf. Iain hatte schon seit Monaten, seit seine Mutter ihm mitgeteilt hatte, dass sie eine Heirat mit einer NicHilde arrangiert hatte, Albträume von einem großen drallen Mädchen, das ihm im Reiten, Schießen und Kämpfen überlegen wäre. Die MacHildes waren die Abkömmlinge Berhtildes, der größten Kämpferin, die ihre Welt jemals gekannt hatte, bekannt für ihre

Skrupellosigkeit und große Kraft. Diese NicHilde war klein, mit spitzem Gesicht und großen, bangen, grauen Augen. Iain spürte seine Nervosität schwinden und riskierte es, ihr rasch zuzulächeln, während seine Mutter mit der bärtigen Hofdame sprach. Zu seiner Freude erwiderte sie sein Lächeln, wobei ihr eher einfaches Gesicht vor Liebenswürdigkeit und Liebreiz aufleuchtete.

»D-D-Darf ich Euch zu Euren Räumen begleiten, M-M-Mylady?«, fragte er.

»Du darfst«, erwiderte seine Mutter, während sie den beiden einen raschen schlauen Blick zuwarf. »Ihre Räume sind deine Räume, Iain. Es soll so bald wie möglich ein Erbe empfangen werden. Ich hoffe, sie sind für deine neue Braut in vorzeigbarem Zustand?«

Iain errötete, als er an das Durcheinander tintenbefleckter Kleidungsstücke und an den von ebenfalls tintenbeschmierten Büchern und Papieren übersäten Schreibtisch sowie das ungemachte Bett dachte.

»Vermutlich nicht.« Margrit lächelte. Sie wandte sich an die bärtige Frau und sagte im Plauderton: »Es heißt, das Blut verrät sich stets. Der Vater meines Sohnes war nur ein niederer Laird und mehr an der Jagd und am Verführen von Dienstmädchen interessiert als an Staatsangelegenheiten. Ich fürchte, Iain hat seine Unzulänglichkeiten geerbt.«

Dieses Mal errötete Iain bis zu den Haarwurzeln und ballte seine Hände unbewusst zu Fäusten. Margrit lächelte und umschmeichelte sie weiterhin. »Flattert davon, meine kleinen Täubchen. Elfrida, meine Liebe, wir werden dir passendere Kleidung besorgen müssen. Du siehst wie ein Dienstmädchen aus. Ich werd dir meine Näherinnen schicken. In der Zwischenzeit, Iain, versuche deine Hände von ihr zu lassen. Sie wird in wenigen Stunden dein sein, dann kannst du sie entjungfern. Wir wollen doch sicherstellen, dass sie noch immer Jungfrau ist, wenn die Eheschwüre geleistet werden.«

Iain war sich bewusst, dass das Mädchen errötete und die Augen senkte, und fragte sich, warum seine Mutter stets so grob war, wenn sie doch vorgab, so feingeistig zu sein. Mit einer weiteren leichten Verbeugung streckte er die Hand zu Elfrida aus und sie legte nach einem kurzen Moment des Zögerns die ihre hinein. Sie war kalt und zitterte. Er widerstand dem Drang, sie beruhigend zu drücken, und führte sie in den Gang hinaus.

Kein Wort wurde auf dem Weg zu seiner Zimmerflucht zwischen ihnen gewechselt. Iain schwankte zwischen Gedanken an Flucht und dem Verlangen sie zu trösten. Nur das Wissen, dass seine Mutter die Mesmerdean aussenden würde, um ihn zu jagen, hinderte ihn daran, hier und jetzt vor allem davonzulaufen. Er errötete vor Verlegenheit, während er sie in sein unordentliches Wohnzimmer drängte. »Es tut mir Leid, ich w-w-wusste nicht, dass Ihr kommt.«

Sie strich mit beiden Händen ihre Haube zurück und enthüllte damit helles goldfarbenes Haar, das am Hinterkopf mit einem schwarzen Haarband gebunden war. Ihr Gesicht war so schmal und farblos, dass ihr diese Frisur nicht stand und ihre Augen viel zu groß wirken ließ. Als er die Hände ausstreckte, um ihr die Haube abzunehmen, schrak sie zurück.

Er suchte nach Worten. »Ist n-n-niemand von Eurer Familie mitgekommen, um zuzusehen, wie Ihr m-m-meine ...« Er kämpfte einen Moment und stieß schließlich hervor: »Frau werdet?«

Sie schüttelte den Kopf. »Ich habe keine Familie«, sagte sie mit sanfter Stimme. »Sie sind alle in den Unruhen umgekommen. Meine Mutter starb bei meiner Geburt, mein Vater kurz danach.«

Iain verfluchte sich für seine Taktlosigkeit. Er hatte die Geschichte und Politik eines jeden Landes der Fernen Inseln ausführlich gelernt. Er wusste, dass die königliche Familie von Tirsoilleir schon vor langer Zeit ausgelöscht worden war und das Land stattdessen von einem Konzil regiert wurde, das aus Kriegern und Priestern erwählt wurde. Trotz mehrerer erfolgreicher

Aufstände durch die MacHildes hatte das Konzil den Thron immer wieder niedergeworfen und mehr als zwanzig Jahre lang unangefochten regiert. Der Erbe des Throns, Dieter MacHilde, war vor ungefähr fünfzehn Jahren gestorben, als er aus dem Gefängnis zu entfliehen versuchte, in dem er sein ganzes Leben verbracht hatte. Elfrida musste zu der Zeit erst drei Jahre alt gewesen sein, denn sie war jetzt achtzehn, wirkte aber jünger. Er fragte sich, ob sie in dem Gefängnis geboren und aufgezogen worden war, wo ihr Vater lebte, und spürte, wie sein Herz von Mitleid vereinnahmt wurde.

Elfrida schaute augenblicklich auf und ihr weicher, blasser Mund wurde zu einer schmalen Linie. »Ich wurde von der Fealde und dem Konzil mein ganzes Leben lang gut behandelt. Sie haben mich ernährt und auf Kosten des Volkes gelehrt und dafür bin ich dankbar. Mein Leben war im Vergleich zu vielen der Gerechten leicht, ich wurde verwöhnt und ich danke unserem heiligen Gott und preise ihn, dass ich trotz meines Erbes, auf dem der Makel der Zauberei liegt, leben durfte.«

Iain sah sich eher fahrig um und sagte dann laut: »Hier ist etwas, was Euch v-v-vielleicht gefällt, Mylady.« Er zog rasch eine wunderschöne Spieluhr auf und ließ sie einen träumerischen Walzer spielen. Dann nahm er Elfridas Hand in seine und flüsterte ihr ins Ohr: »Ihr m-m-müsst wissen, dass Ihr Euch in einer der l-l-letzten Hochburgen der Magie befindet! Lasst meine M-M-Mutter nicht hören, dass Ihr von einem ›Makel‹ sprecht. Sie wird sehr zornig sein und glaubt m-m-mir, Ihr wollt nicht, dass sie zornig auf Euch ist.«

Elfrida warf ihm einen Blick aus ihren großen grauen Augen zu und flüsterte zurück: »Belauscht sie Euch in Euren Räumen?«

»Sie lauscht überall«, murmelte Iain.

Elfrida nickte. »Ich bin daran gewöhnt. Ich wurde in Bride auch stets bespitzelt. Ihr müsst mir erklären, was ich sagen und tun darf, und braucht keine Angst zu haben, dass ich es vergesse.«

Iain, dem seine Braut mit jeder Minute besser gefiel, führte sie an der Hand zum Fenstersims, wo sie sich in den Schutz der dichten Vorhänge setzten. »Ihr d-d-dürft ihr niemals widersprechen oder ihr nicht gehorchen«, flüsterte er. »Ihr d-d-dürft Euch niemals irgendwelche Empfindungen anmerken lassen, die sie nicht zu sehen w-w-wünscht. Ihr müsst Eure wahren Gefühle für Euch behalten und das ist schwer, denn sie kann Eure Gedanken lesen, wenn Ihr n-n-nicht aufpasst. Sie glaubt, Ihr besäßet starke Magie. Ist das so?«

Ihr Gesicht war angespannt. »Ich weiß es nicht. Ich wurde niemals ausgebildet. Ich ... weiß manchmal Dinge ...«

In Bride wurden vermutliche Hexen verbrannt. Iain wusste das und drückte ihre Hand. Sie erwiderte den Druck nicht. »Ihr m-m-müsst so rasch lernen, wie Ihr könnt. Ich werde Euch nach Möglichkeit helfen.«

Sie nickte und er neigte den Kopf näher zu ihr. Ihre Haut war unglaublich glatt und lieblich und sie duftete schwach und frisch. Er spürte, wie sich sein Körper vor Verlangen und Zweifeln verkrampfte und zog sich ein wenig zurück. Sie schaute zu ihm hoch, die grauen Augen leuchtend, und er fragte schüchtern: »Wie empfindet I-I-Ihr diese Heirat?«

»Ich bin der Fealde dankbar, dass sie eine solche vorteilhafte Heirat für mich ausgehandelt haben. Ich danke unserem Heiligen Vater für seine Segnungen und sein Verzeihen und bete darum, dass ich für wert befunden werden möge.« Ihre Stimme klang erneut tonlos, so als wiederhole sie etwas auswendig Gelerntes.

»Ihr wünschtet n-n-nicht ... Ihr habt keine ... Ihr habt keine Angst? S-s-so weit weg von Zuhause?«

»Ich bin froh, dass ich von Tìrsoilleir fort bin«, zischte sie unerwarteterweise. »Gleichgültig wie schrecklich es hier ist, kann es nicht schlimmer als in Bride sein!«

Iain wollte gerade nachhaken, als sich der Vorhang in einem Luftzug leicht bauschte. Er sagte laut: »Seht nur, Elfrida, seht Ihr, wie die Schwäne fliegen? Sehen sie n-n-nicht hübsch aus?«

Elfrida warf ihm einen scharfen Blick zu und drehte sich dann auf ihrem Platz, so dass sie über den dunstigen Murkmyre hinaussah. Jenseits des Sees waren die Moore in Grau gehüllt, aber vor einem klaren Himmel flogen zwei Schwäne; das Rosenfarben und Karmesinrot ihrer Schwingen leuchtete im Schein der untergehenden Sonne. Elfrida stieß einen echten Freudenruf aus und kniete sich auf den Sitz, damit sie die Vögel über den perlmuttartigen, verschnörkelten Minaretten des Turms der Nebel richtig sehen konnte.

Iain schob die Vorhänge zurück und sagte mit nur leicht zitternder Stimme: »N-n-nun sollte ich Euch besser verlassen, Mylady, denn Ihr müsst sehr müde sein und Euch nach einem Bad und Ruhe s-s-sehnen. Bitte vergebt mir die Unordnung in meinen Räumen. Ich werde sofort ein Zimmerm-m-mädchen heraufschicken …«

Wie erwartet hatte Khan'tirell seinen Raum betreten und machte ein großes Aufheben davon, einige der verstreuten Kleidungsstücke aufzusammeln. Iain sagte: »Ah, Khan'tirell, Eure Wahl des Zeitpunkts ist wie immer tadellos. Mylady Elfrida b-b-braucht Hilfe. Ich werde sie Euren geschickten Händen überlassen.«

Es verschaffte ihm ungeheure Befriedigung, das leicht überraschte Zucken auf Khan'tirells Gesicht zu sehen. Zum wahrscheinlich ersten Mal in seinem dreiundzwanzigjährigen Leben war er dem Kämmerer seiner Mutter überlegen und er hatte Mühe, sein Gesicht ausdruckslos scheinen zu lassen. Als er den Raum erst verlassen hatte, erlaubte er sich ein leichtes Lächeln und eilte dann durch die großen Korridore, bis er zu dem Turm gelangte, wo die Theurgia seiner Mutter untergebracht war. Keine Wache stand vor der alten eisenbeschlagenen Tür, da Margrit darauf vertraute, dass ihre unfreiwilligen Schüler nach ihrem letzten unheilvollen Fluchtversuch keinen weiteren Versuch unternehmen würden.

Iain konnte das Schloss leicht öffnen und schlüpfte hinein. Er verschloss die Tür hinter sich wieder und wandte sich mit einem Finger auf den Lippen zu dem Raum voller Kinder um. Man wusste nie, wann seine Mutter lauschte.

Der Raum war auf allen Seiten von unordentlich in Regale gestopften Büchern und Schriftrollen gesäumt. Ein langer Tisch, der stark von Tinte und Kratzern überzogen war, füllte den größten Teil des Raumes aus. Auf einer Anrichte befanden sich ein Laib dunkles Brot, von stumpfen Messern verunstaltet, und kaltes Wasser. Iain wünschte, er hätte daran gedacht, einige Leckerbissen von seinem Essen für die Kinder mitzubringen. Seine Mutter hielt die Methode, die Kinder durch Aushungern zu unterwerfen, für ebenso brauchbar wie jede andere Vorgehensweise.

Die meisten der kleineren Kinder scharten sich hoffnungsvoll um Iains Beine, als er sich dem Feuer näherte, und er musste erst den Kopf schütteln und seine leeren Taschen zeigen, bevor sie ihn in Ruhe ließen. Entschuldigungen murmelnd zog er sich einen Stuhl ans andere Ende des Tisches, wo ein größerer Junge saß und mit drei jüngeren Burschen planlos Karten spielte.

Douglas MacSeinn lächelte ihm zu, wobei seine meergrünen Augen glänzten, und machte mit der linken Hand ein Zeichen. Sofort verließen die drei anderen Jungen ihre Plätze und traten zum Fenster, um ein lautes Spiel zu spielen. Unter dem Schutz ihres Lachens flüsterte Iain: »Sie ist g-g-gekommen.«

Douglas wusste sofort, wen er meinte, und dachte: *Es ist an der Zeit zu gehen …*

Das glaub ich nicht, erwiderte Iain. *Ich soll mich jetzt auf meine Hochzeit vorbereiten. Ich werde bald vermisst werden. Ich denke, wir müssen noch warten.*

Aber du kannst doch nicht die große vollbusige Blonde heiraten!

Iain lächelte und flüsterte: »Sie ist blond, aber nicht so groß.«

»Du hast sie kennen gelernt?«

»Aye. Ihr N-N-Name ist Elfrida. Es sind ungefähr sechzig Soldaten bei ihr und offensichtlich kommen noch weitere Tausend durch den Nebel heran. Es ist Wahnsinn! Meine M-M-Mutter muss Zauberwesen der Moore geschickt haben, um ihnen den Weg zu zeigen, denn sonst hätten sie nicht in die M-M-Moore gelangen können. Ich wette, sie lässt sie für ihre Hilfe t-t-teuer bezahlen!«

»Eintausend! Das ist recht viel.«

»Aufgrund einer Bemerkung von Elfridas Z-Z-Zofe glaube ich, dass eine Division ähnlicher Größe die Große Wasserscheide zu bewältigen v-v-versucht, um von Aslinn aus B-B-Blèssem anzugreifen.«

»Selbst wenn die Soldaten Seile und Leitern einsetzen, wird die Bewältigung der Großen Wasserscheide langsam vonstatten gehen«, sagte Douglas zuversichtlich. Er hatte den dreihundert Fuß hohen Felsen selbst erklimmen müssen und wusste daher, dass es keine leichte Aufgabe war.

»Ja, in der Tat, aber wer weiß, wann sie aufgebrochen sind?«, erklärte Iain. »Es ist jetzt M-M-Mittsommernacht. Sie hätten die Große Wasserscheide schon bewältigen können, seit der Schnee geschmolzen ist. Das war, als meine M-M-Mutter das Bündnis unterzeichnete, so dass ihre Pläne schon da der Verwirklichung nahe gewesen sein müssen. Dann ist es nur allzu leicht für sie, sich in Aslinn zu verbergen, denn nur w-w-wenige leben jetzt draußen in den Wäldern.«

Douglas nickte mit grimmigem Gesicht. »Du hast Recht. Wir können es wirklich nicht wissen.«

»Ich werde versuchen, v-v-von Elfrida mehr zu erfahren.«

»Aber sie kommt aus Tirsoilleir! Du kannst ihr nich' trauen!«

»Ich denke, das könnte ich doch«, sagte Iain nachdenklich. »Aber ich werd es noch nicht tun. Sie mag jedoch die Fealde nicht, Douglas. Denk darüber nach. Die Kirche hat ihre Familie entthront und sie ihr ganzes Leben lang in einem G-G-Gefängnis eingesperrt. Sie will nur von ihr frei sein.«

»Ich könnte wetten, dass sie die Monarchie in Tirsoilleir wie-

derherstellen will«, rief Douglas. »Dann wäre sie eine Banprionnsa.«

»V-V-Vielleicht. Wer weiß? Ich glaub, sie wird sich dennoch
als Verbündete erweisen.«

»Du darfst ihr nichts von unseren Fluchtplänen erzählen!«

Iain legte einen Finger auf die Lippen, um seinen Freund aufzufordern, leise zu sprechen. »Ich werd es ihr n-n-nicht erzählen«, flüsterte er beruhigend. »Jedenfalls noch nicht. Nach heute Abend wird sie jedoch meine F-F-Frau sein. Irgendwann muss
ich es ihr sagen.«

»So bald schon! Heute Abend!«

»Ja, meine M-M-Mutter verschwendet nicht gerne Zeit. Außerdem ist Mittsommernacht – ich glaube, sie hatte schon immer
g-g-geplant, dass ich heute Abend übers F-F-Feuer springen sollte. Sie hängt sehr an T-T-Traditionen.«

»Ach, Iain, das tut mir so Leid! Bist du sicher, dass du nicht
vorher davonlaufen willst?«

»Ja. Ich glaub, es wird b-b-besser als ich dachte.«

»Oh, also ist sie eine Schönheit«, sagte Douglas neckend.

»Keine Sch-Sch-Schönheit, aber ein hübsches kleines Mädchen und klüger als sie aussieht. Wir unterliegen beide dem Willen und dem Ehrgeiz anderer, zumindest das haben wir g-g-ge-
meinsam.«

»Heute Abend …«, sann Douglas.

»Ja. Ich frag mich, ob du wohl t-t-teilnehmen darfst. Meine
M-M-Mutter wird dafür sorgen, dass die Hochzeit mit soviel P-
P-Prunk und Zeremoniell wie möglich stattfindet. Ich bin vielleicht nur der Sohn eines unbedeutenderen L-L-Laird, aber dennoch ein Abkömmling der O'Fóghnan.« Erneut klang Bitterkeit
in seiner Stimme mit. »Ich werde meine M-M-Mutter um Erlaubnis bitten. Es ist an der Zeit, Stufe zwei unserer Pläne einzu-
leiten.«

Er fragte seine Mutter augenblicklich und erklärte, wie klug es
wäre, den Schülern nun, wo sie begriffen hatten, dass Wider-

stand zwecklos war, mehr Freiheit und Privilegien zu gewähren. »Hat Fóghnan nicht gesagt, der Schlag einer Eisenfaust, gefolgt vom Streicheln eines Samthandschuhs, sei die beste Art, den Geist eines M-M-Menschen zu brechen?«

»Fóghnan hat das nicht gesagt, aber es ist dennoch ein guter Rat«, sagte seine Mutter mit grimmiger Miene. »Du scheinst letztendlich etwas scharfsinniger zu werden, Iain. Ich war in den letzten Monaten zufrieden mit dir. Du warst vernünftig und hast getan, worum ich dich gebeten habe, ohne dieses Schmollen und die schlechte Laune, die ich so verachte.«

»Danke, M-M-Mutter«, erwiderte Iain, wobei sich seine Zunge trotz aller seiner Bemühungen noch immer verhedderte. Er zögerte und sagte dann: »Es kam mir in den Sinn, M-M-Mutter, dass die Schüler der Theurgia vielleicht Nutzen aus ein wenig Z-Z-Zeit in den Gärten oder am See ziehen würden. Es ist Mittsommer – und doch wirken alle eher blass und spitz. Hast du mir nicht einmal gesagt, dass man den K-K-Körper ebenso entwickeln sollte wie den Geist und dass eine wahre Hexe sowohl physisch als auch m-m-mental stark und m-m-mächtig sein sollte?«

»Das hab ich in der Tat gesagt, Iain«, erwiderte seine Mutter herzlich. »Ich habe die Art, wie du deine Zeit mit dem Kopf über den Büchern verbracht hast, stets missbilligt. Man braucht sowohl körperliche als auch geistige Kraft, um sein Potenzial vollkommen zu erkennen.«

»Außerdem h-h-hab ich gedacht, dass die Kinder wesentlich g-g-glücklicher und ruhiger würden, wenn sie die Moore ebenso lieben lernen w-w-wie wir. Wenn sie sähen, wie sch-sch-schön es dort jetzt ist, wo die jungen Schwäne gerade schwimmen lernen und Goldrute und Düsterwald blühen.«

»Das ist wahr«, sann Margrit. »Ich vertraue jedoch nicht darauf, dass sie nicht zu fliehen versuchen werden.«

»Wie können sie entkommen?« Iain zuckte die Achseln. »Sie wissen nichts von den Geheimpfaden und Nebenwegen und die

M-M-Mesmerdean sind sich stets dessen bewusst, was durch ihr G-G-Gebiet zieht.«

»Und die Zauberwesen der Moore haben Befehl, niemanden ohne meine Erlaubnis passieren zu lassen. Du hast Recht. Wenn du oder einer der Zauberer die ganze Zeit bei ihnen seid, sehe ich keinen Grund, warum einige nicht ein wenig Luft und Sonnenschein genießen und die Schönheiten unserer Moore kennen lernen sollen. Ich werde dem Personal entsprechende Anweisungen geben.«

»V-V-Vielleicht als Teil der Hochzeitsfeierlichkeiten?«, schlug Iain vor. »Ein H-H-Hochzeitspicknick?«

Seine Mutter schüttelte entschieden den Kopf. »Nein, es genügt, wenn man ihnen gestattet, den Theurgiaturm zu verlassen, um dich heiraten zu sehen. Zu viele Zugeständnisse würden nur allzu bald dazu führen, dass sie sich Freiheiten herausnähmen. Sag Khan'tirell, er soll gut aufpassen und ihnen vernünftige Kleidung besorgen. Tatsächlich kannst du ihm sagen, er soll die hübschesten Mädchen als Elfridas Zofen vorbereiten. Sie hat niemanden, der ihre Schleppe trägt, und nur diese schreckliche Frau mit dem Bart, die sich um sie kümmert. Hat die Frau noch niemals etwas vom Zupfen gehört? Die Tirsoilleiraner haben keine Ahnung von Stil. Ich werde dieses bärtige Ungeheuer nicht an der Hochzeit teilnehmen lassen, dessen kannst du sicher sein!«

»Nein, M-M-Mutter«, erwiderte Iain demütig und erhielt einen weiteren beifälligen Blick von der Banprionnsa.

»Dann gefällt dir deine Braut, Iain?«

Er atmete tief ein, bevor er vorsichtig antwortete:

»Tatsächlich ja, M-M-Mutter, nun, wo ich Zeit hatte nachzudenken. Sie ist von allerb-b-bestem Blut und wird sich doch niemals über Arran erheben, d-d-da sie in ihrem eigenen Land eine Verstoßene ist. Sie hat *Talent*, dessen bin ich mir sicher, hat aber keine Ausbildung genossen und wird f-f-froh um alles sein, was wir ihr geben können, und sie wird sich l-l-leicht nach unserem Willen formen lassen. Sie war in ihrem Land unglücklich, ist froh hier zu sein und wird nicht ständig Heimweh nach ihrem Zuhause und ihrer Familie haben. Ich glaub, sie wird sich gut machen.«

Seine Mutter nickte gemächlich. »Du scheinst erwachsen zu werden, mein Sohn«, sagte sie. »Wir werden sehen, ob die Ehe diesen Prozess vervollständigt.«

Iain beugte ergeben den Kopf und bemühte sich, sein Frohlocken zu verbergen. So leicht zu bekommen, was er gewollt hatte! Tatsächlich zahlte sich sein Versuch während dieser letzten Monate, es Douglas' Gelassenheit gleichzutun, allmählich aus. Nun musste er nur noch diese Hochzeit über sich ergehen lassen, mit seiner Frau schlafen (eine Aufgabe, auf die Iain sich zu freuen begann) und dann auf eine Chance zur Flucht warten.

Iseult erwachte, als ihre Mutter sie auf die Stirn küsste. Von einem Wohlgefühl erfüllt streckte sich Iseult im gesprenkelten Sonnenschein. Die Lichtung war blumengeschmückt und unter den riesigen Bäumen wurde ein Hochzeitsessen vorbereitet. Meghan und die Feuermacherin brachten sie zum Teich, wo sie mit Meghans lieblich duftenden Seifen gebadet wurde. Sie trat aufs Gras und die Feuermacherin nahm ihr tropfendes Haar zwischen die Hände und trocknete es so, dass es in großen roten Locken ihren Nacken hinabfiel. Wolkenschatten hielt ihr Hochzeitsgewand bereit. Es war blau wie der Sommerhimmel und Ranken von Mondblumen in Weiß und Blassgelb zogen sich vom Saum bis zum Ausschnitt. Sie trug keine weitere Kleidung, ihre Füße waren bloß und ihr Kopf blumengekrönt. An einer Hand schimmerte der Mondstein, an der anderen blitzte golden das Drachenauge auf. Von der Lichtung erklang Lachen und das Dröhnen der Trommeln der Kobolde herüber. Die Cluricauns spielten auf ihren Flöten, was Iseult an die Beltanefeiern erinnerte, als sie und Lachlan miteinander getanzt und sich zum ersten Mal geliebt hatten. Sie trank ihren Wein, spürte seine Wärme sich in ihrem Körper ausbreiten und wunderte sich über ihre heitere Gemütsruhe. Sie hatte niemals daran gedacht zu heiraten und doch stand sie hier nun nur Augenblicke vor ihrer Hochzeit.

Meghan intonierte die Worte der Hochzeitszeremonie, während Iseult und Lachlan beim Feuer die Hände verschränkten. Sie sprachen die Schwüre in dem Moment, als die Sonne gerade unterging und die Lichtung in goldenes Licht tauchte. Über dem Hügel der Celestine standen rund wie Münzen die beiden Monde. Iseult und Lachlan liefen drei Mal ums Feuer, die rechte Hand den Flammen zugewandt, wandten sich dann um und umkreisten es erneut drei Mal in entgegengesetzter Richtung. Lachlan schwang Iseult herum und sie lief weitere drei Mal mit ihm ums Feuer, wobei sie ihren Kranz festhielt. Die Kobolde trommelten aufwühlende Rhythmen, die Cluricauns spielten auf ihren Holzflöten und die Feuermacherin stieß plötzlich einen langen beifälligen Laut aus. Alle lachten und Lachlan zog Iseult an sich, küsste sie auf den Mund und traf Anstalten, über das Freudenfeuer zu springen. Zunächst zögerte er, aber Iseult flüsterte ihm nur zu: »Wenn du deine Schwingen benutzt, wirst du es leicht schaffen, du Narr!«

Er warf ihr einen ärgerlichen Blick zu und lief dann so rasch los, dass sie beinahe stolperte. Als sie über das Freudenfeuer sprangen, breitete er beide Schwingen aus und schlug zum ersten Mal heftig damit. Sie beide schwebten über das Feuer, das im Luftzug zischte und knisterte, wobei Iseult leicht zurückfiel. »Du bist geflogen!«, rief Iseult. »Lachlan, hast du es gemerkt? Du bist wirklich geflogen!«

Er ergriff ihre Hand so fest, dass sie keuchte, und riss sie zum Vergnügen der Nissen, die wie Libellen über ihre Köpfe schwirrten, in seine Arme, um sie zu küssen.

Meghan sagte: »Ihr habt geschworen, einander treu zu sein, füreinander zu sorgen, einander zu respektieren und mit Mut, Freundlichkeit und Zuversicht zu leben und zu lieben. Ihr habt Kraft aus den Früchten der Erde gezogen, ihr habt von der Luft geatmet, vom Wasser getrunken und den Flammen getrotzt. Lasst nun euer Blut sich vermischen und lasst es fließen und haltet einander fest, auf dass euer Treuegelöbnis besiegelt wird.«

Mit großem Ernst schnitt Lachlan mit der Klinge seines *Sgian Dubh* nun sich selbst und Iseult in den Finger und dann pressten sie ihre Wunden über dem Feuer zusammen, während ihr Blut in die Flammen tropfte. Meghan sagte: »Während sich euer Blut vermischt, vermischen sich auch eure Leben und Schicksale. Möge euer Weg von Steinen und Dornen frei sein!«

Der große Platz in Dùn Gorm war laternengeschmückt und bevölkert. Alle waren gekommen, um den Sommerjahrmarkt zu erleben, das Fest der Jongleure. Den größten Teil des Jahres unterwegs, kamen die Jongleure, Spielleute und Troubadoure aus ganz Eileanan und von den Fernen Inseln, um ihr Können zu zeigen und gegeneinander anzutreten. Viele alte Freunde wurden beim Sommerjahrmarkt kurzzeitig wieder vereint und die Stadt war stets voller Reisender, die zum Schauen, Zuhören und Staunen kamen.

Enit Silberkehles und Morrell Feuerschluckers Wohnwagen hatte einen der besten Standplätze auf dem Platz inne und die Jongleure nutzten die große Menschenmenge, um ihre verblüffendsten Nummern zu zeigen. Dide jonglierte in atemberaubender Folge Schwerter, Morrell schluckte brennende Fackeln und spie wie ein Drache Feuer und Nina vollführte Saltos, schlug Rad und sprang durch einen brennenden Reifen, während Enit ergreifende Liebeslieder sang, die so manchem Tränen in die Augen trieben. Nun saß sie auf den Stufen ihres Wohnwagens und tauschte würdevoll Begrüßungen mit anderen Jongleuren aus. Niemand bemerkte, dass ihr ein vorbeigehender Händler heimlich ein großes Päckchen in die Hände drückte. Aller Augen waren auf die große Flamme gerichtet, die Morrell ausstieß.

Dide fing die blitzenden Schwerter auf und verbeugte sich schwungvoll. Dann verließ er unter Beifall und Pfiffen die Bühnenfläche und betrat gebückt wieder den Wohnwagen. »Bei Sonnenuntergang, in der Kupferschmiedgasse«, sagte seine Großmutter leise, als er an ihr vorbei die Stufen des Wohnwagens hinaufstieg. Er ließ sich nicht anmerken, ob er sie gehört hatte.

Zwanzig Minuten später trat er aus dem Wohnwagen in das dunkle Apricotfarben des Sommerabends. Er hatte sein himmelblau und karmesinrot gefärbtes Kostüm gegen eine braune Hose ausgetauscht und wirkte nun eher wie ein Schreiber als wie ein Jongleur.

»Ich will mal nachsehen, ob Iven Gelbbarts Wohnwagen schon eingetroffen ist«, rief er seiner Großmutter zu, die vage nickte, während sie im Eintopf über dem Feuer rührte. Er tauchte in die Menge und wand sich durch das Labyrinth von Wohnwagen. Gelegentlich hielt er inne und plauderte mit einem Jongleurkollegen, während er die Menschen um sich herum mit scharfen Augen und seinen Hexensinnen betrachtete. Als er sich sicher war, dass ihm niemand folgte und niemand ihn beachtete, verließ er den Platz und betrat die Straßen der Stadt.

Als die Sonne unterging, befand er sich bereits im Schmiedeviertel und stieg die Stufen hinab, die zur Kupferschmiedgasse führten. Kinder und kleine Hunde nutzten den warmen Abend zum Spielen in den Straßen und einige Frauen lehnten aus den Fenstern, um ihre Wäsche hereinzuholen, die wie Festflaggen über der Straße hing. Dides Herz schlug rasch, aber er verspürte nicht das unbehagliche Kribbeln, das von Gefahr zeugte. Er hielt an der Ecke inne, sah sich beiläufig um und betrat dann die dunkle kleine Gasse.

Die meisten der Schmieden waren schon geschlossen, aber am anderen Ende der Gasse stand noch eine hohe Tür offen. Dide ging zu dieser Tür, zögerte, als müsse er sich erst entschließen, und trat dann ein.

Als er sich in dem düsteren Raum befand, fiel alle vorgebliche Beiläufigkeit von ihm ab. Er spähte durch einen geschickt in der Wand verborgenen Spion, während der alte Mann, der auf einer

Bank gerade eine Gürtelschnalle repariert hatte, die Türen und Fenster überprüfte. Zufrieden darüber, dass alles in Ordnung war, fiel ein Teil der Angespanntheit von ihnen ab und der alte Mann winkte Dide in die hinteren Räume.

Sie erklommen die Treppe zur Dachstube und der alte Mann zog ein Geheimpaneel zurück, das einen schmalen Spalt in der Decke freigab. Mit einem Strohdach darüber und Mörtel und Balken darunter war er kaum groß genug, dass ein Mensch sich hineinkauern konnte. Dide würde den Mittelbalken hinabkriechen, der die gesamte Gebäudereihe in diesem Viertel entlanglief. Ein Fehltritt und sein Fuß würde durch die Decke in jemandes Dachstube brechen.

Er dankte dem alten Mann, schwang sich geschmeidig in die Decke und begann zu kriechen. Es ging langsam vonstatten und war schwierig und Dide musste gegen das Verlangen zu niesen ankämpfen, als ihn das Stroh in der Nase kitzelte. Schließlich kam er an sein Ziel und spürte seine Knie erleichtert nachgeben. Er öffnete vorsichtig ein weiteres Paneel und ließ sich in eine weitere Dachstube hinab.

Dann eilte er vier Treppen abwärts, wobei er stets auf irgendwelche Anzeichen von Gefahr lauschte, und schlich durch das leere Haus zum Weinkeller. Er wusste, wo er das falsche Weinregal finden konnte, schwang es auf und trat hindurch in einen weiteren großen Keller, der nur von einer einzelnen Laterne beleuchtet wurde. In dem Raum befanden sich zwölf seiner Rebellenfreunde, alle in der Uniform der Roten Garden. Sie versammelten sich dicht um ihn, schlugen ihm auf den Rücken und fragten nach Nina und Enit. Dide hatte viele Abenteuer mit ihnen allen erlebt, denn die meisten Hexen wurden zur Hinrichtung nach Dùn Gorm gebracht, und so waren die Rebellen in der Hauptstadt am aktivsten und hatten schon viele Hexen vor einem schrecklichen Tod bewahrt.

Dide wechselte rasch seine Kleidung, legte einen roten Kilt und ein Wams an. Er zog ein Schwert, das in einen roten Umhang gewickelt war, aus seinem Beutel, schnallte es sich um die Taille und schlang den roten Umhang schwungvoll um sich. Begleitet vom Gelächter der Rebellen tat er einige gezierte Schritte, wedelte mit dem Umhang und sagte: »Ach ja, ich bin wirklich ein guter Soldat! Solch ein hübscher Bursche in meinem karmesinroten Putz!« Obwohl Dide rasch die bevorstehende Aufgabe angehen wollte, wusste er auch, dass es ihm oblag, den Kampfgeist seiner Männer zu unterstützen.

Der Keller wies in der Decke eine Klapptür auf, die sich zum Boden eines Lagerraums in den Kasernen der Roten Garden öffnete. Der Gebäudekomplex hatte einst die Leibgardisten beherbergt, die Leibwache des Rìgh. Nachdem sie aufgelöst worden war, hatten die Wachen der Banrìgh ihn übernommen. Keiner der Leibgardisten hatte daran gedacht, den Nachfolgern die Geheimnisse des Militärhauptquartiers weiterzugeben. Nur die Rebellen wussten von dem Keller, dank Duncan Eisenfaust. Dide kletterte zuerst hinauf und verschob vorsichtig die ausrangierten Möbel, welche der Klapptür Sichtschutz boten. Er hielt Wache, während die Rebellen ihm einer nach dem anderen in die Dunkelheit des Lagerraums folgten. Dann verbargen sie den Eingang wieder und traten lautlos in einen kleinen umschlossenen Hof hinaus. Von jenseits der Mauer erklangen das Rufen und die dumpfen Schläge bewaffneter Krieger, die mit ihren Waffen übten.

Nachdem sie sich versichert hatten, dass niemand im Hof war, marschierten die Rebellen hinaus. Hier begann die wirkliche Gefahr, denn sie befanden sich nun im Herzen der Festung ihres Feindes. Glücklicherweise waren die Streitkräfte in den Kasernen stark dezimiert, da viele Soldaten während der Mittsommernachtsfestlichkeiten zur Verstärkung der Palast- und Stadtwachen abkommandiert worden waren.

Von diesem Punkt an musste Frau Fortuna ihre Hand in diesem Spiel lenken und Dide war kein Spieler wie sein Vater. Er ging lieber auf Nummer sicher. Das Kinn des Jongleurs war fest angespannt, während er seine Männer zum Hauptplatz führte, wo sich Soldaten im Kampf übten. Die dreizehn Rebellen schritten mit starren Rücken und die Blicke geradeaus voran, während sie den Platz umrundeten und dann seitlich abbogen. Dide atmete nun leichter und stellte fest, dass seine Hände vor Schweiß feucht waren. Sie kamen zu dem Turm, in dem die Gefangenen festgehalten wurden. Eine Woge der Verzweiflung und des Entsetzens schwemmte über Dide hinweg und er verschloss energisch seinen Geist vor der Aura des Gebäudes. Mehrere seiner Gefährten waren ebenso empfänglich für die Atmosphäre und erbleichten, schritten aber dennoch unbeirrt voran. Er war stolz auf sie.

Sie betraten nicht den Hof vor dem Turm, sondern warteten in den Schatten des Ganges und hielten in beide Richtungen aufmerksam Wache. Die alte Köchin hatte ihnen gesagt, dass das vergiftete Ale zwei Stunden brauchen würde, bis es wirkte, und sie hatten es genau berechnet. Dide konnte nur hoffen, dass die Wachen nicht warteten, bis sie dienstfrei hatten, um die Mittsommernacht zu feiern.

Plötzlich schwang die Tür des Turms auf und ein Soldat stolperte heraus, der beide Hände auf seinen Magen presste. Sie zogen sich vor ihm zurück, bis er tief in die Schatten gelangt war, und gingen dann zu ihm. »Was ist los, Soldat? Bist du krank?«

»Hab was ... Falsches gegessen«, würgte er. »Wir brauchen ... Ersatzwache. Wir sind alle krank geworden ... oder vergiftet. Muss gehen und ... Hilfe holen.«

Dide schlug ihm mit seinem Schwertheft leicht auf den Hinterkopf und er fiel einem der Rebellen in die Arme.

»Verstaut ihn sicher«, sagte Dide grimmig, »dann wartet. Wir werden in ungefähr zehn Minuten hineingehen.«

Als sie sich zum Dienst meldeten, war auch die Wache im vorderen Raum grün im Gesicht, schwitzte und presste sich eine Hand auf den Mund. »Der Wahrheit sei Dank, dass ihr da seid! Dieser letzte Schub Ale muss aus schlechtem Hopfen gemacht gewesen sein, denn ich sag euch, wir sin' alle so krank wie verfluchte Katzen!«

Er verkrampfte sich und betrat dann geduckt den inneren Raum, aus dem unmissverständliche Würgegeräusche zu hören waren. Dide unterdrückte ein Lächeln. Er wusste nicht, wie sie es gemacht hatte, aber die alte Köchin oben im Palast hatte es wie versprochen geschafft. Die Ersatzwache würde nicht in Frage gestellt werden. Die Soldaten waren viel zu erleichtert darüber, abgelöst zu werden, um sich im Krankenrevier zu melden. Alle zwölf stolperten davon, übergaben Dide die Schlüssel und warnten sie, sich von dem Bier fern zu halten. Sobald die Männer außer Sicht waren, stellte Dide Wachen auf und bedeutete seinen übrigen Leuten, ihm zu folgen, während er die Treppe zu den oben befindlichen Zellen hinaufeilte. Der Jongleur ging keinerlei Risiko ein, dass jemand kommen und ihn stören könnte. In diesem Jahr befand sich nur ein Gefangener im Turm, aber er war wichtig genug, um ein ganzes Bataillon Wachen einzusetzen. Dide wollte ihn rasch befreien und wieder verschwinden.

Der Gefangene war ein Zauberer namens Gwilym der Hässliche. Er hatte einst im Turm der Nebel gelebt, war nach der Verbrennung dort entkommen und hatte in dem einzigen Land Zuflucht gesucht, das noch Magie ausübte. Zehn Jahre später war er wieder aus dem Nebel aufgetaucht und hatte sich den Rebellen im Kampf gegen die Liga gegen Hexen angeschlossen. Er sprach niemals über seine Zeit in Arran, aber es war unter den Rebellen allgemein bekannt, dass die Mesmerdean ihn schließlich gefangen genommen und zu den Roten Garden gebracht hatten. Man berührte die Distel nicht ungestraft.

Dide hatte den dunklen jungen Zauberer gemocht und seine Magie in der Vergangenheit von großem Nutzen gefunden. Er war entsetzt gewesen zu hören, dass Gwilym der Hässliche verraten worden und im Gefängnis war, wo er auf seine Verbrennung auf den Freudenfeuern der Mittsommernacht wartete. Selbst wenn er sich nicht zu Gwilym hingezogen gefühlt hätte und selbst wenn er keine Informationen über Arran hätte haben wollen, hätte Dide Enit dennoch überredet, seine Rettung zu planen.

Der Zauberer war grausam behandelt worden. Ein Bein war in einer Eisenvorrichtung zermalmt worden, die der »Stiefel« genannt wurde und die die Fuß-, Knöchel- und Schienbeinknochen zerquetschte. Die schreckliche Wunde war nicht behandelt worden und Gwilym war kaum bei Bewusstsein. Blaue Flecke und Schnitte verunstalteten auch Gesicht und Körper und nur ein haselnussbraunes Auge öffnete sich, als die Tür seiner Zelle aufschwang. Er lächelte, als er Dide sah, und zuckte zusammen, als diese Bewegung einen Schnitt an seinem Mund aufreißen ließ. Dide erwiderte das Lächeln und wünschte sich inbrünstig, die Liga gegen Hexen hätte nicht den Stiefel als Folterinstrument erwählt, denn das würde ihre Flucht fast unmöglich machen.

»Nun, du warst noch nie hübsch, Gwilym, aber jetzt hast du deinen Spitznamen wirklich verdient«, sagte er, während er versuchte, den Schmerz des Zauberers zu lindern. Er hatte damit gerechnet, dass man den Zauberer gefoltert haben würde. Er gab ihm Wasser zu trinken und ein wenig Sirup aus wildem Mohn und Baldrian und wies seine Männer schließlich an, ihn festzuhalten. Dann biss er die Zähne zusammen und trennte Gwilyms Bein mit seinem Dolch unterhalb des Knies ab. Er berief Feuer herauf, brannte die Wunde aus und wickelte sie fest in Verbände – in Streifen, die er aus seinem Hemd gerissen hatte.

»Guter Junge«, sagte der Zauberer heiser. »Hilf mir auf, rasch.«

»Wie haben sie es gemacht?«, fragte Dide und versuchte, seine Seelenqual zu verbergen.

»Die Mesmerdean haben mich mit ihrem Atem berührt, erwählten aber, mir lieber einen langwierigen, qualvollen Tod als die Wonne ihres Kusses zukommen zu lassen«, sagte Gwilym verbittert. »Ich kann Margrit von Arrans hübsche Hand hinter alledem erkennen. Ich erwachte, als sie den Stiefel um mein Bein schlossen. Es war kein glückliches Erwachen.«

»Hast du geredet?«

Gwilym schüttelte den Kopf. »Zumindest diese Befriedigung ist mir geblieben. Sie haben mir mit der Folterbank gedroht, wenn ich meine Rebellenkontakte nicht verrate, aber ich soll bereits in wenigen Stunden verbrannt werden. Also werden sie die Informationen bald aus mir herausfoltern müssen, wenn sie es überhaupt noch schaffen wollen.«

»Dann sollten wir hier besser verschwinden«, erwiderte Dide.

Sie hatten für Gwilym eine Soldatenuniform mitgebracht, die er tragen sollte, aber der Kilt gab den schrecklichen, blutgetränkten Stumpf frei und sein Gesicht war zu stark verfärbt, um auch nur einer beiläufigen Überprüfung standhalten zu können. Sie konnten ihn also keinesfalls als Soldat verkleiden. Sie diskutierten gerade darüber, was zu tun sei, als Dide die warnend angehobene Stimme seines Leutnants hörte. »Es kommt jemand.«

Dide zog sich hinter die Tür zurück und bedeutete den übrigen Rebellen, es ihm gleichzutun. Gwilym saß erschöpft auf dem Strohlager und tiefe Linien der Qual zogen sich von seiner Hakennase zum Mund. Er blickte sardonisch auf sein abgeschlachtetes Bein hinab, bevor er den Stumpf unter der zerlumpten Decke verbarg.

Die Zellentür schwang auf und ein rot gekleideter Sucher trat ein, ein großer, leichenhafter Mann mit schmierigem schwarzem Haar, das streng aus der bleichen Stirn gestrichen war. »Ah, du bist wach Hexe«, sagte er. »Bist du für dein nächstes Treffen mit dem Inquisitor bereit?«

Gwilym sagte schroff: »Warum macht ihr euch die Mühe? Ihr erzählt mir, ich soll die Mittsommernachtsmengen unterhalten – aber die würden doch gewiss lieber einen vollständigen Mann brennen sehen anstatt nur Teile davon.«

»Meinst du, das kümmert sie? Außerdem wird es sie dazu bringen, es sich zweimal zu überlegen, bevor sie den Rebellen helfen, wenn sie den großen Zauberer Gwilym den Hässlichen um Gnade betteln sehen ...«

»Ich werd nicht betteln«, erwiderte Gwilym, als Dides Dolchheft den Hinterkopf des Suchers traf. »Aber ich glaube, du wirst es tun.«

Er hob eine Hand und deutete mit zwei ausgestreckten Fingern auf die zusammengesunkene Gestalt des Suchers. Er runzelte konzentriert die Stirn, murmelte einen Zauber und die Züge des Suchers verschwammen, bis sie Gwilyms narbiges Kinn und die Hakennase angenommen hatten. »Zerschmettert sein Bein, Männer. Ich glaub, er wird bald merken, wie es sich anfühlt, qualvoll zu sterben.«

»Du meinst, er soll an deiner Stelle brennen?«, fragte Dide, der sich ein wenig elend fühlte.

Gwilym nickte, während ein freudloses Lächeln über seine Züge huschte. »Es scheint passend, findest du nicht? Er war derjenige, der den Stiefel geschlossen hat.«

Dide nickte. Die Männer zogen dem Sucher die Kleidung aus und warfen Gwilym das Bündel zu. Dann sprangen sie mit ihren schweren Stiefeln grausam lächelnd auf das rechte Bein des bewusstlosen Suchers, bis Blut und Knochenmark aus dem zermalmten Bein drangen. Der Schmerz weckte ihn aus seiner Bewusstlosigkeit, aber sie schlugen ihn erneut auf den Kopf und er sank wieder ins Vergessen. Sie zogen ihm eilig die zerrissene und blutbefleckte Kleidung des Zauberers an und beseitigten sämtliche Anzeichen ihrer Anwesenheit. Das bedeutete, dass auch Gwilyms abgetrenntes Bein umwickelt und fortgebracht werden musste, eine Aufgabe, die ihnen allen eher Unwohlsein verursachte.

Sie schlossen den Sucher in dem Raum ein und trugen Gwilym halb die Treppe hinab und in den Wachraum, wo die übrigen Rebellen nervös warteten. »Wie sollen wir ihn in den Keller bringen?«, fragte einer der Rebellen besorgt.

Dide schüttelte den Kopf. »Wir können ihn so nicht am Übungsplatz vorbeischaffen«, sagte er. »Wir werden uns etwas ausdenken müssen. Wir könnten behaupten, der Sucher sei von derselben Krankheit befallen worden wie die Wachen. Wenn dem so wäre – was würden wir dann tun? Eine Trage für ihn besorgen und ihn hinaustragen? Gwilym! Dieser Zauber, den du dem Sucher auferlegt hast, um ihn wie dich aussehen zu lassen – kannst du das auch bei dir selbst anwenden?«

»Du meinst, damit ich wie er aussehe?«, fragte der Zauberer matt. »Ach, ja. Ich hab nicht umsonst Jahre mit der Gebieterin der Illusionen verbracht. Ich kann mich wie jedermann aussehen lassen, den ich erwähle. Man nennt dies den Zauber des Blendwerks. Die Illusion hält zwar nicht lange an, aber für unsere Zwecke reicht es.«

»Dann vollführe den Zauber, während wir dir eine Trage besorgen. Wir werden dich direkt vor ihren Nasen hinaustragen!«

Isabeau kehrte ziemlich müde in die Küche zurück, nahm sich etwas Gemüsesuppe und Brot und setzte sich ans hintere Ende des langen Tisches. Dienstboten liefen überall umher und die Küche summte vor Gesprächen. Isabeau achtete nicht allzu sehr darauf und aß nur ruhig, während sie über das nachdachte, was sie heute Abend erfahren hatte. Das Wissen, dass Riordan Säbelbein eine Hexe war, erschien ihr fast ebenso erstaunlich wie die Erkenntnis, dass sie ein Drittel des Schlüssels bis unmittelbar an die Tür der Banrìgh gebracht hatte.

Eine Horde Dienstmädchen stürmte herein und plapperte aufgeregt. Als sie Isabeau traumversunken dasitzen sahen, scharten sie sich mit ihren glockenförmigen Röcken und den hohen, schrillen Stimmen um sie. »Hast du sie schon gesehen, Rote?«, fragte Edda mit den Sommersprossen.

»Sie kamen auf einem großen Schiff mit großen weißen Segeln mit einem roten Kreuz.«

»Man wollte ihnen zuerst die Flusstore nicht öffnen.«

»Der Rumpf ihres Schiffes ist an den Stellen von Löchern übersät, wo die Fairgean sie zu versenken versuchten. Sie mussten die Löcher mit Wachstuch verstopfen, bevor sie weitersegeln konnten.«

»Auf dem ganzen Weg gegen Fairgean kämpfen zu müssen!«, rief Elsie aus.

Isabeau fragte: »Wovon redet ihr eigentlich?«

Ein Gewirr von Stimmen antwortete ihr.

»Die Tìrsoilleiraner …«

»… kamen auf einem Schiff …«

»… sogar die Frauen tragen Rüstungen und Schwerter …«

»Sie wollen den Handel wieder eröffnen …«

»… und gemeinsam gegen die Fairgean kämpfen.«

»… Herrin Sani musste zu den Docks hinabgehen, weil die Hafenbehörden sie ohne Billigung des Rìgh nicht hereinlassen wollten, aber der arme Mann fiebert und durfte nicht gestört werden!«

»… ein Priester ist bei ihnen und du solltest ihn riechen! Uuh!«, endete Edda triumphierend.

Isabeau wurde ebenso aufgeregt und neugierig wie die Übrigen. Dies war seit über vierhundert Jahren der erste Kontakt zwischen Tìrsoilleir und dem Rest Eileanans, ein wahrlich historisches Ereignis. Sie hatte sich oft über das verbotene Land gewundert, das sie von einigen Teilen ihres Heimattals aus sehen konnte. Es ähnelte jedem anderen Land, bis auf die hohen Kirchturmspitzen, die aus jedem Dorf aufragten. Gerüchte besagten, dass die Menschen Tìrsoilleirs drei Mal am Tag in ihren Kirchen beten mussten und dass jedermann, der sich weigerte, streng bestraft wurde.

Isabeau wusste, dass die Menschen Tìrsoilleirs die Philosophien der Hexen verworfen hatten, da sie an einen strengen Sonnengott glaubten, der sie für jede Übertretung schwer bestrafte. Anders als die Hexen, die glaubten, dass alle Götter und Göttinnen verschiedene Namen und Gesichter für den einen Lebensgeist waren, glaubten die Bewohner Tìrsoilleirs nur an einen Gott mit einem Namen. Sie hielten ihren Glauben für den einzig wahren und fanden, dass alle anderen Menschen gezwungen werden müssten, ihrem Glauben zu folgen. Sie hatten viele

Male versucht, ihre Nachbarn zu bekehren und wenn die Missionare und Wanderpriester dabei versagten, versuchten sie es mit Gewalt. Meghan hatte sie als die größten Feinde der Lebensart Eileanans angesehen, denn es gab keine unaufhaltsamere Gewalt als die von Fanatikern. »Es ist nicht nur so, dass sie im Recht zu sein glauben«, hatte sie gesagt. »Sie sind so von Gewissheit und religiösem Eifer erfüllt, dass sie die Möglichkeit einer anderen Ansicht gar nicht zulassen können oder wollen. Für sie gibt es nur eine Wahrheit, während jeder vernünftige Mensch weiß, dass die Wahrheit ein Kristall mit vielen Facetten ist.« Es kam Isabeau in den Sinn, dass die philosophischen Unterschiede, die Tìrsoilleir und Eileanan einst getrennt hatten, vielleicht gar nicht mehr so groß waren. Magie und Zauberei waren im Glorreichen Land seit Jahrhunderten geächtet. Der Tag der Abrechnung und sein glühendes Vermächtnis mussten in Bride, der Hauptstadt von Tìrsoilleir, Beifall gefunden haben. Danach war der Glaube der Hexen an die Glaubensfreiheit durch die vage, aber unerbittlich geltend gemachte Wahrheit ersetzt worden, die auch nur einem einzigen Weg folgte. Vielleicht waren die Tìrsoilleiraner hinter der Großen Wasserscheide hervorgekommen, weil sie ihren Kreuzzug wieder aufnehmen zu können hofften?

Der ganze Hof brodelte vor Spekulationen. Die Würdenträger hatten sich mit dem Rìgh zurückgezogen, der sich bei der Nachricht von seinem Krankenbett erhoben hatte. Bald wusste der ganze Hof, dass die Glorreichen Soldaten gekommen waren, um Hilfe gegen die sich erhebenden Fairgean zu erbitten. Die Meerleute hatten die nördliche Küste Tìrsoilleirs ebenso angegriffen wie Carraig und Siantan. Als Krieger hatten die Tìrsoilleiraner sie fünf Jahre lang zurückgeschlagen, aber jeden Frühling und Herbst brachten die ansteigenden Gezeiten sie in noch größerer Anzahl wieder heran.

Nun stiegen die Gezeiten mit dem bevorstehenden Herbst erneut an und die Fairgean plünderten und verbrannten Küstenstädte und Dörfer bis nach Bride hinunter. Die Tìrsoilleiraner litten entsetzlich unter den Angriffen und hatten beschlossen, eine Schiffsflotte nach Dùn Gorm zu entsenden, um Hilfe und Rat zu erbitten, da die südlichen Meere noch von den wilden, barbarischen Meerbewohnern frei blieben.

Nur Isabeau schien es seltsam zu finden, dass die Tìrsoilleiraner jetzt, nach Jahrhunderten der Isolation, um Hilfe ersuchen sollten. Obwohl die Gruppe von Gesandten lächelte und glatte Worte fand, wünschte Isabeau, sie könnte die Angelegenheit mit Meghan besprechen, die deren plötzliche Freundlichkeit sicher ebenso eigenartig gefunden hätte.

Sie hatte jedoch nicht viel Zeit, sich zu wundern, denn sobald sie ihre Suppe aufgegessen hatte, wetteiferten die Lakaien des Kämmerers darum, Arbeit für sie zu finden. Sie kümmerte sich um die Spieße, sammelte für Latifa Kräuter, half dabei, Essen zu den Spielleuten und Jongleuren hinauszutragen und ersetzte die nur halb herabgebrannten Kerzen in der großen Halle.

Mengen fröhlich gekleideter Höflinge und Damen begannen sich durch den Hauptteil des Palastes zu drängen, und Isabeau staunte mit großen Augen, während sie in ihrer weißen Haube und Schürze hin und her lief. Sie konnte nicht umhin, sich zu wünschen, sie wäre eine hübsch gekleidete Banprionnsa, wie die sechs Töchter des Prionnsa von Blèssem. Sie trugen seidene, mit Rosen und Lilien bedruckte Gewänder und ihr goldenes Haar war kompliziert mit Blumen verflochten. Keine von ihnen bemerkte Isabeau, als sie vorübereilte, denn sie waren zu sehr mit Lachen und Tanzen und dem Tändeln mit den Schildknappen ihres Vaters beschäftigt. Der Auftritt der Tìrsoilleiraner, die unter herabhängenden Bannern als dicht gedrängte Gruppe hereinkamen, bewirkte einiges Aufsehen. In ihren Silberrüstungen und mit den weißen Wappenröcken hoben sie sich von den bunten Seiden- und Samtstoffen des Hofes ab, ihre strengen, aufmerksamen Mienen standen in Kontrast zu dem müßigen Vergnügen auf den Gesichtern aller anderen um sie herum. Sogar die hübschen Banprionnsachan von Blèssem hörten auf zu kichern und zu schwatzen, um die Fremden anzustarren.

Die Tìrsoilleiraner sollten am hohen Tisch essen, ein Zeichen großer Gunst, und es mussten in sehr kurzer Zeit viele Änderungen der Tischordnung vorgenommen werden. Das bedeutete, dass viele der adlig geborenen Schildknappen in die niedere Halle verdrängt wurden, wo Isabeau servierte. Obwohl es sich um einen langen, hohen Raum großen Ausmaßes handelte, war die niedere Halle bereits übervölkert und Isabeau verbrachte einen großen Teil des Abends von einem voll gepackten Tisch zum nächsten laufend. Sie konnte die schweren Tabletts mit nur einer Hand nicht tragen, aber sie konnte servieren und so fand sie sich zu ihrem Entsetzen ohne Ausflucht in dem niederen Raum gefangen.

Isabeau hasste es, an den Tischen zu servieren. Die Schildknappen kniffen sie stets in den Po, wenn sie ihnen Wein nachgoss. Isabeau würde Vorwürfe gemacht bekommen, wenn sie den Krug dann fallen ließe, und doch konnte sie nur wenig tun, um sich ohne Aufsehen aus den unbeholfenen Umarmungen zu befreien, besonders da sie nur eine Hand gebrauchen konnte.

Während die Nacht voranschritt, wurden die Zugriffe auf Isabeau unkoordinierter und der Wein umwölkte die Sinne. Sie wurde immer geschickter darin, sich zu ducken und auszuweichen und glaubte allmählich, sie würde die Nacht mit nur wenigen Ohrfeigen von ihren Vorgesetzten überstehen. Dann gelang es einem pummeligen Schildknappen mit Essensflecken über der gesamten Vorderseite seines Wamses, sie festzuhalten und auf seinen Schoß zu ziehen. Bevor sie sich freikämpfen konnte, hatte er seinen heißen, sauer riechenden Mund bereits auf ihren gepresst. Isabeau, die nun doch die Geduld verlor, biss ihn. Er schrie auf und stieß sie von sich. Sie fiel auf den Boden, verlor ihre Haube und ihre Röcke bauschten sich um sie.

Alle Schildknappen brüllten vor Lachen. Der Pummelige sprang auf und versuchte, sein zerdrücktes und fleckiges Wams zu richten, während er sich nach Isabeau umsah. »Freche Göre!«, murrte er, während er den Handrücken an den Mund presste. »Denkt, sie kann mich beißen, was? Ich werd es ihr zeigen!« Isabeau rappelte sich hoch, nahm ihre Musselinhaube auf und versuchte ungesehen zu entkommen. Der Schildknappe hob die Tischdecke an, spähte darunter und rief: »Komm schon, Mädchen, wo versteckst du dich?« Sie verbarg sich hinter dem Rücken eines der großen Dienstboten und ließ sich von ihm abschirmen, während sie lautlos in Richtung Tür schlich.

Sie hatte es gerade geschafft, als sie zu ihrem Entsetzen Sani draußen stehen sah. Obwohl alle außer den Dienstmädchen und Lakaien ihre fröhlichste Kleidung trugen, war die alte Frau noch immer von Kopf bis Fuß in Schwarz gekleidet. Sie wirkte wie ein schwarzer Käfer in einem Schwarm Schmetterlinge. Hinter Isabeau bahnte sich der betrunkene Schildknappe mit ausgestreckten Armen seinen Weg zu ihr. Sie schaute von ihm zu Sani und fühlte sich gefangen. Genau in diesem Moment wandte sich die alte Frau um und sah Isabeau, die Haube in der Hand, die roten Locken aufgelöst. Die hellen, scharfen Augen konzentrierten sich sofort und Isabeau war wie versteinert. Sie konnte sich nicht regen oder sprechen – ob aus Angst oder durch irgendeine geheimnisvolle Macht der alten Frau, wusste sie nicht.

»Du bist also Latifas Großnichte«, sagte Sani.

Isabeau nickte zögernd.

»Kürzlich aus Rionnagan gekommen.«

Sie nickte erneut.

»Hast du dein Haar geschnitten?«

Isabeau wollte erklären, dass sie krank gewesen sei und gefiebert hatte und dass ihr Haar geschnitten worden war, um ihre hohe Temperatur zu senken. Sie brachte jedoch nichts hervor, ihre Zunge im Mund war bretthart. Daher nickte sie nur erneut.

Die alte Frau grinste. »Hat eine Katze deine Zunge gestohlen?«

»Nein, Madam«, gelang es Isabeau zu sagen, obwohl ihre

Stimme schrill klang. Sie war sich der Tatsache bewusst, dass die Augen der alten Frau – so hellblau, dass sie fast farblos waren – sie erforschten und sie zitterte ein wenig, während sie dastand. Sanis Blick wurde schärfer, als sie die mit Verbänden umwickelte Hand sah, die Isabeau halb unter der Schürze verborgen hatte. »Hast du dich verletzt?«, fragte sie mit samtiger Stimme und Isabeau sah, wie ihr Blick zu der kleinen Narbe zwischen ihren Augenbrauen zurückzuckte.

»Ja, Madam«, antwortete sie höflich.

»Und wie hast du dich verletzt? Zeig es mir.«

Isabeau grub die verkrüppelte Hand tiefer in ihre Röcke. Sie wusste nichts zu erwidern. Dann fiel ihr die Geschichte wieder ein, die Latifa erzählt hatte, und sie sagte atemlos: »Ich bin mit der Hand in eine Kaninchenfalle geraten.«

»Nicht sehr schlau von dir, oder?«

»Nein, Madam.«

Mit einer salbungsvollen, öligen Stimme flüsterte die alte Frau: »Zeig mir deine Hand, Verwandte von Latifa der Köchin«, aber bevor Isabeau reagieren konnte, spürte sie den pummeligen Schildknappen gegen ihren Rücken prallen und ihre Arme festhalten, so dass er ihren Hals besabbern konnte.

»Gib mir einen Kuss, mein hübsches Mädchen«, sagte er. »Es ist Mittsommernacht, Zeit für etwas Liebe …«

Normalerweise hätte Isabeau ihn von sich gestoßen, aber da Sani ihr den Ausweg versperrte und ihr unangenehme Fragen stellte, sank sie in seine Arme, so dass er rückwärts taumelte. Sie fielen gegen den Tisch und dann zu Boden, wobei der Schildknappe auf ihr landete. Es gelang ihr, sich zu befreien, während er lachend und keuchend liegen blieb. Sie kroch unter den Tisch, während ein Dutzend Hände dem Betrunkenen hoch halfen. »Sie ist schon wieder verschwunden!«, rief er. »Diese Plage! Sucht sie, Jungs!«

Eine atemberaubende Jagd um den Tisch folgte, wobei Isabeau letztendlich von einem der Dienstboten gerettet wurde, der sie allerdings streng dafür rügte, dass sie mit den Schildknappen der Lairds geschäkert hatte. Sie brach vor Erregung in Tränen aus. »Es war nicht meine Schuld«, rief sie. »Er war zu stark für mich! Ich hab versucht davonzukommen. Ich hab ihn sogar gebissen, als er mich zu küssen versucht hat!«

Der Dienstbote ließ sich erweichen. »Nun, nun, du brauchst nicht gleich zu weinen, Mädchen. Geh wieder in die Küche und ich werd Latifa dieses Mal nichts erzählen.«

Isabeau tupfte sich mit der Schürze die Augen, zwängte sich die Haube wieder auf die Locken und lief aus dem Speisesaal, wobei sie den langen Weg nahm, um Sani zu entgehen, die noch immer vor der Tür lauerte. Sie lief die breite Treppe zur Eingangshalle hinab und in die Gärten, die von Feiernden bevölkert waren. Sie fädelte sich durch eine lange Reihe Tänzer, bis sie schließlich eine dunkle Ecke fand, wo sie ihre Haltung zurückgewinnen konnte. Ihr Puls hämmerte und sie musste sich aufs Gras setzen und tief die kühle Nachtluft einatmen, bevor sich ihr Blut wieder beruhigte. *Sani hat irgendwie Verdacht geschöpft,* sann sie. *Wie konnte sie etwas wissen?*

Sie versuchte nachzudenken, aber sie war vor Entsetzen verwirrt, so dass sie nur die Hände verschränken und versuchen konnte, sich zu beruhigen. *Sukey sagt, Sani sei die wahre Anführerin der Liga gegen Hexen. Vielleicht hat sie vom Hexenschnüffler von mir gehört. Die Nachricht, dass eine rothaarige Hexe gefangen genommen und verurteilt wurde, muss in den Highlands die Runde gemacht haben. Ich wurde an die Seeschlange verfüttert. Niemand wusste, dass ich noch lebe, bis ich hierher kam. Niemand hier weiß, wer ich wirklich bin, außer Latifa …*

Diese Gedanken beruhigten sie und sie wiederholte sie sich. Dann erinnerte sie sich daran, wie sehr der Anblick des roten Rocks der Banrìgh sie erschreckt hatte, und wie Sani danach zur Galerie hinaufgeschaut hatte. Sie musste sich irgendwie verraten haben. Latifa hatte gesagt, ihre Gedanken seien so deutlich hörbar wie Rufe. Vielleicht wusste Sani nicht wirklich etwas, sondern war nur durch einen flüchtigen Gedanken, der Isabeau entschlüpft war, aufmerksam geworden. Diese Annahme war so beruhigend, dass Isabeau sich erhob und ihren Rock glättete. Doch dann erstarrte sie mitten in der Bewegung.

»Hast du dein Haar geschnitten?«, hatte die alte Frau gefragt. Und zuvor hatte sie Sukey und Doreen vor ungefähr einem Monat nach einem neu eingetroffenen Küchenmädchen gefragt. Isabeaus Glieder begannen erneut zu zittern und sie sank auf dem Gras in sich zusammen. *Es stimmte. Sani wusste irgendwie etwas …*

Der Gefangene wurde kurz vor Mitternacht aus seiner Zelle gezerrt und mit einer Narrenkappe um den großen Platz von Dùn Gorm geführt, bevor er schreiend an den großen Stapel Holz in der Mitte des Platzes gebunden wurde. Er bettelte, flehte seine Gefangenenwärter unentwegt an und rief, er sei keine Hexe, sondern ein Sucher der Liga gegen Hexen. Seine Wächter lachten nur. Jongleure tanzten um den Platz herum, drehten Feuerräder und spien große Flammen aus. Trommeln dröhnten, Pfeifen trillerten und die Menge war von aufgeregter Erwartung erfüllt. Die Menschen von Dùn Gorm hatten sich an die Todesfeuer der Liga gegen Hexen gewöhnt und nur wenige in der Menge empfanden Mitleid mit dem schreienden Mann. Schließlich wurde eine brennende Fackel in das Anmachholz gehalten und Flammen schossen den Scheiterhaufen hinauf. Als die Flammen die Beine des Gefangenen hinaufleckten, schwand der Zauber und die gequälten Züge des brennenden Mannes wurden als die des Suchers Aidan des Grausamen enthüllt. Die vor dem Scheiterhaufen aufgereihten Sucher erkannten ihren Kameraden sofort, aber es war zu spät, ihn zu retten. Während sie nach Wasser riefen, wurden seine Schreie von lodernden Flammenwänden verschluckt.

Der Verschleierte Wald

Anghus verlagerte erschöpft sein Bündel und sagte: »Es ist nicht mehr weit, Donald. Ich kann dort drüben schon die Lichter von Dunceleste funkeln sehen. Ein weiches warmes Bett wäre großartig, oder?«

»Ja, mein Laird«, erwiderte der Diener. »Ich bin das Schlafen auf Steinen sehr leid. Ich glaub, ich werd langsam zu alt, um noch so viel im Land umherzuziehen.«

Anghus konnte ihm nur zustimmen. Sie stolperten über die glatten Pflastersteine der Straße, während der Rhyllster in raschen Stromschnellen vorüberdonnerte. Vor ihnen stiegen die Mauern der Fährstadt auf und sie konnten das Klappern des großen Wasserrades der Mühle hören.

Sie kamen durch die Tore auf einen von Wachquartieren gesäumten Hof, der auf einen großen, auf allen Seiten von hohen, eng stehenden Häusern mit Spitzdächern umstandenen Platz führte. Eine rüpelhafte Menschentraube, die hauptsächlich aus Soldaten und Händlern bestand, drang aus einem Gasthaus, dessen Schild frisch mit einem roten, Feuer speienden Drachen bemalt war. Anghus eilte in diese Richtung.

Er wusste, dass die Oberzauberin nur wenige Tagesreisen entfernt war. Sie hatte sich in all den Monaten, in denen er durch die Berge gezogen war, nicht geregt. Sie hatte vermutlich ein raffiniertes Versteck gefunden, denn er wusste, dass Soldaten sie unaufhörlich jagten, seit im Frühjahr die erste Nachricht über sie bekannt geworden war. Und er wusste, dass man nirgendwo besser Informationen bekommen konnte, als wenn man am selben Ort trank wie die Leute, die das gewünschte Wissen besaßen. Außerdem war Anghus' Whiskyflasche schon seit einer Woche leer und er brauchte dringend Nachschub.

Das Gasthaus war bevölkert und die beiden Männer aus Rurach mussten an gedrängt stehenden Menschen vorbeigelangen, von denen viele in karmesinroten Uniformen glänzten. Anghus fand einen Sitzplatz, während Donald sich zur Theke weiterschob, wo vier dralle und sehr hübsche Mädchen auf eindrucksvolle Weise die Beliebtheit des Gasthauses demonstrierten.

Anghus, der auf dem Rand einer Bank hockte, lauschte den Unterhaltungen um ihn herum. Er würde die gewünschte Information mühelos bekommen. Hier war von nichts anderem die Rede als von der üblen Zauberin Meghan und ihren schrecklichen Gefährten. Zentrum der Aufmerksamkeit war ein junger Pfeifer, nicht älter als siebzehn, der als Einziger in den Verschleierten Wald marschiert war und überlebt hatte. Anghus' Augen weiteten sich bei der Beschreibung des Waldes. Der Junge sprach von Schattenhunden, die Soldaten die Kehle herausrissen, von Treibsand, der sich unter ihren Füßen öffnete, von Steinen, die sich bewegten und sprachen, von Bäumen, die ihre Wurzeln um die Füße der Männer wanden, und von Wegen, die sich verlagerten und die Soldaten im Kreis führten, bis sie vor Hunger und Durst starben.

Anghus, der sich gerade fragte, was aus seinem Whisky geworden war, wandte sich um und sah, dass eine Horde Rotgardisten beschlossen hatte, ihre üble Laune an seinem o-beinigen Diener auszulassen. Ein Soldat hatte sich seine runde Wollmütze geschnappt und hielt sie über seinen Kopf, während ein anderer seinen kahlen Kopf, der vor Empörung rot schimmerte, mit einem Wischtuch abrieb.

Anghus stand auf und lockerte sein Schwert, während einer der Soldaten an Donalds langem Bart zog. Das Gesicht des Dieners wurde scharlachrot. »Wie könnt Ihr es wagen!«, brüllte er und rammte ihm den Kopf in den Magen. Dolche wurden gezückt, aber dann betrat Anghus mit gänzendem Schwert die Szene. »Ich würde keinen Ärger machen, Männer«, sagte er freundlich. »Ich bin der MacRuraich und dies ist mein Diener. Legt Hand an ihn und ich fasse es als Beleidigung meiner Person auf. Eine Beleidigung meiner Person ist wiederum eine Beleidigung meines Thrones, wofür Ihr mit Euren Köpfen bezahlen würdet. Habt Ihr verstanden?«

Der Anführer, ein untersetzter, rotgesichtiger Mann mit großtuerischem Gehabe betrachtete Anghus von oben bis unten und sagte dann: »Ihr wirkt auf mich nicht wie ein Prionnsa.«

»Die Erscheinung kann täuschen.« Anghus schlug sein verblichenes schwarzes Plaid zurück, damit die Soldaten das Wolfswappen an seiner Spange sehen konnten. Er spürte, dass ihnen unbehaglich zumute war, aber derjenige mit dem großtuerischen Gehabe wollte sich den Spaß nicht verderben lassen.

»Jeder kann eine Wolfsspange tragen«, verkündete er und drehte Donalds runde Wollmütze in den Händen. »Das heißt nichts.«

»Niemand kann das Wappen des Clans der MacRuraich tragen, wenn er nicht von Rùraich dem Sucher selbst abstammt«, sagte Anghus leise drohend. »Solche Respektlosigkeit würde mit dem Tode bestraft. Ihr solltet in der Lage sein, mein Wappen zu erkennen. Ihr seid wirklich ungebildet für einen Mann im Dienste des MacCuinn.«

»Ich diene der Banrìgh«, erwiderte der Mann.

»Ihr dient der Banrìgh?«, wiederholte Anghus ungläubig.

»Bedeutet das, dass Ihr nicht dem Rìgh dient? Ihr verschmäht es, dem MacCuinn zu dienen, dem Abkömmling von Cuinn Löwenherz selbst!«

Der Soldat, der jäh erkannte, in welche Richtung die Unterhaltung verlief, rieb sich den Bart. »Nein, nein, ich meinte nur, dass sich die Roten Garden verschworen haben, der Banrìgh zu dienen und sie zu unterstützen. Ich meinte nicht …«

Er hielt inne, lachte nervös und warf Donald dann die zerknitterte runde Wollmütze zu, der sie wieder über seinen kahlen Kopf zwängte. »Ich wollt nicht respektlos sein«, sagte er und wich rasch zurück.

Anghus' Erklärung seiner Identität sicherte ihnen die besten Räume im Gasthaus und er ließ es zu, dass ihm heißes Badewasser gebracht wurde und seine schlammbespritzte Kleidung und die Stiefel zum Waschen und Ausbürsten fortgebracht wurden. Er erwachte am Morgen vollkommen erfrischt und fand Donald vor, wie er gerade einen Schuss Whisky in seinen Porridge gab.

Donald war über die Misshandlung seines Bartes noch immer erzürnt, murrte ununterbrochen, während er seinen Laird bediente, und berief Verwünschungen auf die Köpfe all jener herab, die Bärte spaßig fanden. Erst als das Tablett geleert war, teilte er Anghus mit, dass unten ein Sucher auf ihn warte. Der Prionnsa stöhnte. »Das kommt davon, wenn man sich vor einem Raum voller Rotgardisten zu erkennen gibt«, seufzte er. »Bring mir meine Kleidung, damit ich mich anziehen kann.«

Der junge Sucher, der im Schankraum wartete, war so dünn, dass sich die Muskeln unter seiner fest gespannten Haut beim Sprechen sichtbar verlagerten. Sein langes Samtgewand hatte nur zwei Knöpfe, was bedeutete, dass er noch ein niedrig gestellter Diener war, der erst kürzlich in Dienst getreten war. Seine dunklen Augen loderten jedoch vor religiösem Eifer und seine Medaille war blank poliert.

Der Sucher erklärte mit stark gerunzelter Stirn, die Liga gegen Hexen sei nicht erfreut darüber, dass Anghus MacRuraich, Prionnsa von Rurach und Siantan, nach Dunceleste gekommen sei, ohne sich dem Großsucher Humbert vorzustellen und zunächst dessen Erlaubnis einzuholen, in der Stadt bleiben zu dürfen. Anghus unterbrach den bekümmerten Tonfall des Suchers, indem er die Lippen schürzte und einen Pfiff ausstieß. »Humbert ist hier, ja? Das ist verdammtes Pech.«

Alle Kinnmuskeln des Suchers verkrampften sich, so dass es

aussah, als kaue er Walnüsse. »Tatsächlich? Und warum sollte es Pech sein, dass der *Großsucher* Humbert in Dunceleste ist?«

Anghus sagte: »Nun, mein Junge, Ihr braucht nicht überheblich zu werden. Humbert und ich kennen einander schon seit langer Zeit. Sagt ihm, dass ich später bei ihm vorbeischaue.«

»Der Großsucher Humbert fordert Eure Anwesenheit sofort!«

»Ja, ja, darauf wette ich. Ich habe jedoch zunächst noch einiges zu erledigen, also lauft los und richtet ihm aus, dass ich in Kürze dort sein werde.«

Anghus hatte nicht wirklich etwas zu tun, was nicht hätte warten können, aber es ging ihm gegen den Strich, auf Befehl von Humbert von der Schmiede strammzustehen, der während der letzten sieben Jahre die Liga gegen Hexen in Rurach und Siantan geleitet und viele arme, alte weise Frauen und kluge Männer in den Flammentod geschickt hatte. Humbert und Anghus waren in der Vergangenheit häufig aneinander geraten, während der Laird verzweifelt versuchte, seine Leute zu schützen. Es wäre daher vielleicht klug gewesen, mit dem Sucher zu gehen, aber Anghus konnte es einfach nicht. Er war noch immer der MacRuraich und er befand sich auf einer Mission im Dienste der Banrìgh. *Lass ihn eine Weile schmoren*, dachte Anghus unfreundlich.

Die Liga gegen Hexen logierte im besten Gasthaus der Stadt, einem großen, steilgieblingen Gebäude mit einer Vorliebe für roten Samt und patriotische Wandteppiche. Anghus fühlte sich unwillkürlich unbehaglich, während er dem jungen Sucher in den Schankraum folgte. An jedem Tisch saßen Sucher, die meisten über der kleinen roten Ausgabe vom *Buch der Wahrheit* brütend, das von der Liga gegen Hexen herausgegeben worden war, um die Verbreitung ihrer Version der Geschichte zu unterstützen. Einige spielten Schach oder Tricktrack. Niemand spielte Würfel- oder Kartenspiele und nur sehr wenige tranken Wein, was man in einem solch bevölkerten Gasthaus anders hätte erwarten sollen. Viele von ihnen betrachteten Anghus mit diesem beunruhigend forschenden Blick, den die Liga gegen Hexen ihre Sucher lehrte. Anghus hielt seine Hand nahe am Schwert und seine Gedanken gut abgeschirmt, wie er es als Kind gelernt hatte.

Sie stiegen eine große Treppe hinauf, der junge Sucher klopfte nervös an eine mit Schnitzereien verzierte Tür und verbeugte sich dann tief, während er Anghus hineindrängte. Der Großsucher saß hinter einem wuchtigen Schreibtisch und schrieb mit einer edlen Feder. Er war ein fettleibiger Mann, dessen Hängewangen mit Aknenarben übersät waren. Seine karmesinrote Jacke spannte sich gegen die vierundzwanzig kleinen Samtknöpfe an, die seinen Rang anzeigten. Er schaute nicht auf, während die Spitze der Feder in der Stille kratzte.

Anghus sah sich in der luxuriösen Suite um und bemerkte die üppigen Seidenwandteppiche und federgefüllten Kissen. Beim Anblick der Whiskykaraffe leuchteten seine braungrünen Augen auf. Ohne Zögern goss er sich eine großzügige Menge in ein gedrungenes Kristallglas und stürzte den Whisky hinunter. Der Großsucher schaute verärgert auf. Anghus füllte sein Glas erneut, setzte sich in einen der Ohrensessel und streckte seine schmutzigen Stiefel zum Feuer aus.

»Danke, dass Ihr uns mit Eurer Anwesenheit beehrt, MacRuraich«, sagte der Großsucher zutiefst ironisch.

»Ich bin Laird des Clans der MacRuraich und Prionnsa von Rurach und Siantan«, sagte Anghus gelassen. »Ihr werdet mich mit meinem Titel ansprechen.«

»Und ich bin der Großsucher der Liga gegen Hexen ganz Eileanans und der Fernen Inseln und Ihr werdet mich mit meinem ansprechen«, antwortete Humbert, während seine fetten Wangen die Farbe roter Pflaumen annahmen.

»Gewiss, o Großsucher der Liga gegen Hexen ganz Eileanans und der Fernen Inseln«, erwiderte Anghus gleichmütig. »Findet Ihr das alles nach einer Weile nicht recht ermüdend?«

Er beobachtete unter halb geschlossenen Augenlidern, wie die dicklichen Finger die Feder umklammerten. Dann sagte er leutselig: »Ein feines Tröpfchen habt Ihr hier, Humbert, Großsucher von ganz Eileanan. Ich bin wirklich froh, dass ich meine Kehle benetzen kann, denn ich bin schon seit meiner Ankunft wie ausgedörrt. Es scheint, als hätte etwas den Whiskyfluss behindert, obwohl ich keine schlüssige Erklärung dafür bekommen konnte. Eine verflixte Zauberwesen-Schlange, sagen einige und andere reden von Drachen. Aber wie kann das sein? Ich bin sicher, dass kein Drache es wagen würde, sich in Rionnagan blicken zu lassen, wenn der Großsucher Humbert in den Highlands weilt.«

»Was tut Ihr hier?«, fragte Humbert verärgert.

»Ich bin im Dienste der Banrìgh hier, Großsucher«, erwiderte Anghus glatt und ließ nur schwach Überraschung durchklingen.

»Zeigt mir Eure Ermächtigung!«, fauchte Humbert.

Anghus reichte die Schriftrolle mit dem königlichen Siegel und dem unleserlichen Schnörkel der Banrìgh unbekümmert hinüber.

»Wie Ihr dort lesen könnt – Ihr könnt doch lesen, Humbert? –, hat mich die Banrìgh nach Rionnagan berufen, um die Angelegenheit mit Meghan NicCuinn und dem Anführer der Rebellen, der unter dem blumigen Namen ›der Krüppel‹ bekannt ist, in die Hand zu nehmen. Seltsam, dass Ihr keinen anderen Namen für diesen Rebellenlaird habt. Euer Sucher Renshaw erzählte mir, dass Ihr ihn mehrere Male ergriffen hattet, es ihm aber jedes Mal gelungen sei, Euch wieder durch die Finger zu schlüpfen.«

Humbert unterbrach ihn ärgerlich, aber Anghus erhob seine Stimme und fuhr mit ruhig ironischem Unterton fort: »Ich weiß nicht genau, warum die Banrìgh glaubt, ich könnt ihr von Nutzen sein, aber anscheinend glaubt sie es tatsächlich. Die Liga gegen Hexen hat scheinbar einige Schwierigkeiten, diesen verflixten Rebellen das Handwerk zu legen.«

»Sie sind gefährliche, skrupellose Banditen, die wegen Verrat, Mord und übler Zauberei zum Tode verurteilt wurden.« Humbert lehnte sich so weit vor, wie es sein dicker Wanst erlaubte, und zerdrückte die Feder in seinen geballten Händen. »Die Oberzauberin hat ihre schrecklichen Beschwörungen dazu benutzt, die *Uile-Bheistean* von der Drachenklaue an die Meere zu berufen. Tatsächlich flog ein Drache über die Highlands, denn ich habe ihn selbst gesehen, eine große goldene Bestie, die verächtlich Feuer auf uns spie! Die Meere und Meeresarme schwellen vor Fairgean an, Wölfe streifen umher …«

Anghus erschrak und war sich sicher, dass dies den kleinen stechenden Augen nicht entgangen war. Der Großsucher fuhr ohne Unterlass fort: »Die wilden Bestien in Feld und Wald sind ruhelos, Hunde wenden sich gegen ihre Herren und sogar die Sterne am Himmel sind durch üble Zaubereien fehlgeleitet worden. Die dunklen Mächte dieser Hexen sind entsetzlich, bewirken Wahnsinn und Angst und lenken das Volk von der Wahrheit ab. Wir haben sie immer wieder zu erwischen versucht und wurden immer wieder abgeschüttelt.«

Anghus, der Humberts Phrasen leid war, gähnte, schob mit dem Fuß einen Scheit zurecht und trank seinen Whisky aus. »So Leid es mir auch tut, von allen Euren Mühen zu hören – der Tag geht dahin und ich habe mich um einiges zu kümmern. Ihr habt mich gefragt, was ich hier tue, und ich hab es Euch gesagt. Wenn ich Euch zuhöre, beginne ich zu verstehen, warum die Banrìgh mich hier haben wollte. Der Zugriff des schwarzen Wolfs, mein Freund, wird niemals abgeschüttelt. Wenn ich ihn erst gefunden habe, halte ich ihn fest. Also werde ich tun, was mir meine Banrìgh befohlen hat. Ich werde Meghan von den Tieren finden und sie persönlich zum blauen Palast bringen …«

»Ach, ja, Ihr werdet einfach durch den schrecklichen Verschleierten Wald schlendern, ihr kleines Patschehändchen nehmen und gemeinsam mit ihr davonspazieren, oder wie?«, schrie Humbert, wobei seine Stimme alle Vornehmheit verlor. Die vierundzwanzig karmesinroten Knöpfe erbebten unter der Anspannung.

»Wie ich tue, was ich tue, geht Euch nichts an!«, erwiderte Anghus. »Ihr braucht nur zu wissen, dass ich dem Befehl der Banrìgh folgen werde.«

»Ich bin der Stellvertreter der Banrìgh«, sagte Humbert. »Ihr erstattet mir Bericht ...«

Anghus lachte. »Das glaub ich nicht«, sagte er freundlich. »Ich bin noch immer ein Prionnsa, falls Ihr Euch erinnert, und Laird einer der Elf Clans. Ihr seid nur der Sohn eines Hufschmieds, selbst in Eurem edlen Samt und Gold.« Er hob eine Hand, als Humbert vor Zorn stotterte. »Ja, ja, ich weiß, Ihr seid der Großsucher der Liga gegen Hexen ganz Eileanans und der Fernen Inseln. Ich habe ein ausgezeichnetes Gedächtnis, Großsucher, aber wenn ich mich an Jaspar MacCuinn recht erinnere, würde er Euch niemals Vorrang vor jemandem des Blutes einräumen. Ihr wärt klüger beraten, daran zu denken, dass noch immer der MacCuinn dieses Land regiert, nach dem Bluts- und Geburtsrecht und durch die Macht des Leitsterns. Maya die Gesegnete ist nur durch das Recht der Ehe Banrìgh.«

»Der Leitstern wurde vernichtet ...«

»Vielleicht, aber der MacCuinn regiert dennoch, Humbert Smith, vergesst das nicht. Und nun muss ich gehen ...«

»Wartet!« Humbert sprang auf und riss die Schriftrolle wieder an sich. Sogar im Stehen war der Großsucher noch volle sechs Zoll kleiner als der MacRuraich. Er schob seinen Stuhl zurück und trat aus Anghus' Schatten heraus, um die Schriftrolle erneut zu lesen. Anghus amüsierte sich darüber, wie sich Humberts Lippen lautlos bewegten, während er jedes Wort auslotete.

Schließlich begriff der Großsucher die Bedeutung des Schriftstücks und stand einen Moment still da, wobei seine kleinen Augen schimmerten. Anghus beugte sich vor und nahm ihm die Schriftrolle wieder aus den Händen. »Ich gehe dann jetzt«, sagte er.

»Wartet«, sagte der Großsucher erneut und in milderem Tonfall. »Nehmt Euch noch etwas Whisky, mein Laird.« Anghus zuckte die Achseln, goss sich ein weiteres halbes Glas ein und setzte sich dann auf den Rand des Schreibtischs, ein kräftiges Bein schwingend. Der Großsucher verbarg seine Verärgerung, kam um den Schreibtisch herum, um sich auch selbst einen Whisky einzugießen, und trank einen Mund voll. Er wiegte sich nachdenklich. »Ihr glaubt also, Ihr könntet die Oberzauberin Meghan und den Krüppel gefangen nehmen.«

»Ich bin wahrhaft nur auf Meghan eingestellt, obwohl man mir gesagt hat, der Krüppel sei vielleicht bei ihr«, erwiderte Anghus.

»Der Krüppel ist bei ihr, das ist sicher, und er ist geflügelt, wie einer dieser Engel, an welche die Tirsoilleiraner glauben«, sagte Humbert mit verwunderter Stimme.

»Aber seid Ihr sicher, dass er der Anführer der Rebellen ist?«

Humbert runzelte die Stirn und trank seinen Whisky. »Die ehemalige Großsucherin Glynelda hatte ihn schon zwei Mal gefangen genommen, einmal in der Nähe von Lucescere, als er wieder durch den Pass wollte. Sie entdeckte zuerst, dass er Schwingen hat. Sie hat den Krüppel gejagt und war sich sehr sicher, dass er der Anführer war.«

»Welchen Beweis habt Ihr erhalten? Wer kann bezeugen, dass er die Rebellen befehligt, welche Dokumente mit seiner Unterschrift gibt es, welches Geständnis?«

»Ach, wir werden ihm leicht ein Geständnis abringen!«

Anghus schwieg, denn er dachte nicht gerne über die Methoden nach, welche die Liga gegen Hexen anwandte, um Geständnisse über Hexerei und Verrat zu bekommen. Er hatte Humbert bei der Arbeit erlebt und daraufhin Albträume erlitten. Er wandte sich ab, damit der Großsucher nicht sehen konnte, wie blass er geworden war. Humbert bemerkte es natürlich dennoch und lachte erneut.

»Das genügt mir nicht«, sagte Anghus streng. »Ich soll den Krüppel finden, aber ich muss einen sicheren Grund haben und nicht nur eine solch unsichere Aussage. Ich brauch ein von ihm unterzeichnetes Schriftstück oder auch einen Fetzen seiner Kleidung …«

Humbert schaute wachsam zu ihm hoch und Anghus dachte

verzweifelt: *Er weiß gewiss, wie ich suche. Die Banrìgh muss es wissen und Renshaw hat es auch gewusst. Ich hätte nichts sagen sollen.*

»Wenn der Krüppel bei Meghan ist, werde ich sie beide gefangen nehmen und zusammen der gesegneten Banrìgh übergeben. Wenn der Anführer der Rebellen nicht bei ihr ist, werde ich dem Krüppel meine Aufmerksamkeit widmen, wenn ich aus Rhyssmadill zurückkehre ...«, fuhr Anghus ruhig fort, ohne seinen inneren Aufruhr zu zeigen.

»Nein, bringt die Oberzauberin hier zu mir nach Dunceleste, dann werde ich sie selbst nach Rhyssmadill überstellen«, befahl Humbert. Anghus erkannte, dass der Sucher den Ruhm selbst einstreichen wollte. Obwohl er gehofft hatte, den Großsucher in genau diese Lage bringen zu können, täuschte er Ablehnung vor.

»Doch, es macht Sinn, mein Laird«, widersprach Humbert überzeugend. »Wenn Ihr diesen schwer zu fassenden Krüppel suchen müsst, dann werdet Ihr Euch viele Monate Umherziehen ersparen können. Wenn die alte Hexe erst in unseren Händen ist, werden wir bald Gewalt über sie haben. Ich werde sie persönlich mit Eisenschellen in einem Ebereschenkäfig anketten und mit Befragungen entkräften und sie wird uns nicht wieder entkommen!«

Anghus verspürte keinerlei Verlangen, den Großsucher zu informieren, dass sein Glaube, Hexen könnten mit Eberesche und Eisen gehalten werden, ein Trugschluss war. Er gab ihm jedoch zu bedenken, dass der Rìgh vielleicht Anstoß an einem Inquisitor der Liga gegen Hexen nehmen könnte, der seine Großtante folterte. »Es wäre weitaus besser, wenn Ihr die Banrìgh die Verantwortung dafür übernehmen lassen würdet«, sagte er beiläufig und hoffte, dass die Botschaft angekommen war. Bei dem Gedanken an die alte Lehrerin seiner Schwester in den grausamen Händen Humberts und seiner Inquisitoren fühlte sich Anghus äußerst elend. Da er nicht länger in der widerwärtigen Gesellschaft des Großsuchers bleiben wollte, erklärte er sich damit einverstanden, dass Humbert ihm Truppen in den Wald mitgab. Obwohl er wusste, dass sie wahrscheinlich sterben oder wahnsinnig würden, zuckte er nur die Achseln und warnte den Großsucher, dass sie seinen und nur seinen Befehlen würden gehorchen müssen.

»Natürlich, natürlich«, sagte Humbert, rieb sich die Hände und begleitete Anghus zur Tür. »Es war mir ein Vergnügen, Euch wieder zu sehen, mein Laird, und wieder mit Euch zusammenzuarbeiten.«

Anghus brachte als Antwort nur ein unterdrücktes Brummen zustande.

In der Dämmerung des folgenden Tages schwangen die Stadttore auf und eine Kavalkade von Männern marschierte heraus, angeführt von einer kleinen Gestalt im Kilt und mit schräg sitzender Mütze, die den Dudelsack spielte. Es war derselbe Pfeifer, den Anghus vor zwei Abenden im Gasthaus gesehen hatte. Der Prionnsa hatte ihn gebeten, die Truppen zu begleiten, weil er von allen Soldaten, die in den Verschleierten Wald entsandt worden waren, der Einzige war, der mit gesundem Geist und gesunder Seele überlebt hatte.

Dem Klang des Dudelsacks folgten in Zweierreihe zehn Soldaten in Kilts, die Langschwerter auf den Rücken gebunden. Anghus und Donald trabten auf robusten kleinen Reitpferden hinterher, vier Kavalleristen um sich herum, von deren Lanzen im heftigen Wind Wimpel flatterten. Und hinter ihnen liefen rufend und höhnend die Straßenjungen der Stadt. Als die kahlen, moosbehangenen Bäume näher aufragten, stockte der Dudelsack.

Anghus sagte freundlich: »Hör mit deinem Gejaule auf, mein Junge. Ich bezweifle, dass es den Bäumen gefallen wird.« Er schwang sich anmutig aus dem Sattel und Donald tat es ihm gleich. Er schaute zu den vier Kavalleristen hoch und sagte bedauernd: »Ich fürchte, wir werden hier absteigen müssen. Die Pferde sind in diesem Wurzelgewirr kaum noch von Nutzen. Ihr vier werdet mit ihnen nach Dunceleste zurückkehren und es dem Großsucher erklären müssen.«

»Aber er sagte ...«

»Kommt schon, Mann, seht Euch diesen Wald an. Die Pferde werden nervös sein und der Boden ist überall von den Wurzeln der Bäume aufgebrochen. Ich würde nicht gerne eine der Stuten töten müssen, weil sie sich ein Bein gebrochen hat.«

»Die anderen drei werden zurückkehren. Aber ich komme mit Euch«, erwiderte der Anführer der Kavalleristen, schwang ein Bein über den Sattel und glitt geschmeidig zu Boden. Er war ein großer, finster wirkender Mann namens Casey Falkenauge, der untadelig gekleidet war. Sein Langschwert hing in einem Schultergurt auf seinem Rücken und er trug eine lange Lanze.

»Wenn Ihr mitkommt, müsst Ihr auch diese Lanze zurücklassen«, sagte Anghus. »Und Ihr müsst alle Eure Langspieße ablegen, Männer. Alle anderen Waffen müssen in den Scheiden bleiben, solange ich nichts anderes befehle. Wenn es wirklich stimmt, dass es in den Wäldern einen Garten der Celestine gibt, werden die Bäume ihre intuitive Magie aufgesogen haben und wissen, wenn Ihr an Gewalt denkt. Haltet Eure Gedanken also gut abgeschirmt und Eure Langschwerter umgebunden.«

Nachdem die anderen davongaloppiert waren, betraten die verbliebenen vierzehn Männer still das düstere, grünliche Licht des Waldes. Anghus war sich augenblicklich der Schatten bewusst, die ihren Schritten folgten. Obwohl er niemals direkt etwas sah, bemerkte er aus den Augenwinkeln gelegentlich eine flüchtige Bewegung, verspürte das Gefühl, beobachtet und verfolgt zu werden, bemerkte vermehrten Speichelfluss und hörte kurzzeitig Schleichen. Als er sah, wie die Soldaten bei dem Geräusch jäh die Köpfe wandten, sagte er kurz angebunden: »Schattenhunde. Kein Grund zur Sorge. Sie sind nur neugierig, obwohl sie angreifen würden, wenn wir Fleisch oder offene Wunden hätten.«

Sie gingen schweigend weiter. Ungefähr eine Stunde später fiel einer der Soldaten mit unterdrücktem Schrei vornüber. Als er sich wieder aufrappelte, drang Blut aus einem Schnitt an seiner Stirn. Die Schattenhunde schwärmten näher heran, grollten und jaulten; ihre Augen schimmerten grün, wenn sich das Licht in ihren geweiteten Pupillen fing. Die Soldaten verscheuchten sie mit Rufen und Armwedeln, während Anghus den Schnitt fest verband.

Nach mehreren Stunden mühsamen Vorangehens spürten sie zunehmende Kühle und Nebel begann vom Boden aufzusteigen. Die Gruppe schloss sich dichter zusammen, die Gesichter der Soldaten wirkten je nach Veranlagung ängstlich oder kampflustig. Ashlin der Pfeifer war nervös, wie auch der Soldat mit dem Schnitt an der Stirn. Anghus und Casey waren beide wachsam und gefasst, während an Donalds Miene unmöglich abzulesen war, welche Gedanken er möglicherweise hegte. Seine schroffen braunen Züge trugen den Ausdruck ruhiger Akzeptanz, die scheinbar nur sehr wenig erschüttern konnte – natürlich abgesehen von Beleidigungen seines Bartes.

Mehrere der Fußsoldaten wollten offensichtlich ihre Schwerter ziehen, als der Nebel schließlich um ihre Taillen waberte. »Ruhig, Männer«, sagte Anghus. »Wir sollten uns aneinander binden, damit wir uns nicht verlieren.«

»Woher sollen wir wissen, in welche Richtung wir gehen müssen?«, fragte Ashlin. »Wir können den Weg nicht erkennen. Das letzte Mal sind wir so stundenlang gewandert, ohne zu wissen, wo Osten oder Norden war. Viele der Männer verschwanden einfach im Nebel und wurden niemals wieder gesehen.«

»Dort ist Norden, Junge«, sagte Anghus in den Nebel deutend. »Ihr werdet euch nicht verirren, wenn ihr in meiner Nähe bleibt.«

»Wie könnt Ihr das wissen?«, fragte Floinn Rotbart, einer der kampflustigen Soldaten.

Anghus wusste, dass er sorgfältig darauf achten musste, vor diesen Männern kein Zeichen seines *Talents* zu zeigen, denn sie waren erfahrene Hexenjäger, die es gewohnt waren, Sucher im Felde zu begleiten. Er stieg auf eine der dicken Wurzeln und strich über den Stamm einer Mooseiche. »Seht Ihr, wie dieses Moos hier an dem Stamm wächst?« Der Soldat nickte misstrauisch. »Seht Ihr, wie kahl die andere Seite des Stammes ist? Diese Art Moos wächst nur an der nach Norden weisenden Seite der Stämme. Wenn Ihr Euch verirrt, betastet die Stämme und geht direkt nach Süden. Dann könnt Ihr den Weg aus dem Wald nicht verfehlen.«

»Ihr wisst für einen Mann, der nicht hier lebt, eine Menge über den Verschleierten Wald.«

»Wir haben in Siantan auch viele Mooseichen«, antwortete Anghus. Er band das Seil an Caseys Gürtel. »Werdet Ihr aus gutem Grund Falkenauge genannt?«, fragte er. Der große Mann nickte. »Gut, dann könnt Ihr vorausgehen. Ashlin, bleib dicht bei Donald.«

Einer nach dem anderen banden sie das Seil an ihre Gürtel und dann führte Casey sie über die gewundenen Baumwurzeln. Obwohl erst früher Nachmittag war, schien es bereits dämmerig und die Düsterkeit bedrückte sie.

Ein Wolf trat aus den Schatten, das Nackenfell leicht gesträubt, die Lefzen hochgezogen. Sofort klangen ein Dutzend Schwerter, aber Anghus rief: »Steckt Eure Langschwerter wieder ein! Habe ich Euch befohlen, Eure Waffen zu ziehen?«

Er sah den Wolf unglaublich bestürzt an. Es war die Matriarchin der Wälder Rurachs, deren schwarze Halskrause nun im Alter allmählich von Silber durchzogen wurde. Er konnte nicht glauben, dass sie hier war, so weit von ihrer natürlichen Heimat entfernt. Sie sah Anghus mit unnachgiebigen gelben Augen an und grollte drohend, während sich das dichte Fell entlang ihrem Rückgrat aufrichtete. Donald löste seinen Bogen. Anghus hielt ihn zurück. »Sie wird uns nichts tun«, sagte er, obwohl er keine Ahnung hatte, wieso er sich dessen so sicher sein konnte.

Er löste das Seil von seinem Gürtel und trat außer Blick- und Hörweite seiner Begleiter. Die Wölfin hielt ihre wilden Augen auf sein Gesicht gerichtet und grollte immer noch. Anghus sagte leise: »Was ist los, schwarze Wölfin? Ich dachte, wir wären in gewisser Weise Freunde. Stehen uns Gefahren bevor?« Sie rührte sich nicht und grollte weiterhin. Er trat vorsichtig einen Schritt vor, dann einen weiteren und sie knurrte. »Ich werd sie dich töten lassen müssen, wenn du uns nicht vorbeilässt«, warnte Anghus. »Ich möchte das nicht tun.«

Sie regte sich unruhig und winselte leise. Er trat einen weiteren Schritt vor und sie grollte, sprang ihn aber nicht an. Noch ein paar Schritte und er könnte seine Hand auf ihren Kopf legen. Er bewegte sich langsam vorwärts, hielt den Atem an, und berührte mit den Fingern sanft ihre dichte Halskrause. Einen Moment lang begegneten ihre gelben Augen seinem Blick, dann wandte sie sich um und schlich davon.

Er ging zu den aneinander gebundenen Soldaten zurück und sah überheblich in ihre ungehaltenen, ungläubigen Gesichter. Einige regten sich unbehaglich, aber er bezwang sie mit seinem Blick, so dass sie nur leise murrend in die Reihe zurücktraten. Alle wussten, dass die MacRuraichs eine seltsame Affinität zu Wölfen hegten.

Während der Nachmittag in einen frühen Abend überging, glitten die Schattenhunde immer näher heran; ihre schwarzen wogenden Körper schlichen zu beiden Seiten der kleinen Gruppe entlang. Die Männer lagerten auf einer kleinen Lichtung, obwohl der Wald so feucht war, dass Donalds Bemühungen, ein Feuer anzuzünden, fehlschlugen. Der Diener war recht beleidigt, als Casey Falkenauge die Aufgabe übernahm, aber der Kavallerist hatte das Feuer bald entfacht. Die Flammen leuchteten in den durchbrochenen Baldachin hinauf und zeichneten tiefe Schatten in die Baumstämme. Die Bäume schienen im flackernden Licht zu schwanken, als träten sie von einem Fuß auf den anderen.

Schwarze Gestalten wanden sich durch den Wald, die grünen Augen hell wie Kerzen.

Anghus stellte einen Plan für die Nachtwache auf, dann aßen

sie fast schweigend und rollten sich schließlich in ihre Decken. In den frühen Morgenstunden wurden sie von Ashlins furchtbaren Schreien geweckt. Ein Wachsoldat war von Schattenhunden getötet worden, die ihm die Kehle herausgerissen hatten. Es war der Soldat mit dem Schnitt in der Stirn. Sie waren lautlos aus dem Dunkel gekommen und hatten ihn überwältigt, aber die Balgerei um seinen Leichnam hatte Ashlin geweckt, der einen unruhigen Schlaf hatte. Der Junge stand mit gezogenem Dolch bleich und elend über der verstümmelten Leiche des Soldaten. Es war ihm gelungen, die Schattenhunde mit einer aus dem Feuer gezogenen flammenden Fackel zu vertreiben. Jedoch schwärmten die großen schwarzen Wesen noch immer lautlos um den Rand der Lichtung, wobei ihre Augen vor Blutgier brannten. Niemand schlief mehr in dieser Nacht.

Sobald die Dunkelheit weit genug gewichen war, dass man die Mooseichen durch den Nebel aufragen sehen konnte, setzten sie ihren Weg fort. Die Soldaten waren unglücklich und angespannt, folgten Anghus' Befehlen aber rasch genug. Er beharrte darauf, dass sie sich alle wieder aneinander banden, und erinnerte sie eindringlich daran, ihre Schwerter in den Scheiden zu belassen. Mehrere Stunden später stolperte ein Soldat in das Nest einer dunklen Netzspinne und wurde gebissen. Sein Todeskampf war schrecklich anzusehen. Sie verbargen seinen Leichnam unter Laub und Zweigen, wohl wissend, dass die Schattenhunde ihn wieder ausgraben würden, wenn sie ihn begruben, und gingen schweigend weiter.

Bald nachdem sich die Abenddämmerung um sie schloss, sprang ein Rudel Schattenhunde aus dem Unterholz. Sie kamen in einer großen grollenden Woge auf die Männer zu und wanden sich umeinander wie ein Nest voller Schlangen. Drei Soldaten verloren innerhalb von Sekunden ihr Leben, die Kehlen wurden ihnen von den scharfen Zähnen der großen Hunde herausgerissen. Die Übrigen scharten sich Rücken an Rücken zusammen, wobei ihre großen Langschwerter klirrten. Obwohl sich bald auf allen Seiten große schwarze Körper häuften, ging noch ein Soldat zu Boden und dann noch ein weiterer.

Anghus machte ein grimmiges Gesicht. Er wusste besser als jeder andere, wie schwierig es war, ein Rudel Schattenhunde aufzuhalten. Einer allein war schon schwer zu töten. Zusammen konnte man ihrer Kraft und Wildheit praktisch kaum widerstehen. Er stieß einem Schattenhund seinen Dolch in die Brust und das grüne Feuer in den Augen der Bestie erlosch. Aber dann spürte er einen weiteren die Fänge in seinen Arm schlagen. Schmerz durchzuckte ihn, aber es gelang ihm dennoch, mit dem Dolch auf die Bestie einzustechen. Der Schattenhund hielt unbeirrt fest und Anghus sank auf ein Knie.

Plötzlich fuhr ein dunkler Blitz durch die Bäume und fiel das Rudel Schattenhunde von hinten an. Es war die Wölfin. Sie versenkte ihre Fänge in den Nacken des Schattenhundes und zog ihn von Anghus fort. Knurrend und jaulend rollten sie auf dem Boden umher, dann erhob sich die Wölfin, ihre Fänge vor grünschwarzem Plasma tropfend. Die Wölfin und Anghus kämpften Seite an Seite, bis das Rudel Schattenhunde schließlich von ihnen abließ und davonlief. Innerhalb von Sekunden war die neblige Lichtung bis auf fünf keuchende, fluchende Männer und die Wölfin leer, die ihre Schnauze hob und ein triumphierendes Heulen ausstieß. Auf dem Boden lagen sieben Männer und dreimal so viele Schattenhunde.

An diesem Tag zogen sie nicht weiter. Als die Leichen beseitigt und die Wunden der Männer versorgt waren und sie alle dankbar einen Schluck Whisky getrunken hatten, war es bereits vollkommen dunkel. In der Ferne heulten weiterhin Schattenhunde, während der Wald die Männer drohender denn je bedrängte. Die Wölfin war wieder im trügerischen Unterholz verschwunden, aber Anghus wusste, dass sie in der Nähe blieb.

»Wir gehen das Ganze falsch an«, sagte Anghus. »Es hat keinen Zweck, den Wald zu bekämpfen. Wir werden ihn niemals besiegen. Ich möchte, dass Ihr alle zurückgeht.«

Casey Falkenauge schüttelte den Kopf. »Das können wir nicht tun, mein Laird«, sagte er respektvoll. »Wir wurden ausgesandt, um Euch zu helfen und zu beschützen, und können nicht zurückgehen, nur weil der Weg schwierig ist. Wir wussten schon vorher, dass es gefährlich würde.«

»Aber ich komme ohne Euch besser zurecht«, sagte Anghus ungeduldig.

»Wie kann das sein? Dieser Wald ist böse. Ihr braucht uns für Eure Sicherheit, mein Laird.«

Anghus konnte ihm nicht erklären, warum er ohne sie sicherer war. Er wiederholte nur ungeduldig, dass er wollte, dass sie alle umkehrten.

»Wir haben unsere Befehle, mein Laird.«

»Ja, und ich gebe sie Euch. Ich möchte, dass Ihr zurückgeht.«

»Wir stehen unter dem Befehl des Großsuchers persönlich«, erwiderte Casey. »Nichts was Ihr sagen könntet, brächte uns dazu, uns gegen ihn zu stellen. Unser Tod in diesem Wald wird weitaus milder sein als das, was uns der Großsucher antun würde, wenn wir uns ihm widersetzten.«

Anghus knirschte enttäuscht mit den Zähnen, wusste aber, dass er kaum etwas tun konnte. Stattdessen saß er in brütendem Schweigen da, nahm Schlucke aus seiner Feldflasche und fragte sich, was die Wölfin hier tat. Er konnte kaum glauben, dass sie ihnen den ganzen Weg bis zum Verschleierten Wald gefolgt war. Ihr Erscheinen verwirrte Anghus. Sein Herz hatte bei ihrem Anblick einen Satz gemacht, aber er war sich die ganze Zeit über bewusst, dass ihm ein überaus wichtiger Hinweis entging, ein bohrendes Gefühl des Erkennens, das ihn zutiefst verwirrte. Es war eine lange, die Nerven belastende Nacht. Casey Falkenauge zündete erneut ein großes Feuer an und stellte rund um die Lichtung brennende Fackeln auf, aber die jenseitige Dunkelheit flimmerte vor kleinen und großen Augen. Drei Mal griffen die Schattenhunde sie an und konnten nur nach heftigem Kampf und dem kurzen Wiedererscheinen der Wölfin abgewehrt werden. Am

Morgen erkannten sie, dass die Erde um die Lichtung von Spuren übersät war, einschließlich der Krallenabdrücke von Kobolden.

Mit Flamme und Axt und Schwert schlugen und brannten sie sich ihren Weg durch das Gewirr von Brombeersträuchern und Dornengestrüpp, der Wald um sie herum wirkte schwarz und bedrohlich. Donald ging an einer Seite des verwundbaren jungen Pfeifers, Casey an der anderen, und Floinn bot ihm Rückendeckung. Anghus wusste, dass er seinem Ziel nahe war, so nahe, dass er Meghan in der Nase riechen und in der Kehle schmecken konnte. Der Wald bekämpfte sie auf jedem Schritt des Weges, aber der Nervenkitzel der Jagd drang ihm durch jede Ader. Seine Erregung steckte die übrigen an und gemeinsam kämpften sie sich voran, ließen sich durch nichts aufhalten oder trennen. Sie rasteten nicht, als die Dunkelheit hereinbrach, sondern drängten weiter voran und hielten dabei die rauchenden Fackeln fest umklammert.

Schließlich durchbrachen sie die letzte Dornenwand und vor ihnen erstreckte sich offenes Gras, das im Mondlicht samtig schimmerte; die Umrisse der Sträucher und Bäume schienen darüber zu schweben. Die Luft roch süß, ein leichter Wind zauste ihr schweißfeuchtes Haar und kühlte ihre zerkratzten Gesichter. Der Nebel war verschwunden, so dass über ihnen Sterne zu sehen waren.

»Der Garten der Celestine«, seufzte Anghus. »Steckt Eure Waffen ein, Männer. Sie werden uns hier nichts nützen.«

Sie gehorchten widerwillig und Anghus schnupperte in die Nacht und roch seine Beute. Sie war nahe, sehr nahe. Er schritt durch den Garten voran, wobei er mit den Stiefeln duftende Blüten zertrat. Die übrigen folgten ihm still, von Ehrfurcht und Vorgefühl erfüllt. Über ihnen ragte ein hoher Hügel auf, der sich aus den Bäumen erhob. Die großen Steine, die ihn krönten, schimmerten weiß im Mondlicht.

»Sie wird hier sein«, murmelte Anghus. Dann hob er die

Stimme leicht an und sagte: »Ihr könnt nicht weiter mitkommen. Bleibt beim Fluss und lasst eure Waffen stecken. Ihr befindet euch nun im Garten der Celestine und seid hier nicht willkommen. Ein Akt der Gewalt oder der Respektlosigkeit und alles könnte verloren sein. Nein, Donald, du musst auch hier bleiben. Ich werde dich nicht brauchen.«

»Aber, mein Laird …«, protestierte Donald.

Anghus schüttelte den Kopf. »Bleib hier, alter Freund, und gib mir Rückendeckung.«

Der Prionnsa von Rurach bewegte sich lautlos durch die großen Bäume. Er war sich bewusst, dass er beobachtet wurde, mied aber aggressive Bewegungen und die verborgenen Beobachter zeigten sich nicht. Er gelangte über eine Lichtung zum Fuß des Hügels und verbarg sein Schwert und seinen Dolch unter einem Busch. Der Fluss stürzte eine Seite des Hügels herab und er wusch sich sorgfältig darin, schwelgte in seiner kristallklaren Frische. Erst dann begann er den Aufstieg.

Meghan NicCuinn saß an einen der großen Steine gelehnt und schaute über den Wald zum See hinaus, der im Mondlicht strahlend schimmerte. Bei seinen Schritten blickte sie auf und lächelte. »Ich grüße Euch, Anghus MacRuraich. Ich habe Euch erwartet. Es ist wirklich lange her, seit wir uns das letzte Mal sahen.«

»Beinahe zwanzig Jahre, Mylady«, antwortete er und verbeugte sich vor ihr.

»So lange? Ach, natürlich, das war noch, bevor Tabithas die Bewahrerin des Schlüssels wurde.«

»Ja«, erwiderte er mit wehmütiger Stimme. »Ihr wisst, dass ich gekommen bin, um Euch zur Liga gegen Hexen zu bringen?«

»Natürlich weiß ich das. Was glaubt Ihr, warum ich sonst hier bin und auf Euch warte? Wir haben jedoch noch Zeit. Bleibt ein wenig, Anghus, dann können wir reden. Die vergangenen zwanzig Jahre waren nicht freundlich zu Euch, wie ich sehe.«

»Nein, tatsächlich waren es grausame Jahre.«

»Ich kann erkennen, dass Ihr Eure Schwester vermisst. Ihr habt sie noch nicht gefunden? Das überrascht mich.«

»Ich kann mein Herz nicht auf sie konzentrieren. Sie ist durch seltsame und beunruhigende Schatten vor mir verborgen.«

»Aber Ihr seid der MacRuraich, Anghus, könnt Ihr nicht durch diese Schatten hindurchsehen?«

Er schüttelte den Kopf und setzte sich zögernd neben sie aufs Gras. Sein angespanntes Gesicht war vom Mondlicht beleuchtet, seine Augen lagen tief in Dunkelheit. »Warum nicht?«

»Ich weiß es nicht.«

»Ich hatte auch Schwierigkeiten, sie zu finden«, sagte Meghan. »Sie ist jetzt jedoch nahe. Ich habe mit ihr gesprochen.«

»Mit Tabithas? Tabithas ist hier! Wo?« Er sprang augenblicklich auf.

»Setzt Euch wieder, Anghus, sie wird sich nur allzu bald zeigen, wenn sie es wünscht. Ihr seht nicht sehr klar, nicht wahr?«

»Nein«, antwortete er mit gebrochener Stimme.

»Ich habe von den Hexenjagden während der letzten Jahre in Rurach und Siantan gehört. Es sieht Euch nicht ähnlich, Anghus, Eure Leute so hart und herzlos zu behandeln.«

»Es ist nicht meine Schuld!«, rief Anghus. »Die Liga gegen Hexen hat uns fest im Griff. Der neue Großsucher ist ein grausamer und schlauer Mann, dem es Vergnügen bereitet, den Willen der Leute zu brechen …«

»Also hat er auch Euren gebrochen?«

Anghus spie angewidert aus. »Nein, einen elenden, pickelgesichtigen Bauern wie Humbert von der Schmiede den Willen des MacRuraich brechen lassen? Wohl kaum!«

»Was ist dann mit Euch geschehen, Anghus? Regiert Ihr Euren Clan nicht mehr?«

»Sie haben meine Tochter«, sagte er leise, den Kopf gesenkt, die Schultern eingesunken. »Sie haben sie vor fünf Jahren entführt.«

»Ach, ich verstehe«, sagte Meghan sanft. »Damals wurden die

Hexen in Rurach sehr heftig verfolgt. Sie bedrohen ihr Leben, wenn Ihr nicht tut, was sie wollen.«

»Ja.«

»Viele sind in Rurach durch das Feuer gestorben, einige mit Macht, sehr viele mit nur wenig Macht. Warum diese Härte?«

»Humbert von der Schmiede war dort der Anführer der Liga gegen Hexen und entschlossen, sich einen Namen zu machen und die Gunst der Banrìgh zu erringen. Außerdem wollte er wohl auch mich bestrafen, denn er wurde in Siantan geboren. Viele hier hassen den Clan der MacRuraich noch immer und lehnen ihn ab, weil er ihr Land regiert, obwohl es durch Heirat friedlich erworben wurde. Humbert und die Banrìgh haben mein Kind entführt und mich auf die Rebellen angesetzt, die sich draußen im Turm der Sucher verbargen, als wäre ich irgendein dreckiger, bezahlter Mörder, der ihre schreckliche Arbeit erledigt. Aber sie hatten meine Tochter und meine Leute litten unter den Auswirkungen ihres Missfallens. Ich habe nicht anders zu handeln gewagt.«

»Ihr habt Seychella Windpfeiferin nicht aufgespürt, sie, die der Lehrling Eurer Schwester war.«

Er schaute überrascht und bekümmert zu ihr hoch. »Nein, das hab ich nicht getan. Ich hab gelogen und behauptet, alle seien tot. Woher wusstet Ihr das?«

»Sie kam zu mir in mein Geheimversteck, um mir bei einer Aufgabe zu helfen, die ich damals zu bewältigen hatte. Ich hörte alle diese Neuigkeiten von ihr, obwohl ich mir schon lange Zeit Sorgen um den Stand der Dinge in Rurach und Siantan gemacht hatte. Sie ist nun tot. Ein Mesmerd hat ihr Leben fortgeküsst.«

»Ein Mesmerd! Eines dieser schrecklichen Zauberwesen aus dem Moor? Aber wie? Warum? Wart Ihr in Arran?« Seine Stimme drückte große Ungläubigkeit aus, denn er wusste, dass Meghan es niemals riskiert hätte, sich in den nebelverhangenen Mooren Arrans zu verstecken, wo die MacFóghnans regierten.

Sie erzählte ihm nicht, wo sie die letzten sechzehn Jahre verbracht hatte, sondern sagte stattdessen gequält: »Der Mesmerd war mit einer Truppe Rotgardisten und einem Sucher im Bunde. Ich weiß, das sind seltsame Bettgenossen, aber andererseits empfinde ich auch den MacRuraich und die Banrìgh als seltsame Bettgenossen.«

Anghus errötete und biss sich auf die Lippen. »Es tut mir wirklich Leid zu hören, dass Seychella tot ist«, sagte er rau. »Sie hat mir einmal das Leben gerettet und unter meinem Dach das Brot gebrochen.«

»Wie auch ich.«

Er schwieg.

Meghan legte ihre Hände auf seinen Arm. Alle Muskeln waren angespannt und verkrampft. Sie sagte sanft: »Es ist ein grausamer Zwang, Eure Tochter zu entführen und Euch mit ihrem Leben und ihrer Sicherheit zu erpressen. Ich wusste, dass Ihr kommen würdet, und wartete auf Euch. Ich weiß, dass man dem schwarzen Wolf nicht entkommen kann, wenn er die Jagd erst aufgenommen hat. Ich werde friedlich mit Euch kommen, wie Ihr es auch erwartet habt. Aber ich habe vorher noch eine Frage an Euch.«

»Welche?« Seine Stimme klang erstickt.

»Warum habt Ihr Eure Tochter nicht so aufgespürt, wie Ihr mich aufgespürt habt? Ihr habt starkes *Talent*. Tatsächlich hätten wir Euch gerne als Lehrling aufgenommen und dem Hexensabbat zugeführt, wenn Ihr nicht der Erbe des Throns von Rurach wärt. Ihr müsstet sie doch leicht aufspüren können – ein Kind Eures Blutes.«

»Ihr glaubt, ich hätte es nicht versucht!«, brüllte Anghus, dessen wahre Stimmung sich nun Bahn brach. »Ich hab das ganze Land von Küste zu Küste nach ihr abgesucht. Ich weiß, dass sie noch lebt, aber sie haben sie irgendwie vor mir verborgen. Meine eigene Tochter, vor meinen Augen verborgen!«

Meghan schwieg, den Blick auf sein Gesicht gerichtet. Dann erzählte er ihr mit gebrochener Stimme die ganze Geschichte. Wie sein *Talent* ihn immer wieder betrogen und verleitet und ihm das Gefühl vermittelt hatte, Fionnghal sei nahe, obwohl sie die ganze Zeit weit entfernt war, wie er sich seiner Tochter schmerzlich bewusst gewesen war, ohne ihren Aufenthaltsort bestimmen zu können.

»Woher wisst Ihr, dass Fionnghal weit entfernt war?«

»Sie war mir nicht nahe«, antwortete er. »Ich war mir ihrer viele Male so stark bewusst, als wäre sie im Nebenraum, aber sie war niemals dort.«

»Hatte Eure Tochter das *Talent*?«

Er nickte schroff.

»Hat sie Euer Wappen getragen?«

Er nickte erneut.

Sie sagte nachdenklich: »Ich könnte mir denken, dass dem Wappen ein Umkehrzauber auferlegt wurde. Ein einfacher Trick, für jedermann mit ein wenig Können und Übung nur allzu leicht auszuführen, aber in einem Fall wie Eurem hochwirksam. Jedes Mal, wenn Ihr Euch auf sie konzentriert, weist Euch das Wappen in die entgegengesetzte Richtung. Und sie konnte Euch ebenfalls nicht finden, weil der Umkehrzauber auch gegen ihr eigenes *Talent* wirkt. Ihr müsstet nur gegen Euren natürlichen Impuls handeln, um sie zu finden. Konzentriert Euch auf sie und geht dann dorthin, wohin Ihr Eurem *Talent* nach nicht gehen solltet.« Seine Augen leuchteten vor Hoffnung und Aufregung. »Könnte es so einfach sein?«, rief er. »All diese Jahre, und ich wurde von einem einfachen Umkehrzauber fern gehalten!«

»Falls das die Ursache ist. Es ist nur eine Vermutung, Anghus, aber die einzige, die ich mir denken kann. Versucht es, wenn Ihr wollt. Inzwischen solltet Ihr vielleicht wissen, dass der blinde Zauberer Jorge Kinder mit dem *Talent* versammelt hat, um eine neue Theurgia zu errichten. Unter einer Schar von Bettlerkindern, mit denen er sich angefreundet hat, ist ein kleines Mädchen mit starken Suchkräften. Sie trägt ein verbeultes Medaillon um den Hals, das sich wie ein Hund oder ein Wolf anfühlt. Glaubt Ihr vielleicht …?«

Ihre Frage wurde nicht beantwortet, weil Anghus aufgesprungen war und unruhig hin und her schritt. »Könnte es meine Fionnghal sein?«, fragte er. »Die Großsucherin Glynelda sagte stets, sie sei bei der Banrìgh in Rhyssmadill, aber ich hab jeden Gang und Lagerraum im Palast und jede Straße und jeden Platz Dùn Gorms abgesucht und hab keine Spur von ihr entdeckt.«

»Ich weiß nicht, ob sie Eure Tochter ist oder nicht«, erwiderte Meghan. »Ein solch starkes *Talent*, wie sie es zeigt, ist selten ... Und ich erinnere mich jetzt, dass Jorge mir erzählte, sie sei unter Glyneldas Führung aufgewachsen. Dieses Mädchen war jedoch niemals im Palast. Sie war Lehrling eines Diebes und Kopfgeldjägers in Diensten der Liga gegen Hexen in Lucescere.«

Anghus runzelte die Stirn und eine Hand glitt unbewusst an seine Seite, wo sich normalerweise das Schwertheft befand.

»Dann hoffe ich, dass sie nicht meine Tochter ist«, murmelte er. »Eine grausame Lehrzeit für mein kleines Mädchen.«

»Für jedes kleine Mädchen«, sagte Meghan.

Der Prionnsa nickte. »Das stimmt wirklich«, antwortete er. Er schritt noch einige Augenblicke länger im mondbeschienenen Gras auf und ab, wandte sich dann zur Hexe um und fragte: »Meint Ihr, mit Tabithas ist es das Gleiche? Werde ich auch sie finden, wenn ich sie entgegen meinem Impuls suche?«

»Nein«, sagte Meghan. »Ihr konntet Tabithas nicht finden, weil Ihr in der falschen Gestalt nach ihr gesucht habt. Ihr habt erwartet, dass sie noch genauso wäre, wie Ihr sie stets kanntet. Sie ist jedoch inzwischen anders, völlig anders. Ihr Geist und ihre Seele sind nicht mehr so, wie Ihr sie gekannt habt. Anghus, Maya hat eine sehr seltsame und schreckliche Macht, eine, von der ich, außer in den Geschichten über Zauberwesen in der Anderwelt, niemals zuvor gehört habe. Sie kann Menschen in jedes beliebige andere Wesen verwandeln und Tabithas wurde in eine Wölfin verwandelt. Sie hat seitdem lange Zeit in den Wäldern um Burg Rurach gelebt. Sie ist nahe. Tatsächlich wartet sie im Wald.«

Anghus war verblüfft. Er konnte Meghan nur anstarren, als hätte sie in einer fremden Sprache gesprochen. Sie konnte im zunehmenden Licht seinen weit geöffneten Mund erkennen.

»Tabithas. Meine Schwester. Ihr sagt, sie sei in eine Wölfin verwandelt worden?«

»Ja, anscheinend. Sie kam gestern Abend hierher. Wir sprachen miteinander. Sie beherrscht nur noch die Sprache des Tieres. Sie ist seit sechzehn Jahren im Körper einer Wölfin gefangen und kann niemanden erreichen. Sie sagt, sie hätte viele Male versucht, mit Euch zu sprechen, aber Euer Geist war verschlossen. Starr. Nach einer Weile gab sie es auf. Sie lief mit den wilden Wölfen des Waldes und errang deren Treue. Sie sind der Banrìgh schon lange auf den Fersen, obwohl sie seit dem Aufstieg des Kometen mit Macht zugeschlagen haben. Tabithas erinnert sich an den Kalender des Hexensabbats. Sie weiß, dass das Jahr des Kometen stets große Tragweite hat.«

»Tabithas. Eine Wölfin.«

»Ja, ich fürchte schon. Es ist pure Ironie, nicht wahr? Maya scheint bei ihren Verhexungen zumindest etwas Verstand einzusetzen. Ich frag mich, wie viele tapfere Hexen nun Kröten oder Ratten sind?«

Anghus erschauderte. Dann zog er eine kunstvoll verzierte Feldflasche aus seiner Tasche, die er entkorkte und rasch an den Mund führte. Er trank einen Mund voll, dann noch einen und senkte die Feldflasche benommen wieder.

»Die Wölfin, die mir bis hierher gefolgt ist«, sagte er. Meghan nickte. »Die Wölfin mit dem Fell mit den Silberspitzen. Sie ist Tabithas?« Meghan nickte erneut. »Ich kann es nicht glauben.«

»Es tut mir Leid, Anghus, mein Lieber, aber es stimmt wirklich. Sie hat Euch aufzuhalten versucht, aber als Ihr nicht innehalten wolltet, kam sie mit Euch. Ich hab sie gestern Abend davon überzeugen können, mich mit Euch sprechen zu lassen und zu versuchen, den Grund für Eure Jagd herauszufinden.«

»Das ändert nichts«, sagte Anghus plötzlich. »Gar nichts. Ihr erzählt mir von dem Umkehrzauber, der Fionnghal auferlegt wurde, oder dass die Banrìgh meine Schwester in eine Wölfin verwandelt hat. Ich kenne Eure Hexentricks. Ich weiß, wie Ihr Hexen Worte verdrehen könnt, bis man nicht mehr weiß, was richtig oder falsch ist …«

»Und habt Ihr das Gefühl, dass das, was die Banrìgh tut, richtig oder wahrhaftig ist?«, fragte Meghan mit schrecklicher Stimme. »Seid Ihr in ihrem Dienst glücklich, MacRuraich, Abkömmling von Hexen?«

Er wandte sich mit angespanntem Gesicht ab. »Das hat nichts damit zu tun, Meghan. Ich hab mich dieser Aufgabe verschworen. Ich wage das Leben meiner Tochter nicht allein auf Euer Wort hin zu riskieren.«

»Ihr wisst, dass ich nicht lüge«, sagte sie hart.

»Woher soll ich das wissen? Was ist jetzt das Glaubensbekenntnis der Hexen? Ihr habt geschworen, nicht zu töten, aber wurden von Euch und Euren Gefährten nicht Soldaten getötet, viele Soldaten?«

Sie senkte den alten Kopf. »Das ist wahr. Wisset, dass ich nicht leichtfertig töte und nicht leichtfertig lüge. Und doch hab ich in diesem Kampf beides getan, weil es wirklich ein Kampf auf Leben und Tod ist. Aber Euch werde ich weder belügen noch Euch Schaden zufügen, denn ich hab mit Euch das Brot gebrochen und Salz gegessen und Ihr seid der geliebte Bruder meiner Freundin, die ich liebte und die Euch noch immer liebt.«

»Ich möchte dies nicht tun, Meghan«, sagte Anghus verzweifelt. »Aber ich hab mein Wort gegeben und kann es nicht brechen.«

»Ich weiß«, sagte sie einfach. »Ich bin bereit, mit Euch zu gehen.«

»Was ist mit Euren Gefährten? Wo sind sie?«

»Ich bin allein«, antwortete sie.

Er schritt noch einen Moment hin und her, wandte sich dann

um und nickte. »Dann soll es so sein. Es tut mir Leid, Meghan. Nehmt Euch vor diesem Abschaum Humbert in Acht. Er ist ein grausamer Mann und er will Euch brechen. Ich habe Befehl, Euch in seine Hände zu übergeben.«

»Ihr bringt mich nicht zur Banrìgh selbst?«

»Nein, er hat ihre Befehle widerrufen. Er will Euch für sich.«

»War das Euer Werk, Anghus?«

»Ich hab ihm die Idee in den Kopf gesetzt«, gab Anghus zu. »Ich weiß nicht, ob das klug war.«

Meghan nickte. »Ich danke Euch dafür, Anghus«, sagte sie erneut gestärkt. »Euch hätte ich mich ergeben, Abkömmling des Hexensabbats und Freund. Ich sehe jedoch keinen Grund, mich dem Dienstboten der Banrìgh zu ergeben. Kommt, gehen wir. Es wird bald hell.«

Sie betraten gerade den dämmerigen Wald, als ein kleines braunes Wesen aus den Bäumen hervorschoss und auf Meghans Schulter landete. Es war der Donbeag, die Flughäute zwischen seinen Pfoten hatte er entfaltet. Er keckerte aufgeregt und rieb seinen samtigen Kopf an ihrem Kinn.

»Gitâ!«, rief die alte Hexe aus. »Warum bist du zurückgekehrt?« Sie blieb stehen und spähte in den Wald. »Nein!«, rief sie. »Geht zurück!«

Als Anghus auf dem Absatz kehrtmachte, sah er zwei junge Leute aus dem Schutz der Mooseichen hervorspringen. Einen jungen Krüppel mit einem schweren Umhang und einem gespannten Langbogen, der direkt auf Anghus wies, und eine schlanke Gestalt mit einer weißen runden Wollmütze und Hose, die drohend einen Dolch hob.

»Lasst Meghan frei«, rief der Krüppel und hinkte einige Schritte vorwärts.

»Sagtet Ihr nicht, Ihr wärt allein?«, fragte der Prionnsa Meghan anklagend.

»Das dachte ich auch«, antwortete sie verärgert.

»Meine Befehle lauten, sowohl die Oberzauberin als auch den

303

Anführer der Rebellen gefangen zu nehmen, der rätselhafterweise der Krüppel genannt wird. Ist er das?«

»Nein«, antwortete Meghan. »Er ist nur ein Junge. Glaubt Ihr, er hätte den Verstand oder das Geschick, die Rebellion anzuleiten?«

»Lasst sie frei, sage ich!«, rief der junge Mann erneut und hob den Bogen an, so dass der mit Widerhaken versehene Pfeil unmittelbar auf Anghus' Herz deutete.

»Bacaiche, senke den Bogen!«, rief Meghan.

Ungläubigkeit war auf ihren Gesichtern zu lesen. »Aber, alte Mutter!«, rief die andere Gestalt, und Anghus konnte an ihrer Stimme erkennen, dass sie ein Mädchen war, obwohl ihr Haar kurz geschnitten war und sie Jungenkleidung trug.

»Ich sagte euch beiden, ihr solltet gehen. Warum habt ihr meine Befehle erneut missachtet?«

»Glaubtet Ihr, wir würden so leicht aufgeben?«, rief das Mädchen. »Wir wussten, dass Ihr in Gefahr seid. Ihr dachtet, wir würden einfach gehen und zulassen, dass Ihr gefangen genommen werdet?«

»Iseult, verstehst du nicht? Du musst jetzt für dein Baby sorgen. Wenn Bacaiche getötet oder gefangen genommen wird, ist das Kind unsere einzige Hoffnung. Du weißt, was zu tun ist. Warum habt ihr meine Befehle missachtet?«

»Wir werden nicht zulassen, dass du von der Liga gegen Hexen gefangen genommen wirst!« Der Krüppel hinkte einige weitere Schritte vorwärts, sein Gesicht von Hass verzerrt, den Bogen drohend angehoben. Anghus spürte überall am Körper Schweiß ausbrechen und hielt den Blick auf den Pfeil gerichtet.

»Doch! Ihr *werdet* zulassen, dass der MacRuraich mich gefangen nimmt. Habe ich mich nicht klar ausgedrückt?«

»Nein«, erwiderte das Mädchen mit ihrer seltsamen, akzentuierten Stimme. »Ich kann nicht zulassen, dass Ihr Euch opfert, Meghan. Wir brauchen Euch. Ihr seid die Alte Mutter, die Feuermacherin. Wir müssen Euch beschützen.«

Meghan lachte leicht verbittert. »Iseult, du brauchst mich nicht zu beschützen«, antwortete sie sanft. »Ich bin über vierhundert Jahre alt und hab die ganze Zeit selbst auf mich aufgepasst. Tatsächlich bringt ihr mich jetzt in Gefahr. Ich möchte, dass du und Bacaiche geht, rasch und ruhig. Versteht ihr?«

Sie waren verwirrt und unentschlossen. Der Mann mit dem Langbogen senkte den Pfeil, bis er zu Boden wies, so dass Anghus erleichtert aufseufzte. Dann sprang das Mädchen mit der Schnelligkeit und Anmut einer angreifenden Schlange jäh vor und Anghus fand sich mit dem gefährlich aussehenden Dolch an der Kehle wieder. »Wir werden jetzt gehen, mit Meghan. Ich werde Euch nicht töten, wenn Ihr sie ohne Schwierigkeiten gehen lasst.«

»Iseult, du verstehst nicht«, sagte Meghan ruhig. »Wir könnten jetzt gehen, aber Anghus würde uns einfach folgen. Er wird mir folgen, gleichgültig wohin ich gehe.«

»Aber wir können uns verstecken ...«

»Er wird uns finden.«

»Aber ...«

»Iseult, die einzige Möglichkeit, einen MacRuraich auf der Jagd aufzuhalten, besteht darin, ihn zu töten. Er hat geschworen, mich aufzuspüren, und das wird er tun, selbst wenn es ein Jahrzehnt dauert.«

Ihr Arm spannte sich an und er spürte die Klinge seine Haut durchdringen. »Dann werde ich ihn töten«, sagte das Mädchen nüchtern.

»Nein, verstehst du nicht, dass ich mich eher in die Hände der Liga gegen Hexen begeben als zulassen würde, dass du ihm schadest? Meinst du nicht, dass ich entkommen wäre, wenn ich es gewollt hätte? Er ist der MacRuraich. Ein ganzes Land – tatsächlich sogar zwei Länder – brauchen ihn und sind auf ihn angewiesen. Er ist der letzte seiner Blutlinie und es ist eine wichtige Blutlinie, die Blutlinie Rùraichs des Forschers, der dieses Land zuerst für uns entdeckt und auf der Sternenkarte markiert hat. Ich hab mit ihm das Brot gebrochen und Salz gegessen und werd nicht zulassen, dass du ihn verletzt oder tötest. Also leg den Dolch nieder, Iseult, sonst werd ich wirklich böse.«

Der Dolch fiel herab. Anghus führte eine Hand an die Kehle und spürte Blut. Das Mädchen sagte verwirrt: »Aber wir wollen Euch retten, Meghan ...«

»Wenn hier eine Rettung nötig ist, werde ich mich selbst darum kümmern. Und jetzt geh, Iseult, nimm Bacaiche und bring ihn in Sicherheit. Alle meine Hoffnungen ruhen auf euch.« Sie löste den Donbeag aus ihrem Zopf und reichte ihn dem Mädchen, trotz seiner Versuche, sich wieder in ihre Arme zu schmiegen.

»Pass für mich auf Gitâ auf, Iseult, und bewache auch die Tasche gut. Geht zum Rebellenlager, wie ich es euch gesagt habe, und macht euch um mich keine Sorgen. Ich werd euch wiedersehen, wenn die Zeit reif ist. Nun muss ich gehen und mich der Liga gegen Hexen stellen. Wenn ich getötet werde, ist es an euch, Isabeau zu finden und die drei Teile wieder zu vereinen. Nichts darf euch davon abhalten, das Erbe zu finden!« Iseult nickte und sie und der Krüppel verschwanden wieder im Wald.

»Wartet«, sagte Anghus mit zu seiner Überraschung krächzender Stimme. Er schaute in Meghans schmales, verrunzeltes Gesicht hinab und sagte fest: »Mir wurde dein Taufgewand anvertraut, Meghan NicCuinn.«

Sie verstand sofort. Sie sah den jungen Mann an, der noch immer vom Hals bis zu den Zehen in den langen schwarzen Umhang gehüllt war. »Ich verstehe«, sagte sie. »Nun, dann sollt Ihr wissen, dass noch ein weiterer NicCuinn lebt. Nimm deinen Umhang ab, Lachlan.«

Der junge Mann wich abwehrend zurück. Meghan nickte ihm zu. »Anghus weiß, wer du bist, Lachlan. Du kannst solche Dinge vor den Augen eines MacRuraich nicht verbergen.«

Widerwillig löste er die Bänder seines Umhangs und ließ ihn zu Boden sinken. Als er von dessen verbergenden Falten befreit war, zeigte er sich als kräftig gebauter Mann im Plaid der Nic-

Cuinn. Seine muskulösen Beine endeten in Klauen wie die eines Raubvogels. Und an seinen Schultern öffneten sich zwei glänzende schwarze Schwingen. Er streckte sie zögernd aus und beugte sie. Anghus hielt den Atem an.

»Er ist Lachlan Owein NicCuinn, jüngster Sohn von Parteta dem Tapferen. Maya hat ihn in eine Amsel verwandelt, als er noch ein Kind war. Wie Ihr erkennen könnt, haben wir keinen Umkehrzauber für ihre bösen Verwünschungen gefunden.« Meghans Stimme klang hart und kalt wie das erste Eis auf einem Teich.

»Ich habe mich verpflichtet, ihn gefangen zu nehmen«, sagte Anghus rau.

»Nein, das habt Ihr nicht«, erwiderte Meghan bestimmt. »Ihr sagtet selbst, Ihr hättet Befehl, den Krüppel gefangen zu nehmen, den Anführer der Rebellen. Lachlan ist nicht der Krüppel.«

»Aber …«, rief Lachlan aus.

»Er ist nur ein Junge«, sagte Meghan verächtlich. »Es stimmt schon, dass er die letzten Jahre damit verbracht hat, die Verhexerin zu ärgern, aber glaubt Ihr, er hätte das Geschick und die Klugheit, all jene Aufsehen erregenden Fluchten im ganzen Land zu planen und zu befehligen? Er war erst sieben Jahre alt, als Maya den Rìgh verhexte und die Türme stürzte. Denkt Ihr ernsthaft, er wäre damals alt oder scharfsichtig genug gewesen, im Untergrund einen Widerstand zu organisieren? Denn damals begann die Rebellion, als Nachwirkung des Tags des Verrats. Viele der gewagtesten Unternehmungen des Krüppels fanden statt, als Lachlan noch im Körper einer Amsel gefangen war. Ich hab ihn befreit, als er gerade fünfzehn war, und er ist jetzt erst dreiundzwanzig und nicht sehr klug. Ihr könnt doch nicht ernsthaft glauben, dass er der Krüppel ist, oder?«

Lachlan stieß einen unterdrückten Laut aus und trat vor, aber das Mädchen hielt ihn mit einer Hand auf seinem Arm zurück.

»Ich habe mich verpflichtet, den Krüppel aufzuspüren. Wenn er es nicht ist, wer ist es dann?«

»Eine reisende Jongleurin namens Enit Silberkehle«, sagte Meghan prompt.

»Meghan, nein! Wie kannst du nur?« Lachlans ausdrucksvolle Stimme brach vor Entsetzen.

»Enit ist jetzt in Blèssem«, fuhr Meghan fort. »Sie ist die wahre Anführerin der Rebellen, diejenige, die sie den Krüppel nennen. Es stimmt, dass viele Lachlan für den Krüppel halten und wir haben niemals jemandem die Wahrheit kundgetan. Aber Enit hat jede einzelne Bewegung der Rebellen in den letzten sechzehn Jahren geplant und befehligt. Sie ist diejenige, die Ihr sucht.«

»Meghan, nein! Wie kannst du sie so verraten?« Lachlan schluchzte vor Zorn und Enttäuschung.

»Vertrau mir, mein Junge«, sagte sie sehr leise.

Anghus nickte. »Gut. Ich werde Euch dem Großsucher übergeben, wie ich es geschworen habe, und dann werde ich Enit Silberkehle suchen.«

Die Hohepriesterin
von Jor

Sani schaute den Gang hinauf und hinab, bevor sie die Tür leise schloss und verriegelte. Erst als sie sicher war, dass niemand lauschte, ging sie durch den Raum zu der hohen Kommode, in der der Spiegel von Lela verborgen lag.

Sie nahm den Spiegel mit dem Silbergriff ehrfurchtsvoll aus der Schublade und legte ihn auf den Tisch. Es war ein sehr alt wirkender Spiegel, ein geheiligtes Relikt der königlichen Familie der Fairgean, und eine mächtige Hilfe beim Weitblicken. Damit konnte Sani ihre Spione und Feinde im Auge behalten, mit ihrem König und den Suchern sprechen, die in der Kunst des Kristallsehens ausgebildet waren, und private Unterhaltungen belauschen.

Es war Sani streng verboten, den Spiegel ohne ausdrücklichen Befehl Mayas zu berühren. Der König der Fairgean war viel zu besorgt um seine Macht, um solch eine mächtige Ikone in die Hände einer Hohepriesterin von Jor zu geben. Sani nahm ihm seine Entscheidung selbst nach sechzehn Jahren noch übel. Sie war in die tieferen Geheimnisse eingeweiht und konnte sich auf die Mächte Jors berufen – der Spiegel hätte ihr gehören sollen und nicht den Händen eines Mischlings anvertraut werden dürfen.

Das Verbot hatte sie natürlich niemals daran gehindert, den Spiegel nach ihrem Willen zu benutzen. Die alte Priesterin wusste, auch wenn das für den König nicht galt, dass Maya nicht zu trauen war. Sani glaubte fest daran, die Zügel der Macht in Händen zu halten, auch wenn das bedeutete, dass sie den magischen Spiegel heimlich benutzen musste.

Es war in den letzten Monaten zunehmend schwierig geworden, ungestört zu sein. Maya verbrachte den größten Teil der Zeit im Becken in ihrer Zimmerflucht. Sie fürchtete sich, in die große Halle gehen zu müssen, wo sie von ungeduldigen Händlern wegen Neuigkeiten über die Handelsflottille bedrängt wurde. Ihr Magen rebellierte ständig, so dass sie das Wildschwein nicht einmal ansehen konnte, das die Lairds ihr zu Ehren erlegt hatten. Alles in allem war sie noch immer so fahrig und unkonzentriert, wie Sani sie seit jeher kannte. Erst am Meer fand die Banrìgh Erleichterung. Normalerweise missbilligte Sani es, wenn Maya Zeit am Wasser verbrachte, denn die Banrìgh konnte es sich nicht leisten, in Verdacht zu geraten. An diesem Morgen hatte die gerissene alte Priesterin jedoch sogar das Flügelfenster geöffnet, so dass die nach Salz duftende Brise durch den ganzen Raum wehte. »Seht nur, wie der Meeresarm funkelt«, hatte sie gesagt. Maya war zum Fenster hinübergeschlendert und der belebende Wind hatte ihr das Haar aus dem Gesicht geweht. »Ihr braucht etwas frische Luft«, hatte Sani gegurrt. »Seht nur, wie blass Ihr geworden seid.«

»Ich muss schwimmen«, sagte Maya schwach.

»Ich könnte behaupten, dass Ihr noch schlaft, falls jemand fragt …«, sagte die alte Dienerin und beobachtete, wie sich Mayas Gesicht vor Freude rötete. Also war Maya gemächlich zu den Ställen hinabgeschlendert, hatte ihr Pferd satteln lassen und war zum Strand hinabgeritten, wo der Meerwind ihr Gesicht liebkoste und ihr Blut kühlte. Es war natürlich gefährlich. Zu viele Leute könnten sie bemerken, wenn sie mit feuchten Haaren und sandiger Kleidung zurückkehrte. Es war jedoch ein notwendiges Risiko. Sani musste den Spiegel benutzen. Sie setzte sich an den Tisch, vollführte eine komplizierte Geste über der silbrigen Oberfläche des Glases und konzentrierte sich auf die Großnichte Latifas der Köchin, das rothaarige Küchenmädchen. Sie sah sie auf einem Stuhl sitzen und Fleischstücke an die Hunde verfüttern, die den Spieß drehten. Sani schürzte enttäuscht die Lippen. Sie hoffte stets, das Mädchen bei Hexerei oder einer Missetat zu erwischen. Aber sie schien immer nur allzu unschuldig und arbeitete ebenso hart wie jedes der anderen Dienstmädchen. Sie sah noch eine Weile zu und führte dann die Hand über den Spiegel, um das Bild zu verbannen.

Die Priesterin hatte den Rotschopf zum ersten Mal in der Woche nach dem Maitag gesehen. Das Mädchen war krank und schwach gewesen und von einem Fieber befallen worden, sobald sie Latifa der Köchin etwas in einem aus Nyxhaar gefertigten Beutel übergeben hatte. Sani wusste sehr wohl, dass solche Beutel angefertigt wurden, um die Macht von Objekten magischer Kraft zu dämpfen. Sie hatte jedoch trotz all ihrer Bemühungen nicht entdecken können, was das Mädchen bei sich getragen hatte. Sani mochte es nicht, wenn sie etwas nicht wusste. Es machte sie unruhig.

Sie war davon überzeugt, dass das Mädchen derselbe Rotschopf war, der oben in Rionnagan so viel Aufruhr verursacht hatte. Zuerst hatte sie dem geflügelten *Uile-Bheist* bei der Flucht geholfen. Das war ein harter Schlag gewesen, denn es schien sicher, dass er der geheimnisvolle Krüppel war, der die Herzen und den Verstand des gewöhnlichen Volkes für sich eingenommen hatte. Schlimmer noch: Die geheime Angst, dass er einer der Vermissten Prionnsachan sein könnte, war nun zur Gewissheit geworden. Es gab keine andere Erklärung für einen geflügelten Mann mit der Stimme einer Amsel und der weißen Haarsträhne, die alle Mitglieder des Clans der MacCuinn kennzeichnete.

Die rothaarige Hexe war vermeintlich verurteilt und hingerichtet worden, aber innerhalb eines Monats kam die Nachricht, dass sie lebe und in Begleitung der Oberzauberin und des geflügelten *Uile-Bheist* sei. Sie war anscheinend sowohl eine Kriegerin als auch eine mächtige Hexe, denn sie metzelte beim Tuathansee eine gesamte Truppe Rotgardisten nieder. Dann war das Trio in den geheimnisvollen Tiefen des Verschleierten Waldes verschwunden und alle Versuche, sie aufzuscheuchen, waren fehlgeschlagen. Nicht lange danach sah Sani sie im Spiegel in Latifas Raum. Obwohl es unglaublich schien, dass das Mädchen die gesamte Länge des Landes in solch kurzer Zeit durchquert haben sollte, wusste Sani bereits, dass sie eine sehr gefährliche Hexe war, der mächtige Kräfte zur Verfügung standen. Vielleicht stimmte es, dass Meghan die Drachen bezaubert hatte und sie ihr jetzt dienten. Oder vielleicht konnte das Mädchen fliegen, wie es von Ishbel der Geflügelten behauptet wurde. Gewiss hatte sie ebenso flink Saltos in der Luft geschlagen – bei allem, was recht war. Sanis ursprüngliche Reaktion war der Wunsch gewesen, das Mädchen augenblicklich töten zu lassen. Nachts ein Kissen auf ihr Gesicht, ein wenig Schierling in ihren Tee, ein Stolpern auf der Treppe – solche Dinge konnte man leicht arrangieren. Die Vorsicht überwog jedoch. Wenn sie lebte, konnte sie durch List oder Folter dazu gebracht werden, die Pläne der Oberzauberin zu enthüllen. Wäre das Mädchen erst tot, könnte sie keine Geheimnisse mehr verraten.

Es war nicht Sanis Art, übereilt zu handeln. Sie schmiedete seit Jahrzehnten Pläne und auch deren Durchführung würde Jahrzehnte dauern. Sie arbeitete in den Schatten und im Geheimen, platzierte hier einen Samen, dort einen Verdacht und wartete dann mit langmütiger und schlauer Geduld, um die Ernte einzubringen. Nun, sie hatte Mayas Kräfte fünfunddreißig endlose Jahre lang genährt. Sie konnte es sich leisten, die rothaarige Hexe noch ein wenig länger leben zu lassen. Also behielt Sani ihre Meinung zwei Monate lang für sich, wobei sie in dieser ganzen Zeit nichts sah, was ihren Verdacht bestätigt hätte. Tatsächlich wurde sie zu sehr von der Hitze beeinträchtigt, noch mehr als Maya. Priesterinnen von Jor waren jedoch an körperliche Entbehrungen gewöhnt und so litt Sani im Stillen. Sie hatte nicht die Möglichkeit, an den Strand zu reiten oder den ganzen Tag in einem Becken mit kühlem Salzwasser zu verbringen, aber sie schlief natürlich in dem Becken, denn ohne langes Eintauchen in Salzwasser wurde sie krank und trocknete aus. Tagsüber musste sie jedoch schwere Kleidung tragen, um die Kiemen an ihrem Hals zu verbergen. Sani besaß nicht Mayas Fähigkeit, das Auge zu täuschen, denn die Fairgean konnten keine Illusionen heraufbeschwören. Dieses Talent hatte Maya von ihrer menschlichen Mutter geerbt, aber Sani musste sich auf die Zauber des Blendwerks verlassen, um ihre Fairgezüge zu verbergen. Aus diesem Grunde konnte sie Mayas Seite niemals lange verlassen, da sich das Blendwerk bald erschöpfte und häufig erneuert werden musste.

Sani hatte sich allmählich zu fragen begonnen, ob sie sich bei Latifas Großnichte irrte. Rotgoldenes Haar war ungewöhnlich, aber nicht so selten, dass Sani sicher sein konnte, dass dieses Mädchen Meghans Lehrling war. Sie könnte auch einfach sein, was sie zu sein schien, ein eher einfaches Mädchen vom Lande, das zufällig Haar von der Farbe frisch geprägter Pennys hatte. Es stimmte schon – da war der geheimnisvolle Beutel aus Nyxhaar, aber konnte es dafür keine natürliche Erklärung geben? Viele Relikte der Türme tauchten an seltsamen Orten auf und es war möglich, dass das Mädchen keine Ahnung davon gehabt hatte, dass der Beutel magische Eigenschaften besaß. Er hätte ein Geschenk von Latifas Schwester enthalten können, in den Beutel gesteckt, um es besser tragen zu können …

Dann, in der Nacht vor der Mittsommernacht, nachdem die Banrìgh für den Hof gesungen hatte, hörte Sani eine derartige Kakophonie von Empfindungen von dem Mädchen, dass sie erneut Verdacht schöpfte. Solch qualvolles Entsetzen, und nur durch den Anblick karmesinroten Samts. Sie spürte das Mädchen auf und erkannte beim Anblick ihrer verkrüppelten Hand sofort zwei Dinge, die sie zuvor nicht gewusst hatte. Erstens war sie sich jetzt sicher, dass dieser Rotschopf derselbe war wie derjenige, der den Großinquisitor getötet hatte. Sie erinnerte sich an das, was ihr zuvor entfallen war – die Hexe in Caeryla hatte die Daumenschrauben angelegt bekommen, eine grausame Folter, durch die die Hand zerquetscht wurde.

Die zweite Erkenntnis war die, dass sie nicht das Mädchen sein konnte, das in Meghans Gesellschaft reiste. Dieses dünne, blasse Mädchen mit der verkrüppelten Hand hatte gewiss keine gesamte Truppe Rotgardisten getötet. Also musste es zwei Rotschöpfe geben. Nun galt es zu erfahren, ob Latifas Großnichte versehentlich gefangen genommen und gefoltert worden war oder ob beide rothaarigen Mädchen in Verbindung zu Meghan standen.

Sani knirschte enttäuscht mit den Zähnen und versuchte erfolglos, den Spiegel sich auf ihre Feindin konzentrieren zu lassen. Diese alte Hexe war wie ein Seeigeldorn in ihrem Fuß, der schon vor Jahren hätte entfernt werden sollen. Alles war schief gegangen, seit sie Meghan im Frühjahr das erste Mal gesichtet hatte, und Sani fürchtete den Zorn ihres Königs.

Sie hatte nur noch eine Hoffnung. Es war bereits mehrere Monate her, seit ein Sucher mit Befehlen für den Prionnsa Anghus MacRuraich nach Rurach gesandt worden war. Dieser musste inzwischen auf der Jagd sein und wenn jemand die gerissene Oberzauberin aufspüren konnte, dann er. Ihre Finger zuckten bei dem Gedanken daran, Meghan in die Hände zu bekommen. Meghan und diese abscheuliche Missgeburt, das geflügelte *Uile-Bheist.* Sani wollte mehr als alles andere wissen, wie es Meghan gelungen war, ihn von einer Amsel wieder in einen Menschen zu verwandeln. Er hätte für immer im Körper eines Vogels gefangen sein sollen.

Sani wusste nur zu gut, wie schädlich die Aussage des jungen MacCuinn sein könnte. Niemand wusste von Mayas Kräften. Niemand wusste, dass die Gestaltwandlerfähigkeit, die sie von ihrem Fairgeanvater geerbt hatte, in die Fähigkeit umgewandelt worden war, jedermann in jede von ihr erwählte Gestalt verzaubern zu können. Nur Sani wusste es und einige wenige der Priesterinnen von Jor sowie der König selbst, Mayas schrecklicher Vater. Wenn die Geschichte des geflügelten *Uile-Bheist* allgemein bekannt würde, könnte sie alles zunichte machen, wofür Sani gearbeitet hatte.

Es war über dreißig Jahre her, seit die Hohepriesterin die latenten Kräfte in der jungen Mischlingstochter des Königs erkannt hatte. Mayas Mutter war eine Yedda gewesen, eine Meerhexe, die dazu ausgebildet worden war, mit ihrer Stimme Fairgean zu verhexen. Die wunderschöne Frau mit schwarzen Haaren und blauen Augen war bei einer der wilden Jagden der Fairgean aus dem Turm der Meersinger entführt worden. Der König hatte sie gesehen und sie gewollt. Der zum Töten ausgeführte Schlag hatte sie nur bewusstlos geschlagen. Als sie erwachte, riss er ihr die Zunge heraus, so dass sie nicht mehr singen konnte, und benutzte sie zu seinem Vergnügen. Maya war fast augenblicklich empfangen worden und so hatte der König die Yedda am Leben gelassen. Ein männlicher Fairge wurde für seine Potenz bewundert und viele der Nachkommen des Königs waren in den Kriegen gegen die Menschen getötet worden. Er würde die Menschenfrau nicht töten, solange sie sein Kind trug.

Neun Monate später wurde Maya geboren. Empört darüber, dass sie ein Mädchen war, hatte er alles Interesse an ihr oder ihrer Mutter verloren. In der Politik der Fairgean waren Töchter noch viel weniger wert als gut ausgebildete Meerschlangen oder eine Höhle, die Schutz vor den eisigen Winden bot. Es war nicht ungewöhnlich, dass eine weibliche Fairge nach einem Knöchelspiel einem anderen Mann überlassen wurde. Die Priesterinnen waren die einzigen Frauen, denen Männer zuhörten, und nur wenige würden es wagen, die Hand gegen sie zu erheben. Die meisten Fairgeanfrauen sehnten sich daher danach, für Jor auserwählt zu werden, aber nur wenige besaßen die notwendigen Fähigkeiten.

Sani hatte erst wesentlich später erkannt, dass Maya die Macht besaß, die Gestalt von Menschen zu verändern. Zuerst hatte ihre

Fähigkeit, Menschen dazu zu bringen zu tun, was sie wollte, die Aufmerksamkeit der Hohepriesterin erregt. Die Hexen nannten es Zwang – jemandes Willen mit der Kraft des eigenen Willens aufzuheben. Die Priesterinnen von Jor nannten es *Leda*, was einfach »Geisteskraft« bedeutete.

Zum damaligen Zeitpunkt lebten die Fairgean auf einigen blanken Felsen im nördlichen Meer. Nur die mächtigsten der Männer durften auf die Felsen. Alle anderen lebten auf Flößen, die aus Treibholz und getrocknetem Tang gemacht waren. Viele Fairgeankinder ertranken, bevor sie ihre Flossen zu gebrauchen lernten, denn der Wettkampf um Nahrung und Platz auf den Flößen war hart. Viele Mütter waren nicht abgeneigt, die Babys anderer Frauen ins Meer zu stoßen, um mehr Platz für ihre eigenen zu schaffen. Die Yedda hatte keine Entscheidungsfreiheit und keinen Status. Sowohl sie als auch das Baby hätten recht bald sterben sollen. Und doch wurde das Baby niemals hungrig und musste niemals um einen Platz zum Schlafen kämpfen. Während sie aufwuchs, wurden ihre Kräfte offensichtlicher. Sie verhexte sogar die Männer dazu, ihr Nahrung zu geben, und das war absonderlich genug, um Sanis Aufmerksamkeit zu erregen.

Also brachte sie Maya von ihrer Mutter und den übervölkerten, leichten Flößen fort und zurück auf die kleine, der Schwesternschaft überlassene Insel. Am nächsten Tag klammerte sich die Yedda nicht mehr mit verzweifelter Hartnäckigkeit an das Floß. Sie ließ einfach los. Es kümmerte niemanden genug, als dass man sie daran gehindert hätte, unter Wasser zu sinken. Fairgean konnten bis zu fünfzehn Minuten unter Wasser bleiben, bevor sie zum Atmen wieder an die Oberfläche kommen mussten, und konnten auch in kaltem Wasser leben, wo manchmal große Eisberge vorüberschwammen. Menschen konnten das nicht. Die Hure des Königs musste rasch gestorben sein.

Auf der dunklen kalten Insel der Schwesternschaft von Jor wurde Maya erwachsen. Sie wurde zu sofortigem Gehorsam sowohl ihrem Vater als auch den Priesterinnen gegenüber erzogen und mit Geschichten über die Großartigkeit der Fairgean indoktriniert. Sie lernte, nur einen Wunsch zu haben – in den Augen ihres Vaters Gnade zu erringen und ihr Volk an den üblen Menschen zu rächen, die ihr Land und ihre Meere gestohlen hatten. Sani war froh gewesen zu erkennen, dass sie die menschliche Schönheit ihrer Mutter geerbt hatte, denn das würde es erheblich erleichtern, das Herz des Rìgh zu erobern. Sie hatte auch das musikalische Talent ihrer menschlichen Mutter geerbt und Sani hütete dieses Geheimnis sorgfältig, denn wenn der König davon wüsste, würde er Maya aus Angst, dass sie es benutzen könnte, um ihn zu verhexen, die Zunge herausreißen.

Sani kümmerte sich weitgehend selbst um Mayas Erziehung, wofür sie dankbar war, als sie allmählich die Kraft und Tragweite von Mayas Fähigkeiten erkannte. Nicht nur war ihre *Leda* ungewöhnlich stark und subtil, besonders wenn sie auf ihrem Clàrsach spielte oder sang, sondern sie besaß auch die Fähigkeit, anderen Kraft zu entziehen, ohne dass diese es merkten. Die meisten Menschen konnten sich nur auf ihre eigene Willenskraft und Intelligenz verlassen, aber Maya borgte sich magische Kräfte von allen um sie herum. Das bedeutete, dass sie unbegrenzte Kraft besaß.

Natürlich wurden jene, von denen sie sich Kraft besorgte, allmählich schwächer. Wenn Maya ausreichend lange damit fortfuhr, wurden sie krank und starben. Ihr Ehemann Jaspar lebte bereits länger als jeder andere Mensch, obwohl Maya so beständig von ihm geborgt hatte, dass sie nur schwer zurechtkommen würde, wenn sein Leben schließlich vergehen sollte. Natürlich hatten sie, als sie erst erkannten, dass Maya nicht leicht empfangen würde, aufgehört ihm so viel Kraft zu entziehen und hatten stattdessen andere Kraftquellen gefunden. Sie durften nicht riskieren, dass Jaspar starb, bevor sie klaren Anspruch auf den Thron erheben konnten. Niemand von ihnen hatte erkannt, dass Maya sechzehn Jahre brauchen würde, um schwanger zu werden, und dass ein uralter und mächtiger Zauber nötig wäre, um die Zeugung zu ermöglichen.

Die Macht zur Verwandlung hatte sich erst gezeigt, als Maya beinahe schon eine erwachsene Frau war. Erst da hatten Sanis Pläne endgültige Gestalt angenommen und sie war mit ihrer Idee an den König herangetreten. Er hasste diese Situation natürlich, weil sie bedeutete, dass er sich auf den Verstand einer Frau verlassen musste, anstatt auf die rohe Kraft eines Mannes. Aber sein letzter Versuch, die Küstenlandschaften zurückzuerlangen, war bei der Strandschlacht katastrophal gescheitert. Die Kräfte der Fairgean waren so zerschlagen, dass es viele Jahre dauern würde, bevor sie wieder die Kraft zum Angriff hätten. Daher hatte er widerwillig seine Zustimmung gegeben. Sechzehn Jahre lang hatte sich der Plan entwickelt und fast alle ihre Strategien standen fest. Wenn der Winter käme, würde das Baby geboren. Der Rìgh würde sterben dürfen, nur noch eine Hülle des leidenschaftlichen jungen Mannes, der er gewesen war. Die Banrìgh würde dem Volk gestatten, sie zur Regentin zu machen und im Namen des Babys regieren. Dann würde die Macht der Menschen letztendlich gebrochen und die Fairgean würden die Küsten wieder beherrschen.

Sani wickelte den Spiegel gerade wieder in die zerlumpte Seide, als sie sah, dass in der silbrigen Oberfläche Wolken umherzuwirbeln begannen. Jemand versuchte Kontakt zu ihr aufzunehmen. In der verzweifelten Hoffnung, dass es nicht der König der Fairgean sei, blickte Sani in die Tiefen des Spiegels.

Langsam formten sich die Wolken zu dem rundlichen, cholerischen Gesicht des Großsuchers Humbert. Er schwitzte vor Unbehagen und Erregung, denn er war in seinem Hass auf alle Hexendinge von allen Suchern der Ehrlichste. Es missfiel ihm zutiefst, die gleichen Fähigkeiten zu benutzen, für welche die Liga gegen Hexen andere Wesen verbrannte, und hätte weitaus lieber Boten gesandt. Sani hatte jedoch keine Geduld mit seinem Unbehagen und sagte ihm, er sollte entweder die Schale, die sie ihm gegeben hatte, zum Kristallsehen benutzen oder sie würde einen anderen Großsucher finden. Der Ehrgeiz besiegte das Unbehagen und Humbert nahm gehorsam einmal pro Woche Kontakt zu Sani auf. Es war jedoch nicht seine übliche Zeit und es war klar, dass er äußerst erregt war.

»Wir haben die Oberzauberin!«, platzte er heraus, sobald die Höflichkeiten ausgetauscht waren. »Der MacRuraich kam vor einer knappen halben Stunde mit ihr herein! Ich weiß nicht, wie er es geschafft hat, sie gefangen zu nehmen, aber sie befindet sich in diesem Moment in Eisen geschlagen in einem Ebereschenkäfig auf dem Marktplatz!«

Sani zischelte zufrieden. »Ich will sie hier haben!«, sagte sie. »Wie rasch könnt Ihr sie zu mir bringen?«

»Auf dem Fluss ginge es natürlich am schnellsten«, erwiderte Humbert. »Ich werde dafür sorgen, dass sie mit einem Flussboot hinabgebracht wird.«

»Wenn sie erneut entkommt, werde ich Euch das Herz herausreißen und es aufessen!«, warnte sie. Sie sah Humbert erbleichen und lächelte.

»Sie wird nicht entkommen, ich schwöre es!«, rief er.

»Besser wäre es«, erwiderte Sani süß wie vergifteter Zucker und verbannte das aschfarbene Gesicht des Großsuchers aus dem Spiegel. Während sie den Spiegel wieder einwickelte und forträumte, schimmerten ihre fahlen Augen seltsam. Wäre die Oberzauberin Meghan NicCuinn erst tot, würde ihr nichts mehr im Wege stehen.

Die Gefangene

Meghan wurde in Handschellen durch die Straßen Duncelestes geführt. Sie ging mit hoch erhobenem Kopf und ihre schwarzen Augen betrachteten die Menge interessiert und prüfend. Ihr grauer Zopf war im Nacken festgesteckt und ein großer Smaragd hielt die Falten ihres edel gewobenen Plaids zusammen. Sie wirkte, trotz der Ketten, der jubelnden Menge und der rund um sie herumreitenden Soldaten, eher wie eine Banprionnsa als wie eine verurteilte Geächtete.

Hin und wieder wurde sie mit einem Stein oder Ei oder verrottetem Obst beworfen, aber das Geschoss kehrte jeweils mitten in der Luft um und landete im Gesicht des Werfers. Je härter der Wurf, desto härter der darauf folgende Schlag. Die Hexe sah nicht einmal hin und regte keinen Finger oder zeigte auch nur, dass sie bemerkte, was geschah.

Auf dem Marktplatz sah sie eine grob zusammengezimmerte Plattform mit einem großen Holzkäfig, der von einem Gestell herabhing. Sie lächelte ehrlich belustigt und die ihr am nächsten stehenden Soldaten spürten zunehmendes Unbehagen. »Hinein«, befahlen sie barsch und wollten ihre Arme ergreifen, aber plötzlich befiel sie eine seltsame Benommenheit. Als sie innehielten, um ihre Haltung wiederzuerlangen, trat Meghan vor und stieg ohne Hilfe die Stufen hinauf. Sie war zwar klein, musste aber dennoch den Kopf beugen, um in den Käfig zu gelangen, der bei ihrem Gewicht wild schaukelte. Mit für einen Menschen ihres Alters erstaunlicher Gewandtheit setzte sie sich im Schneidersitz genau in die Mitte des Käfigs und hob ihr Plaid vom Stroh und Dung an, die den Boden beschmutzten.

»Entzückend«, sagte sie. »Ein einer Banprionnsa angemessenes Quartier. Ich schließe daraus, dass dieser Humbert von der Schmiede eine öffentliche Diskussion will. Ich hatte bereits gehört, er sei nicht sehr klug, und nun weiß ich, dass es stimmt. Sagt ihm, dass ich mich darauf freue, mit ihm zu sprechen. Inzwischen hätte ich gerne etwas Wasser.«

»Kein Wasser für die Gefangene«, befahl der Sergeant.

»Ach, es ist nicht für mich.«

Er ignorierte sie und sie zog ihre große Tasche zu sich heran und öffnete sie. Zuerst nahm sie ihre Strickarbeit hervor, woraufhin einer der Soldaten unfreiwillig lächelte. Dann nahm sie zur Belustigung der Menschen ein Bündel Gartengeräte hervor. Sie ergriff den kleinen Rechen und den Spaten und begann den Boden des Käfigs zu reinigen, indem sie den Schmutz in die vier Ecken schob. Dann fegte sie auch den Boden unter sich, schüttelte ihren Rock aus und wischte sich die Hände an einem Tuch ab.

Während sie arbeitete, flog ein Schwarm Tauben herab, umkreiste den Käfig und ließ sich dann auf dem Gestell nieder. Eine dicke graue Katze mit orangefarbenen Augen sprang anmutig die Stufen hinauf und schlüpfte durch die Stäbe, um sich laut schnurrend und die Pfoten beugend auf Meghans Schoß zusammenzurollen. Hunde fädelten sich mit wedelndem Schwanz durch die Menge und ein großes Zugpferd missachtete die Schreie und Peitschenhiebe des Kutschers, um den großen Rollwagen direkt bis zur Plattform zu ziehen, wo es den Käfig mit der Nase anstieß. Meghan tätschelte das Pferd durch die Stäbe und es stieß erneut gegen den Käfig, so dass er in Schwingung geriet und die Katze protestierend miaute.

Meghan packte die Gartengeräte sorgfältig wieder ein, nahm dann einen kleinen Segeltuchbeutel hervor und schüttelte eine Auswahl von Samen in ihre Handfläche. Die Menge drängte sich näher an die Plattform, bestrebt zu sehen, was sie tat. Die Soldaten mussten die Menschen mit gekreuzten Lanzen zurückhalten. Meghan lächelte ihnen zu, während sie die Samen sorgfältig im Käfig verstreute. Dann nahm sie eine Prise davon, die sie in die Luft blies. Winzige Samen mit Schirmchen schwebten hervor. Sie wiederholte dies vier Mal, in die vier Richtungen des Kompasses, schaute dann zu dem Sergeant hinab und sagte: »Wie Ihr seht, brauche ich etwas Wasser.«

»Kein Wasser für die Gefangene.« Der Nacken des Sergeanten rötete sich.

Meghan zuckte die Achseln und sagte: »Was die Roten Garden verbieten, dafür sorgt Eà.«

Zur Überraschung der Menge begann es zu regnen – ein leichter Schauer. Er hatte bereits seit ungefähr einer Stunde gedroht, aber es schien unheimlich, dass er genau in diesem Moment einsetzte. Die Menschen schlangen ihre Plaids fester um sich, zogen ihre runden Wollmützen tiefer herab. So rasch wie er gekommen war, schwand der Regenguss auch wieder und die Sonne kam hervor und ließ die Pflastersteine dampfen.

Ein leises Seufzen stieg von der Menge auf und der Sergeant zupfte nervös seine rote Jacke zurecht. Inzwischen wanden sich kleine grüne Ranken die Stäbe des Käfigs hinauf und weiche Blätter breiteten sich über das Lager aus Stroh und Dung. Bald sprossen Blumen und Meghans Käfig wurde zu einer lieblich duftenden Laube.

Der Sergeant versuchte die blühenden Zweige abzureißen und bemerkte dann, dass Gänseblümchen in den Rissen unter seinen Füßen sprossen. Trotz all seiner Bemühungen sie zu zertreten verwandelten sie die Pflastersteine bald in ein fröhliches Flickwerk aus Stein und goldenen Blumen. Meghan nahm einen Silberbecher aus ihrem Beutel, goss sich etwas Goldschlehenwein ein und lehnte sich auf die weiche Tasche zurück. Die Katze auf ihrem Schoß schnurrte laut, beugte unablässig ihre Pfoten und verengte ihre Augen zu topasfarbenen Schlitzen.

Der Großsucher Humbert hielt auf den Stufen des Gasthauses verärgert inne. Der ganze Platz war von Blumen überwuchert und die ekelhafte alte Hexe rekelte sich behaglich, während die Menge murmelte und lächelte, während die feindseligen Stimmen nun von Rufen des Erstaunens erstickt wurden. Schlimmer noch: Die Handschellen und der Käfig aus Ebereschenholz hatten keinerlei Wirkung auf ihre üble Zauberei. Er zog seine karmesinroten Gewänder fester um sich und schritt auf den Platz hinab. Zwölf Sucher folgten ihm, eine rote Pfeilspitze, welche die Menge zum Schweigen brachte und die Soldaten strammstehen ließ.

Humbert hob seine dicklichen Hände und triumphierte: »Jetzt haben wir Euch, Zauberin!«

»Tatsächlich, Humbert?«

Er schlug mit der Faust gegen den Käfig und die Katze fauchte ihn an und machte einen Buckel. Meghan streichelte ihr weiches graues Fell und lächelte den Großsucher freundlich an. Ihre schwarzen Augen waren nachsichtig interessiert auf sein Gesicht gerichtet.

»Sechzehn Jahre lang habt Ihr Euch dem Zugriff der Liga gegen Hexen entzogen, aber nun hab ich, Humbert, der fünfte Großsucher der Liga gegen Hexen, Euch gefangen genommen!«

»Tatsächlich war es der MacRuraich«, erwiderte Meghan. »Ich glaube wirklich nicht, dass Ihr überhaupt etwas damit zu tun hattet.«

»Haltet den Mund, Hexe! Wie könnt Ihr es wagen, so mit dem Großsucher zu sprechen!«

»Ist er neu auf dem Posten, dass er sich selbst daran erinnern muss, wer er ist?«

Humbert entriss einem Soldaten die Lanze und versuchte, Meghan durch die Stäbe zu stechen, aber die Lanze war lang und sehr schwer und irgendwie schwang der Käfig umher, so dass sich die Lanze verfing. Humbert wurde fast umgestoßen und ein paar Leute in der Menge lachten. Er ließ die Lanze fallen und

führte einen Finger in seinen Kragen, als sei ihm die hochge-
schlossene Robe zu eng geworden.

»Meghan NicCuinn, Euch werden Hochverrat, Zauberei,
Mord, Verschwörung gegen den Thron und üble Ketzerei vorgeworfen. Ihr sollt geplant haben, unseren rechtmäßigen Rìgh und
die Banrìgh zu stürzen und mit den verruchten Rebellen im Bunde sein, die das Land terrorisieren. Ihr werdet nach den Gesetzen
der Wahrheit zum Tode auf dem Scheiterhaufen verurteilt werden, wenn man Euch für schuldig befindet.«

Meghan schwieg. Sie streichelte die graue Katze und trank ihren Wein. Humberts dicke Wangen röteten sich. »Ihr werdet
heute Abend der Inquisition vorgeführt«, sagte er heiser. »Wir
werden Euch ein Geständnis abringen – und die Namen Eurer
üblen Verschwörer.«

»Habt Ihr vergessen, dass ich mit dem Rìgh verwandt bin,
Humbert?«, fragte Meghan. »Mir wurde nach der Verbrennung
vollkommener Straferlass angeboten, wenn ich zum Rìgh gehen
und mich seinem Willen unterwerfen würde. Und das wurde bisher nicht widerrufen.«

»Ihr werdet Feindin der Krone genannt und der Zauberei und
des Verrats bezichtigt …«

»Mein Großneffe ist der höchste Richter in diesem Land,
Großsucher«, sagte Meghan mit leichtem Hohn in der Stimme.
»Er muss entscheiden, ob ich schuldig bin, und eine angemesse-
ne Strafe erlassen.«

Humberts Gesicht war nun purpurfarben und seine Knollen-
nase von geschwollenen Adern durchzogen. Schweiß erschien
auf seinem Gesicht und er betastete erneut seinen Kragen, als
wäre er ihm zu eng. »Die Liga gegen Hexen wurde von der Banrìgh persönlich eingerichtet und ist dem Rìgh keine Rechenschaft
schuldig.«

»Dennoch regiert die Banrìgh nicht – sie ist nur durch Heirat
Banrìgh und ihrem Laird und Ehemann, Jaspar MacCuinn, un-
tertan, der durch sein Blut und sein Geburtsrecht Rìgh ist.«

»Die Liga gegen Hexen wurde mit dem Segen des Rìgh eingerichtet.« Humbert presste eine Hand auf sein Herz.

»Ja, das stimmt, aber ich bezweifle, dass er sein Einverständnis dazu gegeben hat, in seiner Rolle als Richter und Rechtsprecher ersetzt zu werden.«

»Es ist das Recht der Liga gegen Hexen zu befragen, wen auch immer sie der Hexerei verdächtigen, deren Schuld festzustellen und …«

»Aber Ihr wisst, dass ich eine Hexe bin«, sagte Meghan einsichtig. »Dieser Beschuldigung widerspreche ich nicht. Ich seh keinen Grund dafür, dass Ihr mich foltern solltet, um etwas festzustellen, was allgemein bekannt ist.« Sie beschrieb mit der Hand einen Bogen in der Luft und blaues Hexenfeuer erschien auf diesem Bogen. Die Menge wich zischelnd zurück und der Großsucher deutete auf sie und rief: »Seht, die üble Hexe praktiziert ihre Hexerei!«

»Was glaubt Ihr, was ich getan hab, seit ich die Tore Duncelestes durchschritten habe?« Meghan sprach in einem Tonfall, den man sich normalerweise für ein nicht allzu kluges Kind vorbehielt. »Glaubt Ihr, das Aufblühen des Platzes sei reiner Zufall gewesen?« Sie lächelte und vollführte erneut eine Handbewegung. Blumen begannen auf den Platz herabzuregnen und Kinder liefen lachend umher und versuchten sie zu fangen. Ein paar Blumen landeten auf Humberts Kopf und Schultern und er wischte sie verärgert fort, ohne zu bemerken, dass sich ein Gänseblümchen keck unmittelbar hinter dem Ohr in seinem starren, welligen Haar verfangen hatte. Gelächter stieg von der Menge auf und einer der Sucher trat vor und flüsterte ihm etwas zu. Das runde Gesicht des Großsuchers wurde vor Zorn erneut purpurfarben und er wischte mit seinen dicklichen Fingern über das Gänseblümchen. Irgendwie verfehlte er es stets, so dass er es nur in eine noch verwegenere Lage brachte. Das Gelächter nahm zu. Sein stellvertretender Kommandeur zupfte die Blume schließlich heraus und warf sie weg und Humbert versuchte, seine Würde wiederzuerlangen.

»Bringt sie fort!«, brüllte er.

Meghan trank ihren Wein und sagte dann leise: »Ich warne Euch, Humbert, ich werd nicht zulassen, dass Ihr oder Eure boshaften Günstlinge Hand an mich legt. Ihr denkt, Ihr hättet mich gefangen nehmen können, wenn ich mich nicht in Gewahrsam hätte nehmen lassen? Versucht mich zu befragen und ich werde gezwungen sein, auf Eure Gastfreundschaft zu verzichten.«

»Ihr könnt den Händen der Liga gegen Hexen nicht entkommen!«, zischte Humbert als Erwiderung.

Meghan lächelte. »Natürlich kann ich das«, erwiderte sie freundlich. »Ich hab es schon früher getan und ich werde es wieder tun. Ich bin nur hier, weil es meinen Zwecken dient. Erinnert Euch, dass ich am Tag des Verrats Mayas höchsteigenem Zugriff entkommen bin. Sie und ihre schreckliche Dienerin dachten, sie hätten mich erwischt, aber als sie ihre Finger schlossen, war ich dennoch fort. Ihr denkt, Ihr wärt mächtiger als Maya die Verhexerin?«

»Sprecht von der gesegneten Banrìgh mit mehr Respekt!«, brüllte Humbert.

»Ich gewähre Respekt, wo Respekt angebracht ist.« Meghan achtete darauf, dass ihre Stimme bis zum äußeren Rand der Menge zu hören war.

Humbert stotterte und ergriff nun mit beiden Händen seinen Kragen, als stranguliere er ihn.

Meghan sagte streng: »Und denkt daran, dass ich auf mehr als eine Art entkommen kann. Glaubt mir, wenn ich sage, dass ich eher sterben als mich Eurer Folter aussetzen würde. Eine Zauberin weiß, wie ihr Körper funktioniert. Ich bin alt, sehr alt. Ich könnte mein Herz sehr leicht anhalten, bevor Ihr Hand an mich legen könntet. Und mit mir würden alle meine Geheimnisse sterben und Eure geliebte Banrìgh wär gar nicht zufrieden mit Euch, wenn das geschähe.«

Der Großsucher rang nach Worten; sein Gesicht war so stark gerötet, dass es schien, als wollten ihm die Augen aus den Höhlen treten. Meghan beugte sich vor und fixierte Humbert mit der ganzen Macht ihrer scharfen schwarzen Augen. »Oh, ja, es stimmt, dass eine Zauberin den eigenen Herzschlag anhalten kann«, sagte sie gesprächig. »Wenn man den Mechanismus des Körpers erst versteht, ist es ein nur allzu leichter Trick. Und ein Herz wie Eures könnte man ebenso leicht anhalten, wie ich meine Hand schließen kann.« Sie hob eine schmale, von blauen Adern durchzogene Hand und ballte sie zur Faust und Humbert stieß einen scharfen Schrei aus und stolperte. Er riss an seinem Kragen und die Knöpfe seiner Jacke platzten ab. Er atmete mühsam, eine Hand an die Brust gepresst, und starrte die Zauberin gebannt an.

Meghan lehnte sich zurück und legte ihre Hand wieder auf das Fell der Katze. »Natürlich wurden solche Dinge vom Hexensabbat verboten, der schwor, die Eine Macht niemals zu benutzen, um jemandem zu schaden, sondern nur um zu heilen und zu helfen. Der Hexensabbat existiert nun jedoch nicht mehr und vermutlich gilt auch das einst beschworene Glaubensbekenntnis nicht mehr. Dennoch denk ich, dass es für alle hier im Umkreis das Beste wäre, wenn Ihr mich zur Befragung zum Rìgh und der Banrìgh schicktet, oder?«

»Euch zur Befragung zum Rìgh und der Banrìgh schicken«, wiederholte er.

»Ja, schickt mich zum Rìgh und der Banrìgh. Am besten bald.«

»Bald«, wiederholte er.

»Guter Mann«, sagte sie anerkennend und nahm einen weiteren Schluck Wein.

Humbert blickte sich mit verwirrter Miene um. Die Sucher sahen ihn bestürzt an. Die Soldaten konnten ihre Verachtung kaum verbergen und viele in der Menge lachten offen. Er biss sich auf die Lippen und befahl den Soldaten, Meghan zur Nacht einzusperren und dafür zu sorgen, dass sie am Morgen gen Süden segeln könnten. Dann, mit noch immer offenem Kragen, wandte er sich um und zog sich ins Gasthaus zurück. Meghan lächelte, pflückte eine Blume und warf sie einem kleinen Mädchen zu, das zu ihr hinaufschaute und die Blume mit freudigem Lachen auffing.

Die Soldaten begannen die Blumen und Ranken zu entfernen, wobei sie mit ihren Lanzen gegen den Käfig stießen, aber nicht wagten näher zu kommen. Die Menge drängte und murmelte noch immer, obwohl es wieder regnete und sich allmählich die Abenddämmerung über die Stadt senkte. Die Klapperwache patrouillierte auf dem Platz, klapperte mit den Steinen in der Büchse und rief: »Die Sonne wird bald untergehn, wir werden Sturm und Nässe sehn, zündet eure Lampen an, der Feuchtigkeit entfliehet dann.«

Meghan strickte seelenruhig, die Katze lag noch immer schlafend auf ihrem Schoß. Ein kleiner Junge kauerte bleich und ängstlich am Rande der Menge. Meghan sah ihn an und lächelte freundlich. »Sie ist deine Freundin, diese Katze?«

Er nickte, nervös wie ein Füllen. Sie streichelte das weiche graue Fell und kraulte die Katze unter dem Kinn. »Dein Freund möchte, dass du jetzt mit ihm nach Hause gehst, Orangeauge. Ich danke dir für deine Gesellschaft und Unterstützung.«

Die Katze gähnte, streckte ihre dicken Pfoten und rieb den Rücken an Meghans Knie, bevor sie zum Rand des Käfigs schlenderte. Dann sprang sie geschmeidig hinab und der Junge nahm sie mit einem scheuen Blick zu Meghan auf die Arme, bevor er zu seiner Mutter zurücklief. Meghan lächelte und sagte zu ihm: *Du solltest einmal versuchen, ob Orangeauge sich dazu herablässt, mit dir zu sprechen. Katzen machen sich diese Mühe mit Menschen selten, aber wenn du es versuchst, tut sie es vielleicht.* Als der Junge bestürzt zusammenzuckte und sie ansah, wusste sie, dass er sie gehört hatte.

Die Soldaten öffneten den Käfig, befahlen ihr, ihre üblen Zaubereien zu beenden und sich für die Nacht in ein sicheres Quartier bringen zu lassen. Meghan faltete ihre Strickarbeit zusammen und steckte sie wieder in ihre Tasche. Dann machte sie sich trotz des Befehls, es zu unterlassen, eine Weile mit dem Inhalt der Tasche zu schaffen. Der Sergeant beugte sich vor, um ihren Arm zu ergreifen, während er mit dem anderen Arm zu einem Schlag in Meghans Gesicht ausholte. Doch plötzlich zog er die Hand mit einem Fluch zurück. Eine Wespe war aus den Falten ihrer Kleidung hervorgeschossen und hatte ihn in die Hand gestochen. Er umklammerte sein schmerzendes Handgelenk und starrte entsetzt auf die rote Schwellung.

»Habt Ihr Mutterkrautsirup? Das ist das Beste gegen Wespenstiche«, sagte Meghan hilfsbereit. »Oder Lavendelöl. Und haltet die Hand in kaltes Wasser, damit die Schwellung zurückgeht.«

Der Sergeant fuhr ruckartig zu ihr herum, als wollte er erneut versuchen, sie zu schlagen, hielt aber dann jäh inne und schrie stattdessen: »Bringt sie zur Mühle – wir werden sie dort für die Nacht mit den Ratten und Kornnattern einschließen.«

Meghan lachte. »Ratten sind für mich bessere Freunde als Ihr, Soldat. Solche Gesellschaft bedeutet für mich keine Härte. Aber ich warne Euch – Ratten kennen mehr Geheimwege in und aus dieser von Kloaken durchzogenen Stadt als irgendeiner Eurer unerfahrenen Soldaten. Wenn Ihr mich noch eine Nacht hier behalten wollt, wärt Ihr mit einem sichereren Verwahrungsort besser beraten.«

Der Sergeant kaute unentschlossen auf seinem Schnurrbart und rief dann: »Dann werden wir sie im Weinkeller des Gasthauses einschließen!«

Meghan betrachtete ihre Fingernägel. Einer der Wächter sagte zaghaft: »Sind in dem Keller nicht auch Ratten?«

Der Sergeant war zunächst verblüfft, dann verärgert, wahrte aber die Kontrolle und sagte: »Irgendwo fern von Tieren. Und Pflanzen. Irgendwohin, wo es kein leichtes Entkommen gibt und wo wir alle Ausgänge bewachen können.«

»Dürfte ich das beste Zimmer im Gasthaus vorschlagen?«, fragte Meghan. »Es ist lange her, seit ich in einem bequemen Bett geschlafen habe. Ich kann Euch versprechen, dass Ihr Euch keine

Sorgen darüber machen müsst, ich würde unerwartet gehen. Tatsächlich werdet Ihr mich am Morgen nur schwer aus dem Bett bekommen.«

Der Blick des Sergeant irrte umher, aber die Mienen aller seiner Soldaten blieben unbewegt. Er spie auf die bläuliche Schwellung an seiner Hand und sagte: »Bringt sie zum Gasthaus! Und jemand soll mir etwas Mutterkrautsirup holen!«

Meghan erwachte in der frühen Dämmerung, von den ungewohnten Geräuschen der erwachenden Stadt aufgeschreckt. Draußen auf den Wiesen blies der Ziegenhirte sein Horn, um die Ziegen auf die Weide zu locken. Aus der Bäckerei erklang das dumpfe Geräusch von auf Holz geschlagenem Teig und das Poltern der Kohlen in den Backöfen. Die Klapperwache machte die Runde und verkündete »eine graue, kalte und elende Dämmerung«.

Sie lächelte und sah sich um. Wenn dies auch nicht das beste Zimmer des Gasthauses war, so war es doch immerhin sehr behaglich. Ein hartes und schmales Bett, aber anderseits hätte Meghan auf allem Weicheren nicht schlafen können, da ihre alten Knochen so an Baumwurzeln und Steine gewöhnt waren. Man hatte ihr nur eine dünne Decke gegeben, aber sie hatte ihr Plaid gehabt, und drei Mäuse waren zu ihrer Gesellschaft gekommen. Man hatte sie ohne Nahrung und Wasser gelassen, aber sie hatte reichlich Nahrung eingepackt, da sie wusste, dass die Liga gegen Hexen sie wahrscheinlich nicht gut ernähren würde, und den Wasserkrug hatte sie vor dem Schlafengehen einfach aus dem Fenster gehängt. Er sollte nun randvoll sein, denn es hatte die ganze Nacht geregnet. Sie hatte am Abend genussvoll eine einsame Mahlzeit verspeist und einige Gläser Goldschlehenwein zu dem dünnen Brot und kalten Kartoffelomelette getrunken. Die Asche im Feuer erwachte flammend zum Leben und sie zog ihr Plaid enger um sich, während sie sich im Bett aufsetzte. Die Mäuse piepsten protestierend und vergruben sich tiefer in die

Decke. Sie zwickte in einen rötlichen Schwanz und streckte dann einen schmalen bloßen Fuß aus dem Bett. Die Bohlen waren eiskalt, so dass sie ihn rasch wieder einzog. Sie brauchte nicht zu erfrieren – oder ihre Magie zu verbergen, nun wo sie sich unmittelbar im Hauptquartier der Liga gegen Hexen befand. Meghan legte sich mit grimmigem Lächeln in die Kissen zurück und bereitete sich ihr Frühstück zu.

Die Flügelfenster öffneten sich und der draußen hängende Krug schwebte in den Raum, während sich das Fenster gegen den kalten Wind geräuschvoll wieder schloss. Der Krug goss Wasser in eine Schüssel auf dem Waschtisch, bevor er sich daneben stellte. Dann schwebte die Waschschüssel durch den Raum und hielt mitten in der Luft über dem Feuer inne. Ein Beutel Hafer löste sich aus der halb geöffneten Tasche, schwebte zum Feuer und schüttete eine angemessene Menge Hafer ins kochende Wasser. Ein Salzwirbel schoss aus einem weiteren Beutel, während sich das Wasser und der Hafer kräftig verrührten. Bald köchelte geschmeidiger Porridge und dann tanzte die Schale mit einem Löffel im Walzertakt zum Bett. Meghan probierte den Porridge behutsam. »Ach, etwas zu heiß!«, rief sie aus und blies darauf. Sie überließ es ihren Gefangenenwärtern, die Schale abzuspülen, wusch sich direkt aus dem Krug und flocht fest ihr Haar. Wie sie Gîtâ vermisste, der ihr stets geholfen hatte, das lange Haar zu flechten. Als sie angezogen war, stießen die Soldaten die Tür auf und sie konnte sie aufrecht und angemessen empfangen.

Der inzwischen gesäuberte Käfig war auf die Ladefläche eines Karrens verfrachtet worden. Die Soldaten drängten Meghan hinaus und sie kletterte mühsam auf den Karren und ließ sich wieder in dem Käfig nieder. »Ist Humbert nicht hier, um mich zu verabschieden?«

Sie riefen »Ruhe!«, und drängten sich dicht um den Käfig, so dass sie nur rote Jacken sehen konnte. Sie nahm ihre Strickarbeit hervor, ohne die Soldaten zu beachten, so gelassen, als befände sie sich sicher irgendwo in einem Landhaus. Hin und wieder wurde einer der Soldaten allzu kühn und versuchte sie zu schlagen. Und jedes Mal machte der Wagen einen Satz oder ein Fuß glitt aus und die Faust verfehlte ihr Ziel. Jedes Mal verletzte sich stattdessen der Bedroher. Bald waren die meisten Soldaten von blauen Flecken und Schnitten verunstaltet und blickten vor abergläubischer Furcht und Enttäuschung finster drein.

Als der Karren auf die Stadttore zurumpelte, bevölkerten sich die Straßen mit Zuschauern. Die Stimmung war entschieden anders als bei der letzten Prozession durch die Stadt. Viele warfen noch immer überreifes Obst und Steine, aber die Geschosse trafen erneut den Werfer, gleichgültig wie geschickt der Wurf ausgeführt wurde. Zunächst duckten sich die Soldaten instinktiv, aber sie stellten bald fest, dass ihnen nichts passierte, wenn sie Meghan nicht zu schaden versuchten. Zur Bestürzung der Wächter warfen einige Menschen in der Menge Blumen – die aber stets so rasch wieder verschwanden, dass niemand sagen konnte, wessen Hand sie geworfen hatte. Jeder der heimlichen Unterstützer fand seine guten Wünsche dreifach erwidert. Einige entdeckten Münzen auf der Straße oder ein krankes Kind wurde bei der Rückkehr wundersamerweise gesund und andere bekamen einen lange ersehnten Vertrag oder eine einträgliche Arbeit.

Der Karren rumpelte durch die schweren Tore und die steile, gewundene Straße hinab, die von Dunceleste zum darunter gelegenen See führte. Der Strathgordonsee war der zweite einer Reihe von Seen, welche die Juwelen Rionnagans genannt wurden. Ihre Ufer waren bis obenhin mit Landungsstegen, Lager- und Gasthäusern bebaut. Wegen der Stromschnellen zwischen dem See und dem Tuathansee wurde der untere See als Anlegestelle für Passagiere aus dem Süden und als Ladeplatz genutzt.

Meghans Käfig wurde von der Ladefläche des Karrens direkt auf das Flussboot geschwungen, da die Roten Garden kein Risiko eingehen wollten. Außerdem hielten sie scharf nach jeglichem Angriff durch Rebellen Ausschau, welche die Zauberin zu befrei-

en versuchen könnten, aber nichts geschah, während die Kahnführer das niedrige, flache Boot mit der Bootsstange vom Lan-
dungssteg abstießen. Dann wurde das Boot von der Strömung er-
fasst und den See in Richtung Fluss hinabgezogen. Das Wasser
schimmerte grau und silbern, ein rauer Wind kräuselte seine
Oberfläche. Dunkelgrüne Wälder drängten sich nahe ans west-
liche Ufer, über denen die Berge aufragten. Am Ostufer wogten
grüne Wiesen und Obstplantagen bis zu einem weiten Tal hinab,
das mit Spitzdächern von Dörfern gesprenkelt war. Meghan bemerkte zu niemandem im Besonderen: »Es ist viele Jahre her, seit
ich zuletzt eine Vergnügungsreise auf dem Rhyllster unternahm.
Es ist hübsch, nicht wahr?«

Die Fahrt auf dem Fluss vom Strathgordonsee bis nach Lucescere dauerte über eine Woche, und alle Versuche, die Hexe hun-
gern zu lassen oder einzuschüchtern, schlugen fehl. Sie aß besser als die Soldaten, da ihre Tasche bis zum Rand mit den wild
wachsenden Früchten des Verschleierten Waldes angefüllt war.
Sie erhitzte ihre gesamte Nahrung mit dem Finger, ein Trick, der
sie an Isabeau denken ließ, die stets zu ungeduldig gewesen war,
um darauf zu warten, dass das Wasser im Kessel kochte. Sie
strickte oder las während des Tages und hüllte sich jeden Abend
zum Schlafen in ihr Plaid, wobei sie keinerlei Anzeichen von Unbehagen zeigte. Ihr Käfig war ein Laufgitter für Mäuse und Ratten, was so manchen Soldaten erschaudern ließ. Sie durfte ihn
nur verlassen, um sich über den Rand des Bootes zu erleichtern.
Man hatte zunächst darauf beharrt, dass sie solcherlei Dinge im
Käfig, unter den Augen aller Soldaten, ausführte, aber Meghan
hatte ihre Ausscheidungen mit Magie in der Frühstücksschale
des Großsuchers deponiert, bis er nachgab. Wie es ihr gelungen
war, diesen Trick anzuwenden, beschäftigte die Gedanken aller,
denn die Soldaten hatten sie genau beobachtet, ohne Widerstand
zu bemerken.

Sie bewältigten die Stromschnellen zwischen dem Braemersee
und dem Lucesceresee ohne Zwischenfälle. Der Großsucher war

sich sicher gewesen, dass jeglicher Versuch, die Zauberin zu retten, während dieses Teils der Reise stattfände, da der Rhyllster durch dichte Wälder und tiefe Schluchten verlief, bevor er in die große Seenfläche unterhalb der Schimmernden Wasser hinabstürzte.

Sie erreichten den Lucesceresee unmittelbar vor Sonnenuntergang und die Kahnführer warfen ein gutes Stück vom tosenden Schaum der Stelle entfernt Anker, wo der Wasserfall in den See eintauchte. In Regenbogen gehüllt, wo die Sonne durch die hoch aufsteigende Gischt schien, stürzten die Schimmernden Wasser fast zweihundert Fuß einen steilen Felsen hinab. Die Kuppeln und Türme Lucesceres schienen über ihnen auf der Wölbung der Woge zu schweben.

Meghan saß in ihrem Käfig und blickte nachdenklich zur Stadt hinauf, die sich nun als Silhouette vor einem farbenfrohen Himmel abhob. Sie kitzelte eine große schwarze Ratte mit einem Strohhalm an der Nase, bis diese nieste und mit den Pfoten ihre Schnurrhaare bearbeitete. »Es ist vielleicht an der Zeit, das sinkende Schiff zu verlassen«, murmelte sie mit verzerrtem Lächeln. Sie zog die Kristallkugel aus ihrer Tasche und blickte in die milchigen Tiefen. Die Soldaten rund um den Käfig regten sich unbehaglich, wagten aber keine Einwände zu machen. Meghan saß in den Tiefen der Kugel verloren, bis der Himmel über ihnen vor Sternen funkelte. Dann steckte sie die Kugel seufzend wieder ein.

Es war fast Mitternacht, als der Wächter im Bug des Bootes in der Nähe das Geräusch lederner Schwingen herabstoßen hörte. Er schüttelte eine seltsame Schläfrigkeit ab, stand auf und blickte in den Himmel. Ein schwaches Geräusch vom Heck ließ ihn sich umwenden. Er sah Meghan aus dem Käfig heraustreten, dessen Vorhängeschloss irgendwie geöffnet worden war, und sah die Handschellen herabfallen. »He!«, rief er. »Was glaubt Ihr, was Ihr tut?« Er sah entsetzt, dass das Dutzend Soldaten, die den Käfig bewacht hatten, alle schlafend auf dem Deck zusammengesunken waren. Die Oberzauberin wandte sich bei seinen Worten um und schaute dann auf. Der Wächter hörte das Flügelschlagen nun direkt über sich und schaute instinktiv ebenfalls wieder auf. Schmale, gezackte Schwingen bildeten vor den Rundungen der Monde eine Silhouette. Er sah wildes, fliegendes Haar und das Aufblitzen schimmernder Augen und dann erwischte ihn ein bloßer Fuß im Nacken, so dass er zu Boden geschleudert wurde. Er erhob sich benommen so weit, dass er die Gestalt mit den schwarzen Schwingen Meghan in die Arme nehmen und empor-heben sehen konnte. Obwohl er noch mehrere Pfeile in den Nachthimmel schoss, war es bereits zu spät. Die Oberzauberin war fort.

Glossar

Aedan MacCuinn: der erste Rìgh, Hochlord von Eileanan. Er wurde Aedan Weißlocke genannt und stammte direkt von Cuinn Löwenherz ab (siehe Erster Hexensabbat). Im Jahre 710 vereinte er die sich bekriegenden Gebiete Eileanans bis auf Tìrsoilleir und Arran, die unabhängig blieben, zu einem Land.

Aedans Pakt: Aedan MacCuinn, erster Rìgh von Eileanan, begründete einen Pakt zwischen allen Einwohnern der Insel, die übereinkamen, in Eintracht miteinander zu leben und sich nicht in die Kultur des jeweils anderen einzumischen, sondern für Frieden und Gedeihen zusammenzuarbeiten. Die Fairgean weigerten sich, den Pakt zu unterzeichnen, und wurden deshalb ausgeschlossen, was die Zweiten Fairgeankriege zur Folge hatte.

Ahdayeh: Kampfkunst

Aislinna die Träumerin: eines der Mitglieder des Ersten Hexensabbats

Alba: die »mythische« Heimat, das Land, aus dem der Erste Hexensabbat entkam

Alte Mutter: ein Begriff der Khan'cohbans für eine weise Frau der Gemeinschaft

Anghus MacRuraich: Prionnsa von Rurach und Siantan. Verwendet hellseherische Fähigkeiten, um Dinge und Menschen zu suchen und zu finden.

Arran: südöstliches Land Eileanans im Besitz des Clans der NicFóghnan.

Aslinn: stark bewaldetes Land, einst im Besitz der MacAislins, nun unter der Kontrolle des MacThanach-Clans

Bacaiche der Bucklige: Meghans Großneffe
Ban-Bharrach: der südlichste Fluss Lucesceres, der zusammen mit dem Muileach die Schimmernden Wasser bildet.
Banprionnsa: Prinzessin oder Herzogin
Banrigh: Königin
Baumwandler: Zauberwesen des Waldes. Kann die Gestalt eines Baumes gegen die eines menschenähnlichen Wesens eintauschen. Ein Mischling wird als *Baumtauscher* bezeichnet und kann manchmal beinahe wie ein Mensch aussehen.
Beltane: der 1. Mai, erster Tag des Sommers
Berhtfane: See in Clachan
Berhtilden: die weiblichen Krieger Tìrsoilleirs, benannt nach der Gründerin des Landes (siehe Erster Hexensabbat). Amputierte linke Brust, um das Handhaben eines Bogens zu erleichtern.
Bhanaisvogel: einheimischer Vogel, der für seinen sehr langen, farbenprächtigen Schwanz bekannt ist.
Blèssem: Die Gesegneten Felder. Fruchtbares Ackerland südlich von Rionnagan im Besitz des Clans der MacThanach, den Abkömmlingen von Tuathanach dem Farmer (siehe *Erster Hexensabbat*).
Brun: ein Cluricaun.
Buch der Schatten: ein uraltes, magisches Buch, das am Tag der Abrechnung vernichtet werden sollte.

Caeryla: die Hauptstadt der Highlands von Rionnagan. An den Ufern des Tuathansees erbaut, für seine Seeschlange berühmt. Regiert vom Clan der MacHamell.
Carraig: Land der Meerhexen. Nördlichstes Land Eileanans im Besitz des Clans der MacSeinn, die von den Fairgean vertrieben wurden und in Rionnagan Zuflucht nahmen.

Celestine: Rasse von Zauberwesen, berühmt für ihre empathischen Fähigkeiten und für die Kenntnis der Sterne und Prophezeiungen.

Clachan: südlichstes Land Eileanans, eine Provinz Rionnagans, regiert vom Clan der MacCuinn.

Clàrsach: Saiteninstrument, ähnlich einer kleinen Harfe

Cluricaun: kleines Waldzauberwesen

Corrigan: Bergzauberwesen, das die Macht besitzt, das Aussehen eines Felsblocks anzunehmen. Die Mächtigsten können andere Formen vortäuschen.

Cuinn Löwenherz: Führer des Ersten Hexensabbats. Nachfahren gehören zum Clan der MacCuinn.

Deus Vult: Schlachtruf der Berhtilden. Bedeutet »Gottes Wille geschehe«.

Dide: ein Jongleur und Mitglied des Untergrunds

Donbeag: kleines, braunes, spitzmausartiges Wesen, das durch die Hautsegel zwischen seinen Beinen über kurze Entfernungen fliegen kann.

Donncan MacCuinn: dritter Sohn Partetas des Tapferen.

Dougal MacBrann: Sohn des Prionnsa von Ravenshaw und Cousin des Rìgh.

Drachen: große, feuerspeiende Flugwesen mit glatter Schuppenhaut und Klauen. Vom Ersten Hexensabbat als mythisches Wesen aus der Anderswelt bezeichnet. Da sie unfähig sind, ihre Körpertemperatur anzupassen, leben sie in Vulkanen, nahe Geysiren oder anderen Hitzequellen. Sie besitzen eine hoch entwickelte Sprache und Kultur und können in beiden Richtungen am Faden der Zeit entlangsehen.

Drachenfluch: ein seltenes und tödliches Gift, das einen Drachen töten kann.

Drachenklaue: ein hoher, spitzer Berg im nordwestlichen Teil der Sithicheberge. Von den Khan'cohbans die *Verfluchten Gipfel* genannt.

Drachenstern: Komet, der alle acht Jahre vorüberzieht. Auch Roter Wanderer genannt.

Dùn: Bergfestung, Stadt

Dunceleste: Stadt am Ufer des Tuathansees in Rionnagan.

Dùn Eidean: Hauptstadt von Blèssem.

Dùn Gorm: die Rhyssmadill umgebende Stadt

Düsterwaid: ein seltenes Kraut, das nur im Murkmyre vorkommt. Wächst auf Bäumen und heilt alles.

Eà: die Große Erd-Gottheit, Mutter und Vater aller Wesen

Eileanan: größte Insel im die Fernen Inseln genannten Archipel

Eine Macht: die Lebensenergie, die allem innewohnt. Hexen beschwören die Eine Macht herauf, um ihre magischen Handlungen zu vollziehen. Die Eine Macht enthält alle elementaren Mächte der Luft, der Erde, des Wassers, des Feuers und des Geistes. Hexen haben meist ein besonderes Talent für ein bestimmtes Element.

Eisriese: großes, im Schnee wohnendes Zauberwesen, das auf dem Rückgrat der Welt lebt.

Elementare Mächte: die Kräfte der Luft, der Erde, des Feuers, des Wassers und des Geistes; bilden zusammen die Eine Macht.

Elementenprüfung: Sobald eine Hexe im Alter von vierundzwanzig Jahren im Hexensabbat vollkommen anerkannt ist, erlernt sie Fertigkeiten in dem Element, in dem sie am stärksten ist. Bei der Ersten Prüfung in jeglichem Element erlangen die Hexen einen Ring, der an der rechten Hand getragen wird. Wenn sie die Dritte Prüfung in einem der Elemente bestehen, werden die Hexen zu Zauberern oder Zauberinnen und tragen einen Ring an der linken Hand. Sehr selten erlangt eine Hexe einen Zauberinnenring in mehr als einem Element.

Elfenkatze: kleine Wildkatze, die in Höhlen und hohlen Baumstämmen lebt.

Enit: eine Jongleurin, Großmutter von Dide und Nina

Erlass gegen Zauberwesen: königlicher Erlass, der kurz nach der

Hochzeit Jaspars und Mayas der Unbekannten bekannt gegeben wurde. Die darin aufgeführten Zauberwesen galten als Scheusale und mussten vernichtet werden.

Erster Hexensabbat: dreizehn Hexen, die vor Verfolgung und Hexenjagden in ihrem Land flohen und einen großen Zauber heraufbeschworen, der die Struktur des Universums faltete und sie und ihre Angehörigen nach Eileanan brachte. Die elf großen Familien Eileanans stammen alle vom Ersten Hexensabbat ab, wobei der Clan der MacCuinns der größte der elf ist. Die dreizehn Hexen waren Cuinn Löwenherz, sein Sohn Owein vom Langbogen, Aislinna die Träumerin, Ahearn der Pferde-Laird, Berhtilde die glorreiche Kriegerin, Fóghnan die Distel, Rùraich der Sucher, Seinneadair die Sängerin, Sian die Sturmreiterin, Tuathanach der Farmer, Brann der Rabe, Faodhagan der Rote und seine Zwillingsschwester Sorcha die Rote (nun »die Mörderin« genannt).

Fairge, Fairgean (Pl.): Zauberwesen, die sowohl das Meer als auch das Land zum Leben brauchen und deren Magie seltsam und grausam ist. Die Fairgean wurden schließlich 710 von Aedan Weißlocke aus Eileanan vertrieben, als sie sich weigerten, seine Autorität anzuerkennen. Während der nächsten vierhundertzwanzig Jahre lebten sie auf Flößen, auf Felsen, die aus dem eisigen Meer aufragten, und auf den kleinen Inseln, die noch unbewohnt waren. Der König der Fairgean schwor Rache und dass er die Küsten Eileanans zurückerobern würde.

Fang: der höchste Berg Eileanans, ein erloschener Vulkan der von den Khan'cohbans »Schädel der Welt« genannt wird.

Faodhagan der Rote: einer der Zwillingszauberer vom Ersten Hexensabbat. Besonders bekannt als Steinmetz. Entwarf und baute viele der Hexentürme wie auch den Palast der Drachen und die Große Treppe.

Feargus MacCuinn: zweiter Sohn Partetas des Tapferen.

Feld: studiert Drachenkunde, im Turm der Zwei Monde Mentor Khan'gharads, lebt jetzt in den Türmen der Dornen und Rosen.

Feuermacherin: Ehrenname für einen Abkömmling Faodhagans (siehe *Erster Hexensabbat*) und eine Khan'cohban

Fiadhaich: wütend, ärgerlich

Finn: Bettlermädchen in Lucescere

Fluchhexen: böse Zauberwesenrasse, die zu Flüchen und üblen Zaubern neigt. Für ihre scheußlichen persönlichen Gewohnheiten bekannt.

Fóghnan die Distel: ein Mitglied des Ersten Hexensabbats. Für ihre prophetischen und hellseherischen Fähigkeiten bekannt. Fóghnan die Distel wurde von Balfour MacCuinn, dem ältesten Sohn Oweins des Langbogens, getötet.

Frühjahrs-Tagundnachtgleiche: wenn Tag und Nacht gleich lang sind.

Geal'teas: langhörnige, im Schnee lebende Wesen, welche die Khan'cohbans mit Nahrung, Milch und Kleidung versorgen. Ihr sehr dichtes, weißes Fell ist hochgeschätzt.

Geas: eine Verpflichtung aufgrund einer Ehrenschuld.

Gehörnte: eine Rasse wilder, gehörnter Zauberwesen, auch Satyricorns genannt

Gemeinschaften: die soziale Einheit der Khan'cohbans, die in nomadischen Familienverbänden leben. Es gibt insgesamt sieben Gemeinschaften: die Gemeinschaft der Feuerdrachen, die Gemeinschaft des Schneelöwen, die Gemeinschaft des Säbelzahnpanthers, die Gemeinschaft des Eisriesen, die Gemeinschaft des Grauen Wolfs, die Gemeinschaft der Kämpfenden Katze und die Gemeinschaft des Wollbären.

Geweihte Hölzer: Esche, Haselnuss, Eiche, Schlehdorn, Fichte, Hagedorn und Eibe.

Gitâ: ein Donbeag; Meghans Vertrauter

Gladrielle die Blaue: der kleinere der beiden Monde, von lavendelblauer Farbe

Glorreiche Soldaten: Bezeichnung für Angehörige des Heers von Tìrsoilleir.

Glynelda: Großsucherin der Liga gegen Hexen und Regentin Caerylas

Goldschlehdorn: ein dichter Busch, der im Sommer saure, gelbe Pflaumen trägt.

Grablinge: raubgierige Wesen, die gemeinsam nisten und schwärmen, Farmern Lämmer und Hühner stehlen und bekannt dafür waren, Babys und kleine Kinder zu stehlen. Fressen alles, was sie in ihren Klauen forttragen können.

Große Durchquerung: als Cuinn den Ersten Hexensabbat nach Eileanan führte.

Große Treppe: der Weg, der die Drachenklaue hinauf zum Palast der Drachen und dann auf der anderen Seite des Gebirges nach Tìrlethan hinabführt.

Hakenbüchse: ein Gewehr mit Luntenschloss mit einem langen Kolben, das üblicherweise von einem großen Stock abgeschossen wird.

Haven: große Höhle, in der die Gemeinschaft des Roten Drachen den Sommer verbringt.

Isabeau das Findelkind: Lehrling von Meghan von den Tieren

Iseult vom Schnee: Zwillingsschwester Isabeaus, auch Khan'derin genannt

Ishbel die Geflügelte: Windhexe, die fliegen kann. Mutter von Iseult und Isabeau.

Jaspar MacCuinn: ältester Sohn von Parteta dem Tapferen. Rìgh von Eileanan, verheiratet mit Maya der Unbekannten

Jay der Fiedler: ein Bettlerjunge aus Lucescere

Jesyah: Jorges Vertrauter, ein Rabe

Johannisnacht: Sommersonnenwende, Mittsommernacht; Zeit starker Magie.

Jongleur: ein fahrender Spielmann, Zauberkünstler, Spaßmacher

Jor: Meeresgott

Jorge der Seher: ein blinder Zauberer, der die Zukunft sehen kann.

Karavelle: ein kleines Kriegsschiff, schnell und beweglich, mit breitem Bug und hohem, schmalem Poopdeck. Sie wurde mit drei oder vier Masten ausgerüstet, von denen nur der Fockmast ein Rahsegel trug. Die übrigen Masten trugen dreieckige Lateinersegel, die das Segeln bei unbeständigen Winden erleichterten.
Karracke: stabil gebautes Schiff mit drei Masten, das zwei Hauptsegel am Fock- und am Großmast trug, sowie ein Lateinersegel am kurzen Besanmast. Solche Schiffe waren nur begrenzt bestückt und hauptsächlich als Frachtschiffe konzipiert.
Khan'cohbans: Kinder der Götter des Weiß; Zauberwesenrasse. Auf dem Schnee gleitende Nomaden, die auf dem Rückgrat der Welt leben. Eng verwandt mit den Celestine, aber sehr kriegerisch. Khan'cohbans leben in Familiengruppen, den so genannten Gemeinschaften. Sie umfassen meist 15 bis 50 Personen.
Khan'derin: Zwillingsschwester Isabeaus. Auch Iseult genannt.
Khan'fella: Schwester von Khan'lysa, der Feuermacherin.
Khan'gharad der Drachen-Laird: Narbiger Krieger der Gemeinschaft der Feuerdrachen, Geliebter Ishbels der Geflügelten, Vater von Isabeau und Iseult
Kreis der Sieben: regierendes Konzil der Drachen, aus den ältesten und weisesten weiblichen Drachen gebildet.
Kristallsehen: Wahrnehmung durch einen Kristall oder ein anderes Medium. Die meisten Hexen können kristallsehen, wenn ihnen das wahrzunehmende Objekt wohl bekannt ist.
Krüppel: Anführer der Rebellion gegen den Rìgh und die Banrìgh.

Lachlan der Geflügelte: jüngster Sohn von Parteta dem Tapferen
Laird: Gutsherr (Titel)
Lammas: erster Herbsttag, Erntedankfest
Langschwert: schweres, zweischneidiges Schwert, oft in Mannesgröße

Latifa die Köchin: Feuerhexe, Köchin und Haushälterin in Rhyss-
madill
Lavinya: Partetas Ehefrau, Jaspars Mutter
Leannan: Liebste(r).
Leitstern: das Erbe aller MacCuinns, Erbschaft Aedans. Wenn sie
geboren werden, legt man ihre Hände auf ihn, und es wird eine
Verbindung hergestellt. Wen auch immer der magische Stein an-
erkennt, ist Rìgh oder Banrìgh von Eileanan.
Lichtmess : Winterende und Frühlingsanfang
Liga der Heilenden Hand: von einer Bande Bettlerkindern gebil-
det, die mit Jorge dem Seher und Tòmas dem Heiler aus Luces-
cere flohen.
Liga gegen Hexen: von der Banrìgh Maya eingeführt
Lilanthe vom Walde: eine Baumtauscherin
Lucescere: alte Stadt, über den Schimmernden Wassern erbaut.
Heimat der MacCuinns und des Turms der Zwei Monde.

Mac: Sohn von
MacAhearn: eine der elf großen Familien. Abkömmlinge von
Ahearn dem Pferde-Laird
MacAislin: eine der elf großen Familien. Abkömmlinge von Ais-
linna der Träumerin
MacBrann: eine der elf großen Familien; Abkömmlinge von
Brann dem Raben
MacCuinn: eine der elf großen Familien; Abkömmlinge von
Cuinn Löwenherz
MacFóghnan: eine der elf großen Familien; Abkömmlinge von
Fóghnan der Distel
MacHilde: eine der elf großen Familien; Abkömmlinge von
Berhtilde der Glorreichen
MacRuraich: eine der elf großen Familien; Abkömmlinge von
Rùraich dem Sucher
MacSeinn: eine der elf großen Familien; Abkömmlinge von
Seinneadair dem Sänger

MacSian: eine der elf großen Familien; Abkömmlinge von Sian der Sturmreiterin

MacThanach: eine der elf großen Familien; Abkömmlinge von Tuathanach dem Farmer

Magnysson der Rote: der größere der beiden Monde, karmesinrot, allgemein als Symbol des Krieges und des Konflikts angesehen. In alten Erzählungen ist er der verschmähte Liebhaber, der seine einstige Geliebte Gladrielle über den Himmel jagt.

Mairead die Schöne: jüngere Tochter von Aedan MacCuinn, erste Banrìgh von Eileanan und die zweite Person, die den Leitstern führte. Meghans jüngere Schwester.

Manissia: eine weise Frau

Margrit NicFóghnan: Banprionnsa von Arran

Maya die Verhexerin: Banrìgh von Eileanan, Ehefrau von Jaspar, auch "die Unbekannte" genannt.

Meghan von den Tieren: Waldhexe, Zauberin der sieben Ringe; kann mit Tieren sprechen. Bewahrerin des Schlüssels des Hexensabbats vor und nach der Verbannung Tabithas'.

Mesmerd; Mesmerdean (Pl.): ein geflügelter Geist oder Grauer; Zauberwesen aus dem Murkmyre, das seine Beute mit dem Blick hypnotisiert und ihr dann den Todeskuss verabreicht.

Mithuan: ein Heiltrank, der den Puls beschleunigen und Schmerz lindern soll.

Mondfluch: eine halluzinogene Droge, aus der Mondblume destilliert. Wächst nur auf den Montroseinseln.

Muileach: der nördlichste Fluss Lucesceres, der zusammen mit dem Ban-Bharrach die Schimmernden Wasser bildet.

Murkfane: See im Zentrum Arrans.

Murkmyre: die Sümpfe und Moore Arrans; größter See Arrans rund um den Turm der Nebel.

Narbige Krieger: Khan'cohban-Krieger, die als Symbol ihrer Leistungen Narben tragen. Ein Krieger mit sieben Narben hat die höchste Stufe erreicht.

Netzspinne, dunkle: eine tödliche Giftspinne, die in ganz Eileanan zu finden ist. Baut ihre Netze an dunklen, verborgenen Plätzen.

Nic: Tochter von

Nisse: kleines Waldzauberwesen

Nyx: Nachtgeist. Düster und mysteriös, besitzt Kräfte der Täuschung und der Verbergung.

Owein vom Langbogen: erstgeborener Sohn von Cuinn Löwenherz. Er gestaltete den Schlüssel des Hexensabbats und war der erste Bewahrer des Schlüssels.

Parlen: ein Bettlerjunge in Lucescere

Parteta der Tapfere: früherer Rìgh von Eileanan, starb bei der Strandschlacht, bei der im Zweiten Fairgeankrieg die Invasion der Fairgean abgewehrt wurde.

Prionnsa; Prionnsachan (Pl.): Prinz, Herzog

Prüfung der Macht: eine Hexe wird zunächst an seinem oder ihrem achten Geburtstag geprüft. Wenn irgendwelche magischen Kräfte entdeckt werden, wird er oder sie ein Akoluth. Am sechzehnten Geburtstag werden die Hexen erneut geprüft, und wenn sie die Prüfung bestehen, dürfen sie Lehrlinge werden. Die Dritte Prüfung der Macht findet an ihrem vierundzwanzigsten Geburtstag statt. Wenn sie erfolgreich bestanden wird, wird der Lehrling im Hexensabbat vollkommen anerkannt.

Ravenshaw: stark bewaldete Region westlich Rionnagans, im Besitz des Clans der MacBrann.

Reil: achtspitzige, sternförmige Waffe, die von Narbigen Kriegern getragen wird.

Rhyllster: der Hauptfluss in Rionnagan

Rhyssmadill: das Schloss des Rìgh am Meer

Rieseneulen: riesige, weiße Eulen; leben in den wilden Bergregionen.

Rìgh; Righrean (Pl.): König

Rionnagan: zusammen mit Clachan und Blèssem die reichsten Länder Eileanans. Im Besitz der MacCuinns, Abkömmlinge von Cuinn Löwenherz, Anführer des Ersten Hexensabbats.

Rote Garden: Soldaten im Dienste der Banrìgh. Sie tragen rote Umhänge und sind bekannt für ihre Unbarmherzigkeit.

Roter Wanderer: Komet, der alle acht Jahre erscheint. Auch Drachenstern genannt.

Rückgrat der Welt: Bezeichnung des Khan'cohbans für die schneebedeckte Bergkette, die Eileanan teilt. Auch Tìrlethan genannt.

Rurach: urwüchsiges Bergland zwischen Tìreich und Siantan. Regiert vom Clan der MacRuraich, den Abkömmlingen Rùraichs, einem Mitglied des Ersten Hexensabbats.

Säbelzahnpanther: wilde Raubkatze mit gekrümmten Reißzähnen, die in entlegenen Bergregionen lebt.

Samhain: erster Wintertag. Fest für die Seelen der Toten. Die beste Zeit des Jahres, um in die Zukunft zu blicken. Wird mit Feuerfesten, Masken und Feuerwerk begangen.

Sani: Dienerin von Maya der Verhexerin

Schattenhunde: sehr große, schwarze Hunde, die sich wie ein einziges Wesen bewegen. Sind hochintelligent und haben sehr scharfe Sinne.

Schicksalsgöttinnen: Die Spinnerin Sniomhar, die Göttin der Geburt; die Weberin Breabadair, die Göttin des Lebens; und die Fadenschneiderin Gearradh, Göttin des Todes.

Schimmernde Wasser: der große Wasserfall, der über den Felsen in den Lucesceresee stürzt.

Schlüssel: das heilige Symbol des Hexensabbats, ein mächtiger Talisman, den die Bewahrerin des Schlüssels, die Anführerin des Hexensabbats, trägt.

Scruffy: Bettlerjunge in Lucescere. Auch bekannt als Dillon der Kühne.

Seanalair: Heerführer

Seeschlange: Zauberwesen, das in Seen lebt

Seychella: Windhexe. Von einem Mesmerd getötet.

Sgàileanberge: Bergkette im Nordwesten, trennt Siantan und Rurach. Reiche Metall- und Marmorvorkommen. Bedeutet "Schattige Berge".

Sgian Dubh: kleiner Dolch, den man im Stiefel trägt.

Siantan: nordwestliches Land Eileanans, zwischen Rurach und Carraig. Berühmt für seine Wetterhexen. Einst vom Clan der MacSian regiert, Abkömmlinge Sians, aber jetzt Teil des Doppelten Thrones von Rurach.

Sithicheberge: nördlichstes Gebirge Rionnagans

Sommerbaum: Wappenbild des Clans der MacAislin, ein Baum, der vermutlich in den legendären Gärten der Celestine wächst. Von allen Zauberwesen des Waldlandes verehrt.

Sommersonnenwende: wenn die Sonne im nördlichen Wendepunkt steht (weiteste Entfernung vom Äquator). Johannisnacht, Mittsommernacht.

Sonnenwende: einer der Zeitpunkte, zu dem die Sonne am weitesten von der Erde entfernt ist

Sorcha die Rote: eine der Zwillingszauberer des Ersten Hexensabbats. Auch Sorcha die Mörderin genannt, infolge ihres blutrünstigen Angriffs auf die Menschen des Turms der Rosen und Dornen nach der Entdeckung der Liebesaffäre zwischen ihrem Bruder und einer Khan'cohbanfrau.

Spiegel von Lela: magischer Spiegel, der von Maya und Sani benutzt wird; ein uraltes Relikt der Fairgean.

Stechginster: eine süß duftende Pflanze mit grauen Blättern und scharfen Dornen

Sterngucker: ein anderer Name für die Celestine

Tabithas die Wolfsläuferin: Bewahrerin des Schlüssels des Hexensabbats, bevor sie nach dem Tag des Verrats verschwand.

Tag des Verrats: Der Tag, an dem sich der Rìgh gegen die Hexen wandte, sie verbannte oder hinrichtete und die Hexentürme verbrannte. Von der Liga gegen Hexen Tag der Abrechnung genannt.

Talent: Hexen verbinden ihre Kräfte in den verschiedenen Elementen häufig zu einem mächtigen *Talent*, z. B. die Fähigkeit, Tiere zu bezaubern (wie Meghan), zu fliegen (wie Ishbel) oder in die Zukunft zu sehen (wie Jorge).

Theurgia: eine Schule für Akoluthen und Lehrlinge

Thigearn: Pferde-Lairds; leben auf dem Pferderücken und können ohne Ehrverlust nicht absteigen. Zähmen und reiten oft fliegende Pferde.

Tìreich: Land der Pferde-Lairds – westlichstes Land Eileanans, bewohnt von Nomadenstämmen, die für ihre Pferde berühmt sind, und regiert vom Clan der MacAhern.

Tìrlethan: Land der Zwillinge; einst von Faodhagan und Sorcha, den Zwillingszauberern, regiert. Von den Khan'cohban "Rückgrat der Welt" genannt.

Tìrsoilleir: das Glorreiche Land. Nordöstliches Land Eileanans, bewohnt von einer Rasse wilder Krieger. Wurde einst vom Clan der MacHilde, den Abkömmlingen der Berhtilden, Mitgliedern des Ersten Hexensabbats, regiert. Die Bewohner Tìrsoilleirs haben der Zauberei und der herrschenden Familie jedoch zugunsten einer kriegerischen Religion abgeschworen. Träumen davon, Eileanan zu kontrollieren.

Tòmas der Heiler: siebenjähriger Junge, Akoluth Jorges des Sehers

Traumwandler: Bezeichnung für die Hexen vom Turm der Träumer in Aslinn. Manche von ihnen können in ihren Träumen die Zukunft und die Vergangenheit sehen.

Tricktrack: eine Art Backgammon.

Tuathansee: der See in der Nähe von Caeryla, der erste der Juwelen Rionnagans.

Türme: Die Türme der Hexen. Zwölf Türme, die in den zwölf Ländern Eileanans als Zentren des Lernens und der Hexerei erbaut wurden. Die Türme sind:

Tùr de Aisling in Aslinn (Turm der Träumer)
Tùr na cheud Ruigsinn in Clachan (Turm der Ersten Landung)

Tùr de Ceò in Arran (Turm der Nebel)
Tùr na Fitheach in Ravenshaw (Turm der Raben)
Tùr na Gealaich dhà in Rionnagan (Turm der Zwei Monde)
Tùr na Raoin Beannachadh in Blèssem (Turm der Gesegneten Felder)
Tùr na Rùraich in Rurach (Turm der Sucher)
Tùr de Ròsan is Snathad in Tìrlethan (Turm der Rosen und Dornen)
Tùr na Sabaidean in Tìrsoilleir (Turm der Krieger)
Tùr na Seinnadairean Mhuir in Carraig (Turm der Meersinger)
Tùr de Stoirmean in Siantan (Turm der Stürme)
Tùr na Thigearnean in Tìreich (Turm der Pferde-Lairds)
Tulachna Celeste: ein heiliger Ort der Celestine. Im Verschleierten Wald, nahe dem Tuathansee, Rionnagan.
Tùr: Turm

Uile-Bheist; Uile-Bheistean (Pl.): Scheusal

Verfluchte Gipfel: Bezeichnung der Khan'cohbans für die Drachenklaue
Vermisste Prionnsachan von Eileanan: die drei Brüder des Rìgh Jaspar – Feargus, Donncan und Lachlan. Verschwanden eines Nachts alle aus ihren Betten.
Verschleierter Wald: dichter Wald am Westufer des Tuathansees in Rionnagan. Umgibt Tulachna Celeste und ist von Schattenhunden und anderen magischen Wesen heimgesucht.

Weißlockenberge: nach der weißen Locke im Haar aller MacCuinns benannt
Wulfrum: Fluss, der durch Rurach fließt.

Yedda: Meerhexen
Yutta: Großinquisitor der Liga gegen Hexen

RAYMOND FEIST
DER MIDKEMIA-ZYKLUS

Raymond Feists Midkemia-Zyklus – das unerreichte
Fantasy-Epos von Liebe, Krieg, Freundschaft und Verrat,
Magie und Erlösung.

»Wenn es einen Autor gibt, der im Fantasy-Himmel zur rechten
von J. R. R. Tolkien sitzen wird, dann ist es Raymond Feist.«
The Dragon Magazine

Die Verschwörung der Magier
24914

Der verwaiste Thron
24617